# Frido MANN
*Hexenkinder*

# Hexenkinder
### Roman

nymphenburger

Die historischen Fakten zu der Figur Titubas in den Salemer Hexenprozessen orientieren sich am neuesten Geschichtswerk von Elaine G. Breslaw: *Tituba, Reluctant Witch of Salem. Devilish Indians and Puritan Fantasies.* New York University Press, 1996.

Besuchen Sie uns im Internet unter http://www.herbig.net

© 2000 by Frido Mann
nymphenburger in der F.A. Herbig Verlagsbuchhandlung GmbH, München.
Alle Rechte, auch der fotomechanischen Vervielfältigung und des auszugsweisen Abdrucks, vorbehalten.
Schutzumschlag: Wolfgang Heinzel
Schutzumschlagfoto: M. Schmid © Fotoarchiv/PICTURE PRESS life
Satz: Schaber Satz- und Datentechnik, Wels
Gesetzt aus der 11/13,5 Punkt Adobe Garamond
auf Macintosh in Quark XPress
Druck und Binden: Graphischer Großbetrieb Pößneck
Printed in Germany
ISBN 3-485-00849-4

»Wenn der Teufelskult regiert,
wird der Mensch nicht wegen seiner
Taten gerichtet.«

*Arthur Miller*

Ein Arzt, ein Arzt...«
Es war wie ein Zauberwort, das in mehrfacher Wiederholung um den höllischen Kessel kreiste, zu dessen Zentrum sie selbst geworden war. Alles weiter Entfernte glimmte vergleichsweise wie im Nebel. Selbst die Wortfetzen aus dem Stimmengewirr dicht an ihrem Ohr, die Schatten der um sie bemühten und sie abschirmenden Mitglieder der Crew, das sanfte Rütteln an ihrem Körper, der, auf Kissen und Wolldecken gebettet, auf dem Boden lag. Dies alles waren nur Äußerlichkeiten, fast Randerscheinungen, des Ereignisses, das hoch über den Wolken zwischen Madrid und Vancouver über Judith Herbst hereingebrochen war, sie in ihrer ganzen Existenz zu erschüttern und von innen buchstäblich zu zerreißen drohte.

»Aufhören... aufhören... nicht mehr...«, war das Einzige, was sie noch denken konnte und was sich in ihre gellenden Schreie mischte, als sich ihre stechenden und schneidenden Schmerzen und der Druck in ihrem Leib ins Unermessliche und Unabsehbare steigerten.

»Aufhören... nicht mehr... Ein Schmerzmittel...«, bettelte sie. »Ein Schmerzmittel...«

»Nein, es geht bestimmt ohne«, beschied eine strenge Frauenstimme.

»Ist kein Arzt da?«

Judith bekam keine Antwort. Es war also kein Arzt da, jedenfalls kein männlicher, was bei dieser Stimme, wie Judith fand, auf dasselbe hinauslief.

»Warum bekomme ich keine Schmerzmittel? Oder etwas Krampflösendes oder etwas für die Nerven?«

»Weil das den Prozess zu sehr verlangsamt ... Jedenfalls bei dem, was wir an Medikamenten hier haben ... Und das könnte wegen des Sauerstoffmangels gefährlich für das Kind werden ... Pressen Sie schön ... ja ...«

Es war alles so schrecklich, dass Judith immer weniger auf ihre Umgebung achtete. Alles drehte sich nur noch um das, was sich in ihr zutrug, in der endlosen Reihe qualvoller Sekunden und Minuten und Viertel- und halber und wahrscheinlich auch ganzer Stunden. Wie die Stöße in ihrem Körper immer heftiger wurden und es an ihr immer verzweifelter zerrte und zog, während das Stück eigene Leben Zentimeter um Zentimeter aus ihr herauszwängte und sich langsam, viel zu langsam, verselbstständigte. Es fühlte sich wie eine riesige, glühende Lavamasse an, derer sie sich möglichst rasch und vollständig entledigen musste, da Judith sonst zerglühen und sich ins Nichts auflösen würde.

Zwischendurch tauchte vor ihren Augen bildhaft das auf, was mit ihr geschah. Doch es war zu schrecklich, um es zu ertragen. Vor allem das viele Blut, das sie in ihrer Vorstellung, so gut es ging, in festumrissene, greifbare Gestalten verwandelte. Zuerst in lauter rote, kleine Teufel mit glühenden, zwickenden Zangen und diese dann, damit die Zangen und die Glut und das schmerzhaft grelle Rot endlich verschwinden, in dunklere Wesen. Unter diesen tauchte ein langgewachsener, schwarz gekleideter und weißhaariger Herr auf, der ihr gegenüber beteuerte, Gott zu sein und ihr Schutz, Ruhe und Sicherheit versprach, was er allerdings immer unverhohlener an die Bedingung knüpfte, dass sie, Judith, ihr Baby töten müsse, sobald es zur Welt gekommen sei. Und er drohte ihr an, auch sie und ihre drei anderen, halbwüchsigen Kinder zu holen, falls sie dem nicht nachkomme. Er begründete seine Forderung damit, dass dies schließlich der Lohn sei, den sie ihm schon lange schuldete. Zu dem schwarz gekleideten Herrn gesellten sich bald vier Frauen hinzu, eine Landstreicherin, eine verkrüppelte Alte und zwei feine Damen in weißer Seide mit teils weißen, teils schwarzen Kapuzen auf dem Kopf. Sie sprachen wie im Chor die Worte des schwarzen Mannes nach und verwiesen immer bedrängender und drohender auf Judiths angeblich schwere Schuld. Wie zur Unterstützung der schrecklichen Frauenriege erschienen seltsame Tiere: ein gelber Vogel, ein Hund und ein Schwein, Ratten, Wölfe und Katzen, ein Wesen mit Flügeln, zwei Beinen und einem Frauengesicht und schließlich ein aufrecht gehender, behaarter Kobold mit langer Nase. Alle umringten Judith. Dann schlugen sie auf sie ein und verlangten von ihr, sich mit ihrem eigenen Blut in das Teufelsbuch einzutragen, als Besiegelung ihres Bundes mit Satan und ihrer Verpflichtung, ihr Kind zu töten … Sie fühlte sich von dem Berg der Schuldzuweisungen erdrückt. Denn sie verstand nicht, worauf sich die Vorwürfe gründeten. Gleichzeitig verunsicherte sie die Wucht der Anklage. War sie wirklich schuldig oder wollte man ihr nur eine Schuld einreden, um sie so noch rascher und gründlicher vernichten zu können? Oder lag ihre Schuld in ihrer bloßen Existenz? Sie merkte, wie sie selbst immer mehr zu einem Teil dieser Furcht einflößenden Meute wurde. Irgendwann sah sie sich mit allen anderen Frauen zusammen davonfliegen, eng hintereinander und hoch in der Luft. So schändlich dieser Verrat an sich selbst auch war, so bedeutete er zugleich auch einen erleichternden Aufschub der furchtbaren an sie gestellten Forderungen.

»Ja, so ist's gut. Tief und ruhig atmen und schön mit dem Bauch mitdrücken... So ist's gut!«, hörte sie eine andere Frauenstimme, die sich wohltuend freundlich vom Geheul der sausenden Weiber abhob. Gleichzeitig schien sich eine hilfreich abstützende Hand an ihrem Körper zu schaffen zu machen. Das änderte jedoch nichts an den grauenvollen Schmerzen, die alles immer auswegloser erscheinen ließen.

»Warum bekomme ich kein Schmerzmittel?«

»Noch ein klein wenig Geduld, Mrs Herbst. Bald ist Landung«, beschwichtigte sie die freundliche Stimme.

Landung? War das der umgangssprachliche Ausdruck des Flugpersonals für eine Geburt?

»Es dauert bestimmt nicht mehr lange. Wir befinden uns schon im Landeanflug.«

»Nach Vancouver?«, hörte Judith sich selbst wimmern, während sich ihre Hände in der Wolldecke festkrallten, die sie eben verzweifelt abgeworfen hatte. Sie konnte sich nicht vorstellen, dass sie schon am Ziel waren. Denn als sie noch auf ihrem Platz in der Businessclass, ihren Zustand notdürftig mit einem breiten, gürtellosen Kleid und Mantel tarnend, ungeduldig ihre Armbanduhr auf die westcanadische Ortszeit umgestellt hatte, hatten sie nicht einmal die Hälfte des zwölfeinhalbstündigen Nonstop-Fluges zurückgelegt. Und gleich danach war es passiert. Das plötzliche, heftige Einsetzen der Wehen und dann... der jähe Wassersturz nach dem Platzen der Fruchtblase... Sie wusste nicht mehr, wer zuerst nach der Stewardess gerufen hatte. Ob der höfliche, glatzköpfige Herr mit dem karierten Sakko und dem penetranten, sie schon seit Stunden drangsalierenden Eau de Cologne oder sie selbst. Er

hatte ihr jedenfalls noch zugeraunt, sie solle viel Schnaps trinken, das wirke wehenhemmend.
»Wehenhemmend? Dazu ist es jetzt zu spät«, hatte sie nur gestöhnt.
»Dann erst recht«, hatte er zu insistieren versucht. »Schnaps bringt Glück im Unglück. Er entspannt und macht die Geburt erträglich.«
Minuten später lag sie dort, wo sie jetzt war, irgendwo auf dem Flugzeugboden in Cockpitnähe.
»Nein, nein, wir machen eine Zwischenlandung in Gander auf Neufundland«, antwortete die freundliche Stimme, diesmal stärker angehoben und mit unüberhörbar besorgtem Unterton.
Judith blickte jetzt in ein sie liebevoll fixierendes, himmelblaues Augenpaar inmitten eines schmalen, angestrengt lächelnden Gesichts, das von vollen, blonden Locken umrahmt war. Sie merkte mit Erleichterung, dass das Hexengeheul inzwischen verstummt und die Erscheinungen verschwunden waren.
»Sie brauchen eine Hebamme und dann bekommen Sie auch die passenden Medikamente. Sie haben viel Blut verloren ...«
Judith fühlte sich von den Schmerzen wie zerfetzt, gleichzeitig wühlten und bohrten sie auch in ihrem Inneren, so als hätten sich bei ihr die letzten Grenzen zwischen Körper und Seele aufgelöst. Ihr war, als könnte sie ihre Schmerzen und ihre Angst und Verzweiflung gar nicht voneinander trennen.
Obwohl sich alle unermüdlich weiter um sie kümmerten, spürte Judith, dass die anderen durch irgendetwas abgelenkt waren, wahrscheinlich von der unmittelbar bevorstehenden Landung. Die Maschine hatte offenbar schon viel an Höhe verloren und steuerte in großen Schleifen auf die Erde zu.

Judith merkte es an der wachsenden Unruhe und auch an einem gewissen Nachlassen der Behutsamkeit, mit der die sie Umgebenden gewisse Bemerkungen austauschten.
»Es ist das erste Mal, dass ich richtig anwenden kann, was ich im Erste-Hilfe-Kurs gelernt habe«, frohlockte eine auffallend tiefe Frauenstimme.
»Du sagst es. Erste Hilfe gleich für zwei«, bekräftigte eine andere lachend.
»Hoffen wir's«, eine Dritte.
Das darauf Folgende wurde jählings von einem erneuten Schrei Judiths übertönt, der nach einem fürchterlichen Stoß gegen ihren knöchernen Beckenring unkontrolliert aus ihr herausgebrochen war.
»Mrs Herbst ... Mrs Herbst ... Wir sind gleich da ... Fest halten ... gleich da ...«
Während der letzten Worte erfolgte ein neuerlicher Stoß. Er kam diesmal jedoch von außerhalb ihres Körpers, von unten gegen ihren Rücken. Er war nicht schmerzhaft, jedoch heftig und weiträumig und erschütterte Judith von Kopf bis Fuß. Wie sie Sekunden später zu spüren meinte, setzte er eine umwälzende Veränderung ihrer qualvoll festgefahrenen Lage und die bald darauf folgende endgültige Befreiung in Gang. Während unter dem Aufheulen des Bremsgetriebes die Maschine, anfangs noch etwas hin- und herschwenkend und holpernd, auf der Landebahn vorwärts raste und bald ihre Geschwindigkeit so abrupt drosselte, dass es Judith durch sämtliche Glieder fuhr, löste sich alles mit einem plötzlichen, kräftigen Ruck und zwei, drei nachfolgenden Stößen aus ihr heraus.
Es kam ihr so vor, als habe eben eine Masse spitzer und scharfer Steine sie verlassen. Bald erblickte sie in einiger Entfernung

und wie durch einen Film hindurch ein nass glänzendes, blutbeschmiertes Bündel. Ein riesiger Watteteppich matter Glückseligkeit, Erleichterung und Erschöpfung legte sich über Judiths Gesicht und Körper und sickerte durch ihre Poren, ihre Muskeln und Knochen bis ins innerste Mark, und wie aus der Ferne und zeitlos vernahm sie einen ersten, leisen, fremden Schrei. Sie wollte nach ihrem Kind, ihrem neuen, frei gewordenen Leben, greifen. Doch da verließen sie endgültig die Kräfte. Es war, als flöge sie wieder fort. Diesmal war es jedoch ein sanftes, raum- und zeitloses Entschwinden zu sich selbst. Dorthin, wo jetzt, nach dem überstandenen Hexensabbat, eine unendliche Ruhe und ein Friede, aber auch eine seltsame Leere überhand nahmen. Und als müsste sie dieses Vakuum füllen, glitt sie in sich hinein wie in ihr eigenes Niemandsland.

Sie wachte in einem kleinen, kahlen, ziemlich dunklen Raum auf. Es herrschte eine unheimliche Stille. Sie schien allein zu sein, lag in einem weiß bezogenen und weiß angestrichenen Eisenbett. Auch sonst war, außer einer kleinen, farbigen Fläche an der Wand, alles weiß, die Türe, der bedrohlich steile Kleiderschrank und der Tisch und der Stuhl daneben, das Waschbecken und die Gardinen und Stores am kleinen Fenster gegenüber. Ihr Blick wurde bald von der farbigen Fläche an der Wand angezogen. Es war eine Zeichnung oder ein Gemälde, sehr unscharf, doch es kam ihr irgendwie bekannt vor. Sah es nicht aus wie der Wandbehang aus ihrem Kinderzimmer in Mill Valley? Sie merkte, dass ihr ganz warm wurde. Es war ein Gefühl von Geborgenheit und von Kraft, aber auch von Angst, das sie überkam. Es war so stark, dass sie ihren Blick wieder zum Fenster hin abwenden musste. Durch dieses schaute sie auf ein dunkles und ziemlich grob gebautes Backsteinhaus. Darüber erstreckte sich ein schmaler Streifen hellgrauen Himmels. Es war also Tag, vielleicht Morgen- oder Abenddämmerung, vielleicht auch Mittag im – sie musste sich dies kurz vergegenwärtigen – August?

Langsam nahm sie alles um sich herum wieder schärfer und klarer wahr und vermochte ihre Eindrücke besser zu ordnen. Sie blickte wieder zum Bild an der Wand vor sich. Auch dieses war jetzt bis in die Einzelheiten erkennbar. Es war nicht der Wandbehang, sondern ein Landschaftsbild aus der Südsee von Gauguin. Sie fühlte sich ernüchtert und erleichtert zugleich. Wo war sie? Ganz offensichtlich in einem Krankenzimmer. Sie bemerkte erst jetzt, dass sie mit einem weißen Baumwollhemd bekleidet war, welches hinten offen war und fast bis zu den Füßen reichte. Ihre Augen suchten den Raum nach ihren Gepäckstücken ab. Ob deren Inhalt inzwischen im Kleiderschrank neben ihrem Bett verstaut lag? Und die ganzen Koffer und Taschen?

Sie hatte den Namen der Stadt vergessen, den man ihr kurz vor der Landung genannt hatte. Sie erinnerte sich nur an Neufundland, immerhin schon Canada, dessen südöstlichste Insel sie schon so oft während ihrer Flüge zwischen den Kontinenten überquert hatte, ohne zu ahnen, dass es sie nun, Mitte der achtziger Jahre, tatsächlich dorthin verschlagen würde. Es war allerdings das ihrem Wohnsitz Vancouver in British Columbia entgegengesetzte Ende des riesigen Landes. Hatte Neufundland überhaupt einen Flugplatz für Transatlantikmaschinen? Oder waren sie auf einer Autobahn oder sonst irgendwo notgelandet? Reflexhaft fasste sie als Erstes an ihren Bauch und wunderte sich einen Augenblick, wie schlaff und zusammengefallen er sich anfühlte, bis ihr, wie ganz aus der Ferne, die Erklärung dafür einfiel. Jetzt wusste sie ganz genau, warum sie

hier war. Sie fühlte sich sehr unruhig. Wie ein Blitz schoss ihr die Frage durch den Kopf, wo denn ihr Baby war. Lebte es? Jetzt spürte sie wieder einen stechenden Schmerz im Unterleib, der keinesfalls vergleichbar war mit dem, was sie vor ihrer Bewusstlosigkeit erlitten hatte. Dies schien ihr zwar räumlich und zeitlich weit weggerückt, war jedoch in ihrem Inneren durchaus gegenwärtig. Jetzt tastete sie nach dem an einem Kabel über dem Bett angebrachten Klingelknopf und drückte.
Es dauerte nicht lange und die Türe öffnete sich.
Herein kam eine kleine, untersetzte Frau mittleren Alters, gebückt und mit etwas schlurfendem Gang. Sie hatte ein braunes, breit lachendes und zahnlückiges Gesicht voller Runzeln und Furchen, dunkle Schlitzaugen, die freundlich und listig blickten, und hinten zu einem Knoten zusammengebundenes, schwarzes Haar, das vorn etwas unordentlich in die Stirn fiel. Der offensichtlich viel zu kleine weiße Kittel wirkte widerwillig und zweckentfremdet über die Alltagskleidung geworfen. Diese bestand, wie rasch zu erkennen war, aus einer abgetragenen, grauen Wolljacke mit gerippten Bündchen an Hals und Ärmeln und einer gelblich weißen Fellhose, die nahtlos in Fellschuhe oder Fellpantoffeln überging. In ihrer großen, höckerigen Hand hielt die Frau seltsamerweise eine Pfeife, die nicht in Gebrauch war. Sie schien eher eine Art Talisman oder Identitätssymbol darzustellen, welches man der Klinikangestellten, entgegen allen hygienischen Bedenken, gelassen zu haben schien.
Als die Frau Judith erblickte, verbreitete sich ihr stummes Lachen noch mehr und legte weitere Zahnlücken unter dem überraschend rosigen Zahnfleisch frei. Judith geradeaus in die Augen blickend, trat die Frau auf sie zu und streckte ihr die Hand entgegen.

»Ich bin Flora, Flora Watkins ... Und Sie sind Judith Herbst?«
Sie hatte, im Kontrast zu ihrem fremdartigen Aussehen, eine angenehme, dunkle Stimme, die Judith rasch Vertrauen einflößte.
Flora begab sich zum Tisch neben dem Kleiderschrank, legte dort ihre Pfeife ab und holte sich den Stuhl, auf den sie sich dicht neben Judith hinsetzte.
»Wie geht es Ihnen?«, fragte sie, mit den Augen blinzelnd.
Judith nickte nur kurz lächelnd und zuckte mit den Achseln.
»Sicher den Umständen entsprechend«, fuhr Flora fort, so, als hätte sie dies in Judiths Augen gelesen. »Doktor Harris und die Schwester haben Sie gut versorgt und wollten Sie schlafen lassen. Sie werden auch bald nach Ihnen schauen. Ihrem Baby geht es gut. Es ist ein gesundes Mädchen, nicht sehr groß und schwer, zweitausendfünfhundert Gramm und sechsundvierzig Zentimeter. Es ist ja ein bisschen früh und sehr schnell gekommen. Deshalb ist es noch etwas schwach und braucht viel Pflege und Beobachtung und muss mithilfe einer Sonde ernährt werden, bis es stark genug für die Mutterbrust ist. Jetzt liegt es wohlauf und friedlich auf der Säuglingsstation und man wird es Ihnen bald bringen.«
Judith zuckte zusammen, weil die Wunde oder die Naht oder was es war wieder ekelhaft schmerzte. Ein Mädchen, meine erste Tochter nach lauter Buben, dachte sie. Flora war offenbar weder die Ärztin noch eine Krankenschwester.
»Ich bin die Stationshebamme«, sagte Flora, als hätte sie wieder Judiths Gedanken gelesen. »Das Wichtigste haben Sie allein geschafft. Ich war nur bei der Nachgeburt dabei. Die Nabelschnur haben noch die Stewardessen abgetrennt. Richtig vorbildlich haben die das gemacht.«
»Wo bin ich hier eigentlich?«, brachte Judith dann endlich

hervor. Sie wollte auch fragen, wie lange sie noch hierbleiben müsse, doch fehlte ihr dazu die Kraft und sie fühlte sich auch viel zu zerfahren und zu unruhig, um den entsprechenden Satz zustande zu bringen.

»Machen Sie sich keine Sorgen. Wir sind hier in Gander, zwischen den Grand Falls und der Notre Dame Bay. Auf diesem verlassenen alten Militärflugplatz hier ist sicher noch nie ein so großer Vogel gelandet ... Eine Meisterleistung ... Die werden schon ihre Gründe gehabt haben, nicht St. John, sondern uns angeflogen zu haben. Sie wollten nach Vancouver, nicht wahr?«

»Ja ... Und die Maschine ist inzwischen wieder ... wieder weiter ...?«, stammelte Judith mit weinerlicher Stimme.

Floras Gesichtszüge, die vorher wieder in die anfängliche Breite zurückgeglitten waren, wurden wieder härter. Judith schämte sich wegen ihrer Frage.

»Sie werden noch ein wenig hierbleiben müssen. Das war doch alles sehr hart für Sie und Ihr Baby.«

Floras Gesicht nahm einen so ernsten Ausdruck an, dass ihr Lächeln für Augenblicke wie verschwunden schien.

»Sie sind tief bewusstlos gewesen, als wir Sie aus dem Flugzeug holten, und der Blutdruck war sehr niedrig. Doktor Harris hat Ihnen eine Blutkonserve verabreicht, eine Infusion mit Beruhigungsmitteln angelegt und die Wunde versorgt. Jetzt ist alles so weit gut. Er wird Ihnen sagen, wie lange Sie noch hierbleiben müssen. Und das Baby wird man Ihnen gleich bringen ... Darf ich Licht machen?«

Es war seit Floras Eintreten in das Zimmer noch etwas dunkler geworden. Also war Abendzeit.

Flora knipste die kleine, ebenfalls weiße Nachttischlampe auf dem Tischchen neben dem Bett an. Im Lichtschein kamen

Floras prägnante Gesichtsfurchen und die Breite ihres Kinns und der Backenknochen noch schärfer zur Geltung. Es lag eine faszinierende Kraft in diesem Antlitz, nicht mehr so fremd wie am Anfang und überhaupt nicht beängstigend. Es weckte in Judith zunehmend neugieriges Interesse. Durch die Fassade des Hässlichen und Groben schimmerte ein hintergründiger Feinsinn hervor. Judiths vom ersten Augenblick an gefasstes Vertrauen festigte sich. Sie verspürte trotz ihrer Unruhe und Schwäche den Wunsch, sich ihr mitzuteilen.
»Wen können wir benachrichtigen ... und wo?«, wollte Flora wissen.
Judith dachte kurz nach.
»Ich glaube, am ehesten meine Mutter in Vancouver, obwohl die vermutlich noch mit meinem kleinen Mickey unterwegs ist in den USA in Disneyland und Willy pflegt irgendwo auf dem Land seinen kranken Vater ...«
»Ihr Mann?«
»Der Vater des Babys.«
»Auch in Vancouver?«
»Ja, aber zurzeit kaum erreichbar ... ohne Telefon ... Ich konnte ja nicht wissen ... Wo ist eigentlich meine Handtasche?«
Flora lächelte wieder. Sie bückte sich, hob vom Boden, dicht neben dem Nachttischchen, die Tasche hoch, die Judith dort noch nicht gesehen hatte, und reichte sie ihr. Judith kramte zerstreut darin herum. Statt des Adressbüchleins, das sie eigentlich im Sinn gehabt hatte, fiel ihr als Erstes ein Foto in die Hände. Sie nahm es aus der Tasche.
»Das sind Jaime und Pablo, achtzehn und sechzehn Jahre alt«, sagte sie, »und das ist Mickey. Er ist neun.«
Judith war erstaunt, wie leicht ihr plötzlich das Sprechen fiel.

»Was für hübsche Kinder.«
Judith glaubte Flora anzumerken, dass ihr die etwas dunklere Hautfarbe der beiden Älteren aufgefallen war, abgesehen von deren spanischen Namen, und Flora wusste vermutlich auch, dass Judiths Maschine aus Madrid gekommen war.
»Ja, ihr Vater ist Spanier«, sagte sie. »Zurzeit sind sie bei ihm zu Besuch. Ich habe sie auf dem Hinflug nach Spanien mitgenommen. Mein Ex-Mann und ich sind gute Freunde geblieben«, betonte Judith.
»Wollen Sie dann nicht vielleicht auch ihn benachrichtigen?«
»Ach nein! Versuchen wir's erst mit meiner Mutter. Javier ist weit weg und ich möchte ihn keinesfalls unnötig aufschrecken.«
»Geben Sie mir die Adresse und vielleicht auch die Telefonnummer Ihrer Mutter?«
Judith nickte und deutete auf die Handtasche.
»Sie reisen viel in der Welt herum?«, meinte Flora.
»Ja, ich bin Übersetzerin für Englisch und Spanisch, manchmal auch Portugiesisch, in letzter Zeit vor allem Literatur … Prosa, Theater und Film … und für Verlage … Jetzt war ich wieder in Barcelona, wo ich früher lange gelebt habe … Wegen einer Theaterinszenierung oder besser gesagt: deren Programmheft.«
Sie merkte, dass ihr das Sprechen noch sehr schwer fiel und sie, um sich besser konzentrieren zu können, einige Pausen einlegen musste.
»Und Sie … sind von hier?«, fragte Judith, vielleicht auch, um ein wenig von sich abzulenken.
Im selben Augenblick jedoch ärgerte sie sich über diese Frage. Denn »hier« konnte im Fall von Flora nur heißen: eine Eingeborene, eine ostcanadische oder überhaupt canadische India-

nerin. Judith hatte von der ersten Sekunde an auf Eskimo getippt.

»Ich bin eine Indianerin«, bekannte Flora mit einem Stolz, der Judith erleichterte. »Ich bin eine Chippewa aus dem Gebiet der Großen Seen in Ontario und arbeite als Hebamme und Physiotherapeutin und habe mir zugleich auch die Weisheiten der Naturmedizin der Midewiwin bewahrt. Viele von uns versuchen, unsere Erfahrungen auf dem Pfad der Generationen weiterzugeben. Ich habe das meiste von meiner Großmutter gelernt. Mein Bruder Greg gehört zum Cape Crocker Indian Reserve und arbeitet in der Abteilung für Ethnologie des Royal Ontario Museums in Toronto. So trägt jeder auf seine Weise zur Lebendigerhaltung unserer Tradition bei.«

»Sie müssen mir unbedingt mehr darüber erzählen ... weil ... weil ...«

Ihr blieben vor Aufregung die Worte im Hals stecken. Sie fühlte sich zu schwach, um den Grund für ihr starkes Interesse anzugeben.

»Jetzt ruhen Sie sich erst mal aus. Ich sage der Stationsschwester Bescheid, dass Sie wach und wohlauf sind und vielleicht auch ein bisschen Hunger und Durst haben und Ihr Baby sehen wollen. Und dann werden wir Ihre Mutter benachrichtigen. Und morgen komme ich wieder. Dann können wir uns in Ruhe über alles unterhalten, ja?«

Judith lächelte matt und ließ ihren Kopf ins Kissen fallen. Flora begab sich zum Tisch, auf dem ihre Pfeife lag, ergriff diese und verließ das Zimmer.

Kaum war sie gegangen und die erdrückende Stille von vorhin wieder eingekehrt, wurde Judith von panischer Angst erfüllt. Es war eine Angst um ihr Baby, das sie noch nicht einmal richtig zu Gesicht bekommen hatte. Eine innere Stimme sagte ihr:

»Es passiert etwas Schlimmes mit deinem Kind. Geheime Kräfte sind am Werk. Sie sind dabei, dem Baby etwas Verderbliches, ja Vernichtendes anzutun. Und dieses Verderben ist auch dein eigenes Verderben. Du ... du ... du ...«
Diese Vorstellung bemächtigte sich Judith immer heftiger und quälender und sie fühlte sich dem ähnlich wehrlos ausgesetzt wie den schrecklichen Visionen während ihrer Geburt im Flugzeug. Sie musste sich ungeheuer anstrengen, nicht laut aufzuschreien und – gegen jede Vernunft – panikartig aus ihrem Bett und ihrem Krankenzimmer zu flüchten.
Der erste Besuch von Doktor Harris, einem freundlich dreinblickenden Mann mit glatt gebürstetem, grauen Haar, und der etwas dicklichen, jedoch durchaus angenehm und patent wirkenden Stationsschwester Sue beruhigte sie etwas. Und endlich bekam sie ihr Baby zu Gesicht. Es war in mollige Decken gewickelt und schlief fest. Sue legte es ihr sanft in die Arme und Judith war froh und erleichtert, das frisch duftende Wesen mit zerknittertem Gesichtchen und aus den Ärmeln sprießenden Fingerchen an sich zu drücken und zu wiegen. Im Vergleich zu ihren anderen Kindern gleich nach der Geburt kam ihr dieses allerdings wirklich recht klein und dünn vor und ihr fiel auch die gelbliche Farbe im Gesicht auf.
»Wir passen gut auf es auf, und wir halten es auch immer schön warm, Mrs Herbst, dann kann nichts passieren«, meinte Doktor Harris, gleich mehrmals mit dem Kopf nickend. »Solange es noch nicht an Ihrer Brust trinken kann, werden wir Ihnen die Milch abpumpen lassen müssen«, ergänzte er.
Judith war durch diese Nachricht etwas beunruhigt. Sie war jedoch froh, dass das Kind jetzt bei ihr war und dass sie es noch eine Weile in ihren Armen halten konnte.
Sobald Sue gegangen war, um das Kind zurückzubringen, be-

gann sie sich wieder unwohl zu fühlen. Und sie empfand es deshalb als ausgesprochen bedrängend, als Sue kurz darauf wiederkam, um diesmal den Namen des Neugeborenen aufzunehmen.

»Ach ... Kann das nicht bitte bis morgen warten?«, wehrte Judith mit so gequältem Gesichtsausdruck ab, dass Sue rasch wieder unverrichteter Dinge abzog.

Kaum war Judith wieder allein, überfiel es sie von neuem. Wieder stieg panische Angst in ihr hoch. Ihre Glieder zuckten und krümmten sich unter qualvollen Krämpfen. Sie sah sich wütenden Attacken ausgesetzt, zuerst durch Wölfe, dann durch Menschen, die ihr eine Schlinge um den Hals zu legen versuchten. Dann entdeckte sie an ihrem rechten Handgelenk eine große, blutige Kerbe, die sie zuerst für eine Bisswunde hielt. Doch dann sah sie denselben gelben Vogel, der ihr schon im Flugzeug erschienen war, an ihrem Handgelenk und zwischen ihren Fingern picken und saugen. Auch die vier Frauen tauchten wieder auf, die Landstreicherin, die verkrüppelte Alte und die zwei feinen, weiß gekleideten Damen. Sie würgten sie und stachen mit Nadeln und Messern auf sie ein und befahlen ihr erneut, ihr Kind zu töten, wieder mit der unsinnigen Begründung, sie, Judith, habe sich vertraglich dazu verpflichtet. Und als Beweis hielten sie ihr wieder das Teufelsbuch vor. Gleichzeitig spürte Judith, wie sich etwas auf ihre Brust legte, wie ein Gewicht, das ihr das Atmen immer schwerer machte. Sie erblickte eine dunkle Gestalt, die sich rittlings an ihr festgekrallt hielt, sie anfauchte und ihr das Gesicht zu zerkratzen drohte. Es war ein schwarzer, behaarter Kobold, mit dem Körper eines Affen, Hühnerkrallen und einem menschlichen Antlitz. Dieses Antlitz! Es kam Judith erschreckend bekannt vor ... Das konnte doch nicht wahr sein!

Dieses Gesicht! Vor allem, nachdem auch der Körper und die Füße menschliche Züge anzunehmen schienen ... Dieses Gesicht, dieses winzige, zerknitterte und gelbliche Gesicht ... Sie hatte es noch vor einer Stunde zärtlich und besorgt in ihren Armen gedrückt und gewiegt ... Hilfe ... Luft ... Luft ... Sie konnte kaum mehr atmen ... Das Kind benahm ihr die Luft ...
Judith wollte laut schreien, doch es war ihr unmöglich. Sie rang immer verzweifelter nach Luft und drohte zu ersticken. Das Würgen im Hals, die Stiche, die Angst und Verzweiflung und das Kind auf ihrer Brust klemmten ihren Kehlkopf so fest zu, dass kein einziger Stimmlaut aus ihrer Brust entweichen konnte.
Mit letzter Kraft tastete Judith nach der Klingel über ihrem Bett und drückte.
Als man zu ihr hereinkam, konnte sie knapp davor bewahrt werden, aus dem Bett zu fallen.
Japsend und immer noch unfähig, ein Wort herauszubringen, starrte Judith die fremde Nachtschwester, mit irren, glasigen und verzweifelt bittenden Augen an, so lange, bis die Beruhigungsspritze, die man ihr so rasch wie möglich verabreichte, endlich wirkte und Judith in einem erlösenden Schlaf wegdämmerte.
Als Flora am folgenden Morgen wieder erschien und sich sogleich auf den Stuhl neben Judiths Bett setzte, wirkte ihr Lächeln starr und ihr dunkelhäutiges Gesicht merklich bleich. Judith deutete dies als erste Reaktion auf den Bericht der Nachtschwester.
»Es war furchtbar«, stammelte Judith, die ein unerklärliches Vertrauen zu Flora fühlte.
Als sie ihr daraufhin die entsetzliche Vision, vor allem die Rolle ihres eigenen Kindes darin, schilderte, verzog Flora

kaum eine Miene. Stattdessen fragte sie ganz konkret: »Sie haben wohl eine recht stürmische Schwangerschaft hinter sich.«
Judith schluckte.
»Ja, ja, schon«, räumte sie zögernd ein. »Bei den unaufhörlichen Anspannungen und der ständigen Reiserei während der letzten Monate ...«
»Nur während der letzten Monate?«
Judith bemerkte, dass Flora heute besonders aufrecht auf ihrem Stuhl saß, mit strengem Gesicht und halb geschlossenen Augen. Es ging eine Kraft und eine Ruhe von ihr aus, die sich langsam auf Judith übertrug. Verstärkt wurde dieser Eindruck dadurch, dass Flora heute ihre Pfeife nicht auf dem Tischchen neben dem Kleiderschrank abgelegt hatte, sondern sie mit ihren schwieligen Händen umschlossen hielt wie einen magischen Gegenstand, der Energie verströmt.
»Sie werden mir jetzt ein bisschen erzählen, aus Ihrem Leben, ich meine, aus den letzten Jahren«, fuhr Flora fort, mit noch eindringlicherer, gleichbleibend ruhiger Stimme. Sie sprach so einschläfernd monoton, dass etwas zwingend Aufforderndes darin lag, trotz der auch bedrängenden Härte in ihrer Stimme, gegen die Judith sich noch eben innerlich gewehrt hatte.
Judith holte jetzt weit aus, um die jüngsten Zuspitzungen und alles, was daraus folgte, Flora möglichst nahe zu bringen. Das Sprechen fiel ihr, trotz des schrecklichen Ereignisses heute Nacht, viel leichter als gestern. Sie war weniger unruhig und konnte sich besser auf das Gespräch konzentrieren.
Sie hatte erst nach ihrer Scheidung vor über zehn Jahren das Übersetzen zu ihrem Beruf gemacht, in Vancouver, so begann sie ihren Bericht. Nachdem sie in Vancouver Professor Stanley Vacks, den Vater ihres dritten Kindes Mickey, kennen gelernt

hatte, übernahm sie belletristische Übersetzungsarbeiten, die sie vor allem zu Hause ausführen konnte. Trotzdem musste sie dafür auch viel reisen, zu den oft heiklen Verhandlungen zwischen ihren englischsprachigen Autoren und deren spanischen oder portugiesischen Verlagen und umgekehrt. Und die Kinder? Ja, die Kinder. Ein dunkler Punkt, so gab sie zögernd zu verstehen. Die beiden Halbwüchsigen, Jaime und Pablo, seien ja Gott sei Dank inzwischen schon recht selbstständig. Nur den kleinen Mickey müsste ihre Mutter, notfalls auch sein Vater Stanley übernehmen, wenn sie weg müsste.
»Sie hätten gern mehr Zeit für Ihre Kinder?«, fragte Flora dazwischen.
Judith verstummte und kämpfte gegen ihre Tränen an. Flora wurde sogleich sanfter.
»Aber jetzt ... mit vier Kindern ... wird das noch mal anders«, erwiderte Flora. »Sie werden sich mehr Zeit nehmen müssen. Gerade ihr Kleines braucht besonders viel Liebe und Pflege.«
»O Gott, auch das noch ... Dieses Teufelskind«, rutschte es aus Judith heraus.
»Teufelskind?«, fragte Flora mit plötzlich versteinertem Gesicht.
»Nein, nein, natürlich nicht ... Eigentlich sollte man sich ja darüber freuen ... Nur der Zeitpunkt ist halt jetzt sehr ungünstig.«
»Sie haben ja glücklicherweise immer noch Ihre Mutter«, wandte Flora, wieder entschieden weicher, ein.
»Bisher ist sie immer eingesprungen«, brachte Judith mit einiger Mühe hervor.
»Ich habe sie übrigens noch nicht erreicht ... habe angerufen, aber es meldet sich niemand«, sagte Flora, als wollte sie bewusst das Gespräch in eine andere Richtung lenken, weil sie

merkte, dass Judith es nicht verkraftete, über ihr Neugeborenes zu sprechen.

»Hoffentlich ist sie inzwischen wieder zurück von ihrer Reise mit Mickey?«, erwiderte Judith besorgt.

»Ich höre Ihnen gern weiter zu«, fuhr Flora fort, nach ihrem Ausdruck bewegter Sanftheit wieder zum suggestiven Klang ihrer Stimme und zu ihrer fast starr aufgerichteten Haltung von vorher zurückkehrend.

Judith fühlte ihre Worte nicht mehr nur wie von einem geheimnisvollen Magneten aus sich herausgezogen, sondern verspürte sogar den Wunsch, frei und von sich aus zu erzählen. Sie wollte Flora von ihrer letzten großen Aufgabe berichten, die sie mehr als ein Jahr beschäftigt hatte und die bei der vorgestrigen Theaterpremiere endlich zum Abschluss gekommen war. Judith berichtete, in welch langer und mühevoller Arbeit sie an der Redaktion eines umfangreichen Theaterprogrammhefts mitgewirkt, mit schwer auffindbaren und schwer zu übersetzenden historischen Dokumenten und Texten, für eine Aufführung von Arthur Millers »Hexenjagd« im Teatre Grec in Barcelona.

Diesen Auftrag hatte Judith sofort angenommen. Sie kannte das Bühnenstück, das auf den tatsächlichen Hexenprozessen in Salem/Massachusetts im Jahre 1692 beruhte, schon seit ihrer Kindheit in Californien. Noch als Schülerin hatte sie voller Entrüstung die Schikanen verfolgt, denen Arthur Miller schon bald nach der Uraufführung seines Stücks in New York im Januar 1953 ausgesetzt gewesen war. Wie für jedermann erkennbar, war das Bühnenstück parabelartig gegen die antikommunistische Massenhetze der McCarthy-Ära gerichtet, die sich Anfang der Fünfzigerjahre auf ihrem Höhepunkt befand.

Das U.S.State Department hatte Miller den Pass für eine Reise zur europäischen Erstaufführung der »Hexenjagd« in Brüssel verweigert, nachdem ihm das »Komitee gegen unamerikanische Umtriebe« der kommunistischen Konspiration verdächtigt und ihn dann vorgeladen, verhört und zu einem Jahr Gefängnis auf Bewährung und fünfhundert Dollar Geldstrafe verurteilt hatte, weil er sich geweigert hatte, bestimmte Kollegen zu denunzieren. Judith war schon immer fasziniert gewesen von der Dichte des Dramas, der Schärfe der Charakterdarstellung und von der dramaturgisch genialen Konzeption. Für die Parallelen zwischen der im Stück beschriebenen Massenhysterie in der neuenglischen Siedlung Salem bei Boston am Ende des siebzehnten Jahrhunderts und der McCarthy-Terrorwelle im Amerika des Kalten Krieges hatte Judith schon früh ein besonderes Gespür gehabt. Denn als Kind jüdischer Emigranten aus Nazideutschland hatte sie bei ihrer Auseinandersetzung mit Millers Stück natürlich immer auch die Diskriminierung und Verfolgung ihres eigenen jüdischen Volkes im Auge gehabt, nicht nur durch Hitler, sondern durch den jahrhundertealten abendländischen Antisemitismus überhaupt. Die Berichte über die gegen die Juden verübten Nazigräuel, die Judith als kleines Kind bei Kriegsende in ihrem californischen Elternhaus tagtäglich mitbekommen hatte, hatten sich unauslöschlich in sie eingegraben und sie hatten ihre ganze spätere Auseinandersetzung um ihre ethnische Zugehörigkeit und Identität geprägt. Deshalb hatte sie es gerade Arthur Miller so hoch angerechnet, dass er, auch ein Sohn jüdischer Einwanderer aus Europa, die erschreckenden Parallelen zwischen den zeitlich so weit auseinander liegenden Ereignissen im selben Land erkannt und gleichnishaft verarbeitet hatte.

Rund ein Jahr vor der geplanten Einstudierung von Millers Stück im vergangenen Sommer in Barcelona durch eine Gasttruppe aus Toledo war Judith um ihre Mitarbeit am Programmheft gebeten worden. Sie hatte nicht nur wegen des Stückes zugesagt. Als besonders reizvoll empfand sie auch die Idee einer Aufführung auf einer Freilichtbühne, wo der anfängliche, von der karibischen Negersklavin Tituba angeführte Geistertanz der Pfarrersmädchen und die späteren Waldszenen ein Stück weit in die Dunkelheit des Parc de Montjuic verlegt werden konnten, in dem sich das Theater befand. Überhaupt musste, wie sie fand, der ganze Wahnsinn des Stücks, die Teufelsverblendung, die Massenhysterie und die vielen niederträchtigen Intrigen zwischen den Dorfbewohnern unter dem offenen, mediterranen Sternenhimmel besonders stark zur Geltung kommen.

Judith wusste aus Programmheften früherer Inszenierungen, dass Arthur Miller für sein Bühnenstück die in Salem öffentlich zugänglichen historischen Gerichtsprotokolle konsultiert hatte. Inzwischen lagen alle Protokolle, in Buchform publiziert, vor, was Judiths Studium und ihre Suche nach exemplarischen Passagen daraus für das Programmheft wesentlich erleichterte und ihr zugleich auch das große Interesse der amerikanischen Öffentlichkeit an dieser Geschichte deutlich machte. Die wachsende Anzahl der Publikationen zu diesem sensiblen Thema auch nach der McCarthy-Ära waren für Judith ein Beweis, dass die Salemer Hexenprozesse über Jahrhunderte hinweg das Gewissen der amerikanischen Nation belastet hatten, welche sich selbst, seit ihrer Gründung, immer als Repräsentant und Garant für Liberalität und Fortschritt und als Anwalt von Recht und Ordnung betrachtet hatte und diesen Fehltritt in die Gegenrichtung nicht begreifen konnte. Ausgerechnet in

Amerika, dem Einwanderungsland verfolgter Andersgläubiger, hatten die Salemer Prozesse in einem einzigen Sommer zwanzig Hinrichtungs- und an die zweihundert Gefängnisopfer gefordert – und dies zu einem Zeitpunkt, da in Europa der jahrhundertealte Hexenterror gerade zu Ende ging. Judiths historische Nachforschungen hatten bald ergeben, dass gerade um die Person, welche die Katastrophe in Salem ausgelöst hatte, nämlich um die aus der Karibik nach Salem verschleppte Sklavin Tituba, im Lauf der Jahrhunderte, bis in Millers Bühnenfassung hinein, die wildesten Legenden wucherten, weil – paradoxerweise – ausgerechnet über die wichtigste Person in den Gerichtsakten und bei den Zeitzeugen nur sehr spärliche Angaben vorhanden waren. Allein schon dieser Widerspruch reizte Judith zu verstärkten Anstrengungen, hinter die Wahrheit zu kommen.

Immer noch saß Flora unbewegt, in steil aufgerichteter Haltung da. Ihre bisher halb geschlossenen Augen hielt sie jetzt mit aufmerksamem Blick auf Judith gerichtet.

»Diese Tituba ist für Sie eine besonders wichtige, eine zentrale Figur gewesen?«, fragte sie plötzlich mit bewegterer, heller Stimme.

»Anfangs noch nicht so sehr«, erwiderte Judith. »Je genauer ich sie allerdings kennen lernte und je schärfere Gestalt sie während meiner Recherchen annahm, desto mehr begann sie, mich zu faszinieren, und desto tiefer konnte ich mit ihr mitfühlen. Ich erkannte immer deutlicher, dass meine neue Tituba viel überzeugender und lebendiger, menschlich ergreifender war als die aus Millers Stück und dass für mich dadurch auch die nachfolgenden Ereignisse in Salem in ein etwas anderes Licht gerieten.«

»Und wie haben Sie Ihre Tituba gefunden?«

»Als ich sah, wie wenig die Dokumente hergaben, bin ich nach Barbados geflogen, wo Tituba lebte, bevor Samuel Parris sie dort als Sklavin kaufte und nach Boston mitnahm. Ich habe fast drei Monate in Bridgetown zugebracht, habe das Leben auf der Insel studiert und die dortigen Archive durchforstet.«
»Und das alles für ein einziges Theaterprogrammheft?«
»Das wurde mir immer unwichtiger, obwohl ich meinen Beitrag natürlich immer im Auge hatte, als Krönung meiner Recherchen sozusagen. Aber eigentlich tat ich es immer mehr für mich selbst.«
»Und alles während der Schwangerschaft?«
»Gerade während der schwierigsten Monate am Anfang. Einmal hatte ich auch kurz Mickey bei mir, weil meine Mutter keine Zeit für ihn hatte und auch Willy verreisen musste.«
»Willy? Der Vater Ihres Babys?«
Judith merkte, wie ihr das Blut in die Wangen schoss.
»Ja ... Willy ist Witwer«, antwortete sie etwas widerwillig. »Er besitzt ein Hotel auf der Insel Galiano in der Bucht von Vancouver, das nur im Sommer geöffnet ist, und das Jahr über leitet er einen Fährbetrieb zwischen Insel und Festland. Meine drei Söhne sind viel und gern bei ihm und seinen Kindern. Wegen seines Fährbetriebs ist er fast immer da. Dass er jetzt zu seinem kranken Vater musste, gehört zu den wenigen Ausnahmen.«
Judith spürte, dass sie jetzt die Kraft aufbrachte, ihre Ängste und Sorgen um die Zukunft wenigstens anzusprechen.
»Ich hoffe, Willy wird mir helfen, mit allem besser fertig zu werden, obwohl das meiste natürlich an mir selbst hängen bleibt«, sagte sie.
»Er wird sicher entzückt über sein Töchterchen sein, wenn er es sieht.«

»Meinen Sie?«, fragte Judith unsicher.
»Warum denn nicht?«
»Die Umstände der Geburt werden ihn nicht begeistern... Und dann die Pflegebedürftigkeit des Babys... und ob er mich, in meiner jämmerlichen Verfassung, überhaupt noch mag, weiß ich auch nicht.«
»So klingt mir das, was Sie eben über ihn sagten, eigentlich nicht.«
»Ach... und dann... ja«, stammelte Judith. »Mit den Umständen der Geburt meinte ich ja noch etwas anderes... Schlimmes... ganz, ganz Schlimmes mit dem Baby... Er wird sich fürchterlich erschrecken...«
Flora schaute Judith fragend an. Sie schien abzuwarten. Doch Judith merkte, dass sich wieder ihre Kehle zuschnürte und dass sie die Kontrolle über sich verlieren würde, wenn sie nicht sofort zu ihrer Erzählung zurückkehrte. Sie riss sich zusammen und fuhr fort: »In Arthur Millers Version und in den romantischen Darstellungen um die Jahrhundertwende wird Tituba als Negerin und Anhängerin des westafrikanischen Voodoo-Geheimkultes dargestellt.«
»Was war da Schreckliches mit der Geburt Ihrer Tochter«, unterbrach Flora sie streng.
»Nein, nein... Ich muss Ihnen zuerst noch die Geschichte zu Ende erzählen.«
Flora lächelte nachsichtig. Aus ihrem Lächeln war jedoch auch wirkliches Interesse zu entnehmen, was Judith erst recht dazu ermutigte, fortzufahren.
»Bei Miller und in den romantischen Versionen wird Tituba als eine subversive Schwarze dargestellt«, wiederholte Judith. »Sie wird als Wilde gesehen, die empfindsame und gelangweilte Kinder in einem puritanischen Pfarrhaus in Neueng-

land mit verbotenen Geistertänzen im Wald, verschwörerischen Ritualen, Zaubertränken und Wahrsagespielen, aufsässigen Liedern und Geistergeschichten verrückt macht und in einen so krankhaften Zustand versetzt, dass sie von der örtlichen Pfarrerschaft als Hexe verklagt und ins Gefängnis geworfen wird. Dort sitzt sie ganze dreizehn Monate praktisch unbeachtet ein, während, über ihren Kopf hinweg, die Höllenmaschinerie in Gang kommt und ein Opfer nach dem anderen verschlingt.«

Judith fühlte einen trockenen Mund und griff nach dem Glas Wasser neben ihr auf dem Nachttischchen.

»Von all dem steht in den Gerichtsakten und bei den Zeitzeugen rein gar nichts«, fuhr Judith fort. »Weder dass sie im Wald getanzt hat noch dass sie Geistergeschichten erzählt oder den Kindern aus der Hand gelesen hat. Es ist auch nicht bekannt, ob sie bei den einmal kurz erwähnten Wahrsagespielen der Mädchen in jenem verhängnisvollen Winter 1691/92 überhaupt dabei gewesen ist. Sie war in Wirklichkeit eine ganz unauffällige, kinderliebe und fügsame Haussklavin.«

»Aha ... also ein reiner Sündenbock?«

Flora sprach diese Worte sehr hart aus.

»So fing es klarerweise an«, fuhr Judith fort. »Als man Tituba dann zu ihrem falschen Geständnis zwang, hat sie den Spieß umgedreht. Eine höchst bemerkenswerte Geschichte. Und die hat, ohne dass sie es ahnen konnte, das ganze verhängnisvolle Drama ausgelöst. Und das hat natürlich die Schuldfrage neu aufgeworfen ...«

Flora merkte kurz auf.

»Aber sie war eine Negersklavin ...«, sagte sie nur.

»Nein, davon steht nichts in den Zeitdokumenten. Sie war weder eine Schwarze noch ein Mischling.«

Flora, weiter in ihrer kerzengeraden Haltung, erwiderte darauf nichts. Aber Judith bemerkte, wie sie ihre Pfeife, die sie die ganze Zeit von ihrer Hand umklammert hielt, jetzt so fest drückte, dass es so aussah, als müsste sie jeden Augenblick zerspringen. Judith glaubte auch eine gewisse Blässe in Floras Gesicht und eine Blutleere in ihren Lippen zu bemerken.

»Was sie wirklich war, bleibt eine interessante Frage«, fuhr Judith fort. »Denn sie kann auch keine Eingeborene von Barbados gewesen sein. Die indianischen Einwohner sind von den Spaniern, als diese um 1500 die Insel entdeckten, in deren Kolonien in Hispaniola verschleppt worden. Als die Engländer die Insel mehr als hundert Jahre später besiedelten, trafen sie nur einen Haufen verwilderter Schweine an, die wiederum von einem kurzen Besuch portugiesischer Seefahrer stammten. Die Engländer benutzten Barbados vor allem als Umschlagplatz für afrikanische Sklaven und erklärten die Insel Mitte des Jahrhunderts zur britischen Kronkolonie. Kurz vor den Ereignissen in Salem lebten auf Barbados etwa fünfzigtausend Negersklaven und zwölftausend Weiße und ... vielleicht ... hundert ... Indianer ...«

»Indianer?«, fragte Flora, immer angespannter.

Judith wollte antworten, stockte jedoch, weil sie jetzt den Grund für Floras wachsende Anspannung und Aufmerksamkeit zu ahnen begann. Sie brauchte Floras festen Halt und wollte ihn auf keinen Fall verlieren. Deshalb beschloss sie, ihre Darlegungen für eine gewisse Zeit zu unterbrechen. Sie merkte erst jetzt, wie sehr sie sich verausgabt hatte, und es drängte sie nach Ruhe.

»Ach, das ist jetzt alles vorbei ... Die Premiere in Barcelona ... meine Mitarbeit dort ... Es hat mich alles sehr mitgenommen ... Vielleicht sollten wir über etwas anderes sprechen.«

»Ich habe deshalb gefragt, weil ich von meinem Bruder Greg und von meiner Großmutter weiß, dass wir Chippewas in die Salemer Hexenjagdgeschichte mit involviert waren«, fuhr Flora unbeirrt fort und blickte auf ihre Pfeife, die ihre Faust inzwischen freigegeben hatte.
Jetzt schien Flora diejenige zu sein, die kaum zu bremsen war.
»Als der Hexenwahn auf seinem Höhepunkt war, während der schlimmsten und wildesten Monate«, so fuhr Flora fort, nachdem sie ihre Pfeife auf dem Tischchen neben dem Kleiderschrank abgelegt hatte, »da war der hauptverantwortliche Gouverneur nämlich nicht bei euch in Boston oder Salem, sondern bei uns im Norden, auf Indianerjagd. Ausgerechnet auf uns Chippewas hatte er es abgesehen damals ...«
Judith war betroffen. Über dieses »bei euch« stellte Flora sie auf die Gegnerseite, ausgerechnet sie! Judith war jedoch verblüfft über Floras Kenntnisse über jene Hexenjagd-Geschichte, die in diesem einen Punkt sogar ihre eigenen übertrafen. Denn Judith hatte bisher nicht gewusst, dass Gouverneur William Phips auf seinem Kanada-Feldzug im Sommer 1692 gegen die Franzosen und deren indianische Verbündete gerade gegen die Chippewas gezogen war.
Judith fragte vorsichtig nach.
»So genau lässt sich das heute nicht mehr nachvollziehen«, erklärte Flora, mit ihren hellen breiten Fellschuhen lautlos auf dem Boden hin und her schleifend. »Es waren jedenfalls die Nord-Algonkin, zu deren Stamm wir auch gehören. Meine Großmutter hat mir erzählt, die Truppen von Gouverneur Phips hätten in jenem Sommer viele von den unsrigen abgeschlachtet. Sie hat wiederholt von dieser Schmach gesprochen, obwohl das schon fast dreihundert Jahre zurückliegt und nur eines der Ereignisse war, die unser Totem der Verteidigung ge-

schwächt haben und schließlich ins Meer haben zurücksinken lassen ...«

Judith spürte, wie sich die aus diesen Worten sprechende Traurigkeit auf sie übertrug.

»Es ist schon eine gnadenlose Logik«, stieß Judith, ihre letzten Energien zusammenreißend, hervor. »Wäre der Gouverneur nicht nach Norden in den Krieg gegen euch gezogen, hätte er die Situation in Salem unter Kontrolle behalten.«

»Und die Hexenjagd heute Nacht?«, fragte Flora überraschend. »Die Menschen und Tiere und Kobolde und das Kind auf Ihrer Brust?«

Judith zuckte zusammen. Eine erneute höllische Unruhe erfasste sie. Sie glaubte wieder, zur Zielscheibe dieser fatalen Stiche und Krämpfe zu werden. Doch Floras Gegenwart half ihr, dies abzuwenden. Sie klammerte sich fest an Floras Hand.

»Wir werden es herausfinden«, redete Flora leise beschwörend auf Judith ein, während sie ihr furchiges Gesicht zu einer Grimasse verzog, die zum ersten Mal wieder ihre Zahnlücken und ihr rosiges Zahnfleisch sichtbar werden ließ. »Erst wenn wir es wissen, gibt es Ruhe. Es gibt Brände, die manchmal erst Hunderte von Jahren später wieder aufflackern. Unsere Geschichte ist ein ständiger Kreislauf, so wie unser ganzes Leben und wie der Lauf der Schöpfung durch Kitche Manitu ... Auch die Schuldfrage, die Sie vorhin ansprachen, als Sie sagten, Tituba hätte mit ihrem offensiven Bekenntnis den Stein ins Rollen gebracht. Die Schuldfrage stellt sich immer wieder neu, das Verhältnis von Tätern und Opfern ...«

Judith fühlte sich in ihrer grenzenlosen Müdigkeit vom rätselhaften Inhalt dieser Worte ziemlich verwirrt.

»Glauben Sie eigentlich an Reinkarnation?«, vermochte sie nur noch mit weinerlicher Stimme hervorzubringen.

Flora antwortete nicht.

»Ich habe so furchtbare Angst um mein Kind«, ergänzte sie.

»Vielleicht sollten Sie ihm bald einen Namen geben. Das könnte es davor schützen.«

»Wovor?«

»Ich glaube, wir sollten jetzt etwas anderes tun. Was halten Sie davon, wenn ich Ihnen ein bisschen Musik bringe, schöne und ruhige Musik zum Entspannen und Abschalten?«

»Wenn Sie bei mir bleiben, gern. Und was für Musik?«

»Ach, ›Songs of the Seashore‹ von James Galway. Kennen Sie nicht? Das wird Sie auf eine weite, einsame Sonneninsel davontragen, auf der Sie träumen können. Und das wird Ihnen gut tun ...«

Es war dies für Judith eine sehr angenehme Vorstellung. Danach würde sie vielleicht ihr Baby umso lieber wieder sehen und in die Arme nehmen. Mit diesen beruhigenden Gedanken schloss sie die Augen.

Es war im Juli 1674, als Kapitän Peter Wroth sich mit seiner Schaluppe von Barbados an die Nordostküste Südamerikas auf Indianerjagd begab. Das Ziel war, wie schon bei früheren Fahrten, das etwa dreihundert Seemeilen entfernte, sumpfreiche Oronico-Flussdelta im venezolanisch-guyanischen Tiefland unweit der Insel Trinidad. Eine unvorhergesehene Drehung des östlichen Passatwindes brachte das Schiff vom Kurs ab zu einem westwärts gelegenen Nebenfluss des Oronico, dem Amacura, auf dem Wroth und seine Besatzung etwas landeinwärts in Richtung des Hauptflusses fuhren. Bald sichteten die Engländer Kanus mit vierzehn Eingeborenen. Um ihre Stammeszugehörigkeit zu überprüfen, baten sie sie auf ihr Schiff. Da es offensichtlich Kariben und nicht feindliche, mit den Holländern verbündete Aruaks waren und dazu nicht einmal Frauen, beschränkte sich die Besatzung auf die Abwicklung von Tauschgeschäften und ließ die Indios wieder ziehen.

Erst beim dritten Anlauf auf dieser Amacura-Tour – es war am 2. August – griffen der Kapitän und seine Mannschaft zu. Diesmal waren es Aruaks, wie man am etwas kleineren Wuchs und an der helleren Hautfarbe erkennen konnte. Nach Wroths Überzeugung waren es hier ansässige Tetebetanas, acht Frauen und zwei Kinder, die auf dem Fluss paddelten und vielfältige Tauschgüter – frisch gefangene Fische, Tonkrüge mit gekühltem Paiwari, selbst gefertigte Baumwollhängematten und verschiedene Büffelfelle – mit sich führten. Arglos ließen sich die Frauen und Kinder auf Deck einladen. Dort überwältigte man sie sofort. Vier der Frauen vermochten sich jedoch bald dem Griff der Seeleute zu entwinden, sprangen in den Fluss zurück und versuchten mit dem Tempo äußerst geübter Schwimmerinnen unter Wasser davonzutauchen. Doch sie wurden bald mit ihren eigenen Kanus, die andere Mitglieder von Wroths Mannschaft inzwischen besetzt hatten, wieder eingeholt und zurückgebracht.

Die Rückfahrt nach Barbados verzögerte sich eine Weile. Es musste zuerst das Einsetzen der Ebbe abgewartet werden. Doch die Zeit war zu kurz für einen erneuten Fluchtversuch der inzwischen unter Deck eingesperrten Opfer. Bald fuhr das Schiff mit seiner Menschenbeute und den reichlichen Tauschgütern nordwärts in den Oronico und von da aus in den Atlantik mit Kurs auf Barbados.

Bald nachdem das Festland außer Sicht war, erlaubte der Kapitän, dass man wenigstens den beiden im Schiffsbauch gefangen gehaltenen Kindern die Fesseln lockerte, ihnen mehr Wasser und Zwieback reichte und sie gelegentlich auch kurz und unter strenger Bewachung auf Deck gehen ließ, zu zweit oder auch allein. Eines der Kinder war ein kleines Mädchen, neun oder zehn, allerhöchstens elf Jahre alt. Die Schiffsmänner nannten sie wegen ihrer Stammeszugehörigkeit Tetebetado und bald, verkürzt, Tetebe. Daraus wurde später Tetube, Tatube oder Titube, was auf Spanisch schwanken oder stammeln bedeutet.

Der kurze, wiederholte Blick von Deck aus dorthin, wo die blaue Scheibe des Himmels auf die der Erde stößt, half Tetube, ihren ersten Schock zu überwinden. Sie hatte lange überhaupt nicht mehr gewusst, was in den kurzen, schrecklichen Augenblicken passiert war, nachdem sie alle zehn ihre Kanus verlassen und das Schiffsdeck bestiegen hatten. Immer wieder von neuem tauchten im Dunkeln des Schiffsraumes, in den die Kleine eingesperrt war, oder auch während ihrer Albträume im Schlaf die schrecklichen Bilder auf. Die grabschenden, behaarten Fäuste und die blutunterlaufenen Augen der Männer mit den Lederhüten und dicken Stiefeln, wie sie ihre Opfer brüllend ansprangen, sie umklammerten und ihnen die Fingernägel so hart ins nackte Fleisch bohrten, dass es noch Tage lang wehtat, und wie sie dann alle zehn Gefangenen, die acht Frauen und zwei Kinder, voneinander trennten, sie in dunkle Räume sperrten und mit Seilen fesselten. Tetube fühlte sich heftig von diesen Bildern bedrängt und kämpfte verzweifelt gegen sie an. Manchmal musste sie laut weinen oder schreien, so lange, bis sie die Schreckensszenen wieder aus ihrer Vorstellung verbannt hatte. Anfangs hatte sie es nicht einmal fertig gebracht, nach ihrer Mutter zu rufen. Je stärker sie jedoch spürte, dass sie es wieder könnte, desto weniger wollte sie dies mehr. Denn sie erkannte bald, dass es sinnlos war, nach etwas zu verlangen, was nicht mehr da war. Sie lernte umgekehrt, dass dieselben Männer, die ihr so sehr wehgetan und sie in die Dunkelheit gezerrt und gefesselt hatten, sich desto mehr dazu bereit fanden, ihren Hunger und Durst, ihren Drang nach Sonne und Luft und sogar ihre Traurigkeit und Verzweiflung zu lindern, je bereitwilliger sie sich in ihr Schicksal fügte und, statt, wie am Anfang, nur zu kratzen und zu beißen, zu spucken und um sich zu schlagen, ruhig blieb und die neugierigen, immer freundlicheren Blicke der Männer erwiderte und sich irgendwann sogar auch zu einem Lächeln durchrang. Sie tat dies so oft und so lange, bis sie freiwillig und aus innerem Antrieb lächelte. Und aus diesem Wechselspiel ergab sich, dass Tetube diese Männer – gegen ihren Willen – fast zu mögen begann. Jedenfalls einen unter ihnen, den die anderen William nannten und der offenbar einer der tonangebenden Leute auf dem Schiff war. Er hatte Tetube als Erster getrockneten, gesalzenen Fisch gebracht und ihr länger freundlich und geduldig in seiner fremden Sprache gut zuzureden versucht. Sie gestand sich ein, ihm gegenüber sogar Dankbarkeit zu empfinden, und es schmerzte sie, dass sie sich ihm gegenüber mit ihrer eigenen Sprache nicht verständlich machen konnte.

Die Reise schien überhaupt nicht enden zu wollen. Solange die Männer nicht kamen, um ihr Essen und Wasser zu bringen oder sie auf Deck zu holen, musste sie allein in ihrem engen Raum ausharren. Dort dachte sie oft mit bitterem Schmerz an ihr Zuhause zurück. Sie sah vor allem die letzten Tage und die letzten Stunden vor ihrer verhängnisvollen Begegnung mit dem großen Schiff wie einen Film vor sich ablaufen. Sie sah, wie ihre Mutter nach dem ersten Morgenbad im Teich neben ihrer Hütte den Maniokkuchenteig zum Backen in die Sonne legte und dann den nach drei, vier Tagen gut durchgegorenen Paiwari in die Tonkrüge füllte, wie sie dann, zum letzten Mal, ihren gestreiften und mit Perlen beschwerten Queyu von ihrer Taille losband und ihr Halsband aus Ozelotzähnen ablegte und dann mit Tetube in den Badeteich stieg und wie sie anschließend, alle zusammen, an den Fluss zogen und mit ihren Kanus losruderten …

Die wenigen Minuten, die Tetube auf Deck verbringen durfte, brachten ihr nicht nur Erleichterung. Derselbe zwischen saphirblau und metallfarben schimmernde, grenzenlose Meerhimmel, der ihre anfängliche Schockstarre zu lösen vermocht hatte, verstärkte je länger, desto mehr ihr Gefühl der Verlorenheit. Sie sah vor sich nur ein endloses Ineinanderfließen von Wasser und Luft ohne greifbare Gestalt, eine gähnende Perspektivelosigkeit, in die sie sich auch selbst aufzulösen schien. Sie hatte das Gefühl, ihre eigene Trostlosigkeit und Leere wie in einem unendlichen Spiegel vor sich ausgebreitet zu sehen, und sie hörte sich in ihrem tiefsten Inneren tonlos und ohne Widerhall schreien. Nur manchmal allein in der dunklen Kammer konnte sie weinen, beim Einschlafen und beim Aufwachen. Wo war ihre Mutter, wo ihr Vater und wo waren alle anderen Menschen ihres Dorfes? Wo war ihre offene, strohbedeckte Pfahlhütte in der Urwaldlichtung, wo ihre Hängematte, wo der Duft von Kokosnuss, Mango, Brotfrucht und Guyava, von Zucker, Ananas und Pfeffer, der Gewürze und Kräuter? Wo war das Wasser im Teich, in dem sie alle mehrmals täglich zu baden pflegten, und wo die Sümpfe um den Fluss? Wo waren die Blumen, die Sträucher und die Gräser, die die Sonne wärmte und über die der Wind strich, so wie durch ihre Haare und an ihre nackten Schultern, wenn sie in der Hängematte zwischen zwei Bäumen lag und den Vögeln und dem Knacken der Wildtiere im Gehölz lauschte oder wenn sie mit ihren bloßen Füßen über die stachelige Savanne lief? Wo war die Feuerstelle, bei der sie oft zusammen mit ihrer Mutter saß und ihr beim Reiben, beim Entgiften und Sieben des Maniokmehls oder beim Brotbacken und beim Brauen des Paiwari half oder beim Flechten von Körben aus Schilf, Lianen, Binsen und Palmenfasern, die dann mit Ruß oder Pflanzensaft geschwärzt wurden? Und ihre kleinen Geschwister, die sie mit Mehlbrei fütterte, und der Papagei, die Landschildkröte und das Kanu, in dem sie zuletzt gefahren waren und das sie auch sonst häufig benutzten, wenn nicht ihr Vater, mit Pfeil und Bogen ausgerüstet, damit auf Fischfang gegangen war? Und wo vor allem waren die Schutzgeister, die vielen guten in den Stein- und Tonmedaillons ihrer Eltern dargestellten Tier- und Busch- und Totengeister? Wo waren sie, um ihr zu helfen, sie zu befreien und wieder nach Hause zu bringen? Noch am Abend vor ihrer Verschleppung hatte Tetubes große Dorfgemeinschaft diesen Geistern gehuldigt, mit Tänzen und Gesängen, begleitet von Trommeln, Rasseln und Klanghölzern, und danach hatten sie Wettrennen und Ringkämpfe veranstaltet und zwischendurch immer wieder so große Mengen Paiwari zu sich genommen, dass viele umhergetorkelt und einige sogar hingefallen waren oder sich hatten übergeben müssen. Andere wiederum hatten bei der Anrufung der Geister Blätter und Beeren gekaut, deren Name und Bedeutung man Tetube bisher nie verraten hatte und nach deren Genuss ihre Stammesbrüder in einen höchst seltsamen, Tetube oft ängstigenden Zustand gerieten, mit heftigem Atmen, starrem Gesicht, wilden Zuckungen und unartikulierten Schreien. Wo waren die Schutzgeister, die sie alle kürzlich noch beschworen hatten? Oder hatten die bösen Geister überhand genommen? Die bei der Abenddämmerung in den Busch einkehrenden Totengeister, die Opias und Hubias oder die am meisten gefürchteten, behaarten, zweiköpfigen, wie Siamesische Zwillinge zusammengewachsenen und knielosen Kenaimas, die viel schlimmeres Unglück anrichteten als ein sterblicher Mensch? In welchem Tier oder welcher Pflanze hatte sich der Kenaima verkörpert, der es auf Tetube und ihre neun Mitgefangenen abgesehen hatte? Vielleicht, wie so oft, in einem Vogel, der sie schon lange heimlich verfolgt hatte und der sie jetzt während der ganzen Schiffsreise begleitete, hoch über ihrem Haupt kreiste und dunkle Botschaften aus dem Totenreich zu ihr herabkreischte?

Trotz ihrer Ungewissheit und Verzweiflung fühlte Tetube zwischendurch auch einen Hoffnungsschimmer bei sich auftauchen und eine gewisse Neugierde auf das, was sie bei der Ankunft des Schiffs erwarten würde, so, als fühlte sie sich, trotz des schrecklichen Verlusts von allem, dazu bereit, sich auf Neues einzustellen. Sie verfluchte die sie heimsuchenden bösen Geister und sie flehte die Schutzgeister an, zurückzukommen und sie aus den Krallen des Bösen zu befreien. Sie hielt auf dem Schiff Zwiesprache mit dem Jaguar, dem Herrn aller Landtiere, der zwischen dem Menschlichen und dem Übermenschlichen vermittelte, und mit dem Piaiman, dem Schamanen ihres Stammes, der sie so oft vor den giftigen Pflanzen und Kräutern im Wald und in der Savanne bewahrt hatte und sich, wenn er in Trance war, brüllend oder bauchredend mit den Schutzgeistern verständigte. Ihre Augen suchten im Dunkeln des Schiffsraumes vergeblich nach irgendwelcher roter Farbe, die als Talisman gegen Krankheit und Gebrechen galt, und sie war verzweifelt, dass sie keinen roten Pfeffer bei sich hatte, um sich damit nach Stammessitte die Augen einzureiben und mit der dadurch bewirkten zeitweiligen Erblindung das Böse abzuwehren. Sie überlegte krampfhaft, was sie stattdessen tun könnte, bis sie endlich auf die Idee kam, einfach die Augen zu schließen, sozusagen in künstlicher und gespielter Blindheit zu hoffen und zu warten auf den Sieg der Schutzgeister und auf die Wiederkehr der Bäume und Pflanzen und der festen Erde, von Vater und Mutter und den anderen guten Menschen ihrer Dorfgemeinschaft.

Die ersten Eindrücke, die Tetube bei ihrer Ankunft im Hafen von Bridgetown auf Barbados aufnahm, waren verwirrend und spannend zugleich. Die dichte Front der neuartig hohen, giebeligen und kleinfenstrigen Häuser zwischen engen Straßen, die sich darüber sanft wölbende, grüne Hügellandschaft und davor die Massen an Seglern in der frühherbstlich aufgewühlten Bucht unter dem von Wolkenfetzen durchrissenen Himmel. Tetube hatte am Ende der Reise kaum mehr ein richtiges Zeitgefühl gehabt, aber ihr war, als wäre seit ihrer Abfahrt vom Festland zu Hause die Sonne mindestens einen Mond lang untergegangen. Nachdem man sie erst kurz vor der Ankunft aus ihrem dunklen Raum geholt hatte, hatte sie wenig Zeit, sich an den neuen Anblick zu gewöhnen. Denn das Schiff trieb rasch in den Hafen. Ein anschwellender Lärm drang von dorther und es herrschte großes Gedränge von Menschen, die sowohl von anderen Schiffen als auch vom Land herbei strömten, auf einem langen, schmalen Holzsteg zusammentrafen und ineinander zu verschmelzen schienen. Auch neue, fremdartige Gerüche drangen in ihre Nase. Das weitaus Erschreckendste war jedoch das Aussehen der Menschen dort an Land. Tetube hatte bei der Ankunft mit lauter von Kopf bis Fuß in Stoff oder Leder gepackten Bleichmenschen wie die auf dem Schiff gerechnet. Einige von ihnen auf dem Land sahen zwar ähnlich aus, wobei die Aufmachung der Frauen noch bunter und üppiger war, wenngleich seltsam eingehüllt und steif. Die weitaus meisten Menschen hier hatten jedoch eine pechschwarze Hautfarbe, wie sie Tetube noch nie gesehen hatte. Dafür waren sie ganz ähnlich gekleidet wie Tetube, spärlich und einfach, einige nur mit einem Lendenschurz, kaum größer als ihr Queyu, wodurch die schwarze Hautfarbe besonders zur Geltung kam. Menschen wie sie sah sie keine. Ihre Mitgefangenen auf dem Schiff, die inzwischen ebenfalls aus ihren getrennten Verliesen geholt worden waren, erblickte sie nur vereinzelt von weitem. Wie gerne sie zu ihnen gegangen wäre, um mit ihnen zu sprechen! Sie waren jedoch unerreichbar und Tetube fragte sich höchst beunruhigt, was wohl mit ihnen allen und auch mit ihr selbst geschehen würde.

Als das Schiff anlegte, wurde sie von einem der Besatzungsmitglieder rasch und mit festem, schmerzhaftem Griff über die Landungsbrücke und den langen Holzsteg aufs Land gezerrt, in so gehetztem Tempo, dass sie mehrmals stolperte und fast hinfiel. Am Ende des Stegs blieben sie kurz stehen. Ihr Bewacher sprach mit einem anderen Mann, der offenbar auf die beiden gewartet hatte. Er war ziemlich jung und gehörte auch der Minderheit der Bleichmenschen an, wirkte jedoch schmaler und schwächlicher als der andere, irgendwie krank. Die beiden schienen sich nicht einigen zu können, wobei dieser Eindruck vielleicht auch daher rührte, dass Tetube kein Wort von dem verstand, worüber die beiden laut und ziemlich heftig gestikulierend redeten. Danach brachte sie ihr Bewacher in ein nahe gelegenes Haus, das etwas breiter und niedriger als die anderen war und nur oben das Licht durch Öffnungen hereinließ. Dort wurde sie im Erdgeschoss wieder in einen dunklen Raum gesperrt. Sehr bald holte sie der kränkliche Mann allerdings heraus und brachte sie zu einem Wagen, der von großen, ihr unbekannten Tieren gezogen wurde und mit dem sie gleich losfuhren.

Das Gefährt brachte sie einige Meilen ins Landesinnere. Es gab hier keine Sümpfe wie bei Tetube zu Hause, doch der Fluss, an dem sie vorbeikamen, führte reichlich Wasser mit sich, so als hätte es hier vor kurzem stark geregnet. Das helle Mittagslicht und die Landschaft waren ähnlich wie am Oronico-Flussdelta, nur etwas hügeliger und ohne Steppengras, aber sonst mit ähnlichen Bäumen und Pflanzen, Blumen und Früchten. Im Gegensatz zum Lärm und dem Gedränge am Hafen war es hier still und einsam. Es gab nur vereinzelte Häuser, nicht die dicht besiedelten Dörfer wie dort, wo sie und ihre Familie gewohnt hatten. Von der Anhöhe aus sah man immer wieder aufs Meer, fast rundherum, wie es Tetube schien.

Das Land, an das sie gebracht worden war, war ihrer Einschätzung nach entweder sehr klein oder der Vorsprung einer größeren Küste. Als sie das Meer in den ihr mittlerweile so vertrauten Farben zu ihren Füßen leuchten sah, fühlte sie sich plötzlich wieder von heftigem Heimweh gepackt. Denn anders als noch in ihrer im Nichts schwimmenden Gefängnisnussschale, glaubte sie jetzt, auf der festen Erde, viel sicherer die Richtung und die Entfernung ihres Zuhauses einschätzen zu können. Sie fühlte sich auf einmal wieder einsam und verloren, obwohl die Schönheit hier sie auch tröstete. Und sie merkte, dass es sie zunehmend quälte, sich mit dem Bleichmenschen neben ihr auf dem Pferdefuhrwerk nicht verständigen zu können. Es drängte sie, von ihm, einem durchaus freundlichen Mann, oder von irgendjemandem sonst endlich zu erfahren, wo sie war, wohin sie gebracht wurde und was mit ihr geschehen sollte. Ihre Sprachlosigkeit erschien ihr wie ein weiteres Gefängnis in dem Gefängnis, über das die Weite, die Helligkeit und Farbenvielfalt der hiesigen Landschaft nicht hinwegzutäuschen vermochte.

Bald gelangten sie in waldreiches, dunkleres Gebiet mit hohen, Schatten spendenden Bäumen, Farnen und ineinander verschlungenen Gewürzpflanzen und dazwischengesprenkelter Blumenpracht, dann an eine Steinschlucht mit Höhleneingängen. Danach wurde der Blick wieder weiter und das

Licht heller. Kleine, zahlreiche Felder erstreckten sich über große Hügelflächen, quadratisch abgegrenzt und in genau bemessener Anordnung mit Zuckerrohr bepflanzt. Auf einigen dieser Felder arbeiteten schwarzhäutige, mit Macheten ausgerüstete Menschen, die ähnlich große und dunkle Körbe auf dem Kopf trugen wie Tetubes Stammesgenossen am Amacura. Nach und nach wurde Tetube jedoch von ihren Gedanken abgelenkt, denn sie näherten sich jetzt einer größeren Siedlung. Tetubes neuer Herr, der die ganze Zeit schweigend neben ihr gesessen und die Zügel der beiden Pferde fest gehalten hatte, zeigte jetzt auf ein besonders hohes und schmales Gebäude mit einem dünnen Kreuz auf dem spitzen Dach und rief dabei ein Wort, eine Bezeichnung oder einen Namen, den Tetube nie vergaß, weil sie ihn später noch oft hören sollte: »Saint Thomas.« Sie merkte auch an dem zunehmend entspannten Gesicht ihres Herrn und auch an der Art der Bewegung der Tiere, dass sie wohl bald am Ziel, vielleicht am Ziel ihrer langen Reise überhaupt angelangt war. Sie war völlig unsicher und schwankte zwischen Hoffnung und Furcht vor dem, was sie an diesem neuen Ort erwartete.

Sie hielten an einer verhältnismäßig dichten Ansammlung von Häusern an. Die größeren waren mit roten, flachen Steinen bedeckt, die wenigen kleineren mit Stroh. Daneben stand ein hoher Turm mit riesigen, oben senkrecht und kreuzweise angebrachten Rudern, die sich im Wind drehten und mit einer bis zur Erde reichenden Stange verbunden waren, die mit ihrer Drehung eine große Walze auf der Erde betätigte, an der sich wieder schwarzhäutige Menschen zu schaffen machten. Außer einem Bleichmenschen, der auf einem Tier im Schatten einer Baumgruppe saß, sah Tetube nur Schwarze, die

Körbe auf ihrem Kopf balancierten oder an irgendwelchen am Boden liegenden Fässern hantierten. Die weitaus meisten Schwarzen waren auf einem abseits gelegenen, wieder genau abgezirkelten und regelmäßig bebauten Feld beschäftigt. In noch größerer Entfernung standen, in mehreren Reihen eng nebeneinander, kleine, strohbedeckte Hütten mit offenen Eingängen wie bei ihrem eigenen Haus früher. Über diese Hütten hinweg ging der Blick über mehrere Hügel und Hügelketten bis zum Horizont, fast wie vom Schiff aus auf das Meer. Nur die Farben wirkten anders und leuchteten in der Sonne besonders vielfältig, in allen Grüntönungen über Goldgelb und Ocker bis ins Bläuliche, sodass in dem Farbenallerlei nicht recht auszumachen war, ob die hinterste, knapp zum Vorschein kommende Fläche nicht schon das Meer war.

Das Erste, was Tetube herausfand, war, dass das größte Haus in der neuen Wohnkolonie mit den roten, flachen Steinen auf dem Dach das so genannte Herrenhaus war und dass die von der Windmühle gegenüber betriebene Eisenwalze eine Zuckerpresse war. Und sie schaute gerne zu, wie die schwarzhäutigen Menschen die zurechtgeschnittenen Rohrstängel in die Walze schoben und den weißlichen Zuckersaft in einen großen Behälter fließen ließen. Der Bleichmensch, den sie bei der Ankunft gesehen hatte, wohnte nicht hier. Es war Onkel Nicholas, ein Freund der Besitzerfamilie, der häufig zu Besuch kam. Vor allem die Kinder hier freuten sich jedes Mal, wenn er kam. Denn er machte ihnen Kunststückchen mit seinem Pferd vor oder hob einen der Jungen zu sich hoch und manchmal brachte er Trockenfleisch mit, das er aus einer Schiffsladung am Hafen ergattert hatte und schenkte es den Kindern. Im Herrenhaus wohnte eigentlich nur Mrs Pearsehouse. Sie war vor kurzem zum dritten Mal Witwe geworden und war die Mutter des kränklich wirkenden Mannes, der Tetube hierhin gebracht hatte und der Samuel hieß und auch nur selten hier war.

Tetube bekam als Erstes eine besondere Kennzeichnung am Ohr eingekerbt. Dann wurde sie in eine der weiter entfernten Hütten zu einer Familie schwarzhäutiger Sklaven gebracht, mit der sie zusammenwohnen sollte, noch ohne zu arbeiten, wie auch die anderen jüngeren Kinder, die man hier »pickannies« nannte. Ihre neue Mutter war Peggy. Tetube tat sich anfangs sehr schwer, sich einzugewöhnen. Schweigend presste sie sich in eine Ecke und sperrte sich gegen alle freundlichen Annäherungsversuche von Mutter Peggy und den anderen pickannies und verweigerte fast jede Nahrung. Entweder starrte sie teilnahmslos vor sich hin oder weinte verzweifelt. Die anderen pickannies steckten ihr immer wieder zum Trost ein Stückchen Yamswurzel oder Melasse zu, die sie sich vom Mund abgespart hatten, und Peggy trocknete ihr die Tränen. Dies taten sie alle so ausdauernd, bis Tetube langsam Vertrauen gewann. Zur großen Freude ihrer Mitbewohner lächelte sie immer häufiger, aß und trank wie die anderen und ganz zögernd und langsam ließ sie sich auch auf gemeinsame Spiele mit den Kindern ihrer Hütte ein, deren Namen Betty, Hannah, Jack, Ella und Ben sie sich inzwischen eingeprägt hatte und die sie einigermaßen aussprechen konnte. Nur, was den Vater der Hüttenfamilie betraf, war sich Tetube nicht sicher, weil Toney mit Sarah, die jünger als Peggy war und in derselben Hütte wohnte, öfter zusammen war als mit jener. Es gab überhaupt viel mehr schwarze Frauen als Männer, da, wie man ihr sagte, der Kaufpreis der Frauen niedriger war und die schwarzen Männer offenbar mehrere Frauen hatten.

Wenn morgens um halb sechs die Glocke alle Hüttenbewohner auf dem Haupthof zusammenrief, wo sie ihre Tagesanweisungen entgegennahmen, ging Tetube so wie alle anderen Kinder immer mit. Dort bekamen auch die Kinder heißen Ingwertee ausgeschenkt und schlossen sich dann den verschiedenen Arbeitsgruppen an. Tetube und ihre Freunde folgten am liebsten den Feldsklaven, die am härtesten arbeiten mussten und zu denen auch Peggy, Sarah und Toney gehörten. Sie hatten auf den Plantagen Löcher für die Zuckerrohrsetzlinge auszuheben oder mussten düngen und dann das reife Rohr ernten. Bei der Ernte gab es für die Kinder immer Schnittstücke, an denen sie den ganzen Tag herumlutschen konnten, wenn sie nicht gerade auf den in der Nähe liegenden Zuckerrohrabfallhaufen herumtollten und Rutschbahn spielten. Samstagmittag versammelte man sich wieder auf dem Hof, um die wöchentlichen Essensrationen entgegenzunehmen: hauptsächlich Yamswurzeln oder Kartoffeln, einen Sack Getreidekörner, ein bisschen von dem besonders kostbaren und schmackhaften Fisch und etwas Salz und Melasse. Ihre wenige freie Zeit nutzten die Erwachsenen, wenn der Fluss in der Nähe vor allem im Spätsommer und Herbst ausreichend Wasser enthielt, zum Baden mit den Kindern. Tetube fühlte sich bald vollständig der Gemeinschaft der zwischen siebzig und achtzig Sklaven auf dem Gut zugehörig, trotz ihrer eigenen helleren Hautfarbe und obwohl die sprachliche Verständigung mit ihnen nur sehr langsam voranschritt. Dabei wurde ihr zu ihrer Beruhigung rasch deutlich, dass auch die Schwarzen untereinander sich mithilfe notdürftig zusammengeklaubter Englischbrocken unterhielten. Auch Tetube lernte sich nach und nach mit diesem Kauderwelsch aus Englisch, Afrikanisch und Aruak zu behelfen, besonders dann, wenn sie traurig war und sie Menschen in ihrer Nähe brauchte, die sie trösten konnten, allen voran Peggy, die sich auch manchmal nach ihrer verlorenen afrikanischen Heimat sehnte.

»Du... Tetube nicht weinen... Unser Obeah auch dein Obeah... Wir alle eine Familie...«, pflegte Mutter Peggy Tetube gut zuzureden und strich ihr dann über ihr tränennasses Gesicht.

»Ich nicht weinen... du meine Familie... liebe Familie...«, war das Erste, was Tetube darauf, auch zu ihrem eigenen Trost, ebenfalls auf Englisch radebrechte.

Nach und nach erweiterte sie ihren Wortschatz und sie setzte ihre Worte zu immer komplexeren und inhaltsreicheren Satzgefügen zusammen, mit der sie sich mit ihrer Sklavenfamilie in der Wohnhütte verständigte. Je weiter sie damit vorankam, desto deutlicher bemerkte Tetube, dass ihre ursprüngliche, eigene Sprache langsam verblasste, so wie auch ihre Namensidentität: aus dem ursprünglichen Tetebe und bald Tetube war inzwischen Titube oder Tatube und schließlich sogar Tatuba geworden, vermutlich, weil die Engländer dies so leichter aussprechen konnten. Auf der anderen Seite entdeckte sie, ebenfalls zu ihrer Erleichterung, immer wieder gewisse Gemeinsamkeiten zwischen afrikanischer und indianischer Lebensweise auf der Insel. Auch auf Barbados schlief man fast nur in Hängematten, man gebrauchte ähnliche Tragekörbe wie in Tetubes früherem Zuhause und in ihrer Sklavenhütte standen fast dieselben Kochgeräte, dieselben Reibebretter zum Raspeln der Maniokknollen und Mörser zum Mahlen der Maiskörner und dieselben getrockneten und ausgehöhlten Kürbiskalebassen. Während ihrer ganzen Zeit auf Barbados erlebte Tetube auch die inbrünstigen Gesänge und ekstatischen Tänze mit, beglei-

tet von Trommelschlägen auf hohlen und von Tierfellen überspannten Baumstrunken oder vom Aneinanderschlagen zweier Steine. Mit diesen Zeremonien riefen die schwarzen Sklaven die in ihrer afrikanischen Heimat zurückgelassenen Gottheiten an und baten um ihren Schutz und um ihre Hilfe bei der bevorstehenden Rückkehr in die Welt der Ahnen. Geleitet wurden die Feiern von einem Priester, dem Obeah, den Peggy bei ihren ersten Verständigungsversuchen mit Tetube wiederholt erwähnt hatte. Dieser Obeah führte einen Sack mit Zauberdingen, rostigen Nägeln, Federn, Glasscherben und Lehmklumpen mit sich und entfaltete damit seine magischen Kräfte, heilsame wie zerstörerische, und er leitete die anderen dazu an, Wachs- und Tonpuppennachbildungen lebender Menschen mit Nadeln zu piken, um so auf diese einwirken zu können. Tetube begegneten auf diese Weise Bräuche und Riten, die ihr bekannt waren und die auf der Auffassung beruhten, dass Krankheiten durch übernatürliche Kräfte sowohl verursacht als auch geheilt werden konnten. Es war dieselbe enge Einheit von Medizin und Religion, die sie von früher kannte und deren Wiederentdeckung hier ihr half, sich in der hiesigen Fremde einzuleben. Andererseits mussten jedoch gerade diese Bräuche vor den englischen Herren verborgen ausgeübt werden. Denn diese missbilligten jede Art von Religionsausübung ihrer schwarzen Sklaven aufs Höchste. Für sie waren dies verwerfliche, suspekte Umtriebe, Teufelswerk, das dazu angetan war, bei den zahlenmäßig ihnen weit überlegenen Leibeigenen Widerstands- und Rebellionsgeist zu schüren, den es im Keim zu ersticken galt.
Knapp ein Jahr nach Tetubes Ankunft auf Barbados wurde die Insel von einigen Erschütterungen heimgesucht. Im Mai 1675 wurde an der Westküste eine große Sklavenerhebung

durch Verrat vorzeitig aufgedeckt und die Anführer in der Öffentlichkeit grausam hingerichtet. Mitten in den Exekutionen im August ereilte ein gewaltiger Hurrikan die Insel, der zweihundert Menschenleben forderte, eine große Zahl der Zuckerplantagen vernichtete und eintausend Häuser dem Erdboden gleichmachte, darunter auch die St. Thomas Kirche, auf welche Mrs Pearsehouse' Sohn Samuel seinerzeit so stolz gezeigt hatte. Wenig später sorgte ein ebenfalls vereitelter und hart bestrafter Fluchtversuch in einer der anliegenden Plantagen in Tetubes Hüttenkolonie für weitere Unruhe, Angst und allgemeine Verunsicherung. Einige Sklaven in ihrer unmittelbaren Nachbarschaft verschwanden plötzlich, andere kamen neu hinzu oder die Verschwundenen kehrten verändert zurück, apathisch und in sich zurückgezogen und ohne ein Wort über ihr Fernbleiben zu verlieren.

Nach und nach wurden auch die pickannies zur Arbeit auf den Zuckerplantagen herangezogen, zuerst Tetubes Freunde Jack und Ben und bald darauf die Mädchen Betty, Hannah und Ella. Eines Tages wurde auch Tetube zur Mistress Pearsehouse ins Herrenhaus gerufen.

Als Tetube mit bis zum Hals klopfendem Herzen dort anlangte, erblickte sie als Erstes einen etwa gleichaltrigen indianischen Jungen, den sie noch nie gesehen hatte, obwohl er ihr bekannt vorkam. Fast gleichzeitig betrat die Mistress in einem vom Hals bis zu den Knöcheln geschlossenen, dunklen und schmucklosen Kleid und einer weißen Haube auf dem Kopf, den Raum. Hoch aufgerichtet musterte sie Tetube mit ihren strengen, wasserblauen Augen. Ihrer sich zunehmend aufhellenden Miene nach schien sie jedoch an dem Mädchen, das sie bisher kaum beachtet hatte, Gefallen zu finden. Dabei bemerkte Tetube gleichzeitig, dass die Mistress immer wieder

etwas indigniert auf ihren fast bloßen Körper, besonders auf Tetubes knospende Brust blickte.
»Du wirst ab jetzt hier im Haus arbeiten, Tatuba«, sagte Mrs Pearsehouse mit freundlicher, aber etwas scharfer Stimme. »Und das hier ist Indian John. Er wird auch hier sein.«
Dann sagte sie etwas, was Tetube nicht verstand. Sie redete sie wieder mit Tatuba an, das sich allerdings mehr so anhörte wie Tattuba. Tatuba war doppelt verwirrt. Sie hatte immer fest damit gerechnet, wie die anderen Kinder in den Zuckerplantagen eingesetzt zu werden und nicht in dem vornehmen Herrenhaus, und dann noch zusammen mit diesem netten, gleichaltrigen Jungen! Sie suchte nochmals angestrengt in ihrem Gedächtnis, ob sie Indian John wirklich noch nie gesehen hatte, konnte sich jedoch nicht entsinnen. Es war eine schöne Vorstellung, mit ihm zusammen zu sein. Was für Aufgaben würden sie hier erwarten? Wie würde die Mistress sie behandeln? Mrs Pearsehouse galt unter den Sklaven allgemein als freundliche und korrekte Person im Vergleich zur Herrschaft auf den benachbarten Plantagen. Und sie schien, abgesehen von den unverständlichen, missbilligenden Blicken auf Tatubas entblößten Körper, ihre neu eingestellte Kraft zu mögen. Tatuba wusste, dass sie sich jetzt sehr werde anstrengen müssen. Hier im Haus gab es vornehm aussehende und kostbare Dinge, wie sie Tatuba noch nie gesehen hatte: vor Sauberkeit blitzendes Mobiliar, groß, aus dunklem Holz und mit Metallbeschlägen und vielen fantasiereichen Verzierungen. Nur etwas stickig kam es ihr hier drinnen vor, angesichts der kleinen, geschlossenen Fenster, die keine Luft hereinließen. Als Erstes musste sie natürlich noch besser Englisch lernen und sie hoffte, dass ihr die Mistress dabei helfen würde.
Schon bald wurde deutlich, was die Mistress mit dem unver-

ständlichen Satz am Anfang bei der Begrüßung gemeint hatte und was auch ihre missbilligenden Blicke ausgesagt hatten. Tatuba und Indian John wurden schon am darauf folgenden Tag in eine Garnitur völlig neuartiger Kleider gesteckt, sperrige und dicke Kluften, in denen Tatuba anfangs zu ersticken glaubte. Sich daran zu gewöhnen fiel ihr, so wie auch der Abschied von ihrem geliebten Queyu, ungeheuer schwer. Allein Hemd und Arbeitskittel und manchmal auch die Jacke darüber empfand sie als Tortur. Weitaus das Schlimmste waren jedoch der Unterrock und an ihren Füßen die Schuhe, mit denen sie sich anfangs kaum einen Schritt bewegen konnte und die sich wie Gefängniszellen um die Füße anfühlten. Nach einer gewissen Zeit allerdings merkte sie beim abendlichen Ausziehen der Schuhe, dass ihre Fußsohlen inzwischen so weich und empfindlich geworden waren, dass sie Gefallen an diesen seltsamen Lederfutteralen fand und sich eine Fortbewegung ohne sie gar nicht mehr vorstellen konnte.

Indian John, mit dem Tatuba anfangs noch etwas mehr zusammenarbeitete und der ebenfalls in seinen langen Hosen sehr zu leiden schien, äußerte Tatuba gegenüber, diese Verkleidung sei eine Maßnahme der Mistress, die indianische Abstammung ihrer neuen Haussklaven in der Öffentlichkeit zu verbergen. Denn Indianer wurden im Allgemeinen so ängstlich und argwöhnisch betrachtet, dass man jetzt, nach den vereitelten Aufständen und Fluchtversuchen der Negersklaven, ihre Zahl erst recht möglichst klein zu halten beabsichtigte. Außerdem hatte John gehört, dass auf Barbados kürzlich ein Einfuhrverbot für Indianer erlassen worden war, mit der Begründung, diese Menschen seien »heimtückisch, grausam und gefährlich«. Kapitän Wroths Touren nach Südamerika, deren Opfer Tatuba vor zwei Jahren gewesen war, waren damit also zu Ende. Das alles änderte jedoch nichts daran, so sagte John, dass Mrs Pearsehouse, einer guten Familientradition folgend, weiterhin gerne Indianer beschäftigte. Denn Mrs Pearsehouse' Vater, der Landbesitzer und Gerichtssekretär John Reid in der westlich gelegenen St. James Pfarrei, hatte es immer so gehalten und hielt es auch jetzt noch so, wusste John zu berichten.

Von Indian Johns genauer Herkunft erfuhr Tatuba nichts Klares. Er schien darüber nicht sprechen zu wollen, obwohl Tatuba vor John offenherzig ihre Geschichte ausbreitete. Immer wieder kam es Tatuba so vor, als kenne sie ihren neuen Arbeitsgefährten von irgendwoher und als wollte sie sich vielleicht auch nur nicht an ihn erinnern. Sie sah John ohnehin immer seltener. Er wurde von der Mistress vor allem zur Erledigung von Botengängen zwischen Herrenhaus und Warenlager und zu den benachbarten Gütern eingesetzt und er musste sie auch bei ihren Einkäufen und bei der Abwicklung einiger Geschäfte am Hafen von Bridgetown begleiten. Im Herrenhaus wurde ihm die Reinigung der verschiedenen Zimmer übertragen, wohingegen Tatuba in der Küche arbeitete und manchmal, als besondere Belohnung, Mrs Pearsehouse' Lieblingspapagei Scipio füttern und am Kopf kraulen durfte. Tatubas größter Stolz aber war es, für die Herrschaft als kulinarische Besonderheit einige derjenigen Speisen und Getränke zuzubereiten, die in ihrem früheren Zuhause in Guyana zum Alltäglichen gehört hatten und die sich offenbar bei den weißen Inselbewohnern größter Beliebtheit erfreuten: gewisse Aruak-Spezialitäten aus Maniok, Mais und Süßkartoffeln, bei deren Zubereitung Tatuba früher so oft mitgeholfen hatte, dass sie in diese Aufgabe rasch und selbstverständlich wieder hineinfand und – zu Mrs Pearsehouse' Freude und

Bestätigung – darin richtiggehend aufblühte. Das Backen von Maniok- und Maisbrot galt auf Barbados immer noch als Ersatz für das englische Brot aus Weizen und Gerste, welche in der Karibik nicht angepflanzt werden konnten und auch den Transport aus dem fernen Mutterland nicht überstanden, ohne ranzig oder schimmelig zu werden. Auf gewisse indianische Getränke war man auf Barbados vor allem gekommen, weil die Einfuhr des portugiesischen Madeira, des französischen Claret und des englischen Cider zu teuer war. Je länger man sie allerdings genoss, desto mehr wurden sie bei den englischen Siedlern zu einer eigenen, unverzichtbaren Köstlichkeit und sie erhielten auch ihre eigenen Bezeichnungen, die eine junge Aruak-Indianerin auf Anhieb nicht unbedingt verstehen konnte.

»Am Samstag möchte ich gern Mr Prideaux einen Perino vorsetzen«, wies Mrs Pearsehouse eines Morgens Tatuba an und zeigte auf den Schrank mit Gläsern und Kannen in der Küche.

Mr Prideaux! Das war Onkel Nicholas, der bei seinen Besuchen die Kinder mit seinen Pferdekunststückchen und dem Trockenfleisch aus den Schiffsladungen erfreute hatte. Für den richtete Tatuba besonders gern etwas Gutes her. Nur was hatte die Mistress bloß gemeint mit dem Perino? Offenbar war es ein Getränk.

Nach einigem Hin und Her war das Rätsel gelöst. Die Mistress hatte den Paiwari gemeint, der hier Perino hieß.

Paiwari war das Ferment aus vorgekauten Maniokfladen und Zuckerwasser. Es war ein Alltagsgetränk der Aruaks und insbesondere der Tetebetanas am Amacura, das Tatuba schon so oft in großen Mengen für die Feste mit Tänzen und Wettkämpfen ihres Dorfes zusammen mit ihrer Mutter gebraut hatte. Beflügelt durch die glückliche Wiederentdeckung, machte sie sich sogleich an die Arbeit und begann mit der Entgiftung der auf einem Reibebrett geraspelten Maniokmasse. Diese wurde hier in einen ganz ähnlichen länglichen und siebartig porösen Sack gefüllt, wie Tatubas Mutter ihn benutzt hatte, und aus diesem wurde, mit dem Gewicht des ganzen Körpers, der blausäurehaltige Saft ausgepresst. Dann trocknete und siebte man das Mehl und buk es auf dem Herd zu dünnen Fladen. Das anschließende Vorkauen der Masse wagte Tatuba allerdings nicht in Gegenwart der Mistress, weil sie nicht wusste, ob dies zur Zubereitung des hiesigen Perino dazugehörte. Deshalb wartete sie eine günstige Gelegenheit ab, es hinter dem Rücken der Mistress zu tun.

In ähnlicher Weise lernte Tatuba bald den auf der Insel noch populäreren weinähnlichen Gärsaft Mobbie, der aus ma bi, einer Süßkartoffel, hergestellt wurde, als das ihr aus Südamerika geläufige Casiri zu identifizieren. Allerdings verwendete sie, um ihre Herrin zu erfreuen, dafür nicht weiße, sondern rote Süßkartoffeln, damit das Getränk möglichst dem rubinfunkelnden Claret glich, den Tatuba von Mrs Pearsehouse kannte. Andere Spezialitäten wiederum, die Tatuba zubereitete, gewisse scharf gewürzte Fleisch- und Gemüsegerichte oder Speisen aus tropischen Früchten, waren eher eine Mischung aus ihr bekannten indianischen und afrikanischen Rezepten.

Mrs Pearsehouse war zunehmend bestrebt, auf ihre fleißige und willige Gehilfin über ihren erfolgreichen Englischunterricht hinaus auch sonst erzieherisch einzuwirken. Als Mitglied der anglikanischen Kirche gehörte Mrs Pearsehouse denjenigen Pflanzerkreisen auf Barbados an, die ihre indianischen Sklaven nicht wie die Negersklaven von der Unterweisung im christlichen Glauben ausschlossen. Sie hätte Tatuba auch gern zum Sonntagsgottesdienst mitgenommen, hätte nicht der Wiederaufbau der in nächster Nähe gelegenen und dem kürzlichen verheerenden Hurrikan zum Opfer gefallenen St. Thomas Kirche nicht mehrere Jahre in Anspruch genommen. Während des häuslichen Religionsunterrichts durch Mrs Pearsehouse erfuhr Tatuba unter anderem besonders Interessantes und Neuartiges über die Zauberkräfte der Hexen, deren Kult, den Teufelsbund und seine Auswirkungen, über die gegen die Hexen verhängten Strafen, aber auch wie man sich am sichersten vor Hexerei schützen konnte. Zu den Maßnahmen, die die Mistress aufzählte, gehörte eine in englischen Kreisen weit über Barbados hinaus geübte Praxis, die für Tatuba neu war. Mrs Pearsehouse schien in diesem Punkt jedoch eine gewisse Scheu zu haben, über rein theoretische Erörterungen hinauszugehen.

»Und warum backen wir diesen Hexenkuchen nicht?«, fragte Tatuba ihre Herrin unbefangen, nachdem diese das Rezept bekannt gegeben hatte, dann aber überraschend auf ein anderes Thema übergegangen war.

Mrs Pearsehouse schaute Tatuba streng mit ihren wasserblauen Augen an.

»Ich habe dir doch gesagt, woraus dieser Kuchen besteht.«
»Ja, aus Mehl und Urin von einem Kind«, parierte Tatuba noch unbekümmerter.
»Urin von einem verhexten Kind ... ja ...«
»Und warum backen wir den Kuchen trotzdem nicht?«
»Kind, denk einmal nach!«
»Ist es, weil wir keinen Hund haben, an den wir ihn verfüttern könnten?«
Mrs Pearsehouse lachte spitz und schüttelte den Kopf,

um dann sogleich Tatuba zärtlich und mit dem Ausdruck freundlicher Nachsicht über ihr schwarzes, seidiges Haar zu streichen, während Tatuba ratlos zu ihrer Herrin hochblickte.

»Wir würden dies auch nicht tun, wenn wir einen hätten«, erklärte Mrs Pearsehouse mit sanfter Stimme.

»Und warum nicht?«

»Weil wir keine verhexten Kinder haben und daher auch keinen Hund brauchen, der uns mit diesem Kuchen auf die Hexenspur führt. Wir sind ein sauberes Haus, frei von Teufelszeug, der Allmächtige bewahre uns davor.«

Obwohl sie den Sinn gerade der letzten Äußerung sprachlich inzwischen einwandfrei verstanden hatte, brauchte Tatuba einige Zeit, um zu begreifen, dass die Mistress nie wirklich anwesende Hexen gemeint hatte, denen man zu Leibe rücken musste, um sie abzuwehren. Ohne konkreten Bezug einfach so zu denken war Tatuba noch immer fremd.

Diese Art von Belehrungen und Unterweisungen seitens ihrer Mistress entfernte Tatuba innerlich mehr und mehr von ihrer neuen Familie in der Sklavenhütte, obwohl sie am Ende eines jeden Arbeitstages dorthin zurückkehrte. Sie ließ sich auch nicht mehr so stark von den dort heimlich verrichteten afrikanischen Kulthandlungen unter der Anleitung eines Obeah, von den Gesängen, Tänzen und Götteranrufungen beeindrucken wie während der ersten Jahre. Angesichts ihrer Erinnerungen an ihr indianisches Zuhause, das Leben in der Hütte und jetzt auch noch die englische Religions- und Hexenkunde seitens ihrer weißen Mistress begann sie sich doch ein wenig konfus zu fühlen. Nur die Geschichte mit dem Hexenkuchen ging ihr nie mehr so recht aus dem Kopf.

Der Junggeselle und Kaufmann Samuel Parris kam Ende 1679 nicht das erste Mal nach Barbados. Er hatte seine spätere Kindheit und Jugend dort zugebracht, nachdem der Vater, als Käufer und dann als Erbe einiger Ländereien vor allem an der Westküste der Insel, mit seiner Familie aus England dorthin gezogen war. Samuel wurde zum Studium von Barbados nach Harvard in Massachusetts geschickt, von wo aus er nach dem Tod des Vaters, Mitte der Siebzigerjahre, wieder zurückkehrte, um die Ländereien zu verkaufen, die der Vater vor seinem Tod noch nicht wieder abgestoßen hatte. Als Samuel das letzte Mal auf die Insel kam, hatte das Landgut, auf dem die Sklavin Tatuba arbeitete, inzwischen den Besitzer zweimal gewechselt. Samuel Thompson, der kränkliche Sohn von Mrs Pearsehouse, hatte einen Teil der Familienbesitztümer an Nicholas Prideaux, den Tatuba als Onkel Nicholas kannte, verpachtet und den Rest verkauft, mit der vertraglichen Vereinbarung, dass Mrs Pearsehouse dort bis an ihr Lebensende das Wohn- und Nutzungsrecht behielt. Kurz vor Samuel Parris' Ankunft verkaufte Nicholas Prideaux seinen Anteil wieder an einen gewissen John Hothersall weiter. Prideaux kannte allerdings über andere Geschäftsverbindungen auch Samuel Parris, und so kam es, dass Tatuba an Parris verkauft wurde.

Für den Engländer Samuel Parris war es nichts Außergewöhnliches, eine Farbige als Haussklavin einzustellen. Rund zehn Jahre seiner Kindheit und Jugend hatte er einer Minderheit angehört, die die Mehrheit am selben Ort befehligte. Als Gelehrter aus puritanischem Haus fühlte er sich so auch ausreichend geschützt vor etwaigen Beschmutzungen durch einen Geister- und Teufelskult, der vielleicht noch in der Seele dieser christlich erzogenen Wilden schlummerte. Aufgrund ihrer helleren Hautfarbe als Aruak-Angehörige erschien ihm auch ihr Äußeres ansprechender, ganz abgesehen von der Anmut des heranwachsenden Mädchens mit dem schwarzen, seidigen Haar und den großen, ausdrucksvollen Augen, von denen Parris sich in seiner draufgängerischen, hitzigen Natur durchaus ansprechen lassen konnte.

»Doch, sie gefällt mir«, urteilte er, als er auf dem Gut mit Tatubas derzeitigem Eigentümer Hothersall verhandelte, einem weißhaarigen Hünen mit narbigem Gesicht, der, als er im kleinen Salon Parris mit angewinkelten Spinnenbeinen gegenübersaß, an einer langen Meerschaumpfeife paffte und sich mit der anderen Hand auf einen Gehstock stützte, während hinter ihm ein mulattischer Diener mit gefüllten Gläsern auf einem Tablett geduldig wartete.

»Sie ist freundlich und diskret und spricht gut Englisch«, fuhr Parris nach einer kurzen Pause fort. »Ihr scheint einen guten Einfluss auf sie gehabt zu haben. Kocht sie gut?«

Er blickte ahnungsvoll auf die dickbäuchigen Gläser, die mit einem überaus viel versprechenden, rötlich glitzernden Getränk gefüllt waren.

»Exzellent, Sir«, erwiderte der andere. »Auch diesbezüglich ist sie ihrer Herkunft treu geblieben ...«

»Die Aruak-Spezialitäten kenne ich seit meiner Kindheit hier«, erläuterte Parris, so ungeniert auf das Tablett schielend, dass dies seinen Gastgeber zu amüsieren schien. »Sie haben mir in Massachusetts oft gefehlt. Überhaupt kommt für mich nur eine mit ihrer Abstammung in Frage. Eine Karibin würde ich nie nehmen und erst recht nicht eine aus den Nordstaaten, um sie sozusagen wieder dorthin zurückzubringen!«

Parris musste kurz unterbrechen, weil seine trockene Kehle

und der Qualm aus Mr Hothersalls Pfeife ihn zum Husten zwangen.

Samuel Parris und John Hothersall feilschten noch eine Weile um den Kaufpreis, der Parris im Vergleich zu dem von Negersklaven vertretbar vorkam. Parris versuchte jedoch gleichzeitig, seine finanziell angespannte Lage seinem Verhandlungspartner gegenüber zu verbergen, obwohl es auf der Insel ein offenes Geheimnis war, dass Parris in geschäftlichen Belangen ziemlich unwissend und leichtsinnig war und keine glückliche Hand hatte.

»Für Sie dürfte es doch ein Vorteil sein, eine Indianerin an jemanden zu verkaufen, der Barbados für immer verlässt. Ich meine, angesichts der neuen, indianerfeindlichen Einfuhrgesetze ...«, versuchte Parris von seinen angeschlagenen finanziellen Verhältnissen abzulenken.

»Ich glaube, wir sollten einander nicht vorrechnen, wer den größeren Profit daraus zieht«, entgegnete der andere, etwas gereizt mit der Stockspitze auf den Boden tippend. »Wir verlieren mit unserer Kleinen eine wertvolle Kraft ... auch, weil uns der Junge allein nicht mehr allzu viel nützt!«

»Oh! Sie möchten Indian John auch verkaufen?«, preschte Parris dreist vor.

Sie wurden bald handelseinig. Das Ergebnis war der Kauf beider Sklaven. Danach durfte der Diener den von Tatuba zubereiteten Casiri reichen.

Tatuba war bei diesem entscheidenden Gespräch im Salon nicht dabei gewesen, doch seit Samuel Parris das erste Mal den Fuß über die Schwelle des Herrenhauses gesetzt hatte, hatte sie genau gespürt, dass ihre und möglicherweise auch Johns Tage auf diesem Gut, ja, vielleicht auf der Insel überhaupt, gezählt waren. Die Vorstellung einer neuen, ungewissen Zukunft ängstigte sie, denn sie hatte hier eine neue Heimat gefunden. Andererseits hatte sie gelernt, sich dem zu fügen, was von ihr verlangt wurde und was dem Gebot der Stunde entsprach. Und Tatuba fühlte, wenn sie sich diesen jungen, temperamentvollen Mr Parris so ansah, eine gewisse Neugier, eine fast prickelnde Erwartung. Samuel Parris sah gut aus. Er war groß, vielleicht ein bisschen kantig im Gesicht, hatte jedoch das vornehme Auftreten eines gebildeten Herrn. Vielleicht würde er sie an viele geheimnisvolle und aufregende Orte der weiten Welt führen und ihr noch schönere und wichtigere Dinge beibringen als Mrs Pearsehouse.

Die nächste, viel länger dauernde Schiffsüberfahrt nach Boston, nur wenige Monate später, verlief weit angenehmer als die unvergessliche erste im dunklen Raum von Kapitän Wroths Schaluppe. Tatuba und John nächtigten in einem Massenlager unter Deck und durften tagsüber auf dem Segler frei herumlaufen. Sie bekamen ausreichend zu essen, vor allem Kürbis, einmal wöchentlich einen Streifen Pökelfleisch und auch frisches Wasser war immer vorhanden, obwohl Tatuba anfangs, als noch warmes Wetter herrschte, das Baden im Fluss in der Nähe der Hütte vermisste. Ein Trost für sie war, dass sich Mr Parris ziemlich viel um sie und John kümmerte, öfters nach ihnen sah, sich nach ihrem Befinden erkundigte und ihnen manchmal auch ein Pfefferminz- oder Ingwerplätzchen zusteckte.

Einmal durfte Tatuba allein in die Kabine ihres Herrn kommen und sich dort auf dessen Bett setzen, während Parris ihr gegenüber auf einem breiten Sessel Platz nahm, neben einem Tisch mit einer großen, schwarzen Bibel darauf. Parris redete ziemlich laut und heftig gestikulierend auf sie ein, beklagte sich über seine betrügerischen Geschäftspartner auf Barbados, über die gegen Norden immer stürmischere See und das immer kühler werdende Klima. Dann schwenkte er zu erfreulicheren Themen über, schwärmte von seinem Haus in Boston, in dem sie alle bald wohnen würden, und von seinen Geschäften, die ihn erwarteten und von denen er sich größere Erfolge versprach als von denen auf Barbados. Und während er wohlgelaunt und aufgeräumt redete und redete, fing er plötzlich an, Tatuba seltsam anzulächeln und ihr so fest und zwingend in die Augen zu schauen, dass sie ganz verwirrt wurde. Anfangs wusste sie gar nicht, wohin sie schauen sollte. Dann ließ sie, als folge sie einem stummen Befehl ihres Herrn, ihre Blicke an seinem Körper von oben bis unten entlanggleiten: zuerst an der nur teilweise über dem Hemd zugeknöpften, schwarzen Hausjacke und dann an den engen Kniehosen und den mit Silberschnallen daran befestigten, weißen Kniestrümpfen bis hinab zu den Schuhen, wobei Parris seine Beine so weit gespreizt hielt, dass es Tatuba ganz sonderbar angenehm und unangenehm zugleich zumute wurde.

Nach einer Weile schickte Mr Parris Tatuba wieder aus der Kabine fort. Sie konnte jedoch während der ganzen Schifffahrt Mr Parris' hypnotisierende Blicke und seine gespreizten Beine auf dem Sessel neben dem Tisch mit der großen schwarzen Bibel darauf nicht vergessen. Sie merkte einerseits, dass sie sich jedes Mal freute, wenn sie ihrem Herrn begegnete. Doch wenn es so weit war, wich sie meistens seinen Blicken aus. Manchmal wünschte sie sich sehnlichst, wieder von ihm in seine Kabine mitgenommen zu werden, dies geschah jedoch nie wieder. Wenn sie ihn anblickte, kam es ihr so vor, als lächelte er ihr häufiger und intensiver zu als vor ihrem Besuch in seiner Kabine, und einmal fuhr er ihr sogar übers Haar, sodass sie sich richtig elektrisiert fühlte. Nachts hatte sie wiederholt denselben Traum. Im aufgewühlten Meer schwammen Riesenwale, welche Fontänen kochenden Wassers spritzten und damit das Schiffsdeck überschwemmten. Sie selbst, Peggy und Sarah und Mrs Pearsehouse, Hannah, Jack, Ella und Ben schöpften um die Wette mit großen Eimern die Wassermassen ins Meer zurück, kamen jedoch gegen die unermüdlich spritzenden Wale nicht an. Der Traum endete jedes Mal mit dem Erscheinen des behaarten und doppelköpfigen Kenaima-Monsters, das Tatuba noch aus Südamerika kannte und das jetzt knielos das überschwemmte Deck durchwatete und die verzweifelten Bemühungen der anderen, das Schiff von den kochenden Wassermassen zu befreien, nur mit höhnischem Gekrächze quittierte. Woraufhin Tatuba jedes Mal schweißgebadet aufwachte.

Die Ankunft in Boston brachte für Tatuba nicht ganz so viele Überraschungen mit sich wie seinerzeit auf Barbados. Der Hafen sah dem von Bridgetown erstaunlich ähnlich, abgesehen davon, dass er größer war, so wie auch die Schiffe. Die Häuser am Ufer waren jedoch fast ebenso schmal und kleinfenstrig und standen dicht aneinander gereiht zwischen engen Straßen. Bei näherem Hinsehen gab es auch einige große, aus rotem Backstein gebaute, elegant und neu aussehende Geschäfte, Wohnhäuser und Lagerhallen. Mr Parris erzählte, dass eine gewaltige Feuersbrunst im vergangenen August eine große Zahl von Holzhäusern in der Stadt vernichtet hatte und dass seitdem nur noch Häuser aus Stein gebaut werden durften.

Weiße und Schwarze ließen sich hier eigentlich nur an den Gesichtern unterscheiden, weil die Menschen alle in ähnlich dicke Kleider eingehüllt waren, denn es herrschten schneidende Kältetemperaturen an Neuenglands Küste im Jahr

1680. Der Hafen war teilweise zugefroren und vom Himmel fielen weiße Flocken, die Tatuba zuerst für Zucker gehalten hatte. Die vielfältigen, noch von Mrs Pearsehouse stammenden sperrigen Kleidungsstücke und die Mütze auf dem Kopf, unter denen Tatuba anfangs so sehr gelitten hatte, waren ihr schon gegen Ende der Überfahrt immer dünner vorgekommen. Damals hatte sie allerdings immer in das Innere des Schiffs flüchten können, um sich aufzuwärmen. Jetzt aber, da sie auf Deck auf die Ankunft wartete, glaubte sie es kaum mehr aushalten zu können. Während sie zum ersten Mal in ihrem Leben jämmerlich fror, fühlte sie in sich, so heftig wie schon lange nicht mehr, Heimweh, wobei die Frage, nach welcher Heimat sie sich sehne, ihr diesmal besonders schwierig erschien. In ihren Schmerz und ihre Sehnsucht mischten sich jetzt auch Bilder, sogar Klänge und Gerüche aus ihrer Kindheit auf den immer warmen Savannen und in den Sümpfen und Flüssen des Amacura- und Oronico-Deltas.

Dies waren Dinge, die sich verhältnismäßig rasch legten, nachdem Tatuba warme Kleidung am Leib hatte, in einem geheizten Haus im Geschäftsviertel von Boston wohnte, wo auch Parris seinen Laden hatte, und sich zusammen mit John wieder mit einer geregelten Haushaltstätigkeit nützlich machen konnte. Sehr bald kam jedoch etwas Neues hinzu. Tatuba hatte schon zweimal in ihrem Leben gelernt, Abschied zu nehmen. Die Änderung, die jetzt in ihrer Beziehung zu Mr Parris gefordert wurde, war für sie allerdings eine weitere Belastungsprobe in ihrem Leben. Sie vollzog sich weniger spektakulär als alles Frühere, wahrscheinlich so, dass Parris gar nichts davon merkte, weil er von Tatubas Gefühlen ihm gegenüber nichts ahnte. Umso tiefer und nachhaltiger empfand sie jedoch den Schmerz und umso radikaler und rücksichtsloser gegen sich selbst tötete sie das ab, was sie lebendig in sich hatte werden lassen, als das überraschende Ereignis eintrat: Der eingefleischte Junggeselle Samuel Parris heiratete noch im selben Winter Elizabeth Eldridge, eine junge Frau, die er bereits während seines Studiums in Harvard bei einer Tante kennen gelernt hatte und die offenbar die ganzen Jahre seitdem auf ihn gewartet hatte.

Judith betrat, gestützt von Flora, den Raum, in dem ihr Baby lag.
»Sie müssen einmal dabei sein, wenn es gebadet und gewickelt wird, damit Sie sich wieder erinnern, wie das geht«, hatte Flora angekündigt.
In dem Raum war es sehr warm. Im Bettchen an der Wand gegenüber der Türe lag die Kleine, in Decken und Kissen eingepackt. Schräg über dem Bettchen hingen zwei Schläuche. Der eine mündete in einen kleinen Metalltrichter.
»Das ist eine Sauerstoffdusche«, erklärte Schwester Sue, die gerade dabei war, das Wasser der Wärmflasche auszuwechseln, während Judith auf einem bereitstehenden Armsessel Platz nahm. »Wir benötigen diese Dusche kaum, weil Ihr Kind gut atmet... schön regelmäßig und ausreichend.«
Am Ende des zweiten Schlauchs hing eine Sonde, mit der das Kind nach dem Baden und Wickeln durch die Nase mit der Milch ernährt werden sollte, die von Judith abgepumpt worden war. Das Kind bekam auf diese Weise häufig kleine Mahlzeiten verabreicht.
»Das brauchen wir auch nicht mehr lange«, meinte Sue. »Bald werden wir die Kleine an Ihre Brust legen können, Mrs Herbst, es zumindest versuchen. Darauf können Sie sich freuen! Es geht überhaupt alles sehr gut... Auch die Leberwerte werden besser... Vor dem Füttern werden wir

mit der Lanzette noch ein bisschen Blut von der Ferse nehmen ...«

Judith saß mit gemischten Gefühlen da. Sie war neugierig und freute sich, empfand jedoch auch ein wenig Angst und Abwehr. Sie war froh, dass heute wieder Sue Dienst hatte und nicht die Schwester, die vorgestern, am zweiten Tag nach der Geburt, schon wieder mit dem Notizblock in der Hand in ihr Zimmer gekommen war und nach dem Namen des Kindes gefragt hatte, woraufhin sie sich nur demonstrativ zur Seite gedreht und ärgerlich ausgerufen hatte: »Ach, macht, was ihr wollt! Nennt sie meinetwegen Tituba oder Teufel, aber lasst mich gefälligst in Ruhe!«

Das hatte wohl für Unverständnis auf der Station gesorgt und war möglicherweise auch der Grund für das heutige Benehmen, das Judith bei ihrem immerhin vierten Kind etwas merkwürdig vorkam. Nur Sue und natürlich Flora waren ihr gegenüber unverändert freundlich geblieben. Sie selbst war geknickt wegen ihres absonderlichen Verhaltens, ihrer unerklärlichen Angst und ihrem Widerwillen vor ihrem eigenen Kind.

Jetzt hob Sue den Säugling aus dem Bettchen und zog ihm seine etwas unförmig großen Kleidungsstücke aus. Dann prüfte sie nochmals mit dem Finger die Temperatur des Wassers in der blauen Plastikwanne, die auf der Kommode neben der Stoffunterlage zum Wickeln stand, und setzte dann das Baby, den Kopf vorsichtig mit einer Hand stützend, in die Wanne.

Judith erhob sich mit Floras Hilfe von ihrem Sessel, um so über den Wannenrand hinweg das Baden ihres Kindes besser verfolgen zu können. Sie wollte auch nach der Gesichtsfarbe ihrer Tochter sehen, die ihr letztes Mal immer noch beunruhigend gelb erschienen war. Judiths Blicke wurden jedoch durch ein viel beunruhigenderes Phänomen abgelenkt: Zuerst hatte sie die auffallend großen Tropfen an den Brustwarzen des Kindes für Wasser aus der Wanne gehalten, doch die milchigtrübe Konsistenz der Flüssigkeit und die leicht geschwollenen Brustwarzen des Kindes sprachen dafür, dass es sich dabei um etwas anderes, vermutlich um ein Sekret aus der Brust handeln musste.

»Da machen Sie sich mal keine Sorgen«, erklärte Sue auf Judiths erschrockene Anfrage. »Das haben Neugeborene manchmal, besonders Frühgeburten wie Ihr Baby. Und das sind Nachwirkungen mütterlicher Hormone. Meine Mutter, die Deutsche ist, hat mir einmal gesagt, dass man das in ihrem Land, in dem früher viele Hexen verbrannt wurden, heute immer noch Hexenmilch nennt.«

»Hexenmilch?«

Judith spürte, wie ihr das Blut aus dem Gesicht wich. Ihre Beine zitterten. Sie glaubte wieder ein Würgen im Hals und Stiche in Brust und Rücken zu fühlen und rang nach Luft. Bevor Flora ihr zur Seite springen konnte, strauchelte sie rückwärts und fiel glücklicherweise genau in ihren Sessel.

»Hexenmilch? Dann ist das ja ein Hexenkind«, stammelte sie, während sie weiter nach Luft rang und eine Hand um ihre Kehle legte.

Sue blickte entgeistert zu Judith und hielt das Kind in der Wanne fest, als müsste sie es vor etwas schützen.

»Kommen Sie, Mrs Herbst. Wir gehen in Ihr Zimmer zurück«, rief Flora energisch und trat auf Judith zu, um ihr aus dem Sessel zu helfen.

Judith lag immer noch schweißgebadet und mit geschlossenen Augen in ihrem Bett, während Flora schweigend neben ihr saß und ihre Hand festhielt. Judith war ungeheuer froh, dass Flora sie offensichtlich wirklich verstand und akzeptierte.

Als sie ihre Augen wieder öffnete, fiel ihr Blick als Erstes auf das Gauguin-Bild an der Wand gegenüber dem Fußende ihres Betts.

»Matamoe, Landschaft mit Pfauen«, sagte sie tonlos vor sich hin. »Das ist der erste Farbfleck, den ich beim Erwachen hier in dieser Klinik bewusst gesehen habe. Und wissen Sie, wofür ich es zuerst gehalten habe? Für den Wandbehang in meinem früheren Kinderzimmer«, sagte sie nach einer kurzen Pause. »Der war auch das Erste, was ich von meinem Kinderbett aus von der Welt wahrgenommen habe.«

Ein Händedruck Floras gab ihr Zutrauen.

»Die üppige Pflanzen- und Tierwelt Tahitis und die Hitze in diesem Gelb, Orange und dem leuchtenden Grün auf dem Bild dort haben wirklich Ähnlichkeit mit meinem ehemaligen Wandbehang. Als man meine Wiege gegen ein Gitterbett austauschte, da sah ich an der Wand, an der das Tuch hing, zuerst nur eine riesige, rote Farbfläche, zu der ich immer hinschauen musste. Bald entdeckte ich am unteren Rand der Fläche einzelne blaue und grüne Flecken, die sich nach und nach zu konkreten Gebilden formten, zu Teilen einer Landschaft mit Tieren, Pflanzen und einem See und alles immer unter dem Bann der großen, roten Fläche des Himmels. Und dann lernte ich von meinen Eltern nach und nach die Tiere kennen: bunte Papageien, Störche mit roter Halskrause und ein grünes Krokodil. Und alle diese Tiere tummelten sich in paradiesischer Eintracht zwischen bunten Blüten und üppigem Grün an einem großen, dunklen See. Das Ganze war ein farbig besticktes Tuch, das meine Eltern aus ihrem brasilianischen Exil nach Californien mitgebracht und dort in mein Zimmer gehängt hatten. Zuerst war es die ungewöhnliche Farbe des Himmels gewesen, die mich am meisten faszinierte, auch wegen des schillernd Wechselhaften, je nach Tageszeit und je nach Einstrahlung der Sonne oder manchmal auch des fahlen Mondscheins, im Zusammenspiel auch mit dem Schatten des mächtigen Kirschbaums vor meinem Fenster. Manchmal ließ eine zarte Rosatönung an die Idylle eines Sonnenuntergangs denken. Eine Anhebung ins Grellere und Schärfere – besonders im Mittagslicht – schien hingegen Unheil und Bedrohung anzukündigen. Granatfarbene Anteile wieder gaben dem Himmel eine dämonisch-leidenschaftliche Note, so als würde er – in einem auf den Kopf gestellten Universum – zur Hölle, wenn er sich nicht, in scharlachfarbenem Brand, in ein hässliches Geschwür oder eine Blutlache verwandelte. Und während der Abenddämmerung schlich sich manchmal ein sattes Rubin oder Purpur auf die Fläche und vermittelte eine Stimmung von unnahbarer Größe. Es war jedoch nie das eine oder andere allein, was ich sah, sondern immer ein vielfaches, oft unbestimmtes Schillern zwischen allem, mit unterschiedlicher Ausprägung. Dabei konnte auch eine minimale Bewegung der Stoffunterlage durch einen Windstoß von draußen eine zusätzliche Verschiebung in der Wahrnehmung bewirken.«

»Gibt es diesen Wandbehang noch?«, fragte Flora mit so wohltuend weicher Stimme, dass Judith sie auch jetzt nicht anzusehen brauchte. Sie empfand das als ausgesprochen angenehm.

»Nein, der Behang ging verloren, als mein Vater starb und wir an die Ostküste nach Brooklyn zogen. Ich weiß genau, dass wir ihn mitnahmen, doch irgendwie gelangte er nicht mehr in unsere neue Wohnung, ohne meinen Vater. Mit seinem Tod endete für mich die materielle Existenz des Wandbehangs. Im

Geiste hat er mich weiterhin begleitet und auch unbewusst beeinflusst, das ganze Leben hindurch. Schon als ich als kleines Kind bei Tisch mit meinen Eltern saß und deren tägliche Gespräche über die letzten Horrormeldungen aus dem Kriegsgeschehen in Europa und im Pazifik mitbekam, wurde der rote Himmel für mich zu einem dauerhaften Symbol für Krieg, Ausgrenzung und blutige Verfolgung… Und das Naturparadies unter dem roten Himmel stand für mich für die Idylle und den Schutz, den wir unter der californischen Sonne genießen durften und den meine Eltern schon im fernen Brasilien genossen hatten, auch wenn es dort ein noch etwas trügerischer Schutz war. Das Thema Krieg und Exil bestimmte auch nach Kriegsende noch lange meinen Kinderalltag in Mill Valley, die Kriegsspiele, die Cowboy- und Indianerjagden mit Nachbarkindern im nahe gelegenen Wald, die dort, trotz Waldbrandgefahr, heimlich angezündeten Feuer, die in der glutroten Farbe des Himmels auf dem Wandbehang züngelten. Ausgrenzung und Verfolgung waren für mich im amerikanischen Exil meiner Eltern in erster Linie gleichbedeutend mit der Geschichte unseres jüdischen Volkes, eine jahrtausendelange Kette von Unrecht und Leiden… und für mich immer verbunden mit der Frage: Warum? Warum gerade wir? Was haben wir den anderen getan? Es musste doch einen Grund geben. Nur welchen?«

»Das haben wir Indianer uns auch gefragt, das konnten sich viele fragen«, warf Flora ein.

»Ja, aber wir Juden hatten niemandem Land oder unsere Versklavung anzubieten. Uns hat man einfach so verfolgt… Warum?«

»Diese Frage trifft trotzdem auch für uns zu. Unser Land und unsere Versklavung allein sind es nicht gewesen. Der Hass saß

tiefer. Ich weiß darauf auch keine Antwort. Sie werden sicher eine finden, irgendwann...«, orakelte Flora geheimnisvoll.
»Was ich bei meinen Eltern nie habe begreifen können, war ihre Dulderrolle, ihre bleibende Fixierung auf das Land, das sie vertrieb, ja, es auf ihr Leben abgesehen hatte«, fuhr Judith fort. »Sie blieben viel zu lange, wollten nicht glauben, dass man ihnen, den guten, patriotischen Deutschen, die sie waren, etwas antue... Eben das unbeirrbare, manchmal starrköpfige jüdische Selbstbewusstsein... Ich habe meinem Vater gegenüber oft seinen Bruder Isaak als Vorbild hingestellt, der schon drei Jahre vor meinen Eltern, gleich nach dem Erlass der Nürnberger Rassengesetze 1935, nach Brasilien auswanderte. Noch Klügere hatten sich sofort nach der Machtergreifung oder sogar kurz vorher abgesetzt. Und mein Onkel Isaak konnte in Brasilien schnell wieder Fuß fassen und er hatte es – jedenfalls bis Kriegsende – fertig gebracht, seinem einstigen Deutschtum, auch sprachlich, für immer abzuschwören und in der jüdischen Gemeinde in São Paulo eine neue Heimat zu finden. Mein Vater hingegen pochte bis zu seinem Tod immer wieder auf die ›unvergängliche, große deutsche Kultur‹, vor allem die deutsche Literatur, obwohl die, wie ich ihm unermüdlich entgegenzuhalten versuchte, gerade auch dank des Judentums zu einem europäischen, ja Weltkulturgut geworden war.«
»Sie können die Haltung Ihrer Eltern nicht akzeptieren?«, warf Flora dazwischen.
»Es war vor allem mein Vater. Ich habe ihm immer wieder gesagt, dass die Blütezeit der deutschen Kultur, vor allem der Musik, der Literatur und der Philosophie kaum zweihundert Jahre gedauert hat... dass sie mit der Aufklärung am Anfang des achtzehnten Jahrhunderts begann und mit der Kaiserzeit und der bald einsetzenden Verflachung des deutschen Geistes,

dem Militarismus und dem Pan-Germanentum endete. Natürlich hat es auch vor der großen Kulturblüte in Deutschland herausragende Errungenschaften gegeben: Buchdruck, Humanismus, die Reformation mit ihrer volksnahen Sprache und Liedkunst, das Genie Dürers und Riemenschneiders. Trotzdem war, was mein Vater nie gern hörte, das deutsche Antlitz vor 1700 im Wesentlichen gezeichnet durch die Schrecken des Dreißigjährigen Krieges, Bauernerhebungen, Hexenverbrennungen und Judenverfolgungen, durch weit verbreitetes Unwissen, finsteren Aberglauben, Angst vor Höllenverdammnis und Dämonen, bösen Geistern, Kobolden und überall lauernden Krillköpfen.«
Flora wurde langsam unruhig. Ihr schien diese Erzählung nicht ganz zu gefallen. Aber Judith wollte sich jetzt nicht mehr unterbrechen lassen. Deshalb fuhr sie umso schneller fort.
»Von den vor allem im siebzehnten und sechzehnten Jahrhundert qualvoll zu Tode gebrachten Hunderttausenden so genannter Hexen in ganz Europa ist die weitaus größte Zahl auf deutschen Scheiterhaufen umgekommen. Ich habe meinem Vater immer gesagt, dass man zum besseren Verständnis der unheilvollen deutschen Geschichte des zwanzigsten Jahrhunderts doch etwas tiefer und zeitlich weiter zurückblicken sollte als nur nostalgisch bis zu Johann Sebastian Bach oder Gotthold Ephraim Lessing... Aber noch lange nach dem Krieg jammerten mir meine Eltern etwas vor vom Verlust ihrer deutschen Heimat, von der Entwurzelung durch das Exil, so als hätten sie je eine Heimat gehabt. ›Nein‹, habe ich ihnen dann immer, etwas ärgerlich, gesagt. ›Ihr seid keine Deutschen, seid nie welche gewesen, so wenig wie ihr jetzt Amerikaner seid, ihr seid Juden, Juden früher in Deutschland und Juden jetzt in Amerika. Wenn ihr Deutsche wärt, könntet ihr jederzeit

zurückkehren. Doch das wollt ihr ja gar nicht.‹ ›Natürlich nicht‹, sagten sie dann. ›Nicht in dieses Land!‹ ›Und warum nicht? Weil es nie eures gewesen ist‹, habe ich daraufhin gesagt. ›Oh, doch‹, hat mir dann mein Vater geantwortet. ›Ich bin immer ein guter deutscher Patriot gewesen. Ich war schon Kadett im Ersten Weltkrieg. Ich habe in Berlin fast fünfzehn Jahre meinen Zahnarztberuf ausgeübt. Und dann jagt man uns einfach davon. Das haben wir nicht verdient. Wenn wir geblieben wären, hätte man uns sogar umgebracht. Das Land hat sich selbst moralisch ruiniert. Das ist der Grund, warum wir nicht zurückkehren. Es ist unsere verlorene Heimat.‹«
Judith hielt kurz inne, um ihre Kräfte zu sammeln. Sie wollte Flora unbedingt noch weiter erzählen, aber Flora unterbrach sie.
»Fühlen Sie sich denn so stark jüdisch, dass Sie eigentlich lieber in Israel leben würden?«, fragte sie.
»Nein ... Ich habe ja auch nie von meinen Eltern verlangt, dass sie nach dem Krieg nach Israel auswandern sollten«, erwiderte Judith. »Aber wenn sie in Amerika blieben, dann sollten sie sich nicht beklagen, fand ich. Mir wurde schon früh, in der Schule, beim Zusammensein mit anderen Emigrantenkindern und deren Eltern eingegeben, dass wir Juden andersartig, überall fremd und nirgends dazugehörig sind und es nie gewesen sind, egal wo wir geboren wurden und aufwuchsen. Das gehört zu unserer Geschichte. Es ist unser Los, seitdem es uns gibt. Und das ist auch der feine Unterschied zu den in die Fremde verschleppten und versklavten Indianern oder auch Afrikanern. Die können wirklich ihrer verlorenen Heimat nachtrauern, die sie, im Unterschied zu den Juden, einmal gehabt haben. Wir können das nicht. Wir sind heimatlos in dieser Welt.«

»Wir Indianer haben die Europäer, unser Unglück, immer gehasst«, meinte Flora. »Wir haben sie immer in einen Topf geworfen ... Es ist gut zu wissen, dass es solche und solche gibt ... nicht nur Täter ... auch Opfer ...«
»Aber meine Eltern und ich, wir sind keine Europäer ... ich habe mit Europa nichts zu tun ... im Grund genauso wenig wie mit Amerika ... Ich gehöre nirgendwohin ...«
»Leider muss ich jetzt gehen, Judith ... zu einem anderen Termin.«
Flora drückte noch einmal fest Judiths Hand. Dann verließ sie das Krankenzimmer.

Isaak Herbst nahm es seinem jüngeren Bruder Jonathan nie übel, dass dieser länger als er in Deutschland auszuharren versucht hatte. Als es dann so weit war in jener entsetzlichen Novembernacht 1938, da half auch die größte Treue zum deutschen Vaterland nichts mehr. Die Bilder von dem, was damals auf offener Straße geschah, waren nie mehr aus der Vorstellung zu verbannen. Die unsägliche Brutalität, mit der Jonathans und Isaaks alter Vater mitten in der Nacht aus der Wohnung gezerrt und vor den Augen von Jonathan und Rachel Herbst, unter dem Gejohle von Schaulustigen, von SA-Stiefeln getreten und an seinem langen, weißen Bart durch die Straßen geschleift wurde, vorbei an der brennenden Synagoge, so lange, bis er keinen Muckser mehr von sich gab. Und die Plünderung und Demolierung jüdischer Geschäfte und die Prügeleien und Morde, die Abtransporte auf Lastwagen, denen Jonathan und Rachel knapp entgingen, weil sie sich in letzter Sekunde in einen versteckten Hinterhof gerettet hatten, in dem sie bis zum Morgengrauen ausharrten. Am folgenden Tag waren sie von Berlin in ein kleines mecklenburgisches Dorf nahe der Ostsee geflüchtet, wo sie Unterschlupf fanden bei einer barmherzigen Pastorenfamilie. Dort konnten sie endlich mit Onkel Isaak in São Paulo Verbindung aufnehmen. Jonathan Herbst hatte später oft voller Dankbarkeit diese christliche Familie erwähnt, die sie aufgenommen hatte, wobei er einschränkend meinte, zum selbstlosen und mutigen Schritt dieser Leute hätte sicherlich auch sein, Jonathans, nicht sonderlich jüdisches Aussehen beigetragen. Sein blondes, früh ausgedünntes Haar und die eher unauffälligen, mitteleuropäischen Gesichtszüge, wie er sich mit einem gewissen Stolz ausdrückte. Mit seiner Frau Rachel verhielt es sich sehr anders. Sie wirkte, obwohl wie ihr Mann noch keine Dreißig und ohne Kinder, mit ihrem vollen, pechrabenschwarzen Haar, ihren dunklen, lebhaften Augen und ihrer sinnlich-durchdringenden Stimme und kräftigen Statur schon damals ein bisschen wie eine matronenhafte, echte jüdische Mammie.

Mithilfe einflussreicher konsularischer Beziehungen des Bruders und einer ziemlich hohen Geldsumme gelang es den beiden, sich ein brasilianisches Einreisevisum zu beschaffen. Anfang Januar 1939 schifften sie sich in Hamburg auf der »Monte Rosa« ein. Für dreihundertfünfzig Reichsmark, aus den Bargeldbeständen, die Jonathan am Morgen nach der Pogromnacht während eines letzten hastigen und gefahrenreichen Aufenthalts in seiner Berliner Wohnung hatte herausretten können, zusammen mit einigen zusammengewürfelten Kleidern und Rachels teuerstem Schmuck, die er in eine kleine, handliche Reisetasche gestopft hatte. Den ganzen sonstigen Besitz, die kostbare Bibliothek, das Tafelsilber, den nordafrikanischen Teppich, die wertvollen Bilder und sein geliebtes großes Elfenbein-Schachbrett von seinem Großvater hatte er zurücklassen müssen. Man fuhr einen ganzen Monat lang in der etwas weniger überfüllten zweiten Klasse von Hamburg über Antwerpen, Le Havre, Lissabon und Casablanca nach Rio de Janeiro. Schon bei der Einfahrt in die Guanabara-Bucht mit ihrem Gewirr bewaldeter Vulkaninseln hatte es

Jonathan und Rachel den Atem verschlagen angesichts der Schönheit dieser Stadt. Von Rio ging es sehr bald weiter nach Santos, an dessen Hafen Isaak Herbst, in der dicht gedrängten Schar der Wartenden schon von weitem an seinem stechend schwarzen Kaftan erkennbar, die beiden Ankömmlinge in Empfang nahm. Er war in Begleitung von Moises Knobl, einem Freund und Mitglied einer der brasilianischen Hilfsorganisationen für jüdische Einwanderer. Und er schämte sich auch nicht seiner Tränen, als er und sein Bruder sich in der Wiedersehensfreude und im ersten gemeinsamen, schmerzlichen Gedenken an den umgekommenen Vater innig umarmten.

»Was für ein Paradies, dieses gelobte Brasilien, welch herrliche Landschaft und was für freundliche Menschen und so weit weg von der europäischen Hölle«, rief Jonathan während der anschließenden gemeinsamen Busfahrt von Santos nach São Paulo immer wieder begeistert aus. Hier herrschte jetzt zudem Hochsommer. Das Licht war ungewöhnlich hell und es war heiß.

Isaak Herbst wollte den neu Eingetroffenen die Freude nicht nehmen. Er brachte ihnen erst langsam und vorsichtig die Schwierigkeiten bei, denen jüdische Einwanderer auch in diesem Land ausgesetzt waren: polizeiliche Überwachung, Abschiebemaßnahmen, bürokratische Hürden vor allem bei der Beantragung eines Dauervisums und sonstige Schikanen durch die Behörden, von denen viele, bis in die höchste Regierungsebene hinauf, stark mit dem europäischen Faschismus sympathisierten.

»Erst seit einem Jahr verkaufe ich wieder Brillen«, klagte Isaak, als sie wieder einmal zu dritt auf der Praça do Correio saßen und über Jonathans und Rachels Zukunft berieten. Diese

Praça befand sich unweit von Isaaks Wohnung und war der bevorzugte Treffpunkt deutscher und italienischer Juden.

»Anfangs musste ich Türen reparieren und Krawatten verkaufen«, fuhr Isaak fort, »und man wollte aus mir sogar einen Straßenbahnschaffner machen. Ich wüsste nicht, wo ich jetzt wäre, hätte mir nicht die CARIA so großmütig geholfen, ganz zu schweigen von der guten Annie und dem Doktor Meitlin und den deutschen Leques und den polnischen Idn aus Porto Alegre ... Sie haben mir Decken und Kleider gebracht ... Aber bis ich wieder ein eigenes Geschäft habe, wird es noch eine Weile dauern ...«

»An so etwas denk ich noch gar nicht«, entgegnete Jonathan. »Ich bin heilfroh, dass wir in Sicherheit sind und in deiner Obhut. Du hast großartig für uns vorgebahnt, mein lieber Isaak. Wir werden dir ewig dankbar sein dafür.«

Trotzdem drängte es Jonathan und Rachel bald weiter, weil sie Isaak in dessen enger Zweizimmerwohnung nicht länger zur Last fallen wollten. Andererseits verspürte Jonathan nicht, wie sein älterer Bruder, das Bedürfnis, gleich wieder in seinem Zahnarztberuf zu arbeiten.

»Bevor ihr euch selbstständig macht, müsst ihr erst mal ordentlich Portugiesisch lernen«, widersprach ihm sein Bruder streng. »Dann sehen wir weiter.«

Als um Ostern herum kühles, herbstgraues Wetter und ein unangenehmer Nieselregen die Hochebene von São Paulo durchzog, teilte Isaak seinem Bruder mit: »Ich hab für euch was gefunden, vier, fünf Stunden von hier an der Küste, wunderschön, aber ziemlich abgelegen ... Eine Fazenda, ein großes, altes Herrenhaus ... Beruflich wirst du da nicht viel machen können, aber es ist das Einzige, was ich im Augenblick für euch habe ...«

Tags darauf zogen sie zu dritt den überaus malerischen Badeort und Fischerstädtchen der Küste entlang nach Norden. Jonathan und Rachel waren hingerissen von der Schönheit der weißen Sandstrände an den Inselbuchten zwischen dem türkisfarbenen Meer und von der in allen Grüntönen leuchtenden Vegetation des endlosen Urwaldes, der sich an den scharf gezackten Bergen emporrankte. Irgendwann gelangten sie an einen terrassenartig vorspringenden Aussichtspunkt mit einem riesigen Holzkreuz und dem Blick auf eine Enklave, von der ein besonderer, unwiderstehlicher Zauber ausging.

»Das ist Portobelo, euer vorübergehendes Zuhause«, kündigte Isaak an.

Sie fuhren ein paar Kilometer weiter, bis zur Kirche am Eingang der Altstadt, und stellten dort den Wagen ab.

Jonathan und Rachel bemerkten bald, wie verfallen die Innenstadt war und wie ausgestorben sie wirkte, fast wie eine Geisterstadt. Die eng aneinander stehenden Bauten zwischen rechtwinklig verlaufenden, schmalen Straßen aus grobem Buckelpflaster wirkten so, als würden sie sich in ihrer fortschreitenden Auflösung gegenseitig anstecken. Einige von ihnen waren nur noch Ruinen. Deren flache, sattelförmige Dächer aus rotem Ziegel waren entweder eingestürzt oder stark beschädigt und aus ihnen wucherte Unkraut. Die Mauern waren wegen der tropischen Feuchtigkeit besonders in Bodennähe von schwarzem Schimmel befallen. Die einigermaßen intakten Gebäude dienten als Wohnhäuser, Geschäfte oder Werkstätten. Die wohlhabenderen unter den Bewohnern hielten die besser erhaltenen Gebäude besetzt, während die anderen teilweise sogar ihre Habe in irgendwelchen zugänglichen Löchern ausgebreitet hatten und halb auf der Straße hausten, inmitten von Unrat und herumwildernden Katzen. Trotz dieses Elends

spürte Jonathan deutlich, dass hinter all der Schäbigkeit und Unwürdigkeit Reste einer längst versunkenen stolzen Pracht hervorschimmerten. Die Fundamente der Gebäude, einige Fassaden, übrig gebliebene Ornamente und Mosaiken an den Balkonen mit schmiedeeisernen Geländern und an den Fenstersimsen und Reste von Brunnen und ehemaligen Kapellen zeugten von einer kunstreichen Vergangenheit.
»Und die Fazenda?«
»Die Fazenda ›Prosperidade‹ liegt etwas außerhalb, traumhaft, direkt an der Bucht… Wir sind fast daran vorbeigefahren, ich wollte euch zuerst die Stadt zeigen. Wir können mit dem Auto hinfahren, auf dem Landweg erreicht man das Haus vermutlich rascher. Wir können jedoch auch zum Hafen gehen, er ist ganz nah. Von dort kann man das Haus sehen… Vielleicht gibt es beim Haus ein Boot, mit dem ihr über die Bucht herüberkommen könnt.«
»Und dieses Haus wäre frei?«, fragte Rachel etwas ängstlich.
»Der Eigentümer, ein Verleger in Rio de Janeiro, hat es an einen cachaça-Großproduzenten verpachtet. Doch der ist fast nie da und scheint kein besonderes Interesse an dem Anwesen zu haben. Der Vertrag soll demnächst aufgelöst werden, wenn er nicht schon aufgelöst wurde…«
Als sie auf dem alten Strandweg vorbei an Gestrüpp und windzerzausten Palmen, jedoch mit einer fast unwirklich schönen Aussicht auf die Inselbucht zum Hafen liefen, erzählte Isaak, was er von der Geschichte dieses sonderbaren Städtchens wusste, welche schon kurz nach der Entdeckung Brasiliens begann. Im sechzehnten Jahrhundert waren die ersten portugiesischen und französischen Schiffe hier gelandet und es entstand eine Siedlung, deren Bewohner hauptsächlich von Fischfang, Zuckeranbau und Handel mit Gewürzen leb-

ten. Seine Hochblüte erlebte die Stadt als Goldausfuhrhafen vor allem im achtzehnten Jahrhundert, als die Gold- und später die Kaffeebarone sich hier niederließen, ihre feudalen Villen, die Barockkirchen und eine Festung über der Stadt errichteten und den Wohlstand der Bevölkerung mit vielerlei Luxusimporten aus Europa steigerten.

»Davon ist nicht mehr viel übrig geblieben«, entgegnete Jonathan, zunehmend entsetzt vom Anblick von so viel Niedergang und Verfall inmitten einer üppigen, farbstrotzenden und pittoresken Tropenlandschaft.

Isaak wusste nichts Genaues über die zwischenzeitliche Entwicklung. Nur so viel, dass etwa um die Jahrhundertwende Portobelo ins Abseits geraten war, wegen des Ausbaus der großen Verkehrswege im Hinterland und der Vergrößerung der Häfen in Rio de Janeiro und Santos nach dem Ende des Goldrausches. Die Folge waren zunehmende Verarmung und Landflucht. Dazu kam eine verheerende Kaffeekrankheit in der umliegenden Region, wegen der sämtliche Kaffeeplantagen hatten vernichtet werden müssen und ein Kaffeeanbauverbot erlassen wurde, das heute noch galt.

Jonathan glaubte immer besser verstehen zu können, dass nicht nur der im fernen Rio de Janeiro sitzende Eigentümer, sondern auch der hier ortsansässige Pächter von seiner Fazenda in Portobelo nicht viel wissen wollte. Er fühlte sich inmitten dieses entmutigenden Anblicks hier, je länger, desto mehr, trotzdem geheimnisvoll angezogen von diesem Flecken Erde. Es war nicht nur der abgründige Gegensatz zwischen Verfall und Idylle, zwischen Totenreich und Paradies, Sonnenglanz und Finsternis, derselbe Gegensatz, der seit seiner Flucht aus dem Inferno in das brasilianische Wunderland auch in seiner tief verletzten Seele herrschte. Er erlebte den

Tod und den Verfall in dieser Stadt im Gegensatz zu dem in Europa zurückgelassenen gar nicht wirklich als Tod. Er fühlte im Gegenteil eine versteckte Kraft, nicht nur im umliegenden, traumhaften Gewirr aus Gebirge, Urwald, Inseln und Meer, sondern auch auf der Erde, auf der er stand. Es war eine Energie, die in den Fundamenten des toten Gesteins, unter dem Schutt und Verfall verborgen lag wie eine unerschöpfliche Kraftreserve, aus der Neues erwachsen konnte. Dieselbe Kraft spürte er auch in den Menschen. Diese wirkten trotz ihrer Armut noch ursprünglicher und kraftvoller als in der Großstadt, aus der er gerade gekommen war. Isaak bestätigte später seinem Bruder, dass gerade in dieser Region im Lauf der Jahrhunderte eine besonders starke und vielfältige Mischung der Rassen aller Kontinente stattgefunden hatte. Die Portugiesen und die anderen, später eingewanderten Europäer hatten sich sowohl mit den indianischen Eingeborenen als auch mit den Afrikanern vermischt, die in den vergangenen Jahrhunderten hier in besonders großer Zahl an Land gebracht worden waren als Sklaven für die Goldminen und die Plantagen. Und es gab Verbindungen zwischen Afrikanern und Indios und auch die französischen und spanischen Piraten, die seinerzeit in den Buchten den mit Gold beladenen auslaufenden Schiffen aufgelauert hatten, hatten sich auf ihre Weise in das Völkergemisch hineingemengt. Die Menschen hier kamen Jonathan besonders freundlich und natürlich vor. Sie zeigten einen besonderen Stolz, eine unbeirrbare Fröhlichkeit und einen Lebensmut, mit dem sie ihre Armut und ihr Elend zu überspielen schienen. Selbst ihre Sprechweise, der brasilianisch-portugiesische Singsang, der Jonathan so sehr gefiel, klang anders, irgendwie ausgeprägter als in São Paulo. Er hatte etwas Heftiges und Wildes, fast Aufgeregtes an sich. Für

Jonathan war es trotzdem eine beruhigende Vorstellung, dass ihre Bleibe in diesem Städtchen nur eine Zwischenlösung war. Denn bei aller Begeisterung war es ihm hier auch ein bisschen unheimlich. Er spürte, dass es ihn wie durch einen Magneten in diese Abgeschiedenheit zog.

Sie kehrten wieder zu ihrem Auto zurück und fuhren über die Uferstraße zum Haus. Das letzte Stück mussten sie zu Fuß zurücklegen durch sumpfiges, hohes Gras, bis sie mit durchnässten Schuhen, schwitzend und von Moskitos zerstochen, dort anlangten. Es war ein großes, stattliches Gebäude direkt über dem Wasser an einem Schräghang errichtet, sodass das Erdgeschoss nur von der Landseite und der Keller vom Ufer erreichbar war. Die Außenfarbe war weitgehend abgeblättert und der Verputz stark angegriffen. Auch das Dach war defekt und es fehlten Holzlatten am Balkon, der das Haus auf Erdgeschosshöhe vorn und seitlich umgürtete. Seiner Grundsubstanz nach war das Gebäude jedoch, wie Isaak betonte, eines der besterhaltenen und solidesten Häuser der Stadt. Durch seine Einbettung in einen ganzen Garten von Kokospalmen, Papaya-, Limonen-, Mandarinen- und Guayavabäumen und Pfeffersträuchern und einem schätzungsweise hundert Jahre alten Mango-Riesen in Ufernähe wirkte das Anwesen doppelt urwüchsig. Auf der überdachten Terrasse an der Rückseite stand eine kleine, rote, mit einem Benzinmotor betriebene Zuckermühle. Diese jedoch war, der von Spinnweben überzogenen, fest verschlossenen Türe zum Keller nach, schon länger nicht mehr in Betrieb gewesen. Zum Haus gehörte sehr viel Land, fast die ganze Halbinsel, an deren Anfang das Haus stand und die früher mit Kaffee und Zucker bebaut worden war. Jetzt wuchs dort nur noch ein bisschen Zuckerrohr, welches kurz vor seiner Ernte stand.

Wie erwartet, war das Anwesen menschenleer. Ein in der Nähe wohnender Hausmeister, der bereits benachrichtigt war, öffnete den drei Besuchern.

Das Haus starrte innen vor Schmutz und wies überall Wasserflecken auf. Außer einem klobigen Kleiderschrank, dessen Türen nicht zu schließen gingen, waren keinerlei Möbel vorhanden. Trotzdem war auch das Innere des Hauses äußerst reizvoll, vor allem der großzügig angelegte, vordere Trakt mit dem paradiesischen Blick durch die geöffneten Balkontüren auf das Meer und die zahllosen Inseln: Die wieder kraftvoll sprießende Vegetation auf der großen Halbinsel, die vom Hausinneren aus gut zu sehen war, ließ die kürzliche Vernichtung der Kaffeeplantagen fast vergessen.

Danach fuhren sie weiter nach Rio de Janeiro, um dort mit dem Eigentümer, dem Verleger Antônio Caro, den Isaak anscheinend gut kannte, wegen eines Mietvertrages zu verhandeln. Isaak erklärte auf dem Weg dorthin seinem Bruder und seiner Schwägerin, dass die Fazenda etwa zweihundert Jahre alt sei. Während Portobelos wirtschaftlicher Blüte im vergangenen Jahrhundert war das Gut von drei Generationen einer wohlhabenden Kaufmannsfamilie bewohnt gewesen. Dessen Stammvater hatte der Fazenda ihren heute noch gültigen Namen »Prosperidade« gegeben, was so viel wie Wohlstand, Erfolg und Glück bedeutete. Dass dies jetzt nur noch ein Name sei, zeige sich darin, dass das Haus nach der Auswanderung der Familie in die Schweiz kurz vor Ausbruch des Ersten Weltkriegs in immer kürzeren Abständen insgesamt viermal den Besitzer gewechselt habe.

Antônio Caro schien sehr daran interessiert, seinen derzeitigen, äußerst ineffektiven Pächter so bald wie möglich aus dem Vertrag zu entlassen. Da dieser ohnehin demnächst auslief, suchte er schon länger einen Mieter, der bereit war, einige Renovierungen vornehmen zu lassen, wozu nicht nur die dringenden Arbeiten am Haus gehörten, sondern auch die Schaffung einer neuen Zufahrt von der Autostraße zum Grundstück. Dafür senkte er den Mietzins auf einen fast symbolischen Betrag.

»Ich hoffe, ihr findet euch dort einigermaßen zurecht, solange nichts Besseres da ist«, versuchte Isaak seinen Bruder zu trösten, als sie nach Unterzeichnung des Mietvertrags Caros Wohnung verlassen hatten.

»Die Landluft und die Idylle wird mir helfen zu vergessen und das ist mir das Wichtigste«, antwortete Jonathan ohne lange Überlegungen. »Irgendwann wird sich für mich schon wieder eine Gelegenheit finden, in meinem Beruf zu arbeiten, vielleicht ja sogar in Rio! Doch das hat Zeit …«

»Ich werde es im Auge behalten, da kannst du sicher sein.«
Jonathan nickte lächelnd.

Der Anfang war mühseliger, als es sich die beiden gedacht hatten. Erst jetzt entdeckten sie als Ursache für die Wasserflecken innen die vielen schadhaften oder auch nur verrutschten Dachziegel, zwischen denen es hineingeregnet hatte. Auch mussten mehrere, zum Teil tiefe Löcher in den Innenwänden ausgebessert werden. Sie schienen von Wandleuchter-, Vorhang- und Spiegelvorrichtungen aus besseren Zeiten herzurühren. An einen kompletten Neuanstrich der Zimmer war vorerst aus finanziellen Gründen nicht zu denken. Sie wussten auch lange nicht, an wen sie sich dafür zu wenden hatten. Eine Verständigung in der Landessprache war noch nicht selbstverständlich und problemlos. Die viel dringendere Renovierung des Dachs und die Schaffung einer provisorischen Zufahrt zum Haus hingegen erwiesen sich als erfreulich preiswert. Die Arbeitslöhne waren hierzulande niedrig und auch die Anheuerung einer Planierraupe für die Einebnung des unwegsamen Geländes vor dem Haus und der Schotter für einen Weg kosteten nicht viel. Die fehlenden Möbel – Betten, einige Tische und Stühle und eine kleine Kommode – konnten billig aus einem Abstelllager für ausgesonderte Möbel am Stadtrand von Portobelo bezogen werden.

Es gab in diesem Haus jedoch noch etwas, was die beiden erst gegen Ende der Renovierungsarbeiten oben im Wäschespeicher entdeckten. Es war ein zusammengerolltes, großes Tuch mit einem uralten, bunten Stickmuster, da und dort die Farben verschossen, aber alles in allem erstaunlich gut erhalten, vielleicht, weil es zusammengerollt gewesen war. Nachdem Rachel es etwas ausgebessert hatte, hängten sie es an die Wand ihres Schlafzimmers. Besonders bei geöffneten Türen und Fenstern, ja, auch in der abendlichen künstlichen Beleuchtung war es ein magischer Blickfang: eine paradiesische Landschaft mit Tieren und tropischen Pflanzen unter einem roten Abendhimmel, offenbar ein hier angefertigtes Bild. Es lag etwas Besonderes, Rätselhaftes in diesem Bild, etwas Haltgebendes einerseits, aber auch Unruhiges, wodurch man sich seltsam angetrieben fühlte. Jonathan und Rachel fragten bei nächster Gelegenheit Antônio Caro, den Hauseigentümer, nach der Herkunft dieses Bildes.

»Es stammt wahrscheinlich von den Kaufleuten, die vor dem Ersten Weltkrieg in die Schweiz ausgewandert sind«, sagte Caro. »Sie haben vieles hier zurückgelassen. Das Tuch muss irgendwann oben im Speicher gelandet sein, jedenfalls noch vor meiner Zeit ... Mehr kann ich dazu nicht sagen.«

Die Notunterkunft wurde immer mehr zu einer heimatlich anmutenden Zuflucht. Der Krieg brach in Europa aus. Dann folgte ein Jahr des Bangens in Anbetracht der nicht abreißenden Siegesmeldungen der deutschen Armee, als diese im Frühjahr und Sommer 1940 ein europäisches Land nach dem anderen besetzte. Jonathan und Rachel saßen oft stundenlang am Radio oder kauften in der Stadt eine der großen brasilianischen Tageszeitungen, die sie inzwischen gut lesen konnten. Sie hatten auch Herrn Goldstein, einen Emigranten aus Wien, kennen gelernt, den sie gelegentlich in dessen Häuschen etwas weiter im Hinterland besuchten oder auch zu sich einluden, sodass man sich in den schweren Zeiten gegenseitig ein bisschen Halt geben konnte. Der von immer schlimmerem Terror überzogene Heimatkontinent war weit weg. Doch die Ohnmacht, dem barbarischen Treiben in der idyllischen Abgeschiedenheit des Exils tatenlos zusehen zu müssen, schmerzte, verunsicherte und ängstigte.

Immer wieder stiegen die unvergesslichen, schrecklichen Bilder der letzten Nacht in Berlin vor ihren Augen auf, Bilder von Feuer, Rauch und Trümmern, Glassplittern und zermalmten Knochen, von Blut und dem qualvoll in der Nähe der brennenden Synagoge auf offener Straße verendenden alten Vater. Und sie sahen nicht nur Berlin und Deutschland und ganz Europa, sondern die ganze Welt in einem grauenvollen Krieg versinken.

Trotz alledem genossen Jonathan und Rachel das einfache, naturverbundene Landleben fast nur im Freien oder im offenen Haus, inmitten einer sonnengesättigten, traumhaften Umgebung und einem Schlaraffenland voll von Urwaldfrüchten und Meerestieren. Die Menschen, denen man gelegentlich begegnete, waren immer freundlich und friedlich. Jonathan deckte sich mithilfe seines Bruders Isaak aus der Bibliothek der jüdischen Gemeinde in São Paulo mit guten deutschen und englischen Büchern ein. Man las, bastelte am Haus, am Zufahrtsweg, im Garten oder man durchstreifte die sonnenglänzenden Strände oder stieg hinter Colina ein paar Stunden lang den alten, inzwischen überwachsenen Goldweg in Richtung Minas Gerais hoch, wo man sich an der atemberaubend schönen, bizarren und farbenstarken Pflanzenvielfalt des Regenwaldes berauschte und an der imposanten Größe der Schluchten und tosenden Wasserfälle. Man lauschte dem Zirpen der Grillen und dem Lärm der Urwaldvögel, studierte die Pflanzen-, Früchte- und Blütenvielfalt und die wenigen Bodentiere, die sich hier oben tagsüber blicken ließen, wenn es nicht Schlangen oder große Raubvögel waren, die man ängstlich mied. Und man schwärmte sich während dieser unbeschwerten Ausflüge gegenseitig von dem Glück vor, Zuflucht gefunden zu haben in diesem unermesslich großen und reichen Land, in dem noch für mehrere hundert Millionen anderer vertriebener und flüchtiger Menschen Platz war. Brasilien war eine wahre Friedensoase, die während ihrer ganzen Geschichte praktisch frei von Kriegen gewesen war und immer unter dem Zeichen des Aufbaus und Wachstums gestanden hatte, des Zusammenlebens und der Vermischung aller Völker zu einer großen, neuen Nation.

Brasilien entpuppte sich auch immer mehr als Land, in dem jede Gelegenheit zum Feiern ausgelassener Feste genutzt wurde – in den Enklaven der Armut und der Abgeschiedenheit wie Portobelo erst recht. Vor allem die großen Feiertage erschienen, jeder für sich, wie ein besonderer Höhepunkt im Jahr: Etwas wirklich Besonderes war das sich über ganze zehn Tage erstreckende Pfingstfest mit seinem nur noch in Portobelo erhaltenen, bis nach Portugal zurückreichenden Brauchtum: die allabendlichen Fahnenprozessionen, Hausandachten und Litaneien in der Hauptkirche der Stadt, die Krönung eines vierzehnjährigen Jungen zum Imperador do Divino am Abend des Pfingstsamstags in der Kirche durch den Bürgermeister, die Armenspeisung auf dem Schulhof, die eigentliche Pfingstprozession am Sonntag mit Hochamt und schließlich die Abschiedszeremonien auf der Praça vor der Hauptkirche und im Festleiterhaus. Jonathan und Rachel lernten besonders bei diesen Festen auch die köstlichen Gerichte kennen, die zu dem für einen Europäer unvorstellbaren Nahrungsmittelüberfluss in Brasilien passten, trotz aller Armut. Vieles davon ahnten sie nur oder sahen oder rochen es von weitem, wenn sie in der Stadt waren, oder sie ließen es sich von anderen erzählen. Bei den gemeinsamen Mahlzeiten mit ihrem Freund Goldstein versuchten sie sich in der Zubereitung des einen oder anderen: beispielsweise von Portobelos Lokalspezialität peixe de marinha, einer Suppenterrine mit gekochtem Fisch und grünen Bananen, die dem Sud seine beliebte Blaufärbung verliehen, oder Huhn mit Süßkartoffeln, Maisbrei und Palmherzensalat, Schinken in Weißweinsoße sowie die ausgefallenen und schweren Süßspeisen aus eingezuckerten und gekochten Früchten mit Sahne.

April und Mai waren in Portobelo die schönsten und trockensten Monate mit weniger Moskitos, fast nur sonnigen Tagen und frischen Nächten. Es folgten die kühleren Wintermonate, dann die Regenzeit im September und Oktober. Dann wurde die brasilianische Weihnacht gefeiert, mit einem kleineren und helleren Baum als die deutsche Tanne und mit Wachskerzen, die sich in der Hochsommerhitze bogen.

Mit der Zeit drängte es Jonathan Herbst wieder zu einer geregelten Arbeit. Die Geldvorräte wurden knapp. Aus São Paulo kam ein wenig Unterstützung. Das Visum musste verlängert

werden. Eine Zahnarztpraxis, in der ein europäischer Emigrant mitarbeiten durfte, war in dieser Gegend schwer zu finden. Jonathan unternahm bei seiner Suche danach immer weitere Reisen. Dass ein knappes Jahr nach ihrem Einzug in die Prosperidade ein geradezu apokalyptischer Regensturm Teile des Daches einstürzen ließ, wurde als Wink des Schicksals aufgefasst, als Zeichen, bald endgültig die Zelte abzubrechen. Jonathans Bruder Isaak ließ seine Verbindungen auch zur jüdischen Gemeinde in Rio de Janeiro spielen, zu einem gewissen Herrn Nussbaum dort. Es zog sich alles Weitere Monate hin, bedrohliche und deprimierende Kriegsmonate. Denn inzwischen wurde in Afrika und im Balkan gekämpft und die Deutschen hatten Russland überfallen. Wann endlich würden die Vereinigten Staaten eingreifen, wann Brasilien?
Im Oktober fand sich endlich eine Lösung.
Mithilfe von Herrn Nussbaum und Antônio Caro wurde in Rio de Janeiro ein Zahnarzt ausfindig gemacht, der in der ehemaligen kaiserlichen Sommerresidenz über Rio de Janeiro, in Petrópolis, eine Praxis hatte und der gerade seinen jungen Mitarbeiter durch einen tödlichen Unfall verloren hatte. Petrópolis lag, anderthalb Stunden von Rio entfernt, klimatisch äußerst angenehm in den Bergen. Es wurde zwar oft auch von Überschwemmungen durch Regenfälle heimgesucht. Dafür war es berühmt für seine Blumenpracht, die ihm den Zweitnamen Hortensienstadt eintrug. Die Bucht von Portobelo war fern und mit ihr auch die Moskitoplage, die besonders im vergangenen Sommer ein massives Ausmaß angenommen hatte.
Es gab einen weiteren Grund, der Petrópolis besonders attraktiv machte und der Onkel Isaak und seine Freunde mit großem Stolz auf ihren Fund erfüllte: Seit September wohnte ein

ebenfalls aus Europa nach Brasilien emigrierter Schriftsteller, den Jonathan Herbst zeitlebens verehrt hatte und dessen Werk er besonders gut kannte, in einem Mietshaus in einem der etwas höher gelegenen Außenbezirke der Stadt.

Jonathan Herbst wollte es zuerst nicht glauben. Er hatte eben wieder einmal »Verwirrung der Gefühle« und »Sternstunden der Menschheit« gelesen sowie »Castellio gegen Calvin oder Ein Gewissen gegen die Gewalt«. Er wagte es sich kaum vorzustellen, dem großen Meister, Stefan Zweig, vielleicht schon bald persönlich zu begegnen. Er war überwältigt von dem Gedanken und redete mit Rachel kaum über etwas anderes.

Als sie durch eine wieder fast unwirklich schöne Landschaft fuhren, auf einer Straße, die, je näher sie Petrópolis kamen, desto steiler und kurviger wurde und an beiden Seiten mit leuchtend blauen Hortensien bepflanzt war, murmelte Jonathan, wie in einem Selbstgespräch, halblaut vor sich hin: »Eigentlich hatte ich mir gewünscht, in Rio zu wohnen. Inzwischen glaube ich aber, dass wir es hier oben besser getroffen haben.«

Auch als sie bereits in der Stadt waren, deren erste Viertel durchfuhren, die in verschiedenen Bergtälern zwischen Hängen gebaut waren, wiederholte er zwei- oder dreimal dasselbe. Rachel Herbst bemerkte dies mit wachsender Verwunderung, ja Besorgnis. Wollte Jonathan sich damit selbst gut zureden? Oder war es seine Intuition, die ihn ahnen ließ, dass es anders kommen sollte?

Es war ein unschätzbarer Vorteil, dass sie so gut ausgeschlafen war. Endlich einmal Schlaf, Schlaf, den sie sich schon so lange sehnlichst herbeigewünscht hatte. Es tat ihr zwar alles noch ziemlich weh, als sie aufstand und ihren blauen Morgenmantel um sich schlang, um sich zu Floras Dienstzimmer am anderen Ende des Flures zu begeben. Aber sie fühlte noch genug Kraft in sich, um sich mit dem immer noch tief sitzenden Schock mit der Hexenmilch auseinander zu setzen und Flora die Fragen zu stellen, die sie auf dem Herzen hatte. Während sie langsam den Flur entlangging, zählte sie, als suchte sie sich daran festzuhalten, die Reihe der massiven, dunkelbraunen Krankenzimmertüren ab bis zum letzten, kleinen Eingang mit Floras Namensschild daran. Zwischendurch blickte sie zur gegenüberliegenden Fensterfront und sah den dichten, grau wabernden Nebel draußen und zwischen den Fenstern die gerahmten Schwarzweißbilder der vormaligen Chefärzte der Klinik.
Flora empfing ihre Besucherin mit einem strahlenden Lächeln. Sie erhob sich von ihrem Schreibtisch, ging auf Judith zu und half ihr in einen der beiden bereitstehenden, bequemen Sessel, in den Judith sich erlöst hineinfallen ließ.
Es war ein sehr kleines, dunkles Zimmer mit einem winzigen Fenster und kahlen Wänden. Darin stand, außer einem sehr alt aussehenden, geschlossenen Rollladenschrank und dem

Schreibtisch mit einem Bürostuhl davor, ein rundes Besuchertischchen mit zwei gleichen grauen Sesseln, dessen einen Judith inzwischen besetzt hielt. Auf dem Schreibtisch war, etwas versteckt hinter einem Stapel bunter Akten, Schreibutensilien, einem kleinen Lederbeutel mit Glasperlen und einem Löffel vermutlich aus Büffelhorn, der Judith inzwischen gut bekannte Kassettenrecorder zu sehen. Als Nächstes setzte sich Flora auf den anderen Sessel Judith gegenüber. Judith genoss es, Flora endlich in ihrer eigenen Umgebung zu erleben und einmal in aufrechter Sitzhaltung in Floras Gesicht lesen zu können. Flora erschien ihr heute ausgeruhter als das letzte Mal. Ihre Gesichtszüge wirkten entspannter und die Furchen um die Augen und auf der Stirn weniger tief. Gleichzeitig fiel Judith zum ersten Mal, seitdem sie Flora kannte, auf, dass diese immer dieselbe Kleidung trug: unter dem zu kleinen weißen Kittel die abgetragene Wolljacke mit gerippten Bündchen an Hals und Ärmeln und die hellgelbe Fellhose, die nahtlos in die Fellschuhe überging. Zum ersten Mal dachte Judith an Floras Leben draußen, das, ihrer schäbigen Kleidung nach, womöglich schwierig war und mit dieser Ungewissheit ging anflugsweise ein schlechtes Gewissen bei ihr einher. Heute hielt Flora ihre Pfeife nicht von Anfang an in der Hand. Sie hatte sie auf dem Tischchen zwischen ihnen hingelegt, so, als hätte dies etwas Besonderes zu bedeuten. Bald jedoch ergriff sie sie, mit einer geradezu pathetischen Gebärde, und umschloss sie wieder fest mit ihren schwieligen Händen.

»Ich muss unbedingt etwas über Ihre indianischen Traditionen erfahren«, kündigte Judith fast resolut an. »Sie wissen doch schließlich über die Seelenwanderung und die Wiedergeburt Bescheid.«

»Über die Seelenwanderung und die Wiedergeburt?«
»Ja, ja... Ihr Indianer glaubt doch daran... oder nicht?«
»Aha... ganz so einfach ist das nicht. Ich erzähle Ihnen gern etwas über unsere Mythen und unser Weltbild«, antwortete Flora nicht ohne Stolz. Sie hob demonstrativ ihre Pfeife in die Höhe. »Im Grunde dreht sich alles um dieses hier... Ich meine symbolisch«, erklärte sie. »Das Rauchen der Friedenspfeife war bei uns der wichtigste aller Riten. Die Anishnabeg konnten keine andere Zeremonie beginnen, ohne zuvor die Friedenspfeife zu rauchen. Ohne diese blieb jedes Fest, jeder Brauch, jeder Tanz, jeder Midewiwin unvollständig. Das Pfeifenritual hatte die universellste Bedeutung von allem. Es war zeitlos gültig und es symbolisierte, über alle Einzelbezüge der Menschen hinaus, deren Beziehung zum Schöpfer Kitche Manitu, zum Kosmos, zur Mutter Erde, zu anderen Menschen und zur Pflanzen- und Tierwelt.«
Flora nahm ein Blatt Papier und zeichnete darauf mehrere senkrecht untereinander angeordnete Kreise und Halbkreise mit symmetrischen, bogenförmigen Abzweigungen an den Seiten und einer vertikalen, die Kreise miteinander verbindenden Mittellinie.
»Hier, das ist unser Schöpfer Kitche Manitu mit seiner Allgegenwart und seinem Geist«, erläuterte sie, auf den obersten Kreis mit vier kleinen Vorsprüngen deutend. »Der umgekehrte, große Halbkreis darunter ist der Himmel und das Universum und darunter wieder befindet sich das Symbol von Vater Sonne mit seinen linearen und zyklischen Anteilen des Lebens und der Zeit.«
In den untersten Kreis malte Flora rasch und geschickt die in ihrer Winzigkeit eben erkennbare Gestalt eines Mannes mit Federn auf dem Kopf und einem Speer in der Hand und links

und rechts daneben andere menschliche Wesen, Säugetiere, Fische und Vögel.

»Das menschliche Dasein und die Grundarten der Tiere«, erläuterte sie. »Und die bogenförmige Abzweigung an der Seite ist der Baum des Lebens und die Pflanzenwelt.«

»Und die senkrechte Verbindung zwischen allem?«, fragte Judith, die langsam neue Kräfte in sich zurückkehren fühlte.

»Das ist die Linie des Lebens und der Kraft, die das Symbol des Lebens mit dem Symbol Kitche Manitus verbindet.«

Unter das Ganze zeichnete Flora eine Waagerechte: Erde und Gestein, die Substanz der Mutter Erde, wie sie sagte. Die verschiedenartigen, Tipis genannten, spitzen und runden Indianerbehausungen zu beiden Seiten standen für Stämme, Gemeinschaften und Familien und wiesen auf unterschiedliche Lebensformen hin.

»Und das Ganze ist euer Stammeszeichen?«, vergewisserte sich Judith.

»Das ist das Zeichen der Chippewas von Del Ashkewe«, bestätigte Flora.

»Und in ihm ist auch der Pfeifenritus enthalten?«

Flora nickte. Dann drehte sie ihre Pfeife in der Hand und drückte und rieb den Pfeifenkopf, als wollte sie ihn zum Erglühen bringen.

»Der Tabak diente unseren Vätern als Opfergabe«, raunte sie geheimnisvoll. »Er erzeugte heiligen Rauch, als Symbol für unsere Beziehung zum Schöpfer, zur Welt, zu Leben und Tod und zum beständigen Wandel aller Formen. Die einzelnen Handlungen stellten zusammen einen Zeitenzyklus dar.«

Flora erhob sich von ihrem Platz. Dann steckte sie die leere Pfeife in den Mund und sog, die Wangen einziehend, daran, setzte sie wieder ab und blickte, die Luft eine Weile anhaltend, nach oben, so, als sähe sie anstelle der kahlen und grau gekalkten Zimmerdecke die Sonne über sich. Dann blies sie fest aus, senkte den Kopf und ließ die Hand mit der Pfeife nach unten fallen.

»Der erste Zug zur Sonne bekräftigt unseren Glauben an den Schöpfer Kitche Manitu«, erklärte sie. »Und der zweite Zug gilt der Erde, aber nicht allein der Erde, sondern dem Weiblichen überhaupt, der Fähigkeit, Leben zu schenken.«

Dementsprechend blies Flora den nächsten Zug zum Fußboden. Dann wandte sie sich in dem ortslosen, dunklen Raum mit einer Judith überraschenden Sicherheit nacheinander in die vier Himmelsrichtungen.

»Der Anfang ist der Osten, wo jeden Morgen die Sonne aufgeht und allen Wesen neues Licht und eine neue Zeit bringt. Es folgt der Punkt des Sonnenuntergangs, an dem das Licht die Welt verlässt, als Sinnbild auch des menschlichen Todes. Der Norden dann ist der Wohnort des Winters und der Süden stellt den Sommer dar, dem die Menschen Geburt, Wachstum, Erfüllung und einen neuen Anfang in Freiheit verdanken.«

»Und dieser Zyklus... bedeutet er nicht ständige Wiederholung?«, fragte Judith mit wachsender Spannung. »Wenn Geburt, Tod und Wiedergeburt einander ablösen, heißt das dann nicht, dass nach unserem Tod die Seele in einem neuen Körper erwacht und so von einer Existenz zur nächsten wandert?«

Judith fühlte, wie die Angst sich wieder ihrer bemächtigte. Schweiß trat ihr auf die Stirn, ihr Atem ging schneller und beengter. Sie strengte sich an, dies Flora gegenüber zu verbergen. Doch Flora bemerkte es und blickte sie besorgt an, offenbar bemüht, sie zu beruhigen.

»Es gibt zwar Darstellungen, wonach die vom Land der Seelen

zurückgewiesenen Toten zur Erde zurückkehren, um ein neues Wesen zu bewohnen oder sich allenfalls im Niemandsland zwischen dem Reich der Lebenden und dem der Seelen aufzuhalten«, erklärte sie. »Nach indianischer Auffassung gibt es jedoch keine Wiedergeburt des Menschen in der stofflichen Welt. Das Leben und die Zeit sind linear. Nach seinem Tod wandert der Mensch in eine ewige geistige Existenz.«
»Nicht wieder in einem neuen Körper?«, fragte Judith ängstlich.
»Nein, mit Bestimmtheit nicht«, beteuerte Flora.
Judith fühlte sich durch diese Erklärung beruhigt und lehnte sich etwas entspannter zurück.
»Diese Frage scheint Ihnen sehr wichtig zu sein?«, fragte Flora nach.
Flora hatte sich inzwischen wieder auf ihren Platz gesetzt.
»Ach … Ich dachte nur … Ist nicht so wichtig«, rief Judith mit einer wegschiebenden Handbewegung. »Übrigens … Diese Tipis hier«, fuhr Judith rasch fort, auf die von Flora gezeichneten spitzen und runden Indianerbehausungen deutend. »Mich würde brennend interessieren, wie Sie und vor allem Ihre Vorfahren darin gelebt haben.«
»Ich weiß nicht, ob wir unsere Zeit hier nicht noch besser nutzen sollten. Denn es gibt ein Museum, in dem Sie sich das alles anschauen können: das Royal Ontario Museum in Toronto, in dem mein Bruder Greg arbeitet. Seine Abteilung enthält eine Menge Relikte. Vielleicht führt Sie der Weg auch einmal in dieses Museum …«
Eine kurze Pause entstand.
»Nein, wir ziehen unsere Kraft nicht aus dem Glauben an eine Wiedergeburt, sondern aus dem Hier«, wiederholte Flora energisch.

Sie hatte während ihrer Erzählung nur selten von ihrer Pfeife aufgeblickt und sie immer fest in ihrer Hand gehalten. Jetzt hob sie sie hoch und streckte sie Judith entgegen.

»Diese heilige Pfeife wurde jeden Frühling von ihrem einzigen Bewahrer, dem Oshkawbaewis, aus ihrem Futteral geholt und ans Licht der Sonne gehoben«, fuhr Flora jetzt fort. »Und dann sang der Oshkawbaewis Gebete, um so die Pfeife im Geist des Friedens wieder zu beleben. Meine Großmutter hat mir gesagt, dass diese Pfeife vom Oshkawbaewis sei und sie hat sie mir vermacht«, fuhr Flora nach einer Weile mit plötzlich veränderter, kehliger Stimme fort. »Obwohl ich die Pfeife hier nicht mehr anzünden darf, enthält sie immer noch die Kraft der Sonne und der Erde und den Geist und die Medizin des menschlichen Friedens von den Männern und Frauen, die sie berührt haben. Wenn der Medizinmann einen Kreis um das Feuer vollführt hat und die Pfeife an die anderen weiterreichte. Dann hat sie Oshkawbaewis wieder in ihr Futteral zurückgelegt und danach wurde mit der Darbringung der Opfergaben an Kitche Manitu begonnen und mit den Liedern und Tänzen, die das Überleben zum Thema hatten.«

Judith spürte die Glut, die Flora mit der Kraft ihrer Vorfahren aus dem Feuer der Sonne in die Pfeife gezogen hatte, unsichtbar und geheimnisvoll. Sie glaubte den dem Pfeifenkopf entsteigenden Qualm richtig zu sehen und zu riechen und meinte sogar, die Glut im Pfeifenkopf hellrot aufleuchten zu sehen, als Flora kraftvoll an der Pfeife sog. Für sie war dies wie ein Beweis, dass das Feuer der indianischen Heiler nicht erloschen, ja, dass es unauslöschbar war, weil deren Auftrag über den Wandel der Zeiten und über die Auflösung ihrer klassischen Stammesstrukturen hinweg auch im Zustand politischer Totenstarre und Bedeutungslosigkeit weiter galt. Judith spürte, wie das glühende Rot aus der Pfeife wie eine Kraft gegen das Hexengift ihres Kindes in ihre Haut und in ihren ganzen Körper und ihre Seele drang. Die Glut der Pfeife erinnerte sie an die Glut des roten Himmels. Doch diesmal bekam das sie sonst etwas ängstigende Rot eine positive, aufbauende Bedeutung.

Zwei Tage später lag Judith in Floras Behandlungszimmer auf einer bequemen Liege und lauschte in entspanntem Zustand und mit geschlossenen Augen indianischer Musik aus Floras Kassettenrecorder. Es waren die von Trommelschlägen und Rasseln begleiteten ›Peyote Voices‹ aus New Mexico, die Flora aus ihrer umfangreichen Musikkollektion für Judith ausgesucht hatte.

Die Aufnahme bestand aus vier Gesängen, alle von beinahe zerfließender Länge und in ihrem Charakter so wenig voneinander unterschieden, dass sie zusammen fast wie ein einziger, durchgehender Gesang erschienen. Die begleitenden Trommelschläge erfolgten so rasch und so lange immer auf derselben Höhe, dass ein plötzliches, glissandoartiges und nur sekundenweises Absinken derselben gleich um eine ganze Quart einen fast hochschrecken ließ. Auch die Gesangsstimmen, zuerst eine, dann, in unmerklichem Übergang, zwei, beide mit einem undefinierbaren Sprachgemisch aus Indianisch und Englisch, wirkten so einschläfernd und vereinnahmend monoton, dass Judith sich immer tiefer in das Klanggeschehen hineingezogen fühlte.

Bald versank Judith in immer intensivere Erinnerungen. Aus der Liegeperspektive sah sie über sich zuerst nur eine große Fläche mit teils klaren, teils ineinander verschwimmenden Farben, oben hauptsächlich Rot, unten mehr Grün und Blau mit hellen Streifen und Flecken. Bald erwies sich die Fläche als die Leinwand einer Staffelei. Ein dicker Pinsel fuhr mit kühnen Bewegungen darüber, die Farbkomposition Zug um Zug neu gestaltend. Der Malende war Javier Blanco, Judiths schon lange geschiedener Mann, Vater ihrer inzwischen halbwüchsigen Söhne Jaime und Pablo. Sie sah Javiers von einem schwarzlockigen Haar- und Bartgeflecht fast zugewachsenes Gesicht, aus dem seine aquamarinfarbenen Augen sprühten. Javier tanzte mit seiner kleinen, feinen Gestalt wie ein Derwisch um die Staffelei, zwischendurch brummend und mit der Zunge schnalzend. Judith selbst saß etwas abseits auf dem zerschlissenen Polstersofa des Ateliers, welches sie zusammen als Verlobte in New York bewohnt hatten. Sie verfolgte genau seine Bewegungen, den Strich seines Pinsels und die immer wieder neue Veränderung und Ausgestaltung des Farbenpanoramas auf der Leinwand, die sie in ein extremes Wechselbad zwischen Bewunderung und Abwehr und zwischen Begeisterung und Schrecken fallen ließen, sodass sie vom Bild wieder wegschauen musste. Die etwas versteckte, nur über einen Innenhof und einen steilen Treppenaufgang erreichbare Künstlerklause der beiden befand sich in einem der kleineren Miethäuser in Queens auf Long Island in New York, in ausreichender Entfernung vom Hochhäuser- und Industriekomplex und den Hafenanlagen von Brooklyn und geschützt vor den Rassenkonflikten und der Kriminellen- und Drogenszene in der Bronx. Judith hatte Javier bei einem Tango-Abend kennen gelernt, den argentinische Kommilitonen organisiert hatten. Sie hatten beide immer wieder davon geträumt, nach Beendigung des Studiums nach Lateinamerika auszuwandern, am liebsten nach Brasilien, wovon Judith Javier so lange vorgeschwärmt hatte, bis er selbst von diesem Land überzeugt war. Die 1964 in Brasilien errichtete Militärdiktatur brachte beide allerdings wieder von diesem Vorhaben ab und das Los fiel schließlich auf Barcelona, Javiers Heimatstadt. Jetzt, während ihrer Erinnerung an all dies, fühlte sich Judith plötzlich von so tiefer Traurigkeit erfasst, dass sie von der Szene im Maleratelier rasch weit weg flüchtete.

Jetzt musste sie an ihren überstürzten Aufbruch aus Barcelona denken, zusammen mit ihren Kindern, zurück nach Amerika, aus der engen und feuchten Wohnung an der Sardenya, zwischen Stierkampfarena und La Sagrada Familia, in die Judith und Javier nach ihrer Ankunft aus New York gezogen waren und die sie über acht Jahre lang gemeinsam bewohnt hatten. Judith verstand es heute noch immer nicht ganz. Plötzlich war es so gewesen. Die Notwendigkeit aus der Ehe mit Javier auszubrechen, der ihr fremd geworden war. Jetzt wurde ihre Traurigkeit, ja, ihre Verzweiflung über sich selbst richtig körperlich fühlbar. Sie merkte, wie sie sich auf ihrer Liege wand und wie ihre Arme zuckten, so als müsste sie ihre Erinnerungen und Gedanken an Spanien aus sich herausprügeln und möglichst weit weg verbannen.

Nach der Trennung hatte Judith mit ihren Kindern als Erstes die Californische Westküste aufgesucht: Mill Valley in der Marin County bei San Francisco, den Ort ihrer frühen Kindheit, in der Illusion, dort noch einmal von vorn anfangen zu können. Tatsächlich hatte sich während der inzwischen bald zwanzig Jahre ihrer Abwesenheit der Ortskern und auch ihr Wohnblock zwischen der Throckmorten Street im Zentrum und der etwas höher gelegenen Lovell Avenue überhaupt nicht verändert. Jedes Haus an der kurzen Olive Street, an der sie gewohnt hatte, stand genau so wie damals, und jeder einzelne ihr erinnerliche Baum davor ebenfalls, nur die Betonplatten auf dem Bürgersteig waren etwas schief. Selbst auf dem Spielplatz am Waldrand waren derselbe Sandkasten, dieselbe Schaukel und dieselben Sitzbänke darum herum zu sehen und daneben die Ruine der alten Mühle am versickernden Bach, in dem es etwas tiefer im Wald früher Krebse gegeben hatte. Doch die Zeit war vorangeschritten. Judith konnte nicht einfach in ihre Kindheit zurückkehren, so als wäre seitdem nichts geschehen. Dieser Ort hatte nicht wie in einem Dornröschenschlaf auf sie gewartet. Bald trieb es sie wieder von dort weg. Diesmal an die Ostküste zu ihrer Mutter, wo sie selbst gelebt hatte, bevor sie nach Queens zu Javier gezogen war.

»Wegen mir brauchst du nicht hierzubleiben, ich ziehe auch bald fort«, wehrte ihre Mutter ab, als sie sie aufsuchte, in ihrer alten, gemeinsamen Wohnung in Brooklyn.

»Und wohin willst du?«, fragte Judith erschrocken. »Doch nicht etwa nach Californien?«

Ihre Mutter verneinte. Es schien sie weiter in den Norden an der Pazifikküste zu ziehen. Judith empfand dies auch für sich als eine attraktive Möglichkeit. Sie nannte daraufhin als eigene Wunschvorstellung West-Canada, vielleicht Vancouver in British Columbia, vor allem dann, wenn dies auch für ihre Mutter in Frage käme.

»Vielleicht«, antwortete diese. »Zuerst möchte ich mir allerdings eine kurze Reise gönnen, am liebsten in die entgegengesetzte Richtung, in den Süden ...«

Sie nannte Brasilien, Rio de Janeiro, Petrópolis, Portobelo, all diejenigen Orte, an denen sie und ihr Mann während ihres südamerikanischen Exils geweilt hatten und die sie nochmals aufsuchen wollte. Und sie fragte Judith, ob sie sie dabei begleiten wolle. Judith sagte begeistert zu.

»Du weißt doch, dass ich ursprünglich auch mal dorthin wollte, mit Javier«, rief sie ganz aufgeregt.

Mama sah nach all den Jahren wenig verändert aus. Ihr etwas gelichtetes Haar stand in nur geringem Gegensatz zum Dunkel ihrer ausdrucksvollen Augen. Sie war vielleicht noch ein bisschen mehr in die Breite gegangen und auch ihre Stimme klang etwas härter und brüchiger. Trotzdem war Mama Mama geblieben und Judith sehnte sich nach ihrer Nähe, auch, weil sie jetzt, allein mit den Kindern, wohl vermehrt ihre Hilfe in Anspruch nehmen würde.

Sie besuchten Brasilien mit den Kindern. Es war viel zu kurz, eine Schnupperreise voll unvergesslicher Eindrücke. Sie lernte jetzt vieles von der Geschichte ihrer Eltern besser verstehen. Und es war ein Einschnitt zwischen ihrer Vergangenheit in Spanien und dem bevorstehenden Neubeginn in Canada, für den sie aus dieser Reise viel Kraft schöpfte.

Die ersten Jahre in Vancouver waren eine harte, aber glückliche und freie Zeit. Allein mit den Kindern und noch ohne ihre Mutter, die trotz Judiths Hilferufe vorerst keinerlei Anstalten unternommen hatte, New York zu verlassen. Judith und ihre Kinder bewohnten eine Mansarde im malerischen historischen Stadtteil Gaston, mit dem Blick aus dem Fenster direkt zur weltberühmten steam clock, der einzigen dampfgetriebenen Uhr der Welt. Judith nahm alle Dolmetscher- und Übersetzungsaufträge an, die ihr ein bisschen Geld einbrachten. Im Nachhinein wunderte sie sich über die Kraft und die Zeit, die sie trotz ihrer ständigen Hin- und Herhetzerei zwischen ihren diversen Auftraggebern zusätzlich für ihre Kinder fand. Diese mussten Englisch lernen und umgeschult werden. Und wenn Judith schon nicht mehr, wie früher in Barcelona, mit ihnen Theater spielen konnte, so ging sie doch mit ihnen, sooft sie konnte und sooft das Geld dafür reichte, ins Queen-Elizabeth-Theatre, ins Play-House, die Oper oder in die Symphony von Vancouver oder sie schaute sich mit ihnen Kinder- und Jugendfilme an und führte sie durch Vorlesen in die Welt der Literatur und des Schauspiels ein, die sie selbst so sehr liebte. Und obwohl sie jeden Penny in der Hand umdrehen musste, wusste sie sich und ihren Kindern in ihrer heimelig eingerichteten Mansarde stets ein farbiges Ambiente zu improvisieren. Immer standen irgendwelche Blumen auf dem Tisch, Batiktücher zierten die Wände ihrer Wohnung und die Fenster waren mit Buntpapier beklebt. Judith wusste preisgünstig im nahe gelegenen China-Town oder in den Großkaufhäusern um den Robson Square in Downtown einzukaufen und sie bereitete einfache, aber schmackhafte Fisch- und Muschelgerichte zu. Sonntags ging sie manchmal mit ihren Kindern in den Botanischen Garten im blumenreichen Elizabeth Park oder einen der vielen Strände besuchen oder, ganz selten, wanderten sie durch die Gebirgslandschaft der schneebedeckten Grouse Mountains oder unternahmen Angeltouren oder Kanufahrten, mit Lagerfeuern und Zeltübernachtungen in den endlosen Wäldern der canadischen Westküste. All dies änderte nichts daran, dass Judith und Javier gute Freunde blieben und Judith ihren Ex-Mann immer gerne wieder sah, wenn er zu seinen Kindern nach Vancouver kam oder diese während ihrer Ferien nach Barcelona holte.

Als Nächstes sah sie sich zusammen mit Stanley Vacks unter einer riesigen Kuppel stehen, die aus dunklem Metall und von weißen, wie Sterne aussehenden Punkten durchsetzt war. Judith und Stanley standen auf dem obersten Podest eines mehrstöckigen Gerüsts in einem großen Raum, der ausgestattet war mit einem System von Spiegeln, immensen Rohren, Kränen und drehbaren Anlagen. Es war die Sternwarte der British Columbia Universität in Vancouver, einem von Stanleys Arbeitsplätzen. Judith hatte ihn dorthin begleitet, weil er neu verfertigte Galaxienfotos abzuholen hatte, die er in seinem Institut auszuwerten hatte.

Judith hatte Stanley Vacks von Anfang an für sich Mephistopheles genannt. Es war Hassliebe auf den ersten Blick gewesen und sie hatte sich ihm sogleich wie ausgeliefert gefühlt. Seinen grün blitzenden Augen, dem meckernden, fast wiehernden Lachen und den rund um die Glatze und dünn herabfallenden, scharzen Strähnen, wodurch sie manchmal an das Teufelchen in der Flasche erinnert wurde. Schon am ersten Tag ihrer Zusammenarbeit mit ihm als Übersetzerin in einem von ihm geleiteten Fachsymposium. Judith war wie hypnotisiert und folgte ihm, was sie noch nie in ihrem Leben getan hatte, bereits am Abend danach ins Bett. Auch was sie dort erwartete, übertraf weit ihre bisherigen Erfahrungen. Sterne blitzten und Glocken läuteten inmitten eines zischenden Vulkans und ihr war, als träte ein Engelchor in Dantes Inferno auf. Schon am darauf folgenden Abend hockte sie zitternd und wimmernd vor seiner Türe, nachdem er sie zuerst lachend abgewiesen hatte. Sie bettelte um Einlass und verlangte nach einem da capo und er gewährte ihr erst Einlass, als sie schon schäumte und den letzten Funken eigenen Willen verloren hatte. So ging es wochenlang, fast Abend für Abend weiter. Bis sie ihm eines Tages meldete, dass sie schwanger sei.

Sie konnte es kaum begreifen. Anfangs hatte Stanley Vacks für sie zwei verschiedene Personen verkörpert: Tagsüber einen mit akademischer Brillanz fesselnden Doktor Jekyll, immer in einem dunklen, feinen Anzug, und nachts den raubtierartig unersättlichen Wüstling Mr Hyde. Langsam und unter Schmerzen lernte Judith, beides miteinander zu verbinden, und dies war für sie der Anfang vom Ende. Denn sie erlebte es als Beleidigung, dass in diesem Fall Luzidität und Geisteskraft ihre energetische Nahrung offenbar aus dem brodelnden Kessel ungeordneter, diabolischer Instinkte bezogen und dass umgekehrt der Geist das Böse zu schärfen schien. Götter und Dämonen allein waren nur mythische Figuren. Das Leben lehrte Judith jetzt, dass in der Realität das eine nur in Verbindung mit dem anderen, das Gute immer zusammen mit dem Bösen, auftrat, sozusagen als dessen wechselseitiger Katalysator. Für Judith eine zutiefst verwirrende, bittere Erkenntnis.

Es kam im wahrsten Sinne des Wortes ein Teufelskreis in Gang, und zwar gleich ein doppelter. Denn je mehr Judith sich gegen Stanley aufzulehnen begann, desto perfideren Widerstand leistete er in seiner schillernd-hintergründigen und doppeldeutigen Art. Die Beziehung zwischen Judith und Stanley Vacks entwickelte sich zu einer immer chaotischeren Berg- und Talfahrt zwischen Himmel und Hölle.

Mit der Zeit machten seine Ausfälle nicht einmal Halt vor rassistischen Meinungsäußerungen, die sich gegen Judiths eigene Söhne Jaime und Pablo richteten.

»Diese Judenspanier«, sagte er einmal mit seinem meckernden Lachen, als er sich in einer scharfen Auseinandersetzung mit Judith in die Ecke gedrängt sah.

Es war das erste Mal, seitdem sie sich kannten, dass ihm offenbar etwas Leid tat und er sich dafür entschuldigte. Aber für Judith war es zu spät. An dem für sie empfindlichsten Punkt war die Schmerzgrenze überschritten.

Während Judith auf ihrer Liege wieder die Augen öffnete, drehte sich alles in ihrem Kopf. Der Raum um sie herum drehte sich, das Pfeilersystem des Observatoriums in ihrer Vorstellung, die Vakuumanlage, der auf die Kuppel gerichtete

Spektrograph und Kran und Kuppelrad. Alles drehte sich von oben nach unten, wendete den Himmel zur Erde und die Erde zum Himmel und stellte nach einer weiteren Halbkreisumdrehung nochmals alles auf den Kopf. Dadurch schien zwar physikalisch alles wieder aufgehoben. Aber in Wirklichkeit war es doppelt falsch, eine verheerende Scheinrichtigkeit, schlimmer als evidente Falschheit. Es war ein ausgemachtes Verwirrspiel, das ihr die letzte Orientierung raubte.

Der die ›Peyote Voices‹ begleitende Trommelrhythmus erfüllte den Raum mit schier unerträglicher Spannung und übertönte alle Ungeheuerlichkeiten, die Stanley Vacks in Judiths Erinnerung weiter von sich gegeben hatte und deren Inhalte jetzt eindeutig seinen höhnischen Grimassen abzulesen waren. Er plapperte immer weiter und verzog die Lippen zu breiten, roten Schläuchen. Und während die sich immer weiter drehenden Spiegel in bestimmten Lagen reflektorisch besonders grell aufblitzten und auf der Kuppelfläche ein aufreizendes Spiel veranstalteten, verwandelte sich vor Judiths Augen die Jacke von Stanleys feinem dunklen Anzug in ein braunes Hemd und seine Schuhe in schwarze Schaftstiefel. Die auf der Kuppel aufgemalten, weißen Sterne waren inzwischen vom Lichterspiel der reflektierenden Spiegel und vom hoch gereckten Arm des Braunhemden verdrängt worden. Die ganze Kuppel begann zu glühen, so wie die Kuppel einer in Brand geratenen Synagoge, und sie weitete sich aus zu einem einzigen rot glühenden Universum. Alles, die Glut, die Wut, die Stiefel und der Trommellärm ballten sich zu einem immer dichteren Knäuel und zu immer gewaltigeren Ladungen zusammen.

Dann endlich erfolgte der befreiende Knall. Ein letzter gigantischer, alle vorangegangenen Trommelschläge umfassender,

einziger Schlag, begleitet von einem lauten Schrei aus Judiths tiefstem Inneren.
Daraufhin verstummte alles und lautlose und finstere Nacht breitete sich aus.
Judith fühlte Floras große und warme Hand wohltuend über ihre Stirn streichen. Als sie etwas später, wieder aufrecht sitzend, aus einer Tasse heißen Tee schlürfte, den Flora für sie zubereitet hatte, fühlte sie sich immer klarer in die hiesige Realität zurückkehren.
»Vielleicht sollten wir jetzt nicht mehr zu sehr an das Vergangene denken«, meinte Flora. »Stellen Sie sich vor, Willy wäre jetzt bei Ihnen … Irgendwann kommt er ja auch … sobald wir ihn erreicht haben …«
Judith nickte.
»Sie haben ihn gern?«
»Er möchte mich heiraten … Ich weiß es noch nicht … Er kann auch sehr bestimmend sein und mich einengen und wir haben schon so einiges miteinander ausgestanden. Ich habe mir jedenfalls vorgenommen, wenn ich ihn heirate, dann muss sich vorher einiges ändern … auch bei mir …«

Zwischen Tatubas Ankunft im winterlichen Boston und dem eigentlichen Beginn des Dramas vergingen ganze elf Jahre. Betty, die 1682 geborene Tochter von Samuel und Elizabeth Parris, erwies sich für die junge Sklavin als eine unerwartete Bereicherung ihres Sklavenalltags und ließ ihr graues, tropenfernes Dasein in ein neues, glanzvolles Licht tauchen. Sie war völlig vernarrt in das Kind und sie erlebte es als Geschenk, dieses täglich füttern, wiegen und baden, ihm etwas vorsingen und mit ihm spielen zu dürfen, zusätzlich zu den zu verrichtenden Hausarbeiten, die, ähnlich denen für Mrs Pearsehouse auf Barbados, vor allem aus Kochen, Waschen und Stopfen bestanden. Gebacken wurde Roggen- und Maisbrot und man ernährte sich von Rüben, Bohnen und Erbsen, Quitten, Kirschen und Pflaumen aus dem eigenen Garten und verarbeitete Äpfel und Birnen zu Most. Auch wenn von der kinderlieben und fleißigen Hauskraft nie körperlich übermäßig anstrengende Arbeiten verlangt wurden, unterlag ihr Alltag und der ihres Gefährten Indian John einer strikten Kontrolle. Auch die Gestaltung ihrer Freizeit war stark eingeschränkt. Dies galt vor allem für den Sabbat an den Wochenenden, wo nach neuenglisch-puritanischer Vorschrift Spiel und Sport, Tanz, Jagd und Fischerei verboten waren. Zu den täglichen Pflichten der jungen Sklavin gehörte ferner die Teilnahme an den von Parris geleiteten Morgen- und Abendandachten in seinem Bostoner Wohnhaus mit Gebeten, Bibellesungen und Psalmengesängen, weit strenger und rigoroser als jemals bei der Anglikanerin Elizabeth Pearsehouse. Und da nach puritanischer Auffassung nur die genaue Kenntnis der Heiligen Schrift zum Eingang in das Himmelreich Christi berechtigte und ein 1644 in Massachusetts erlassenes Gesetz die Christianisierung aller Indianer vorschrieb, wurden die beiden Haussklaven von Parris und seiner Frau auch im Lesen unterwiesen.

Trotz seiner respektablen Stellung als Kaufmann, Familienvater und Pfarrgemeindemitglied war Samuel Parris mit seiner beruflichen Existenz unzufrieden. Er klagte darüber immer öfter und wirkte überhaupt gereizt und bedrückt. Es war schwer auszumachen, ob seine Geschäfte wirklich schlecht liefen, ob Parris nur zu hoch geschraubte Ansprüche hatte oder ob er, der inzwischen Mittdreißiger, in einer undurchschaubaren Lebenskrise steckte. Jedenfalls verkündete er eines Tages in einer improvisierten Ansprache zwischen Eingangsgebet und erstem Bibeltext während der Morgenandacht, in so hoch gereckter Haltung und mit so fester Stimme wie schon lange nicht mehr: »Ab nächsten Sonntag werde ich aushilfsweise im Gemeindehaus von Ipswich die Predigten halten.«

Für eine aus einer anderen Welt stammende Haussklavin waren die Zusammenhänge schwer nachvollziehbar. Denn ab dem Zeitpunkt, da Samuel Parris seine ersten Schritte in seinen späteren Pfarrerberuf unternahm, wirkte er nicht eigentlich glücklicher und freier, sondern entwickelte sich im Gegenteil zu einem immer unduldsameren und engherzigeren Geist und neigte zu cholerischen Ausbrüchen, wenn sich im Haus oder Geschäft etwas nicht ganz nach seinem Willen vollzog. Als er beispielsweise einmal am Sabbat John im Garten aus voller Kehle ein Straßenlied singen hörte, während die kleine Betty neben John friedlich mit Buntstiften malte, stürzte Parris mit hochrotem Gesicht aus dem Haus und verabreichte seinem Sklaven eine furchtbare Tracht Prügel. Andere Misshelligkeiten wiederum konnten den Familienvater in tagelanges brütendes Schweigen oder in eine anhaltend mürrische Laune treiben. Und je schlimmer dies alles wurde, desto tiefer flüchtete sich Parris in seine neue gemeindliche Aushilfstätigkeit und vernachlässigte sein Geschäft in der Bostoner Innenstadt. Parris wurde Tatuba zusehends fremd. Sie achtete ihren Herrn zwar noch, aber fürchtete ihn zugleich. Dies hatte allerdings keinerlei Einfluss auf ihre sich von Jahr zu Jahr festigende Liebe zu der kleinen Betty und auf ihr vertrauensvolles Verhältnis zu Indian John.

Nach mehrmonatigen, wohl etwas mühsam verlaufenden finanziellen Verhandlungen mit dem Magistrat von Salem Village, welches etwa zwanzig Meilen nördlich von Boston lag, wurde Samuel Parris dorthin als Pfarrer berufen. Nach Auflösung seines Bostoner Haushalts und dem Verkauf seines Geschäftes zog Parris mit seiner Familie und seinem Gesinde nach Salem Village in ein eigenes Haus.

Salem Village, ein ländliches Gemeinwesen dicht neben dem viel größeren Salem Town, bestand aus einigen Gehöften, Bürgerhäusern, Läden und Werkstätten, einem Gemeindehaus und großen, freien Baum- und Wiesenflächen und Wegen dazwischen und es umfasste nicht mehr als einhundert Haushaltungen. Das Dorf erstreckte sich über sanft abfallende Hänge an der Küste und in eine Landzunge ins Meer.

Parris' Wohnhaus lag mitten im Dorf und war eines der großen, giebeligen Häuser aus dunklem Holz, mit dem Eingang an der Längsseite, einem Schornstein in der Mitte und

den für Neuengland typischen kleinen, vergitterten Fenstern. Innen war das Haus mit Holzböden versehen und mit dicken Balken an der niedrig herabdrückenden Decke. Das eine große Zimmer im Erdgeschoss diente als Schlafraum für die Familie, das andere als Küche mit Tisch, Holzbank und einem Regal für Kochgeschirr, Tonkrüge, Eimer und Kessel und mit einer Nische, in der abends die beiden jungen Sklaven ihre Strohsäcke zum Schlafen ausbreiteten. Gelegentlich nutzte Parris diesen Raum zur Vorbereitung seiner Predigten und Hausandachten. Denn das Gesinde hielt sich tagsüber mehr in den oberen Räumen auf, wo, neben dem Großteil der Bücher, auch Wäsche, Hausrat und Lebensmittelvorräte lagerten.
Der Umzug von Boston nach Salem Village in eine feste Pfarrstelle schien sich anfangs eher entspannend auf die familiäre Situation auszuwirken. Samuel Parris war so sehr von seinen pastoralen Aufgaben in der Gemeinde in Anspruch genommen und auch so viel außer Haus, dass das Gesinde und vielleicht auch die kleine Betty und deren Mutter ein wenig aufatmen konnten.
Doch dies währte nicht lange. Denn abgesehen vom niedrigen, bei seiner Berufung ausgehandelten Salaire, über das Parris sich häufig beklagte, lasteten auf ihm und seiner puritanischen Gemeinde und überhaupt auf der ganzen Region um Boston vielfältige Sorgen. Schon Jahre zuvor hatte sich, bedingt durch einen Machtwechsel im Königshaus, die Politik der englischen Krone gegenüber den neuenglischen Kolonien spürbar verändert. Die jahrzehntealte, eher dezentralistisch ausgerichtete Charta für den Staat Massachusetts wurde widerrufen und über einen neuen, äußerst autoritären Gouverneur eine strikte, administrative Kontrolle über das Land ausgeübt, die das Ende der Hegemonie der erst vor siebzig Jahren

neu eingewanderten Puritaner bedeutete. Zur großen Erbitterung derselben wurden sogar, wie zur Schikane, aus London vereinzelt anglikanische Priester zur Leitung von Gottesdiensten eingesetzt und wesentliche, stets streng beachtete Sabbatvorschriften gelockert. Zusätzlich zu dieser Verunsicherung der puritanischen Bevölkerungskreise und einer zunehmenden Aufspaltung der Öffentlichkeit in eine pro- und eine anticalvinistische Fraktion wurde die Region von erneuten, blutigen Indianereinfällen aus dem Norden heimgesucht und auch die kriegerischen Feldzüge in die Gegenrichtung forderten viele Menschenleben. Dies und eine 1689 aus der Karibik nach Boston eingeschleppte und sich rasch ausbreitende Pockenepidemie und eine verheerende Missernte zwei Jahre später drückten schwer auf die allgemeine Stimmung.

Sicherlich trugen diese Umstände wesentlich mit bei zur Verschlechterung auch der beruflichen und persönlichen Situation von Samuel Parris. Denn zwischen ihm und seiner ihm ursprünglich wohlgesinnten Gemeinde schlichen sich wachsende Unstimmigkeiten ein. Immer mehr bemängelten Parris' Predigtstil und blieben von seinen Gottesdiensten fern. Schließlich quittierten Parris' Gemeindemitglieder ihre Unzufriedenheit mit immer unregelmäßiger erfolgenden Gehaltszahlungen an ihn. Kurz vor Beginn des ereignisreichen und einschneidenden Winters 1691/92 gingen sie so weit, ihm das ursprünglich zugestandene Brennholz zu verweigern.

Nicht nur die angespannte Atmosphäre in Parris' öffentlichen Sonntags- und Festtagspredigten wirkte sich nachteilig auf die Stimmung in Parris' Haushalt aus. Auch in den täglichen Morgen- und Abendandachten zu Hause, bei Tisch und bei allen anderen Gelegenheiten jammerte und klagte der Hausherr über die allgemeine desparate Situation der Gemeinde und des ganzen Landes. Die allgemeine Stimmung, die sich in der Gemeinde breit machte und die Parris mit persistenter Eindringlichkeit in seine Predigtworte zu kleiden verstand, lautete sinngemäß: »Salem befindet sich in einem mehrfachen Belagerungszustand böser Kräfte. Satan ist dabei, sich mit List und Tücke der einzig rechtgläubigen Gemeinschaft der gottseligen Siedler zu bemächtigen.«

Doch Satan blieb in der Angst und Hysterie der aufgeschreckten Bürger Salems ungreifbar, solange es nicht gelang, seine Bundesgenossen und Helfer ausfindig zu machen: die Hexen und Zauberer, über die Satan sich in die fromme Gemeinschaft der Gottesfürchtigen einschlich, um sie von innen auszuhöhlen und in sein Reich einzuverleiben. So jedenfalls stand es auch in einer erst kürzlich erschienenen Schrift des neuenglischen puritanischen Predigers Cotton Mather, die man in der Öffentlichkeit gerne las und eifrig darüber diskutierte. Da auch Parris sich in seinen Predigten immer wieder auf Mathers Schriften berief und auch seine Schwarzmalereien heraufbeschwor, sickerten diese wie Gift in die verängstigten Herzen der Gemeinde. Denn die mit dem Teufel im Bund stehenden Feinde Gottes steckten überall, auch in den eigenen Reihen. Parris richtete seine Verdächtigungen insbesondere gegen seine persönlichen Widersacher und Verweigerer in der Gemeinde. Vor allem Parris' verbliebene Anhänger, seine engsten Angehörigen, Freunde und Nachbarn begannen sich immer argwöhnischer in ihrer allernächsten Nähe umzuschauen und bald betrachtete jeder jeden als potenziellen Bundesgenossen des Teufels.

Es war an einem kalten Dezemberabend. Draußen pfiff der Wind und schlug gelegentlich dicke Batzen großer Schneeflocken an die nachtschwarze Küchenfensterscheibe, um wenig später das dort Haftende wieder spielerisch zur Seite zu blasen und durch Neues zu ersetzen. Irgendwo klapperte eine Türe und im Kochherd gegenüber dem Fenster knisterte behaglich das Holzfeuer. Der Raum war in ein schwaches, flackerndes Licht aus der Petroleumlampe getaucht. Die Luft war verbraucht und voll alter Essensgerüche.

Auf der Bank vor dem Tisch saßen die neunjährige Betty und ihre um zwei Jahre ältere Kusine Abigail Williams, die, von ihren Eltern getrennt, meistens im Haus ihres Onkels Samuel übernachtete, im selben Zimmer wie Betty und deren Eltern. Beide Mädchen waren wie Zwillingsschwestern mit denselben dunklen Wollsachen und einer weißen Leinenbluse mit Spitzenkragen bekleidet und trugen ein weißes Häubchen mit genau demselben rötlich braunen Bortenmuster am unteren Rand. Sonst sahen sie einander nicht unbedingt ähnlich. Abigail wirkte eher hoch aufgeschossen, blass im Gesicht, mit Stupsnase, blutarmen Lippen und hellblauen Augen, die unruhig umherwanderten, als suchten sie ständig nach etwas. Betty war zwar ebenfalls eher schmächtig und zart, machte jedoch einen irgendwie abgerundeteren und mehr in sich ruhenden Eindruck.

Die beiden Mädchen hantierten gerade mit einigen leeren Gefäßen, zwei Tassen und einem breiten Trinkglas auf dem Tisch. Betty hielt ein rohes Ei in der Hand, das sie eben einer großen, steinernen Schüssel im Wandregal entnommen hatte.

»Gehst du noch mal nachschauen, ob wirklich niemand da ist?«, raunte Betty, mit entschlossenem, wildem Blick Abigail zu.

»Aber sie sind doch weg, bei den Walcotts, und kommen erst spät wieder, haben sie gesagt«, versuchte Abigail ihre Kusine fast im Flüsterton zu beschwichtigen.

»Ja, schon! Aber es könnte doch noch jemand anderes da sein«, entgegnete Betty ängstlich.
»Wen meinst du? John und ...?«
»Ja.«
Abigail erhob sich und stakste zur Türe, öffnete sie und trat einige Schritte hinaus. Kurz darauf kehrte sie mit zufriedener Miene zurück und begab sich wieder an ihren Platz.
»Ach, ja ... John arbeitet heute Abend in Ingersolls Taverne«, erinnerte sich Abigail plötzlich wieder. Und bestimmt sind die beiden zusammen dorthingegangen«, erklärte sie mit wieder fast normaler Lautstärke.
»Meinst du?«
Auch Betty schien wieder weitgehend beruhigt zu sein.
»Ja, ich glaube, wir sind wirklich allein. Niemand kann uns sehen«, quiekte Betty vor Vergnügen.
Sie nahm die Tasse und schlug das rohe Ei, das sie eine Weile in ihrer Hand gewärmt hatte, am Tassenrand auf.
»Kannst du das Weiße wirklich vom Gelben trennen?«, fragte die ältere Abigail mit besorgter und verantwortungsbewusster Miene.
»Aber natürlich. Ich habe doch oft Mama und unsere Indianer dabei beobachtet und mitgeholfen«, entgegnete die Kleine fast beleidigt.
Unter Abigails staunenden Blicken ließ Betty nach der Trennung der beiden Schalenhälften geschickt das Eidotter abwechselnd von der einen in die andere Hälfte gleiten, so lange, bis das Eiweiß vollständig in die Tasse abgeflossen war. Danach legte sie, ungemein stolz über das Gelingen, die Schalenhälfte mit dem Dotter in die andere Tasse und ergriff das leere Glas, das sie neben die Tasse mit dem Eiweiß stellte. Abigail klatschte Beifall. Betty triumphierte.

»Mal sehen, was uns das Schicksal beschert«, stieß Abigail mit aufgeregt blitzenden Augen hervor.

»Unsere Zukunft«, ergänzte Betty, nicht weniger erregt. »Nur wir allein werden das erfahren! Unser Geheimnis«, flüsterte sie nur noch.

»Die Hannah hat so herausgefunden, ob sie ihren Schatz bekommt oder nicht«, kicherte Abigail dazwischen.

»Was für einen Schatz?«

»Ach, davon verstehst du nichts. So ... jetzt mal los ...«

Abigail ergriff die Initiative, die ihr Betty nach ihrem Glanzstück vorhin auch gerne überließ. Sie nahm die Tasse mit dem Eiweiß vom Tisch und hielt sie über das Glas. Dann neigte sie die Tasse vorsichtig zur Seite, sodass sich die dickflüssige Eiweißmasse langsam in Richtung Glas zu bewegen begann.

»Uuh«, rief Betty und stampfte vor Aufregung mit den Füßen.

»Psst ... Sonst klappt's nicht ...«

Abigail hielt kurz inne. Dann schwenkte sie die Tasse so weit aus, dass sich von dem glibberigen, durchsichtigen Inhalt eine möglichst geringe Menge löste, in das Glas abtropfte und dort auf dessen Boden zu einem flachen, aber zusammenhängenden Gebilde auseinander floss.

Abigail stellte die Tasse rasch auf den Tisch zurück und beide Mädchen studierten angestrengt und mit höchster Anspannung die Form, die der Tropfen angenommen hatte.

»Was ist das ... was ... ist ... das ...?«, rief Betty, vor Ungeduld fast platzend, aus.

»Das ... oh ... oh ...«, jammerte Abigail mit immer größer werdenden Augen.

»Was denn?«, fragte Betty, auf der Sitzbank hüpfend.

»Das ist ein ... ein Sarg.«

»Ein Sarg?«

Die beiden Mädchen klammerten sich entsetzt gegenseitig an den Händen fest.

»Das bedeutet etwas Schlimmes«, stieß Abigail tief erschrocken hervor.

Betty schluckte fassungslos.

»Und was machen wir jetzt?«, fragte sie hilflos.

Abigail starrte ins Glas, als erhoffte sie sich, dass sich die Form des von ihr Geschaffenen durch die hypnotisierende Kraft ihrer Blicke noch einmal verändere.

»Wir müssen es nochmals versuchen«, antwortete sie mit fester, aber tonloser Stimme.

»Das ist doch verboten«, erwiderte Betty. »Papa hat gesagt, dass unser Lord alle bestraft, die so etwas machen.«

»Viele machen das«, beharrte Abigail trotzig.

»Der Sarg ist die Strafe ... Bestimmt ...«

»Ich werde Elizabeth und Ann fragen, ob sie das nächste Mal mitmachen.«

Betty schaute nur entgeistert an Abigail vorbei zum Fenster zu den Schneeflocken, die inzwischen mehrfach außen an der Scheibe klebten. Der Wind hatte nachgelassen und das Klappern der Türe hatte aufgehört. Neben dem leisen Knistern des Feuers im Herd hörte Betty nur ihr eigenes, rasendes Herz pochen.

Etwa vierzehn Tage später, während der letzten Vorbereitungen auf das Weihnachtsfest, wurde Betty plötzlich von messerstichartigen Schmerzen und Krämpfen überfallen, die sich wie ein Zwicken, Zerren, Stoßen oder auch Beißen in der Nackenregion, in den Schultern und im Rücken anfühlten. Das Kind bemühte sich, diese Anfälle ihren Eltern gegenüber geheim zu halten. Nur ihre Kusine Abigail weihte sie ein und beide kamen überein, weiter ihre verbotenen Wahrsageabenteuer zu betreiben und diese, falls nötig, mit noch anderen bekannten und bewährten Mitteln zu ergänzen, beispielsweise mit heißem Wachs, Glasscherben und rostigen Nägeln. Je länger die spektakulären Ergebnisse nach der Art des ersten Males jedoch ausblieben, mit desto unerbittlicherer Leidenschaft setzten sie ihre Versuche fort, sobald sich eine Gelegenheit dazu ergab. Immer wieder hofften sie auf eine neue Schicksalsoffenbarung, die die alte, fluchartige, aufhob. Doch je häufiger sie sich in der Küche zusammenfanden und sich in ihre neue geheimnisvolle und aufregende Beschäftigung versenkten, desto heftigere Ausmaße nahmen Bettys Schmerz- und Krampfanfälle an. Und nicht nur das. Auch bei Abigail, die nachts immer dicht neben Betty lag und deren Anfälle genau mitbekam, begannen sich bald ähnliche Symptome zu zeigen: Schmerzen, Nadelstiche, Krämpfe und dieses verfluchte Zwicken, Zerren, Beißen und Stoßen am ganzen Körper.

Möglicherweise im Bestreben, Verstärkung in ihren geheimen Bund zu holen, hatten Abigail und Betty mittlerweile zwei weitere Mädchen aus der Nachbarschaft in ihre Aktivitäten eingeweiht und sie, nach einigem Zögern und strengster Verpflichtung zum Stillschweigen, mit einbezogen. Es war Elizabeth Hubbard und Ann Putnam. Elizabeth, siebzehnjährig und wie Abigail ohne Eltern, lebte bei ihrem Onkel, dem Arzt Doktor Griggs. Ann, erst zwölf, hatte zwar ein Elternhaus, doch ihre Mutter, die den frühen Tod ihres letzten Kindes nicht verwunden hatte, war seelisch und geistig zerrüttet. Der desparate Dauerzustand der Mutter, ihre Depressionen und Angstzustände und ihre gelegentliche Verwirrtheit blieben nicht ohne Einfluss auf ihre sensible Tochter. Aber es gab noch zwei weitere Mädchen, die mit den immer weiter ausufernden Spielen ihrer Freundinnen zumindest indirekt in Berührung kamen: die siebzehnjährige Mercy Lewis, die im Haushalt der Putnams arbeitete, und deren gleichaltrige Freundin Mary Walcott.

Während einer der Sonntagspredigten von Samuel Parris im Gemeindehaus saß auf einer der bereitgestellten Bänke Samuel Parris' Tochter Betty zwischen Abigail Williams und Ann Putnam und neben dieser Elizabeth Hubbard. Alle hatten sich einen Platz ziemlich weit hinten ausgesucht, um durch die Rücken der schwarz gekleideten Besucher ausreichend vor Parris' Blicken geschützt zu sein.

Wer mit Menschenwerken Gottes Allmacht herausfordert, ist des Teufels und wird der ewigen Verdammnis anheim fallen, lautete die Hauptaussage von Parris' Predigt.

Als Parris das dritte Mal einen Satz dieser Art in den Saal schleuderte, bekam Betty einen besonders heftigen Anfall. Wieder glaubte sie, von unsichtbarer Seite gezwickt und gebissen zu werden, wobei sie diesmal plötzlich glaubte, das Augenlicht zu verlieren. Verzweifelt klammerte sie sich an Abigail.

Abigail versuchte, sie möglichst unauffällig festzuhalten.

»Er hat Recht. Gott straft uns für das, was wir zu Hause getan haben«, flüsterte Betty mit großer Anstrengung in Abigails Ohr.

»Nein. Er meint nicht uns«, beschwichtigte diese ihre Kusine. »Er meint die geizigen, störrischen Gemeindemitglieder, die ihm die Gehaltszahlungen verweigern.«

Sie sagte das so laut, dass Ann aufmerkte und zu kichern begann.

»Da bin ich mir nicht so sicher«, prustete sie verhalten und schnitt eine fürchterliche Grimasse.

Abigail starrte Ann entsetzt an.

»Du hast doch nicht etwa …?«
»Was denn?«
Ann grinste weiter unverschämt.
»Aha. Du hast also deinen Mund nicht halten können! Du gemeine Verräterin … Darum redet der so …«
Jetzt wandte sich auch Elizabeth neben Ann neugierig den Mädchen zu. Betty, die die ganze Zeit verzweifelt darum gekämpft hatte, wieder normal zu sehen, um der Situation um sie herum nicht vollends ausgeliefert zu sein, gewann glücklicherweise ihr Augenlicht langsam wieder zurück. Umso fürchterlicher jedoch arteten die Bisse und das Zwicken an ihrem Körper aus.
»Wer sich mit Teufelsspuk an Gott versündigt, wird ewig in der Hölle braten«, hörte man jetzt Parris von der Kanzel herabdonnern.
In diesem Augenblick erstarrte das Grinsen auf Anns Gesicht. Mit wild aufgerissenen Augen umklammerte sie ihre Gurgel mit beiden Händen, als müsste sie ebenfalls einen mörderischen Angriff mit einem Messer oder einer würgenden Hand abwehren.
Gleichzeitig verfinsterte sich auch Elizabeths Gesicht.
»Wölfe …«, stieß diese mit mühsam unterdrückter Stimme hervor. »Die Wölfe kommen!«
Besonders mit Abigails Hilfe, die als Einzige unbehelligt geblieben war, gelang es den vier Mädchen, ihren prekären Zustand so weit unter Kontrolle zu halten und ihn vor den anderen, vor allem vor Parris, zu verbergen, dass ihnen keine unmittelbaren Folgen daraus erwuchsen. Am Ende des Gottesdienstes hatten sie sich wieder so weit beruhigt, dass niemand sie danach auf die außergewöhnlichen Vorgänge während der Predigt ansprach.

Von Woche zu Woche verschlimmerte sich der Zustand der kleinen Betty Parris jedoch so sehr, dass auch ihre Eltern die Augen davor nicht mehr verschließen konnten. Zu ihren quälenden Schmerzen kam eine geräuschvolle Atemnot mit Würgekrämpfen dazu, bald auch Halluzinationen, Seh- und Hörbeeinträchtigungen und ein zeitweiser Sprachverlust, verbunden mit der strikten Verweigerung jeglicher Nahrung. Die alarmierten und zutiefst bekümmerten Eltern zogen auf Drängen ihrer Nachbarn und Freunde einen Arzt hinzu, der auch keinen Rat wusste, dann einen zweiten und dritten, wieder ohne jede sich abzeichnende Besserung und ohne irgendwelche diagnostischen Anhaltspunkte. Schließlich wurde Abigail Williams' Onkel, Doktor Griggs, konsultiert und dieser bestätigte die schon lange gehegten, schlimmsten Befürchtungen der Eltern, nämlich, dass übernatürliche Kräfte im Spiel seien, Hexerei, »die Hand des Bösen«, wie Griggs sich ausdrückte.
Damit war, nach allgemein gültiger Auffassung, das Problem der ärztlichen Heilkunst entzogen und in den Verantwortungsbereich der Kirche verlagert. Samuel Parris sah sich jetzt nicht mehr nur in seiner Vater-, sondern auch in seiner Seelsorgerrolle angesprochen. Als eifriger Befürworter der bewährten Teufelsaustreibungspraktiken des puritanischen Gelehrten Cotton Mather ordnete Parris mehrere Bet- und Bußandachten in seiner Gemeinde an und legte einen Extra-Festtag zur Sühnung der kollektiven Sünden ein. Diese Gelegenheit nutzte er wieder dazu, seine Widersacher, die ihm renitent die Gehaltszahlungen verweigerten, laut anzuprangern und deren störrische Haltung in seinen Sündenkatalog mit einzubeziehen.
Doch weder diese Maßnahmen noch die pflegerische Fürsorge im eigenen Haus, an der sich alle Mitbewohner gleicherma-

ßen beteiligten, vermochte eine Besserung von Bettys katastrophalem Zustand herbeizuführen. Dieser zog sich nun bereits sechs Wochen hin. Und Betty war inzwischen bekanntermaßen nicht die Einzige. Auch die anderen, älteren Mädchen, die, wenngleich weniger heftig, von derselben Art von Attacken heimgesucht wurden, hatten zunehmend die öffentliche Aufmerksamkeit auf sich gezogen. Salem Village war klein, ein Klatschnest, besonders für die hochgeschreckten Gemüter während dieser mit so vielen Sensationen angefüllten Wochen und Monate. Hauptsächlich die arme kleine Betty Parris war überall auf den Straßen und öffentlichen Plätzen des Ortes zur Zielscheibe besorgten und rührigen Geredes geworden.

Es muss Mitte Februar gewesen sein, als Samuel und Mary Sibley, beides Nachbarn der Familie Parris, nach einer abendlichen Bußandacht im Gemeindehaus etwas länger unter einer der beiden hohen, kahlen Buchen vor dem Haus stehen blieben und fröstelnd ihre dunkelgrauen Wollmäntel zuzogen, um noch ein paar Minuten über das zu reden, was ihnen keine Ruhe ließ.

»Glaubst du nicht, dass das etwas helfen könnte?«, begann Mrs Sibley, mit vor Kälte geröteten Augen zu ihrem Gatten hoch blickend, der mindestens um einen Kopf größer war als sie.

»Der Kuchen?«

»Ja ... Goodwife Hawkes hat gesagt, damit würde man immer den Schuldigen finden, der mit dem Teufel im Bund steht. Arme kleine Betty ... Unser Reverend sieht ja schon richtig elend aus.«

»Er ist doch ausdrücklich gegen diese Methoden ... Hat er erst gestern wieder gesagt ...«

»Schon, aber wenn einfach nichts anderes mehr hilft, dann

muss man eben zu solchen Mitteln greifen. Goodwife Hawkes hat selbst einmal als Kind in Boston erlebt, wie der Hund nach dem Fressen des Kuchens richtig besessen wurde und die Leute direkt zur Schuldigen führte, zu einer Hexe...«, entgegnete Mrs Sibley, das letzte Wort nur noch raunend.

»Und wer soll ihn backen?«

»Das hab ich mir auch schon überlegt. Ich geh morgen direkt zu den Parris hin und werde die junge Kinderfrau fragen, die aus den West Indies. Hast du sie schon mal gesehen? Ein ganz braves, unauffälliges, freundliches Ding, das ständig um die kleine Betty herumspringt und sie, seitdem sie krank ist, nur noch hätschelt und pflegt und füttert wie eine Puppe... Neulich hat mir Elizabeth erzählt, ihr Mädchen wäre vor Kummer um Betty manchmal richtig untröstlich und verzweifelt. Die und der andere in der Küche, John heißt er, sind genau die Richtigen, die tun alles für ihre Betty. Und für den Reverend ist die Hauptsache, dass seine Kleine wieder gesund wird. Wie, müssen wir ihm nicht unbedingt unter die Nase reiben...«

»Und du sagst, die kann einen Hexenkuchen backen?«

»Natürlich kann sie das. Die beiden sind schließlich die Köche des Hauses. Und als die Kinderfrau hat sie auch den leichtesten Zugang zum Urin der Kleinen.«

»Ach so!«

»Und außerdem...« Mrs Sibley setzte eine geheimnisvolle Miene auf, »... außerdem stammen die doch von dort unten. Ich meine, die Leute dort sind bekanntlich besonders bewandert in diesen Dingen.«

Dazu lachte sie spitz.

Mr Sibley, düster in seinen Mantel vergraben, merkte kurz verwundert auf und blickte dann auf seine kleine Frau herunter. Er schien zu überlegen, zog sich jedoch bald wieder in seine zurückhaltende Art zurück.

Schritt für Schritt vollzog sich das Verhängnis, das die junge Farbige aus den West Indies in ihr Unglück stürzen ließ.

Titibe befolgte nicht nur willig, sondern ausgesprochen gern Mrs Sibleys Anweisung, denn ihr war die Geschichte des Hexenkuchenbackens bei Mrs Pearsehouse auf Barbados wieder schlagartig ins Bewusstsein gerückt. Jetzt konnte sie das, was sie damals nur als Rezept bekommen hatte, selbst ausprobieren. Doch das weitaus Wichtigere war, dass es für Betty geschah, deren Zustand immer unerträglicher wurde … »Mehl und deinen Urin in heißer Asche backen und dann an einen Hund verfüttern«, so wie Mrs Pearsehouse und jetzt Mrs Sibley das gesagt haben. »Natürlich. Nichts leichter als das. Hauptsache, es hilft dir, liebe Betty, damit wir dem Übel auf den Grund gehen und du endlich wieder gesund wirst. Dafür tue ich alles. Gleich werde ich mich zusammen mit John an die Arbeit machen!«

Titibe musste jedoch fassungslos miterleben, dass diese Maßnahme, ihre letzte Hoffnung, ganz im Gegenteil eine Lawine von Schrecknissen in Gang setzte.

Die erste Überraschung war Bettys Reaktion, als Titibe ihr vorsichtig Mrs Sibleys wunderbare Idee vortrug und verhalten ihrem Stolz und ihrer Freude darüber Ausdruck gab, den Kuchen selbst backen zu dürfen.

»Das ist eine schwere Sünde, ein Ungehorsam gegenüber unserem Lord«, lispelte Betty mit ihrem von ihren Leiden gezeichneten Gesicht vom Bett des Schlafzimmers aus, in dem Titibe sie aufgesucht hatte. »Satan ist dabei, die volle Macht über uns zu gewinnen«, fuhr sie fort, als äffte sie ihren Vater nach.

Abigail, die, ebenfalls ziemlich hinfällig, im Bett neben ihrer Kusine lag, nickte eindringlich mit ihrem weißen Häubchen.
Titibe versuchte, die beiden Mädchen zu beschwichtigen, und deutete daher die einzelnen Schritte des Backvorgangs nur an. Als sie erklärte, es werde dafür Bettys Urin benötigt, überflog ein Ausdruck von Panik die Gesichter der beiden Mädchen.
»Wir haben Satan schon lange genug herausgefordert«, stieß Betty gequält hervor.
Titibe verschob die Ausführung ihres Vorhabens um ein paar Tage und nutzte die Zeit, Betty gut zuzureden.
Vier Tage vor Monatsende, als Samuel Parris gerade außer Haus weilte, machte sich Titibe ans Werk und buk zusammen mit John den Kuchen. Sie verfütterte ihn an einen Nachbarhund, jedoch ohne die geringste Wirkung auf diesen. Betty und Abigail hingegen gerieten beide, schon als die heißen und scharfen Backdämpfe aus der Küche in ihre Nasen drangen, in einen Zustand, der an Schrecklichkeit alles Bisherige übertraf. Neben den üblichen Krämpfen und Erstickungsanfällen schrien sie jetzt beide mit Leibeskräften gegen unsichtbare Mächte an, von denen sie sich drangsaliert und gefoltert fühlten. Sie bäumten sich jählings auf und schlugen mit ihrem Kopf und ihren Gliedern unter den wildesten Verrenkungen hin und her, verfielen zwischendurch in Totenstarre, um dann umso entfesselter wieder loszulegen. Und, wie durch schauerliche Fernwirkung, widerfuhr ihren beiden Freundinnen, Ann Putnam und Doktor Griggs' Nichte Elizabeth Hubbard nur ein paar Häuser weiter dasselbe. Von diesen wurde sogar berichtet, sie seien unter Stühle gekrochen und hätten an den Wänden und auf dem Fußboden verzweifelt nach Löchern gesucht, in denen sie sich vergraben wollten.

Als Parris nach Hause zurückkehrte und voller Entsetzen die Bescherung entdeckte, trommelte er alle ihm in der Umgebung bekannten Pfarrer und Theologen zusammen, die sich unverzüglich durch den Februarschlamm hindurch zu seinem Haus aufmachten, um sich mit ihm über die unfassbaren Vorgänge zu beraten.
»Fraglos ein Werk des Teufels«, murmelten sie wie im Chor, mit himmelwärts gerichtetem Blick und ihre Hände in die weiten Ärmel ihrer Umhänge vergrabend, während sie um das makabre Schauspiel herumstanden, das ihnen die beiden Mädchen noch immer boten. »Ein Werk des Teufels, fraglos...«
Parris knirschte laut mit den Zähnen.
»Da hilft nur beten und fasten«, sagten sie wieder wie im Chor. »Beten und fasten, wie es unser großer Meister Cotton Mather gelehrt hat.«
Jetzt verlor Samuel Parris vollends die Beherrschung.
»Beten und fasten?«, schrie er mit sich überschlagender Stimme. »Wir haben monatelang nichts anderes getan. Und mit welchem Ergebnis? Da, sehen Sie es selbst!«
Die Angesprochenen wandten kurz ihre himmelwärts gerichteten Blicke zu Parris' wutverzerrtem Gesicht.
»Es gibt nichts anderes, außer beten und fasten, alles andere ist Menschenwerk«, lispelte eine Solostimme aus dem Hintergrund. »Auch Cotton Mather würde hier nichts anderes sagen können...«
Es war wohl vor allem die Autorität des letztgenannten Namens, die Parris davor bewahrte, die geladenen Herren allesamt gewaltsam auf die Straße zu befördern.
Titibe und John, die von der Küche aus, sich zitternd gegenseitig an den Händen festhaltend, den Ablauf der Versammlung im angelegenen Schlafzimmer verfolgt hatten, harrten

angstvoll der weiteren Dinge, nachdem der hohe Besuch schließlich das Haus verlassen hatte.

Parris begab sich zuerst in die oberen Räume des Hauses, wo man am Knarren der Holzdecke das Auf und Ab seiner schweren Schritte hören konnte. Mrs Parris schien weiter im Schlafzimmer bei den Mädchen zu verweilen.

Nach etwa einer halben Stunde kam Parris ziemlich schnell die Treppe hinunter und begab sich wieder in das Schlafzimmer, wobei er es diesmal, offenbar in seiner Erregung, unterließ, die Türe zu schließen, sodass von der Küche aus alles, was im Schlafzimmer vor sich ging, mühelos vernehmbar war.

»Wer hat euch behext?«, brüllte Parris mitten in das Wimmern und Stöhnen der beiden Mädchen, welches vorhin unablässig aus dem Schlafzimmer gedrungen war.

Seltsamerweise verstummte alles augenblicklich. Es folgte eine ungewohnte und unheimliche Stille.

»Wer hat euch behext?«, wiederholte Parris mit entschieden ruhigerer, fast freundlicher Stimme, als wollte er die Mädchen für ihr Einlenken belohnen.

Wieder erfolgte eine lähmende, wie eine Ewigkeit erscheinende Stille.

Diesmal war es nicht Parris, der sie unterbrach, sondern ein klägliches Piepsen seitens Abigail.

»Wir wollten nicht, dass dieser Kuchen gebacken wird, bestimmt nicht«, sagte sie mit unterwürfiger Stimme.

»Was für ein Kuchen?«, fragte Parris überrascht.

Abigail erteilte so zaghaft, leise und unverständlich wirr Auskunft über das Gewünschte, dass sich Parris voller Ungeduld an seine Tochter wandte. Diese schilderte anschließend mit monotoner Stimme und verblüffender Sachlichkeit und Nüchternheit, als handelte es sich um etwas völlig Fremdes und weit

Entferntes, den ganzen Hergang, ihre Urinabgabe, die darauf folgende Backprozedur und schließlich die Verfütterung des Kuchens an einen der Hunde aus der Nachbarschaft, wobei sie in ihrem Bericht jegliche Nennung von Namen sorgsam umgehen zu wollen schien.

»Und wer hat diesen heidnischen Gräuel begangen?«, fragte Parris mit einem Ausdruck des Abscheus in der Stimme, der Titibe in der Küche durch Mark und Bein ging.

Nur Sekunden später stürzte Parris aus dem Schlafzimmer in die Küche.

»Die ist das also gewesen«, schrie er mit hochrotem Gesicht, hervorquellenden Augen und noch kantiger als sonst vorgestrecktem Unterkiefer, während er sich auf seine wehrlose Sklavin stürzte.

»Der werden wir's zeigen«, fauchte er und zerrte Titibe abwechselnd mit beiden Händen an ihren langen Haaren, sodass ihr Kopf wie ein Ball hin- und herflog. John schreckte voller Entsetzen ein Stück weit zur Seite, blieb jedoch beharrlich auf seinem Platz neben Titibe sitzen.

Parris hatte seine Sklavin noch nie mit Namen angesprochen, nicht einmal während der Tage des herzlichen Einvernehmens auf der Schiffsreise von Barbados nach Boston vor zwölf Jahren. Doch auch wenn er bis heute einer direkten Namensnennung ausgewichen war, so hatte er seine Haussklavin immer in der zweiten Person angesprochen. Selbst dies vermochte er jetzt nicht.

»Ich will jetzt hören, ob diese dreckigen Pfoten diesen Satanskuchen gebacken haben oder nicht«, schrie Parris schrill.

Titibe hielt das, was Parris so respektlos bezeichnet hatte, schützend vor ihr Gesicht.

»Haben sie das getan oder nicht ... diese Pfoten?«

Als Titibe schwieg, schlug er so lange blind auf ihr Gesicht ein, bis er eine von ihren Händen gerade ungedeckte Stelle mit voller Wucht traf.

»Ich werde dieser gottlosen Rothaut die Seele aus dem Leib prügeln, bis sie endlich gesteht ... bis sie gesteht, mein Kind mit diesem Teufelswerk vernichtet zu haben«, schrie er weiter und drosch jetzt mit seinen Fäusten auf ihren ganzen Körper ein.

»Ich werde ihr den Teufel aus dem Leib prügeln«, schrie er jetzt so laut, dass es Titibe in den Ohren schmerzte.

Einen kurzen Augenblick fühlte sie Mitleid mit ihrem Peiniger, weil dessen eigene Angst und Verzweiflung zu offenkundig aus ihm herausgellte. Ihr war fast, als müssten sie beide gegen einen gemeinsamen Widersacher kämpfen.

»Nein ... Nein ... Bitte nicht ... Ich habe ihn gebacken, aber ...«

»Aha, die Hexe gesteht endlich, dass sie vom Teufel beauftragt worden ist, unsere Kleine mit ihrer Hexenbosheit heimzusuchen, sie monatelang langsam zu Tode zu quälen mit Teufelsspuk und heidnischem Hexenzauber«, brüllte Parris mit vor Wut und Hass entstellter Stimme.

»Nein«, schrie Titibe verzweifelt über diese Worte auf, die ihrer Seele um ein Vielfaches mehr wehtaten als die brutalsten Faustschläge. »Ich habe die liebe Betty nicht gequält. Ich habe sie nie gequält ... nie ... nie«, wimmerte sie fassungslos.

»So, so. Und dieser Hexenkuchen? Was soll dann der?«

»Ich hab ihn nur gebacken, um ihr zu helfen, um sie gesund zu machen!«

»Aha, eine gütige Hexe, eine Hexe, die helfen will! Da verschlägt es einem ja richtig die Sprache!«

Titibe brach so heftig in Tränen aus, wie nie zuvor in ihrem Leben.

»Nein ... nein ... nein«, stammelte sie, heiser vor Verzweiflung.
»Und wer sind die anderen? Die anderen Hexen und Satansbräute? Wer? Ich will das jetzt wissen.«
Parris setzte mit seinen fürchterlichen Schlägen einen Augenblick aus, so als wollte er seinem Opfer die Gelegenheit zu einem umfassenden Geständnis geben. Doch Titibe war jetzt keines vernünftigen Gedankens mehr fähig. Alles drehte sich nur noch in ihrem Kopf. Sie wusste beim besten Willen nicht, was Parris noch alles von ihr hören wollte. Dass Mrs Sibley, die fromme Christin, eine Hexe sei? Oder gar Mrs Pearsehouse, weil diese sie gelehrt hatte, den Hexenkuchen zu backen? Sie, Titibe, sollte noch andere Hexen denunzieren, wo sie doch selbst weit davon entfernt war, eine zu sein? Sie verstand die Welt nicht mehr. Dieser abscheuliche Mann hatte sie in ihrem tiefsten Herzen getroffen. Die letzten Reste eines Mitleids mit Parris waren inzwischen verklungen.
Es war das erste Mal, dass Titibe ihren Herrn richtig hasste. Was jetzt geschah, überstieg bei weitem jedes vernünftige Maß. Nicht nur nach Titibes Meinung, sondern für jeden oder jede, die mit ihr dieses schreiende Unrecht erlebten.
Titibe benutzte in ihrer panischen Angst weiter ihre Hände und Arme, so gut es ging, als Schutzschild gegen Parris' Hiebe. Gerade rechtzeitig, bevor er sie wirklich totzuschlagen drohte, schrie sie, so laut, dass es durch sein infernalisches Gebrüll hindurchdrang: »Aber Mrs Sibley hat mir gesagt, ich solle den Kuchen backen...«
Im selben Augenblick stellte Parris sein blindwütiges Einschlagen auf sein Opfer ein und verstummte.
»Mrs Sibley?«, fragte er fast unhörbar leise und stierte Titibe fassungslos an, »Mrs Sibley?«

Er blieb eine Weile, offenbar starr vor Ratlosigkeit, stehen. »Los, mitkommen«, rief er plötzlich, wie einer Eingebung folgend, John zu, der die ganze Zeit zitternd und mit hochgezogenen Schultern der Schreckensszene beigewohnt hatte und nur bemüht gewesen war, möglichst nichts von Parris' Schlägen abzubekommen.

Parris packte John an der Hand, zog ihn zur Türe und verließ, diese geräuschvoll hinter sich zuschlagend, die Küche.

Titibe war wie erlöst, ihren Peiniger endlich losgeworden zu sein. Andererseits fühlte sie durch Johns plötzliche Entfernung verunsichert. Wohin wurde er jetzt gebracht? Was hatte dieser grässliche Mann mit ihm vor?

Es war Titibe klar, dass Mr Parris als Nächstes Mrs Sibley befragen würde. Doch was immer er dabei auch in Erfahrung bringen mochte, so blieb Mrs Sibley ein gottesfürchtiges und integres Mitglied seiner langsam zusammenschmelzenden Gemeinde, unabhängig davon, was sie mit diesem Hexenkuchen angerichtet hatte – ganz im Gegensatz zu ihr.

Die folgenden Stunden schleppten sich qualvoll dahin. Zwischendurch raffte sich Titibe trotz ihrer überall schmerzenden Knochen auf, um den beiden kranken Mädchen eine Mahlzeit zu kochen. Durch das Klappern der Töpfe aufmerksam geworden, erschien einmal Mrs Parris kurz in der Küche und warf Titibe einen wütenden Blick zu, so als wollte sie ihr am liebsten jede weitere Hausarbeit verbieten. Jedenfalls durfte Titibe das von ihr zubereitete Essen nicht an das Bett der Kinder bringen. Auf diese Weise verging der ganze Nachmittag, ohne dass Samuel Parris zurückkehrte.

Titibe war sicher, dass sich Parris nicht so lange nur bei Mrs Sibley aufhielt. Mit Bestimmtheit hatte er noch andere Leute aufgesucht, vermutlich auch die betroffenen Mädchen aus der

Nachbarschaft. Sie machte sich immer wieder von neuem Gedanken um die arme Betty, zu der sie nicht hinzugehen wagte, so gern sie dies getan hätte, um nach ihr zu sehen. Vielleicht war mit diesem Kuchen doch etwas nicht in Ordnung gewesen, in Anbetracht der schrecklichen Wirkung, die er gehabt hatte. Sie hatte der Kleinen wirklich nur helfen wollen. Vielleicht hätte sie ihn nicht backen sollen, doch jetzt war nichts mehr zu ändern. Sie war so hilflos, allein, ohne John und fühlte panische Angst. Zwischendurch klammerte sie sich an die Hoffnung, dass Parris nach seiner Unterredung mit Mrs Sibley vielleicht doch endgültig von ihr ablassen würde, wo sie doch wirklich unschuldig war.

Als Parris wieder kam, war John nicht mehr bei ihm. Als Erstes begab sich Parris in das Schlafzimmer zu den Mädchen. Nach einer Weile verließ er dieses wieder und stieg die Treppe hoch. Als er wieder herunterkam, öffnete Titibe vorsichtig die Küchentüre und spähte, möglichst ohne gesehen zu werden, hinaus. Parris wirkte sehr ruhig und gefasst, beinahe zufrieden, so, als hätte er inzwischen einen Weg gefunden, in seinem aus den Fugen geratenen Pfarrhaus die alte Ordnung wiederherzustellen. Dieser Weg schien ihn jedoch überhaupt nicht mehr in die Küche zu führen. Er schien jeglichen Kontakt mit seiner Sklavin meiden zu wollen. Sehr bald verließ er wieder das Haus.

Am frühen Morgen des 1. März, nach einer schlaflos durchwachten Nacht allein auf ihrem Strohsack in der Küche, hörte Titibe plötzlich raue Männerstimmen im Flur. Es war noch dunkel. Bald öffnete sich die Türe und Titibe sah die Silhouette von Mr Parris im Türrahmen. Parris rief in ruhigem, bestimmtem Ton in die Küche:

»Constable Herrick ist hier. Er ist gekommen, um dich abzuholen. Beeil dich«, sprach er sie zum ersten Mal wieder persönlich an.

Titibe schreckte hoch, mit ihrem ganzen immer noch schmerzenden Körper: In ihrem Hals und ihren Schläfen pochte wild das Blut. Wie in Trance schwankte sie zur Türe. Parris wich rasch vor ihr zurück, sodass sie sich ungehindert an ihm vorbei bewegen konnte. Im Flur brannte nur die kleine Öllampe, in deren Schein Titibe einen Mann mit breitkrempigem Hut erkennen konnte, der in der Nähe des Haupteingangs stand. Titibe blieb unsicher stehen und sie und der Mann starrten einander einen Augenblick wie aus der Ferne an. Mr Parris schien sich unsichtbar gemacht zu haben. Er blieb jedoch für Titibe viel gegenwärtiger als dieser Mensch namens Herrick, der sich offenbar nicht tiefer in das Haus vorzudringen getraute. Titibe spürte, dass es jetzt kein Entkommen mehr gab. Sie bewegte sich langsam zur Türe und blieb in geringer Entfernung von ihrem neuen Aufseher stehen. Dieser drehte sich um und öffnete die Haustüre. Titibe folgte ihm hinaus.

Die Vorfrühlingssonne war eben durch die Wolken hindurchgebrochen, als Constable Herrick mit Titibe in Ingersolls Taverne anlangte, wo, wie nur beiläufig vor sich hingebrummten Äußerungen Herricks zu entnehmen war, für zehn Uhr vormittags ein öffentliches Verhör angesetzt war. Vor dem Haus drängte schon eine riesige Menschenmenge durch den vorderen Eingang, ohne merklich voranzukommen. Titibes Bewacher blieb unschlüssig stehen. Wie immer deutlicher vorauszusehen, drehte sich der Menschenstrom bald um und begann wieder aus dem Haus herauszuquellen. Den missmutigen und strapazierten Gesichtern der auf die Straße Zurückkehrenden war anzusehen, dass sie sich wahrscheinlich schon vor Stunden hier eingefunden hatten, um dem großen Ereignis beizuwohnen. Aus der Menge stach bald eine Figur ab, die Constable Herrick ähnlich sah. Beide waren amtlich gekleidet, mit besonders weiten, uniformähnlich geschnittenen, braunen Mänteln, schwarzen Gurten und breitkrempigen Hüten. Sie kannten sich anscheinend auch und winkten einander zu. Dazu kam, dass der andere ebenfalls in Gewahrsam genommene Menschen mit sich führte. Es waren zwei ältere, ziemlich verwildert aussehende Frauen, die angstvoll und ratlos umherblickten. Der andere Bewacher machte Herrick gegenüber ein Zeichen, eine ausladende, vom Haus möglichst weit weg weisende Armbewegung, die Herrick nicht recht zu verstehen schien und die der andere deshalb noch ein zweites Mal vollführte.

»Im Gemeindehaus, dort ist Platz für alle«, war schließlich aus dessen Mund zu vernehmen, nachdem Herrick sich mit Titibe näher zu diesem hinbegeben hatte.

Die zermürbende Warterei und die Verzögerung erhöhte Titibes Angst und Anspannung. Dann endlich betraten sie das Gemeindehaus. Dort war inzwischen auch schon fast jede verfügbare Sitzfläche belegt: die vielen hintereinander gereihten Bänke unten gegenüber der Kanzel und die Plätze oben auf den Balkonen an allen vier Seiten. Im Vergleich zur geheizten Wohnküche zu Hause war es hier ungemütlich kalt. Hingegen erfüllte das heute besonders helle Sonnenlicht den dunklen Raum mit den kleinen Fenstern, sodass auch die Konturen der Menschen und die Einzelheiten ihrer Kleidung schärfer erschienen: die schwarzen Bänder um die breitkrempigen Hüte der Herren, die Strickmuster ihrer weißen Kniestrümpfe, die bunten Borten an den leuchtend hellen Hauben der Frauen und der Kinder, ja, die Muster der Spitzenkragen und die Nähte an den meist grauen Röcken und Kleidern. An einem langen, extra hereingestellten Tisch unter der Kanzel saßen die behördlichen Autoritäten: Samuel Parris und einige Pfarrer aus umliegenden Gemeinden sowie die beiden Magistraten John Hathorne und Jonathan Corwin aus Salem Village, in dunklen Roben und mit zylinderartigen Hüten über dem langen, silbergrauen Haar.

Constable Herrick führte Titibe zur vordersten, am Rand noch freigehaltenen Bankreihe, schob sie rasch in diese hinein und setzte sich neben sie. Auf der Innenseite neben Titibe saß, flankiert vom zweiten Bewacher, eine der beiden von ihm gefangen gehaltenen älteren Frauen. In so dichter Nähe ging ein penetranter Gestank von dieser aus. Teils rührte er von eitrigen Geschwüren im spitzen, mageren Gesicht der Frau, in welchem zwei dunkle Augen brannten und das von einer riesigen, zerbeult aussehenden Haube überwölbt war. Teils rührte der Gestank von Ausdünstungen aus der vor Schmutz starrenden und feuchtklammen Kleidung der Betreffenden. Titibes nächste erschreckende Entdeckung waren die drei Mädchen Ann Putnam, Elizabeth Hubbard und Abigail Williams, die am anderen Ende der vordersten Bankreihe und in großem Abstand zu den in Gewahrsam Genommenen saßen. Als Nächstes sah sie – sie konnte es kaum fassen – ihre noch vor kurzem schwer kranke, bettlägerige Betty, die, wie auch die anderen drei, jetzt aufrecht und ruhig und ohne den leisesten Anflug von Schmerz oder Leiden im Gesicht dasaß. In der zweiten Reihe war Mrs Parris zu sehen, die bemüht schien, ihren Blick nicht demjenigen Titibes begegnen zu lassen, ferner Mr und Mrs Sibley, die Putnams, Doktor Griggs und andere, die Titibe nur vom Sehen kannte. Nur John fehlte. Er befand sich weder auf der Anklagebank noch unter den weiter hinten sitzenden Schaulustigen. Vielleicht hielt er sich auf einem der Balkone auf.

Es dauerte nicht lange und Magistrat Hathorne schwenkte am Tisch vorn energisch das Glöckchen, sodass das Gesumme und Gemurmel im Saal abebbte und bald völlige Stille eintrat. Samuel Parris sprach ein kurzes Gebet. Daraufhin verlas Hathorne ein vorgefertigtes Schriftstück, welches Titibe in erschreckender Weise offenbarte, was sich in der Zwischenzeit zugetragen hatte.

»Gestern sind die Herren Joseph Hutcheson, Edward und Thomas Putnam und Thomas Preston aus Salem Village in County of Essex vor uns erschienen«, so begann er. »Sie haben nach dem Recht unserer Majestät Anklage erhoben gegen Goodwife Sarah Good und Sarah Osborne und gegen Indian Titibe, Dienerin von Mr Samuel Parris, wegen allseitigen Verdachts der Hexerei und über zwei Monate lang zugefügten Schadens und Leids an Elizabeth Parris, Abigail Williams, Ann Putnam und Elizabeth Hubbard, alle aus Salem Village, gegen den Frieden und die Gesetze unseres allmächtigen Lords und Lady Maria, Königin von England ... Wir haben Constable Joseph Herrick und George Locker beauftragt, die drei Angeklagten in Gewahrsam zu nehmen, ihr Eigentum in ihrer Abwesenheit nach verdächtigen Zeichen zu durchsuchen und gleichzeitig auch Elizabeth Parris, Abigail Williams, Ann Putnam und Elizabeth Hubbard und alle anderen zum betreffenden Fall aussagefähigen Personen hierhin zu bitten.«

Dann wurde Sarah Good nach vorn gerufen. Es war die Frau neben Titibe. Sie zwängte sich, mitsamt ihrem infernalischen Gestank, auf der Bank an ihr und Constable Herrick vorbei und schwankte nach vorn zum Behördentisch. Dort befahl man ihr, vor diesem stehen zu bleiben.

Hathorne zitierte als Nächstes einige Ereignisse aus dem Leben der Angeklagten, deren Auswahl und Art der Darstellung Titibe deutlich zeigte, dass Hathorne von der Schuld der Frau überzeugt war. So fiel von seiner Seite wiederholt das Wort »Landstreicherin« und es wurde mehrfach ihre ungewöhnlich späte Mutterschaft erwähnt und der besonders große Altersunterschied zwischen ihr und ihrer erst fünfjährigen Tochter Dorcas. Was die Angesprochene allerdings jedes Mal demonstrativ mit einem Klaps auf ihren Bauch beantwortete, womit sie eine erneute späte Schwangerschaft bekunden zu wollen schien. Ferner wurden aus ihrer umfangreichen Gerichtsakte willkürlich bis zu zehn Jahre zurückliegende Begebenheiten angeführt und mit Zeugenaussagen belegt: Verjährte Querelen um strittigen Landbesitz und Viehbestände und nicht zurückgezahlte Schulden. Daraufhin erfolgten Klagen über Sarahs aufdringliche Bettelein, ihre berüchtigte Streitsucht und Verwahrlosung und sogar ihre Gewohnheit, Pfeife zu rauchen, machte man ihr zum Vorwurf und schließlich schob man ihr noch die Schuld zu für das gehäufte, rätselhafte Sterben von Kühen in einem nahe gelegenen Gut.

Nach dieser gezielten Einstimmung folgte das Verhör zu den aktuellen Anklagepunkten: »Sarah Good, mit welchem bösen Geist pflegt Ihr Umgang?«, begann Hathorne seine Befragung.

»Mit keinem«, antwortete sie kurz, den Rücken dem Publikum zugekehrt, wie man es ihr befohlen hatte, damit ihre im Saal anwesenden Opfer vor ihren bösen Blicken geschützt blieben.

»Ihr habt keinen Pakt mit dem Teufel geschlossen?«, fuhr Hathorne fort.

»Nein.«

»Warum habt Ihr dann diese Kinder gequält?«

»Ich habe sie nicht gequält.«

»Wen beauftragt Ihr dann damit?«
»Ich beauftrage niemanden.«
»Welche Person beauftragt Ihr?«, insistierte Hathorne.
Titibe war sicher, dass sie damit gemeint war. Dies konnte nur auf einer Absprache beruhen.
»Niemanden«, entgegnete jedoch Sarah Good. »Ich werde hier falsch beschuldigt.«
»Warum habt Ihr laut schimpfend Mr Parris' Haus verlassen?«
»Ich habe nicht laut geschimpft. Ich habe ihm für das gedankt, was er meiner Tochter gegeben hat.«
»Und Ihr habt keinen Pakt mit dem Teufel geschlossen?«
»Nein.«
Hathorne forderte als Nächstes die vier Mädchen in der vordersten Bankreihe auf, sich von ihren Plätzen zu erheben und zu bestätigen, dass die Landstreicherin Sarah Good eine der Personen wäre, die ihnen Böses zugefügt hätten, und er wies die Angeklagte an, sich für die Gegenüberstellung kurz umzudrehen.
Titibe spürte, wie ihr der kalte Schweiß auf die Stirn trat. Sie war so erschrocken, dass sie gar nicht mehr an die schmerzenden Stellen ihres Körpers dachte. Entsetzt starrte sie auf die Gesichter der Mädchen, vor allem auf Betty. Da Betty jedoch fast ganz außen saß, konnte Titibe nicht recht erkennen, wieweit auch sie auf Hathornes wiederholte Frage mit dem Kopf nickte. Es vollzog sich ohnehin alles viel zu rasch. Und fast gleichzeitig, praktisch mit den Antworten der Mädchen einhergehend, schrien sie alle, auch Betty, laut auf und fielen in den Zustand zurück, den Titibe und viele aus der Gemeinde schon kannten. Alle vier Mädchen gaben Schreie von sich und kreischten und die ihr Heulen und Röcheln begleitenden Körperverrenkungen, Krämpfe und Zuckungen vollzogen

sich fast im Takt. Zwischendurch glitten sie zu Boden, um sich dann erneut zu erheben. Da aus dem offenbar vor Schrecken gelähmten Publikum niemand einschritt, sprangen einige der Schwarzroben vom Vorsitzendentisch herbei und nahmen sich der bedauernswerten Geschöpfe an, hielten sie fest und redeten inständig auf sie ein. Hathorne führte die Angeklagte an der Hand zu den Mädchen und schien, soweit dies im tumultuösen Wirrwarr erkennbar war, eine körperliche Berührung zwischen ihnen und Sarah Good herbeiführen zu wollen. Jedenfalls wurde es seltsamerweise genau in dem Augenblick, in dem ihm dies offenbar gelang, schlagartig still. Alle vier Mädchen fielen, stumm und halb bewusstlos vor Erschöpfung, auf ihre Plätze zurück und eine sichtliche Entspannung breitete sich im Saal aus. Sollte diese Wirkung der Körperberührung der Beweis dafür sein, dass das Medium eine Hexe war?, schoss es Titibe durch den Kopf.

Nachdem sich der Sturm notdürftig gelegt hatte und Hathorne die Angeklagte wieder nach vorn an den Tisch geholt hatte, fuhr dieser mit seinem Verhör fort.

»Sarah Good, seht Ihr jetzt, was ihr angerichtet habt?«, fragte er. »Warum habt Ihr nicht die Wahrheit gesagt? Warum quält Ihr diese armen Kinder?«

»Ich quäle sie nicht«, insistierte Sarah.

»Wen beauftragt Ihr dann dazu?«

»Ich beauftrage niemanden. Ich verabscheue so etwas«, entgegnete sie mit rauer Stimme und in zunehmend gereiztem Ton.

»Und wie kommen dann diese Quälereien zustande?«

»Wie soll ich das wissen? Ihr habt schließlich auch andere verhaftet. Aber auf mich wird alles abgewälzt.«

»Wer ist es dann gewesen, der die Kinder gequält hat?«

»Es war die Osborne.«
Ein Raunen ging durch den Saal. Während als Nächstes die Genannte von Constable Herrick geholt wurde. Titibe erkannte sie sofort wieder als die andere der beiden verhafteten Frauen, die sie vor der Taverne gesehen hatte.

Sarah Osbornes äußere Erscheinung war ähnlich unvorteilhaft. Sie war zwar weniger ärmlich gekleidet, dafür körperlich noch hinfälliger und schwächer als Sarah Good und konnte sich, als sie nach vorn zum Verhörtisch geführt wurde, kaum auf den Beinen halten.

Der Anfang der Befragung lief nach demselben Schema ab wie bei ihrer Vorgängerin. Die Osborne hatte nach dem Tod ihres ersten Mannes, der sie mit einem beträchtlichen Stück Land beerbt hatte, lange im Haus ihres zweiten Mannes gelebt, bevor sie ihn geheiratet hatte, und auch warf man ihr das Fernbleiben von den Salemer Gemeindegottesdiensten vor. Das nachfolgende, eigentliche Verhör bestand anfänglich aus denselben Fragen, dann jedoch wurde sie auf ihre Beziehung eben zu Sarah Good angesprochen und so eindringlich nach Ort und Zeitpunkt ihrer Treffen und dem Inhalt ihrer Gespräche mit der Landstreicherin befragt, dass Sarah Osborne immer unsicherer wurde.

Bei der anschließenden Gegenüberstellung mit den vier Mädchen identifizierten diese auch Sarah Osborne als Miturheberin ihres Leidens und gerieten, Auge in Auge mit der Angeklagten, in dieselben dramatischen Zustände wie vorhin, nur diesmal etwas schwächer und kürzer, so als hätten sich diese inzwischen ein wenig abgenutzt oder als wären die Energien der Mädchen abgeflaut. Und wieder beruhigten sie sich schlagartig nach der Berührung mit der Angeklagten. Titibe nahm die letzten Vorgänge jedoch längst nicht mehr scharf wahr, weil sie ziemlich benebelt war vor Angst und Aufregung. Was sie noch genau hörte, war, dass Sarah Osborne, nachdem sie, wie Sarah Good, erneut jegliche Gemeinschaft mit dem Teufel abstritt, mit einer neuen Variante in die Offensive ging. Sie sagte, sie sei zwar keine Hexe, wohl aber verhext worden und erzählte als Beweis dafür einen Traum, in dem ihr etwas Indianisches erschienen wäre und sie gequält und drangsaliert hätte. Dann berichtete sie von Stimmen, die ihr den Besuch der Salemer Gottesdienste untersagt hätten, was ihr Hathorne allerdings schlagfertig mit der Bemerkung quittierte, gerade diese Stimmen seien ein untrüglicher Beweis für ihr Sicheinlassen mit dem Teufel.

Titibe fühlte sich in ihrer Angst und Aufregung immer verzweifelter dazu gedrängt, gegen ihre sich steigernde Wut anzukämpfen. Osbornes letzter Hinweis schien eindeutig ihr persönlich zu gelten. Trotzdem machte sich Titibe inzwischen Vorwürfe, jenen Hexenkuchen gebacken zu haben, auf dessen verheerende Wirkung sie sich immer noch keinen Reim machen konnte. Sie bat Betty innerlich um Verzeihung, obwohl sie nicht recht wusste, wofür. Es ging bei ihr alles heillos durcheinander. Sie spürte nur, dass sich in ihrem Inneren etwas Heftiges regte. Es war, als würde sich, aus ihren letzten Kraftreserven heraus, eine Feder in ihr anspannen, die sie im richtigen Augenblick zu einem wirkungsvollen Schlag losschnellen lassen musste. Sie, die widersinnig Beschuldigte, sah jetzt wirklich rot. Sie fühlte diese Farbe, die in ihrem Heimatstamm immer als ein Talisman gegen Krankheit und Gebrechen gegolten hatte, wie eine Kraft, ein Kampfmittel, das sie in einen Zustand stärkster innerer Erregung und, trotz ihrer Angst, auch in Siegeszuversicht versetzte. Im Unterschied zum dunklen Verlies im Schiffsbauch, wo sie dieses Rot vergeblich gesucht hatte, war sie jetzt davon ganz und gar durchdrungen und erfüllt. Es war wie ein mächtiges, dämonisch verzehrendes inneres Feuer, welches von einem seit Jahrzehnten aufgestauten Schmerz genährt war und zu einem riesigen Flächenbrand in alle vier Himmelsrichtungen drängte. Und als sie, geschüttelt von ihrem inneren Fieber, kurz davor stand, sich irgendwie notdürftig Luft zu verschaffen, erklang aus Hathornes Mund laut ihr Name: »Titiba.« Ihren Namen konnten sich die Menschen hier offensichtlich nie merken.

Die Herren am Tisch musterten die dunkelhäutige, klein gewachsene junge Frau mit dem schwarzen, langen Haar und den glänzenden Kastanienaugen neugierig und abschätzig und zugleich auch ein wenig furchtsam. Einzig Parris wich weiter angestrengt den Blicken seiner Sklavin aus. In den Bankreihen und auf den Balkonen oben war ein noch lauteres Getuschel und Gemurmel als vorhin zu hören.

Hathorne begann, ohne lange Titibas Vorgeschichte auszubreiten, mit dem Verhör. Die ersten an sie gerichteten Fragen beantwortete Titiba ähnlich wie ihre Vorgängerinnen. Dabei machte ihr für eine Indianerin überraschend flüssiges Englisch bei ihren Befragern offenbar einen guten Eindruck. Titiba stritt zuerst kurz und bündig jede Gemeinschaft mit dem Teufel ab und leugnete, die Kinder gequält zu haben. Dann aber, auf die vierte von Hathorne vorgetragene Frage, ob sie denn den Teufel nie gesehen habe, antwortete sie, fast selbst von sich überrascht: »Der Teufel ist zu mir gekommen und hat mich um meine Dienste gebeten.«

Das Tuscheln und Murmeln im Saal schwoll zu einem Stimmengewirr an. Harthorne blickte gebieterisch umher, bis es wieder ruhiger wurde. Er schien, von der Andersartigkeit der

Dritten im Bunde überrascht, zu einem zügigen Fortgang der Befragung drängen zu wollen.

»Vier Frauen haben die Kinder gequält«, hörte Titiba sich auf Hathornes Frage, wen sie denn, außer dem Teufel, sonst noch alles gesehen habe, antworten.

»Was für vier Frauen?«

Titiba nannte als erstes Sarah Good und Sarah Osborne, die Namen der anderen beiden Frauen verschwieg sie, doch als weitere neue Figur erwähnte sie einen großen Mann aus Boston. Die drei hätten ihr befohlen, die Kinder zu quälen, ja, zu töten und sie hätten sie, so berichtete sie flüssig, nach ihrer anfänglichen Weigerung so lange bedrängt und bedroht, dass sie schließlich die Kinder gequält habe.

»Ich will es bestimmt nicht mehr tun«, stieß Titiba mit tränenerstickter Stimme hervor.

»Tut es dir Leid?«, fragte Hathorne verblüfft und fast gerührt. Titiba bejahte inständig. Sie merkte, wie sie ihre nach außen bekundete Zerknirschung und Reue als immer echter empfand.

Im Saal selbst war inzwischen eine angespannte Stille eingekehrt.

In Titiba selbst war es jedoch alles andere als still. Das lodernde Feuer formte sich zu einer ganzen Manege wildester und obskurster Gestalten aus. Es waren zwitterige halb Tier-, halb Geisterwesen, die im Schein der Flammen in immer stärkere Bewegung gerieten. Zuerst krochen sie zwischen den Riesenpflanzen einer feucht-üppigen Vegetation umher, hoben dann vorsichtig zum Flug ab und wagten sich allmählich immer mutiger in den Vordergrund, wo sie einen entfesselten Reigen veranstalteten. Es waren lauter Gestalten aus einer tief versunkenen Welt, an die Titiba sich, zum ersten Mal seit vielen Jahren, vielleicht Jahrzehnten, wieder genau zu erinnern glaubte und die in ihrer Vorstellung zum selben Leben erweckt wurden wie die Mythen ihrer frühen Kindheitstage in ihrer indianischen Heimat.

»Ja. Und zu den Frauen und dem Mann kam noch etwas, das so aussah wie ein Schwein oder ein großer Hund«, sprudelte es jetzt aus ihr heraus. »Viermal kam es zu mir. Und es befahl mir, ihm zu dienen, sonst würde es mir wehtun. Dann sah es wieder wie ein Mann aus und der bedrohte mich und sagte, er habe einen gelben Vogel und noch andere schöne Dinge, die er mir geben würde, wenn ich ihm diente...«

Sie hörte vor Erregung kaum Hathornes Zwischenfragen, beantwortete sie atemlos, fast mechanisch und wie in einem Schwebezustand.

»Und dann kamen noch zwei Ratten und eine rote und eine schwarze Katze, die mich kratzten und mir den Weg versperrten und von mir verlangten, dass ich ihnen diene.«

»Wie dienen?«

»Die Kinder quälen.«

»Und hat die Katze an dir gesaugt?«, fragte Hathorne überraschend und mit einem Blitzen in seinen Augen.

»Gesaugt?«, fragte Titiba entsetzt zurück. »Das hätte ich nie zugelassen bei der Katze, die mich andauernd gekratzt und mir den Weg versperrt hat.«

»Und hast du heute Morgen Elizabeth Hubbard gezwickt?«

»Der Mann hat mich zu ihr gebracht und mir befohlen, sie zu zwicken.«

»Und das Kind von Thomas Putnam auch?«

»Ja.«

»Und warum?«

»Sie haben unaufhörlich an mir gezerrt und mich angeschrien

und mich dazu gezwungen und sie wollten, dass ich Ann töte, ansonsten würden sie mir mit dem Messer den Kopf abschneiden.«

»Und wie seid ihr zu den Kindern gelangt?«

Titiba hörte wie durch eine Nebelwand hindurch, dass Hathornes Stimme ihre anfängliche Härte verloren hatte. Er wirkte ungemein interessiert, fast so, als wäre Titibas inneres Feuer auf ihn übergesprungen. Dazu fühlte sie sich durch dieselbe Nebelwand hindurch wie von mehreren glühenden Augenpaaren durchbohrt. Dies traf bis zu einem gewissen Grad sogar für Parris zu, der es offenbar aufgegeben hatte, Titibas Blicken auszuweichen.

»Und wie seid ihr zu den Kindern gelangt?«, wiederholte Hathorne seine Frage.

»Auf Besenstielen. Good und Osborne sind hinter mir hergeritten und wir haben uns alle gegenseitig festgehalten. Wir haben nichts gesehen, keine Bäume unter uns, wir sind einfach hin geflogen.«

»Und was hatten Sarah Good und Sarah Osborne bei sich?«

»Sarah Good hatte einen gelben Vogel und dieser Vogel pickte und sog zwischen ihrem Zeige- und Mittelfinger«, gab Titiba bereitwillig zu Protokoll.

»Und die Osborne?«

»Gestern hatte sie zweierlei bei sich. Ein Wesen hatte den Kopf einer Frau und zwei Beine und Flügel. Auch Abigail Williams und die anderen Kinder haben es gesehen und gesagt, es habe sich in eine Frau, in Sarah Osborne verwandelt ... Das andere war über und über mit Haaren bedeckt, auch im Gesicht, und es hatte eine lange Nase, aber wegen der Behaarung kann ich nicht sagen, wie das Gesicht aussah, und es ging aufrecht auf zwei Beinen wie ein Mensch und war etwa drei Fuß hoch.«

»War es das Wesen, das sich am Samstag auf Elizabeth Hubbard gesetzt hat?«

»Nein. Sarah Good hat einen Wolf zu Elizabeth geschickt und ihn auf sie aufsitzen lassen und eine Katze ...«

Jetzt hörte Titiba hinter sich ein Unheil verkündendes Aufstöhnen, gefolgt von einem spitzen Schrei, den sie als denjenigen von Elizabeth Hubbard erkannte. Dann wurde es jedoch sogleich wieder still.

»Und der Mann?«, lenkte Hathorne, besorgt nach hinten blickend, ab. »Wie war er gekleidet?«

Titiba spürte, dass in Hathornes wachsender Anteilnahme auch ein wenig Angst mitschwang. Sie genoss die Macht, die sie auf ihn ausübte. Mit dem, was er hören wollte, hatte sie ihn für sich eingenommen und ihn gezwungen, sich darüber hinaus auch das anzuhören, was ihm unheimlich war. Zugleich schien sie sich in die Süße und Schärfe des Rausches, in dem sie schwelgte, so weit hineinzusteigern, dass dieser sie auch selbst zu verzehren begann.

»Der Mann war schwarz gekleidet«, fuhr Titiba fort. »Er war, glaube ich, sehr groß und hatte weiße Haare.«

»Und die Frauen ... die beiden anderen Frauen?«

Titiba fiel wieder ein, dass sie bei Mr Parris' Frage nach ihren Mithexen vor wenigen Tagen spontan an Mrs Pearsehouse und Mrs Sibley, die Urheberinnen des Hexenkuchens, hatte denken müssen.

»Die große Frau hatte eine schwarze Seidenkapuze und darunter eine weiße Haube mit Spitzen und Schleifen und die kleinere einen Wollmantel und eine feine, weiße Kapuze«, führte Titiba weiter bereitwillig aus.

Jetzt trat das Befürchtete wirklich ein. Alle vier Mädchen kreischten und heulten – ohne dass sie Titiba gegenübergestellt worden waren – wieder gleichzeitig los. Titiba war froh, dass sie sich nicht umdrehen durfte, um sich das Schauspiel auch noch mit ansehen zu müssen.

Erstaunlicherweise unternahm weder Hathorne noch sonst jemand am Tisch Anstalten, sich nach hinten zu begeben und helfend einzugreifen. Vielmehr hielt Hathorne fast hingebungsvoll den Blick auf Titiba gerichtet. Auch erklärte er sie, im Unterschied zu den beiden anderen Angeklagten vorhin, nicht als verantwortlich für den erneuten Ausbruch der Mädchen, sondern stellte, durch den ohrenbetäubenden Lärm hindurch, eine Frage, welche Titiba im Gegenteil Gelegenheit gab, das neu entfesselte Debakel von sich fern zu halten: »Wer quält im Augenblick die armen Kinder?«, fragte er.

»Es ist Goodwife Good ... Sarah Good ...«

Und Hathorne schrie aus Leibeskräften von seinem Platz aus nach hinten zu den Mädchen, ungeachtet ihres Geschreis und ihrer Zuckungen und Krämpfe: »Ist es wahr, dass Sarah Good euch quält?«

Und wirklich wurde es still und Titiba hörte ein leises, manierliches, drei- oder vierfaches: »Ja.«

Nur wenige Augenblicke später schrie Elizabeth Hubbard allein los. Dieses Geschrei hatte nichts Menschliches mehr an sich. Es war nur noch ein Bellen und hörte sich von hinten so an, als würde Elizabeth ihre Sitzbank verlassen und auf dem Boden daneben auf allen vieren kriechen. Titiba sah nur die fassungslos geweiteten Blicke der Herren am Tisch vorn, auch von Hathorne. Trotzdem ließ dieser sich nicht davon abhalten, Titiba, so als wäre er allein von ihrem Urteil abhängig, weiter zu fragen: »Und wer quält Elizabeth Hubbard jetzt?«

Titiba antwortete getreu, was sie wirklich dachte und fühlte und was in ihr vorging: »Ich weiß es nicht. Ich kann auch nichts mehr sehen. Ich bin blind... und dumm... und ich höre nichts mehr...«

Ihr wurde schwarz vor den Augen und ein zerberstendes Klingeln und Summen in den Ohren übertönte alles. Sie brachte keine Silbe mehr hervor und hörte nur noch, wie aus weiter Ferne, die Anweisung aus Hathornes Mund: »Die Sitzung ist für heute geschlossen.«

Zur vollständigen Besinnung kam sie erst wieder in dem etwa zehn Meilen entfernten Gefängnis von Ipswich, in das man sie gebracht hatte. Am folgenden Morgen erschien Constable Herrick und holte Titiba wieder aus ihrer Zelle, um sie, zur Fortsetzung des Verhörs, auf dem Pferderücken nach Salem Village zu bringen.

Ihr Verlies hier war eine grob gebaute Steinbaracke mit verhältnismäßig großen Öffnungen, die nicht nur viel Licht, sondern auch unangenehm kalte Luft hereinließen. Titiba hatte die ganze Nacht auf den groben und spitzen Steinen des Schotterbodens kauern müssen, festgekettet an eine Mauer des winzigen Raumes, in dem außer einem dünnen und löcherigen Stofffetzen zum Zudecken und einem Würfelbecher nichts vorhanden war. Immerhin waren ihre Schmerzen von Parris' brutalen Schlägen inzwischen ein wenig abgeklungen. Gelegentlich hatte sie nebenan ein leises Stöhnen, Rascheln oder Scharren gehört, welches ihr dann am Morgen erklärbar wurde, als zusammen mit Herrick auch der andere Constable kam und aus unmittelbarer Nähe Sarah Good und Sarah Osborne wegführte. Titiba ritt mit Herrick an einer großen Zahl gaffender Menschen vorbei, die die Straßen und Plätze säumten oder sich auf den Fuhrwerken einen erhöhten Platz ergattert hatten, wenn sie nicht von den Fenstern ihres Wohnhauses aus das Spektakel verfolgen wollten, das sich aus der öffentlichen Vorführung der Gefangenen ergab.

Vor ihrem zweiten Verhör wurde Titiba in einen kleinen Nebenraum des Gemeindehauses gebracht, wo sie sich vor einer Frau, die sie unwirsch behandelte, nackt ausziehen und sich einer langwierigen und peinlichen Untersuchung unterziehen musste.

Die Frau runzelte die Stirn, als sie die vielen blauen Flecken an Titibas Körper entdeckte, und sie betrachtete diese mit auffallender Aufmerksamkeit und Gründlichkeit. Dann jedoch musste Titiba stehend ihre Beine so weit spreizen, dass ihre Untersucherin unter sie kriechen konnte und daraufhin quälend lange an ihren intimsten Stellen herumzupfte, obwohl gerade diese keine Verletzungen durch Mr Parris aufwiesen.

Als Titiba wieder angekleidet war, öffnete die Frau die Türe und rief mit griesgrämigem Gesicht eine der Schwarzroben von gestern herein.

»Nichts Eindeutiges«, sagte sie etwas ängstlich, als befürchtete sie, ihren Vorgesetzten zu enttäuschen. »Es sind Male da, aber es ist schwer zu sagen ... nichts Eindeutiges jedenfalls ...«

Der mit der schwarzen Robe fragte daraufhin etwas, was Titiba nicht recht verstand. Jedenfalls fiel dabei das Wort »Zitze« und dann ein Satz, der so ähnlich lautete wie: »Hat sie Teufelszitzen da unten?«

Die Frau schüttelte den Kopf.

Daraufhin verließ die Schwarzrobe schweigend den Raum.

Jetzt ging Titiba mit Schrecken auf, was Hathorne gestern gemeint hatte, als er sie gefragt hatte, ob die Katze an ihr gesaugt hätte. Sie war erleichtert, dass die peinliche Prozedur beendet war, befürchtete jedoch nach dem mageren Ergebnis,

dass bald eine Wiederholung oder Fortsetzung derselben erfolgen würde.
Der große Saal, in den sie anschließend hineingeführt wurde, war mindestens so voll besetzt wie gestern. Als sie den Saal betrat, wurde es, anders als gestern, augenblicklich still. Da sie sogleich vor den Verhörtisch geführt wurde, hatte sie auch keine Zeit, sich umzusehen. Titiba begann, sich schon fast nicht mehr als Angeklagte, sondern als Respektsperson zu fühlen, die etwas Wichtiges zu sagen hatte und auf die man hörte. Die aus ihrer inneren leidenschaftlichen Glut heraus geformten Bilder, Erinnerungen und Symbole, die sie, in Worte gekleidet, offensiv ihren Peinigern entgegengeschleudert hatte, waren für sie zu einer eigenen, neuen Realität geworden. Sie genoss die überraschende Wirkung und sie überlegte klar: Es geschieht absolut zu Recht, dass ich mich weiter anklage, dass ich alles gestehe und mir meiner eigenen Schuld bewusst bin und alles desto wirkungsvoller anbringen kann, je mehr ich mein Geständnis mit weiteren Details ausschmücke.
Titiba hatte sich inzwischen so tief und so intensiv in die von ihr gesponnene Welt hineingelebt, dass diese jetzt für sie eine unverrückbare Gegebenheit war, an die sie selbst glauben musste, wollte sie ihre Widersacher ernsthaft überzeugen. Titiba war so mindestens so sehr ein Opfer ihrer eigenen Fantasie geworden wie das ihrer Feinde, besser gesagt, sie hatte sich von ihren Feinden dazu zwingen lassen, ein Opfer ihrer Fantasie zu werden, um ihr Leben zu retten. Täter und Opfer waren eine eigenartige Symbiose eingegangen. Was Titiba so viel überraschende Sympathie und allgemeines Interesse einbrachte, war, abgesehen von ihrer guten Beherrschung der englischen Landessprache, die Tatsache, dass sie – im Gegensatz zu

ihren widerspenstigen Mitangeklagten – willig das ihr zur Last Gelegte gestand. Damit bestätigte sie nicht nur die finstere Ideologie der puritanischen Schwarzroben und schmeichelte deren Eitelkeit, sondern sie schürte zusätzlich auch die Höllenängste und Teufelsfantasien ihrer Peiniger. Je länger und häufiger sie jedenfalls aus dem Kopfnicken, dem angeregten Getuschel, ja, gelegentlichen Lobesbekundungen ihrer Befrager ausdrückliche Zustimmung erfuhr, desto mehr fühlte auch sie sich dazu angespornt, über das ganze Verhör hinweg weiter so zu verfahren.

Unter den heutigen Befragern tat sich einer, der sich gestern noch weitgehend zurückgehalten hatte und den die anderen am Tisch respektvoll mit Reverend Hale ansprachen, durch besondere Freundlichkeit, ja, Väterlichkeit gegenüber Titiba hervor. Er und Hathorne führten heute gemeinsam die Befragung durch. Dabei fiel Titiba von Anfang an auf, dass sie heute, viel häufiger als gestern, ehrenvoll mit ihrem Namen angesprochen wurde, auch wenn dieser jetzt kurioserweise wieder eine neue – konsequent durchgehaltene und in der Akte festgehaltene – Variante aufwies: nämlich Tittapa.

Reverend Hale kam zu Beginn der Sitzung gleich auf den weißhaarigen, schwarz gekleideten Herrn zurück, den Tittapa gestern in Gedanken an Parris erwähnt hatte und der, ähnlich wie die beiden feinen Damen in Gesellschaft von Sarah Good und Sarah Osborne, allgemein beeindruckt zu haben schien. Titappa führte jetzt noch detaillierter aus, dass besagter Herr ihr vor etwa sechs Wochen, als Abigail Williams zum ersten Mal erkrankte, erschienen sei, dass er behauptet habe, Gott zu sein und ihr befohlen habe, ihm sechs Jahre lang zu dienen. Als Belohnung habe er ihr allerlei Schönes versprochen,

»kleine Kreaturen, einen kleinen Vogel, irgendwie grün und weiß«. Dann wiederholte sie, dass der Mann von ihr verlangt hätte, die Kinder zu quälen, vor allem Betty und Abigail. Dabei beteuerte Tittapa erneut, noch leidenschaftlicher und zerknirschter als gestern und unter herzzerreißendem Schluchzen, sie habe ihre geliebte Betty nicht quälen wollen und dies nur unter »abscheulichem Zwang« getan.

»Unter abscheulichem Zwang?«

Hathorne und Hale hoben die Brauen, als zweifelten sie plötzlich an Tittapas Willen, ihre uneingeschränkte Schuld einzugestehen.

»Und was hat der Mann dann getan?«, drängte Hathorne etwas ungeduldig.

Tittapa brachte rasch eine Variante ein, die den Herren ein neuerliches Staunen abverlangte und sie wieder voll in ihren Bann zog.

»Beim nächsten Mal hat er mir ein Buch gezeigt«, erklärte Tittappa mit möglichst gleichgültiger Stimme.

»Was für ein Buch?«

»Es war am Freitag darauf, am Vormittag«, lenkte Tittapa ab, um die Spannung zu erhöhen.

»Und was für ein Buch war es? Ein großes oder ein kleines Buch?«, fragten die beiden Herren fast wie im Chor vor Aufregung und Spannung.

»Er hat es mir nicht genau gezeigt, weil ich von Mistress Parris in den anderen Raum gerufen wurde, in dem gerade Mister Parris betete.«

»Und was solltest du mit dem Buch tun?«

»Er hat gesagt, dass ich meinen Namen hineinschreiben solle.«

»Und hast du das getan?«

»Ich habe ein Zeichen in das Buch gesetzt, mit rotem Blut.«
»Und wie hat er das Blut aus deinem Körper bekommen?«
»Er hat mir eine Nadel gegeben, mit der ich stechen sollte, wenn er das nächste Mal wieder käme.«
»Hast du noch andere Zeichen in dem Buch gesehen?«
»Ja, viele … rote … und gelbe …«
»Und hat er dir die Namen von ihnen genannt?«
»Von zweien, ja. Von Sarah Good und Sarah Osborne. Er hat sie mir gezeigt.«
»Und wie viele Zeichen waren im Buch?«
»Neun.«
»Hat er dir die Namen der anderen genannt?«
»Nein.«
»Hat er gesagt, wo die Leute wohnen?«
»Ja. Einige in Boston und einige hier in der Stadt. Aber er hat nicht genau gesagt, wo.«
Hathorne und Hale konzentrierten sich, wie vorauszusehen, im Lauf der drei folgenden Tage zunehmend auf die von Tittapa erwähnten neun Teufelsbucheintragungen, doch immer endete Tittapas Wissen an dieser Stelle wie in einer Sackgasse und Tittapa vermochte weder die Namen noch den Aufenthaltsort der verbleibenden mysteriösen sieben Personen zu nennen, die sich in das Teufelsbuch eingetragen hatten. Tittapa spürte genau die wachsende Angst und Ratlosigkeit der Herren darüber, dass sie an diesem neuralgischen Punkt, den sie wie einen Köder gesetzt hatte, nicht weiterkamen, so als hinge letztlich alles von dessen Freilegung ab. Doch Tittapa spürte gleichzeitig, dass man ihr ihr Unwissen darüber glaubte. Denn je bereitwilliger sie das, was sie zu wissen eingestand, immer weiter ausführte und vertiefte, desto überzeugender wirkte umgekehrt ihre Beteuerung, das eine letzte Geheimnis

um die sieben noch unbekannten Teufelsbündler nicht aufdecken zu können. Es wirkte – zu Tittapas wachsender Genugtuung – fast so, als versuchten die Herren nicht mehr gegen sie, sondern gemeinsam mit ihr dieses eine verbleibende, lebenswichtige Faktum offen zu legen.
Abends brachte sie Herrick wieder zurück in die kalte, windige Zelle ihres Gefängnisses in Ipswich und holte sie morgens wieder ab in das Salemer Gemeindehaus. Dann wurden wieder dieselben Fragen gestellt und dieselben Antworten gegeben, mit immer weniger neuen Varianten, sodass der Unterschied zwischen dem, was sie wusste und nicht wusste, für die anderen immer eindeutiger und klarer wurde. Die Herren am Richtertisch fragten und fragten, zäh, geduldig und freundlich, aber nicht zu freundlich, weil die anfängliche Euphorie über Tittapas Auskunftsfreude und ihr reichhaltiges, bestätigendes und anregendes Wissen in dem Maß abebbte, in dem die Herren an diesem einen Punkt nicht weiterkamen. Die Aufmerksamkeit im Publikum schwand ebenfalls zusehends. Und auch Betty, Abigail, Ann und Elizabeth veranstalteten in ihren Zuhörerbänken keinerlei Spektakel mehr wie in den Anfangstagen. Dass die Mädchen anwesend waren, entnahm Tittapa einem gelegentlichen Stöhnen oder leisen Wimmern hinter sich, welches jedoch rasch wieder abebbte.
Gegen Ende der Verhöre und kurz vor der Urteilsverkündung wurde Tittapa nochmals von einer Welle panischer Angst erfasst. Die letzte Nacht in ihrer kleinen Zelle im Ipswicher Gefängnis durchwachte sie zitternd und, trotz des schneidenden Nachtfrostes, mit stoßartig sie überfallenden Schweißausbrüchen. Ungeachtet der ihr in den letzten Tagen entgegengebrachten Sympathie und Aufmerksamkeit war sie auf das Schlimmste gefasst. Denn außer Hale und Hathorne gab es

noch eine andere mächtige und wichtige Person, vielleicht die mächtigste und wichtigste bei dem ganzen Verfahren: Samuel Parris. Er hatte, als der hiesige Dorfgeistliche und als der Vater des am schwersten heimgesuchten Opfers, das Verhör in Gang gesetzt und ihm würde bei der Festlegung des Strafmaßes gegen die Angeklagten bestimmt ein besonderes Gewicht zukommen. Und dass Parris Tittapa, die angebliche Schinderin seiner geliebten Tochter, unversöhnlich hasste und sich nicht vom Wohlwollen eines Hale oder Hathorne mit erfassen zu lassen gedachte, dies hatten ihr bis zuletzt unmissverständlich seine Blicke gesagt. Wie in einer letzten Anfechtung zweifelte sie, ob sie sich mit ihrem freiwilligen Hexenbekenntnis, in das sie sich im Laufe der Tage hineingeritten hatte, selbst wirklich einen Dienst getan hatte. Oder hatte sie damit am Ende ihr Schicksal nicht doch zum Schlechten hin besiegelt? Ihre innere Wut, der Höllenbrand, den sie in sich gespürt hatte, war weitgehend abgeflaut. Ihre Angst und ihr Schmerz waren zu groß, um noch Wut zu empfinden. Sie fühlte sich verwirrt und orientierungslos und sehnte sich zurück in die Wärme ihrer Wohnküche.

Als sie am darauf folgenden Vormittag, am 7. März, diesmal wieder zusammen mit ihren beiden Mitangeklagten, vor den Behördentisch am Salemer Gemeindehaus trat, fühlte sie sich ruhiger und gefasster als während der ganzen Nacht. Was sich dann weiter ereignete, erstaunte Tittapa in höchstem Maße. Sarah Good und Sarah Osborne wurden zwar wieder als Erste nach vorn zitiert. Ihnen beiden wurde wie beiläufig die sofortige Verlegung in das größere Bostoner Gefängnis verkündet, ohne eine Festlegung der Haftdauer, und ihre amtliche Aburteilung als Hexen klang beinahe nebensächlich. Als hätte sich heute alles von Anfang an auf Tittapa zugespitzt, wandte man sich nach der Abfertigung der beiden anderen Angeklagten unverzüglich der jungen Indianerin zu und man tat dies mit einer Ausführlichkeit und Länge, die Tittapa außerordentlich erstaunte und in gewisser Weise sogar rührte. Das Wichtigste, das sie gleich am Anfang erfuhr, war, dass sie nicht eine grausame Hinrichtung oder eine Lynchjustiz zu erwarten hatte wie sonst Indianer, wovon sie schon viel Schreckliches gehört hatte. Vielmehr sollte auch sie noch heute von Ipswich nach Boston verlegt werden. Umso stärker fühlte sie sich von der von Reverend Hale in feierlichem und, wie ihr schien, sogar bewegtem Ton verlesenen Schlussbeurteilung ihres Falles so überwältigt, dass sie in Tränen ausbrach. Sie habe vor allem Reue gezeigt, verkündete der Geistliche. Und was ihr, dem Mädchen, außerdem zugute käme, wäre die lückenlose und überzeugende Übereinstimmung ihrer Aussagen mit denen der vier Opfer sowie die Widerspruchsfreiheit ihres ausführlichen Geständnisses in sich. Dann folgte eine Erklärung, die Tittapa nicht ganz verstand. Es war von einem neuen, noch nicht anwesenden Gouverneur in Boston die Rede, auf den man angesichts dessen endgültiger Entscheidungsbefugnis warten müsse. Warum hatte man dann also überhaupt mit einem Verfahren wie diesem vorgegriffen? War ihr Leben vielleicht doch noch nicht sicher gerettet?

Dann folgte etwas, was Tittapa noch mehr verwirrte und beunruhigte. Nämlich Hales Feststellung, dass Tittapas Geständnis eine neue und bisher noch nicht beantwortete Frage aufgeworfen hätte, die zum Wohl der Gemeinde Salem, zum Seelenheil ihrer Mitglieder und im Interesse eines endgültigen Sieges der von Gott Auserwählten über Satan und seine Verbündeten als Nächstes möglichst schnell gelöst werden müsse. Tittapa hörte aus den zögerlichen und weitschweifigen und von Hathornes inständigem Kopfnicken begleiteten Andeutungen immer klarer heraus, dass er die von Tittapa erwähnten sieben namentlich unbekannt gebliebenen Eintragungen in das Teufelsbuch meinte.

»Wir werden weitermachen«, schloss der Seelenhirte mit einem Ausdruck des heiligen Trotzes in seinem väterlichen, von Altersfurchen gezeichneten Gesicht.

Vielleicht eine Woche nach den überaus hilfreichen Gesprächen mit Flora und weiterführenden therapeutischen Übungen im Gymnastikraum erlitt Judith einen überraschenden Rückfall. Wieder stellten sich unerträgliche Stiche, Bisse und Stöße am ganzen Körper ein, manchmal auch Würgeanfälle und Krämpfe. Doch sie wusste inzwischen die widerwärtigen Attacken auf ihren Körper besser zu deuten und zu durchschauen als zu Beginn. Daher verfolgte sie die seltsamen Vorgänge an sich selbst jetzt mehr von außen, fast wie ein interessierter Beobachter, vielleicht sogar mit einer gewissen Belustigung. Denn sie war jetzt glücklicherweise ganz und gar frei von den panischen Angstzuständen von damals. Es waren rein körperliche Beeinträchtigungen, auch wenn diese immer schlimmer ausuferten. Zu allem anderen kamen bald grässliche Hautausschläge hinzu, Ekzeme, Quaddeln und blutergussähnliche Dunkelverfärbungen am ganzen Körper, was die besorgten Ärzte sofort zu einer Gewebeentnahme veranlasste. Das Schlimmste waren die Schmerzen. Sie spürte sie nicht nur außen an der sichtbar veränderten Haut, sondern auch bis tief in die Knochen, so als rührten sie von einer empfindlichen Gewalteinwirkung. Vor allem diese Schmerzen trieben Judith wieder zurück ins Bett. Ihre wachsende Verzagtheit und Niedergeschlagenheit wertete Judith nicht nur als Folge der Attacken auf ihren geplagten Körper.

Unterschwellig regte sich in ihr zunehmend eine Traurigkeit und Wut, die sie nicht recht einzuordnen wusste. Es fühlte sich an wie eine Art innerer Brand. Vorübergehende Besserungen und ihre Erleichterung über den inzwischen eintreffenden günstigen Befund ihrer Laboruntersuchung änderten nichts Wesentliches daran. Doch Judith wehrte sich während ihrer Gespräche mit Flora, sich mit den tieferen Gründen für ihren Zustand zu befassen, weil sie ihr zu peinlich und zu quälend erschienen.

Dass jetzt, anders als am Anfang, niemand mehr vom Klinikpersonal sie nach dem Namen ihres Kindes fragte, war ihr im Grunde gleichgültig. Sie selbst sprach und dachte weiterhin konsequent nur per »Kind« oder bestenfalls »mein Kind«. Diesem Kind ging es inzwischen immer besser. Es lernte langsam das Trinken an der Mutterbrust, was Judith jedoch nicht so sehr freute. Schon mit allen ihren drei älteren Kindern hatte ihr dies gewisse Schwierigkeiten bereitet. Jetzt kostete es sie jedoch besondere Überwindung und brachte sie immer wieder an den Rand neuerlicher Angstanfälle. Denn ihre Sorge um die Auffälligkeiten ihres Kindes nagte weiter an ihr und Floras wiederholte Beruhigungsversuche fruchteten nur sehr langsam. Was Judith im Augenblick am empfindlichsten störte, ja quälte, war die gleich bleibende Gelbfärbung im Gesicht des Kindes.

»Ikterus neonatorum«, nannte Doktor Harris das Phänomen. »Es handelt sich um eine durch mangelnde Reifung der Leber verursachte Gelbsuchtgefahr, der durch Enzyminduktion entgegengewirkt werden muss, mittels Blaulichtbestrahlung und Vergabe von Barbituraten«, so drückte er sich, für Judith wenig hilfreich, aus.

Für Judith blieb das Kind einfach gelb und sie neigte sogar

dazu, dieser Feststellung ein besonderes Gewicht zu geben und es mit noch anderen dazu passenden Attributen zu verbinden, die sie ihrer Tochter zuschrieb.

»Dunkelhäutig? Kastanienaugen?«, fragte Flora verwundert.

»Es mag sein, dass die Haut Ihres Kindes eine etwas stärkere Pigmentierung aufweist, eigentlich dunkel ist sie aber nicht, und die Augen sind, würde ich sagen, eher karamellbraun. Kastanienaugen sehe ich da keine ...«

»Und die schwarzen Haare und der kleine Wuchs? Ist das nicht eindeutig?«, begehrte Judith auf.

»Die gleiche Seele muss nicht unbedingt in den gleichen Körper wandern, das habe ich Ihnen schon einmal erklärt ... jedenfalls unsere indianische Auffassung dazu ... Außerdem gehört gerade der kleine Wuchs zu ihrer etwas zu frühen Geburt.«

Flora saß auf dem kleinen, weißen Stuhl neben ihr. Auf der anderen Seite stand in Fensternähe die Wiege, in der Judiths Töchterchen, in rot geblümten Decken und Kissen vergraben, fest schlief. Nach einer sehr schlechten Nacht waren Judiths Schmerzen wieder so weit abgeklungen, dass sie sie zeitweise fast hatte vergessen können. Nach Floras letzter Entgegnung stach es jedoch wieder wie mit Nadeln und Messern an ihr. Zugleich fasste sie sich an den Hals, als müsste sie vorbeugend einen Würgeanfall abwehren.

»Nein ... Nein ... Ich werde Ihnen jetzt den Trank zubereiten, von dem ich gestern sprach«, beschwichtigte Flora Judith eindringlich. »Er wird Ihnen bestimmt gut tun.«

»Ich habe solche Angst«, bekannte Judith.

»Ich weiß. Lassen Sie uns darüber reden! Wenn Sie überhaupt schon an Seelenwanderung denken, dient diese denn nicht der letztendlichen Befreiung, über eine stufenweise Läuterung ...

ich meine von Existenz zu Existenz? Geht nach Ihrer Meinung die Seele nicht erst in ein reinigendes Seelenkollektiv ein, bevor sie sich neu verkörpert, sodass von Mal zu Mal eine Höherentwicklung stattfindet?«

»Nicht, wenn Satan sich selbst verkörpert in unschuldigen und wehrlosen kleinen Mädchen... damals... und jetzt schon wieder«, rief Judith, immer noch um ihre Selbstbeherrschung kämpfend.

Judith vollführte mit gequälter Miene eine kurze Kopfbewegung zur Wiege unter dem Fenster, als befürchte sie von dort die Ankunft des Teufels persönlich.

Flora erhob sich und begab sich in die Stationsküche, wo sie die angekündigte Heilmixtur brauen wollte. Judith fühlte sich plötzlich wieder ruhiger werden, so als ginge von dem von Flora angepriesenen Getränk eine magische Kraft aus, bevor es überhaupt zubereitet war.

Das Rezept stammte aus dem Naturheilschatz der Chippewa-Indianer und Flora hatte es schon bei vielen Patienten mit großem Erfolg angewandt. Es war ein Pflanzensud, welcher verwendet wurde gegen diverse Krankheiten und für die Reinigung von Körper und Seele, und er diente angeblich auch der Wiederherstellung des Gleichgewichts mit dem Großen Geist des Schöpfers. In der Mixtur enthalten waren der stark carotin- und chlorophyllhaltige kleine Sauerampfer, die vitaminreiche Klettenwurzel, die mit krampflösenden und entzündungshemmenden Schleimstoffen versehene nordamerikanische Ulme und die Rhabarberwurzel, die wegen ihrer vielfachen Heilstoffe auch bereits in der altchinesischen Medizin verwendet worden war. Flora hatte das Mittel, wie so vieles andere, von ihrer Großmutter. Sie führte die Ingredienzen immer mit sich und nannte geheimnisvolle Quellen, aus denen sie sie bezog. Sie wusste auch, dass canadische und nordamerikanische Ärzte und besonders eine Krankenschwester diese Mixtur, unter Zugabe anderer Heilpflanzen und unter anderem Namen, als Mittel gegen Krebs bekannt gemacht hatten und dass besonders einer der persönlichen Ärzte Präsident Kennedys sich für ihre Verbreitung eingesetzt hatte.

Judith blickte auf die Kleine. Diese schlief weiter fest. Damit schenkte sie ihrer Mutter zwar Ruhe, so als täte sie dies ihr zuliebe. Judith fasste die andauernde Abwesenheit ihres Kindes durch Tiefschlaf zugleich auch als eine Maßnahme auf, sich der Mutter entziehen zu wollen. Judith fühlte sich hin- und hergerissen zwischen Erleichterung und Schuldgefühlen. Wenn ihr Kind allerdings einmal wach war zum Stillen, Wickeln oder Baden, dann war Judith, gegen ihr eigenes, dringendes Ruhebedürfnis, bemüht, die Kleine so lange wie möglich wach zu halten, um sie so für sich zu haben, ungeachtet der großen Probleme, die ihr das Stillen bereitete, und ihrer unüberwindlichen Abwehr dagegen, ihr Kind selbst zu wickeln. Sie liebte schließlich ihr Kind und musste ihm deshalb möglichst viel Zuwendung schenken und sie wollte sich selbst das Gefühl geben, dass alles in bester Ordnung sei und nur ihre Fantasie manchmal mit ihr durchging. Wenn das Kind wach war, konnte sie ihre Tochter länger und genauer beobachten und kennen lernen, vor allem die Anzeichen, die Anlass zu Besorgnis und Unruhe gaben. Ihr Kind strampelte deutlich stärker mit dem rechten Bein als mit dem linken und entsprechend mit dem rechten Arm. Dafür hielt es das linke Füßchen andauernd etwas stärker gekrümmt, fast nach der Art einer Kralle. Auch hatte, im Vergleich zu Judiths anderen Kindern, der Geruch der Kleinen eine besonders abstoßende und unheimliche Nuance, die nach der Wahrnehmung der

Mutter eindeutig dem Schwefeligen zuzuordnen war. Sie hatte schon öfters daran gedacht, die Ärzte zu fragen, traute sich dies jedoch nicht. Am meisten allerdings ängstigte Judith das strikt abweisende und abwehrende Verhalten des Kindes. Wenn sie es in die Arme zu nehmen versuchte, reagierte es fast jedes Mal mit lautem Geschrei. Außerdem wich es immer Judiths werbenden Blicken aus oder starrte ausdruckslos durch sie hindurch, mit ihren großen, glänzenden Kastanienaugen in dem etwas zu klein geratenen Gesicht, welches für Judith, entgegen allen Beschönigungs- und Vertuschungsversuchen von Floras Seite, nach wie vor eine gelbliche Tönung hatte. Deshalb war Judith jetzt, so ungern sie sich dies auch eingestand, froh, dass das Kind schlief.

»Es wird Ihnen gut tun«, wiederholte Flora stolz mit ihrem charakteristischen Lächeln, als sie mit einem klobigen Holztablett mit einer dampfenden Kanne und einer Tasse das Zimmer betrat und, das Tablett mit ihren großen, runzeligen Händen umfassend, mit schlurfendem Schritt auf das Tischchen neben Judiths Bett zuging, um das Mitgebrachte dort abzustellen. »Es wird allen gut tun«, fügte sie geheimnisvoll hinzu und nickte.

Es war schwer auszumachen, inwieweit Judiths bald weiter fortschreitende Besserung auf jenen Heiltrank zurückzuführen war und wieweit auch auf gewisse innere Veränderungen, die sich bei ihr gleichzeitig vollzogen hatten. Denn schon kurze Zeit später hatte sie, zum ersten Mal seit ihrer Einlieferung in die Klinik, plötzlich Lust zu lesen verspürt. Von den Büchern, die sie auf ihre Reise mitgenommen hatte, hatte sie in der kurzen und gedrängten Zeit kaum welche gelesen, und sie lagen jetzt irgendwo in ihrem Gepäck oder in ihrem Schrank verstaut. Mit Floras Hilfe hatte sie das Buch ausfindig gemacht, an das sie in letzter Zeit am meisten gedacht und worin sie sich dann rasch vertieft hatte. Es war Stefan Zweigs »Der Kampf mit dem Dämon. Hölderlin, Kleist, Nietzsche«. Mitgenommen hatte sie das Buch zusammen mit anderen Werken des Schriftstellers und mit Literatur über ihn, weil sie ursprünglich nach ihrer wissenschaftlichen Mitwirkung an der Miller-Premiere in Barcelona ihr nächstes Projekt in Angriff hatte nehmen wollen, ein etwas älteres, zwischendurch liegen gebliebenes Filmprojekt. Sie wollte ein Drehbuch schreiben mit einer szenischen Darstellung von Zweigs »Schachnovelle«, und diese eingebettet in eine spielfilmartige Nachzeichnung charakteristischer Situationen in Zweigs letzten Lebenswochen in Brasilien, wo er, kurz vor seinem tragischen Ende, die »Schachnovelle« als gleichnishafte Auseinandersetzung mit seinem Exilschicksal verfasst hatte. Judith Herbst war sich schon vor ihren Recherchen zu Millers »Hexenjagd« bewusst gewesen, dass ihre persönlichen Motive für dieses Drehbuchprojekt im Exilschicksal ihrer eigenen Eltern lagen, besonders in Brasilien, zeitweilig sogar in Zweigs letzter Lebensstation Petrópolis. Wie eng dieser Zusammenhang wirklich war, wurde ihr erst während ihrer intensiven Nachforschungen um das Leben der karibischen Sklavin Tituba klar, mit all ihren noch viel bestechenderen Parallelen zu ihr, zu ihrer Familie und ihrem ganzen Volk. So trieb gleichsam das eine Projekt zur Realisierung des Nächsten an, wobei für das vorgesehene Drehbuch über Zweig ihr auch die Erzählungen und Erinnerungen ihrer Eltern halfen. Dann war jedoch das Drama ihrer verfrühten Geburt dazwischengekommen, das alles andere in den Hintergrund gedrängt hatte.

»Der Kampf mit dem Dämon. Hölderlin, Kleist, Nietzsche«, den sie jetzt las, gab ihr wesentliche Aufschlüsse über Zweigs

Selbstverständnis als Künstler. Durch seinen schöpferischen Willen zur Wahrheit lässt sich der Mensch aus seiner Daseinsgeborgenheit in eine übermächtige und übergewaltige Welt der Leidenschaft, des Chaos und des Übersinnlich-Elementaren empor reißen, und darauf folgt ein genauso tiefer Sturz in den Abgrund des Todes. Diese den Menschen restlos fordernde, aufreibende und ausglühende Überexistenz ist der Inbegriff des Dämons. Er ist, laut Zweig, die »ursprünglich und wesenhaft jedem Menschen eingeborene Unruhe«, der man sich wie in einem Pakt verpflichten kann, mit der vorzeitigen physischen Vernichtung und Auslöschung gleichsam als Gegenleistung.

Es war für Judith eine Überraschung, geradezu abenteuerlich und überaus erhellend, all diesen Gedankengängen zu folgen. »Manchmal zuckt schon grell und gefährlich über den Lidern der Blitz des Dämon, dem seine Seele verfallen ist«, las sie bei der Charakterisierung Hölderlins, und bei der von Kleist: Dieser gibt »sich an den Dämon zurück und wirft sich in seine eigene Tiefe wie in einen Abgrund ...« Und das »Unterste, das Vulkanisch Feuerflüssige der Menschennatur scheint seiner wahren Sphäre einzig glühend verwandt«. Und Nietzsches ganzes Wesen wurde »Elektrizität, zuckendes, zündendes, blitzartig flirrendes Licht«. Der Satz, der Hölderlin galt und für alle drei in gleicher Weise zutraf, las sich auch wie eine Selbstcharakterisierung Zweigs: »Sein Kampf um das Leben in Idealität hat ihm das Leben gekostet.«

Das war in der Tat etwas anderes, Großartigeres als die physische Verkörperung des Satans in einem menschlichen Individuum durch Seelenwanderung. Judith begann zu begreifen, warum ihr Vater Stefan Zweig so sehr verehrt hatte und warum er auch der Uraufführung der »Schweigsamen Frau« in

Dresden, bereits nach Zweigs Emigration nach England, beigewohnt hatte. Im gemeinsamen Exil in Südamerika kam die jüdische Schicksalsgemeinschaft dazu und damit das Bewusstsein der doppelten Ausgrenzung des Schriftstellers: aufgrund seiner ethnischen Zugehörigkeit und seiner Berufung zum Künstler, der sich mit seinem kompromisslosen Ringen um Geist und Wahrheit gleichsam freiwillig an den Rand der Gesellschaft vor den Abgrund stellt, mit dem immer währenden Risiko des Scheiterns und des Absturzes. Judith hatte wiederholt von ihrer Mutter gehört, dass Jonathan Herbst in der Zeit des Exils an diesem bedeutenden Mann, den er sogar persönlich kennen lernen durfte, einen gewissen persönlichen Halt und einen Trost hatte finden können, bevor ihn der Schock des jähen Endes traf, an dem Zweigs Traumschloss eines humanen Optimismus zusammenbrach und der Schriftsteller sich das Leben nahm.

Jonathan Herbst hatte endlich Arbeit. Er behandelte eigene Patienten in der Zahnarztpraxis von Doktor Ulisses Lobo da Silva an der Rua 15 de novembro in der ehemaligen kaiserlichen Sommerresidenz Petrópolis. An derselben Straße bezogen Jonathan und Rachel Herbst in der dritten Etage eines alten Herrschaftshauses mit marmorweißem Säulenbalkon eine geräumige Wohnung. Diese hatten Freunde von Jonathans Bruder Isaak in der jüdischen Gemeinde von Rio de Janeiro ebenso vermittelt wie Jonathans Arbeitsstelle. Beides lag günstig nahe beim Zentrum und nicht weit von der Stadtbibliothek, in der Jonathan endlich seinen Lesehunger stillen konnte, sofern es ihm die Zeit erlaubte. Im Oktober, November, als es in Rio und an der nahe gelegenen Küste wieder heiß und feucht zu werden begann, herrschte hier oben eine angenehme Frische. Dazu kam die betörende Blumenpracht überall und das an den Berghängen wuchernde tropische Grün. Vielleicht war es eine durch die Enge und Steilheit der Bergwelt bemessenere Schönheit im Vergleich zu Portobelos weit geschwungener und verschwenderischer Märchenwelt der Inselbuchten, aber es war eine nicht weniger reizvolle Idylle. Man lag den beiden Neuhinzugezogenen zwar jetzt schon in den Ohren mit der beunruhigenden Ankündigung von den ortstypischen sintflutartigen Regenfällen im hochsommerlichen Januar und Februar. Daran verschwendete das Ehepaar

Herbst jedoch noch keinen Gedanken, weil es sich dies nicht vorstellen konnte oder wollte. Auch in Europa war, nach dem Albtraum von Hitlers Überfall auf Russland im vergangenen Juni, der deutsche Vormarsch im Mittelabschnitt der russischen Front ins Stocken geraten. Überhaupt glaubte Jonathan Herbst den Zeitungs- und Rundfunkberichten eine etwas gedämpftere Stimmung auf der Seite des Aggressors zu entnehmen. Ihm kam es auch so vor, als wären in Rio de Janeiro derzeit die Grünhemden, die Mitglieder der brasilianisch-faschistischen Integralistenpartei, in ihrem öffentlichen Auftreten etwas weniger forsch geworden.

Bei einem größeren Empfang beim Bürgermeister der Stadt, zu dem Doktor Ulisses das Ehepaar Herbst mitnahm, lernte Jonathan zu seiner großen Freude Stefan Zweig kennen. Er war hingerissen vom Charme, von der Noblesse und der reizvollen Schüchternheit des großen Schriftstellers und es war für ihn ein besonderes Erlebnis, mit Zweig persönlich sprechen zu können, auch wenn die Zeit dafür viel zu kurz war. Danach kam es immer wieder zu sporadischen Begegnungen, bei Spaziergängen, im einen oder anderen Café oder Restaurant der Stadt oder auch beim Frisör, wo man hin und wieder einige Freundlichkeiten auszutauschen pflegte.

Am häufigsten sah Jonathan den Schriftsteller in der Bibliothek. Dort wurde allerdings kaum gesprochen, denn Zweig saß in der Hauptsache entweder in Bücher vertieft an einem der Tische im Lesesaal oder er stand auf einer Leiter und zog aus dem Regal Bücher heraus, in denen er aufmerksam herumblätterte. Er ging meistens am Nachmittag in die Bibliothek; sein Weg führte ihn immer die Straße entlang, in der das Ehepaar Herbst wohnte und in der auch Jonathan arbeitete. Zweig lief meist in Gedanken versunken vorbei und, als fühlte er sich in der Anonymität der Straße unbeobachtet, oft mit erschreckend düsterem Gesichtsausdruck, der mit der betonten Sorgfalt seiner Kleidung wenig zusammenpasste. Traf man ihn hingegen in der Bibliothek an, war er wie umgewandelt und gab sich dem dortigen Personal gegenüber ohne den leisesten Anflug von Düsterkeit, stets weltmännisch, elegant und liebenswürdig.

Einmal wurde Jonathan in der Bibliothek Zeuge einer längeren Unterhaltung zwischen Zweig und dem jungen, immer sehr aufmerksamen Bibliothekar José, für den der Schriftsteller ein besonderes Faible zu haben schien. Diesmal war auch Zweigs Frau Lotte mitgekommen. Stefan Zweig und José hatten sich, um die Lesenden nicht zu stören, in die Nähe der breiten Fensterfront verzogen. Sie schienen diese Unterhaltung auch nur zu wagen, weil der Saal heute fast leer war. Während sie, sich auf Französisch verständigend, halb sprachen und halb flüsterten, saß Lotte an einem Tisch in der Nähe. In etwas gekrümmter Haltung in ihrem schwarzen Kleid, die Arme auf den Tisch gestützt und ohne ein Buch vor sich, verfolgte sie hingebungsvoll und mit leidender und bedrückter Miene jede Lippenbewegung ihres Mannes. Auch Jonathan vermochte, obwohl er etwas weiter entfernt saß, das am Fenster Gesprochene einigermaßen zu verstehen.

»Ihre Bibliothek steht weit über dem Niveau der Stadt«, hörte Jonathan den Schriftsteller in seiner wienerisch-nasalen Sprechweise sagen. Zweig unterstrich sein Kompliment mit einem überaus charmanten Lächeln.

Er erklärte daraufhin José, wie froh er über diese Bibliothek sei, da er fast alle seine Bücher und Manuskripte und die ganze Materialsammlung zu Balzac und Montaigne, über die er etwas Umfangreiches schreiben wollte, in Europa habe zurücklassen müssen, wobei er einmal statt »habe zurücklassen müssen« »verloren« sagte. Dann erzählte er, er habe noch vor seinem Umzug im September von Rio nach Petrópolis in einem deutschen Antiquariat in Rio, an der Rua Sete de Setembro, eine billige Goethe-Ausgabe, eine Sammlung von Shakespeare-Stücken auf Englisch und eine deutsche Homer-Übersetzung erworben und...

»Spielen Sie Schach?«, fragte er José, fast mitten im Satz, mit sanftem, etwas verloren wirkenden Blick, in den sich nach der verneinenden Antwort des jungen Bibliothekars ein Zug starker Traurigkeit mischte und die Falten auf seiner Stirn besonders scharf hervortraten.

Daraufhin deutete Zweig an, er würde des Öfteren zu Hause mit einem Mitemigranten aus Deutschland Schach spielen und außerdem habe er sich in dem Antiquariat auch ein Schachbuch »für die Abgeschiedenheit«, wie er sich ausdrückte, gekauft, aus dem er täglich die Spiele der großen Meister nachspiele.

Ziemlich bald ließ er vom Schachthema wieder ab und schien zu überlegen. Nachdem er auf seine Frau, die weiterhin unbewegt an seinen Lippen hing, einen kurzen, fragenden Blick geworfen hatte, fuhr der Schriftsteller in seinen immer persönlicheren Berichten und Bekundungen fort. Er wäre sehr zufrieden, wenn es ihm gelänge, in dieser brasilianischen Oase mit ihrer idyllischen Landschaft und ihren liebenswürdigen, natürlichen und schönen Menschen Trost zu finden, Europa zu vergessen, den dortigen Hass, die Hetze und das Wegschauen und wie sehr er hoffte, mit dem ihm in Europa zugefügten Leid und den vielfachen Verlusten fertig zu werden. Das wäre allerdings nicht ganz leicht angesichts der sich jetzt zum Winter hin anbahnenden, katastrophalen Entwicklungen am europäischen Kriegsschauplatz. Winter, sagte er, nicht Sommer, obwohl auf der südlichen Halbkugel, auf der er sich befand, jetzt, im Oktober, gerade der Sommer begann. Und auch seine überaus negative Einschätzung der Lage in Europa stand im Widerspruch zu der durchaus zuversichtlicheren von Jonathan und Rachel Herbst. Offenbar beherrschte ein tiefer Pessimismus die verwundete Seele des Schriftstellers. Gerade in Anbetracht seiner großen Verehrung Zweigs fiel es Jonathan Herbst schwer, sich nicht von ihm in den Abgrund der Hoffnungslosigkeit mit hineinziehen zu lassen, denn die Hoffnung war die wichtigste Voraussetzung dafür, dieses Exil zu überleben. Zweig kam als Nächstes auf seine Isolation zu sprechen. Er sei zwar froh, in diesem Land des Überflusses und der überaus bescheidenen Preise ohne Geldsorgen zu leben und sich daher ganz auf seine Schriftstellertätigkeit konzentrieren zu können.

»Doch was nützt dies, wenn meine Produktivität zu erlöschen droht?«, fragte er. »Ohne ausreichende Zufuhr an Anregungen und an Material, so wie ohne Sauerstoff jedes Licht erstickt?« José schüttelte energisch den Kopf, als wollte er ihm dies ausreden. Doch dann folgte die Erklärung. Als vergäße Zweig einen Augenblick lang, wen er vor sich hatte, als kehre er in seiner Verzweiflung zensurlos sein Innerstes nach außen, dorthin, wo sonst nur die Fassade seiner liebenswürdigen Verbindlichkeit saß, meinte er, es gäbe ja in dieser Bibliothek hier wirklich nichts Wesentliches und er sei ohne seine in Europa verlorenen Bücher und ohne die kürzlich zurückgelassene Library in New York hier von allem abgeschnitten. Für Augenblicke schien der sonst so liebenswürdige Mensch jede Contenance verloren zu haben. Er wirkte völlig irritiert, ja, erschrocken über den sekundenweisen Verlust seiner Kon-

trolle über sich. Auch Josés Miene war, wenngleich ebenfalls nur während einiger Augenblicke, zur Maske erstarrt. Das Gespräch, das heutige jedenfalls, war beendet.
»Komm, Lotte, wir gehen«, sagte Zweig, zu seiner Frau gewandt, deren Miene während des Gesprächs immer bitterer geworden war, mit einem Blick, der, obwohl auf ihren Mann gerichtet, sich zunehmend nach innen zu kehren schien. »Komm, Lotte«, es klang ein bisschen wie »Lothe, komm Lothe...« »Entschuldigen Sie«, stotterte Zweig verstört. Dabei lächelte er zerstreut und geistesabwesend und strebte dann, ohne sich von José zu verabschieden, zur Eingangstüre, mit Lotte, die inzwischen aufgestanden war und sich dicht an die Seite ihres Mannes gestellt hatte.
An Sonntagen oder nach Feierabend suchte Jonathan Herbst des Öfteren gern die am entgegengesetzten Ende der Stadt gelegene Bodega Carvalho auf, um einen Kaffee oder ein Gläschen cachaça zu trinken. Manchmal traf er dort auch das Ehepaar Zweig an, welches genau gegenüber, in dem Miethaus an der Rua Gonçalves Dias 34, jenseits der Brücke, wohnte. Manchmal sah Jonathan den Schriftsteller auch von der Theke aus durch das Fenster entweder auf der gedeckten Terrasse des höher gelegenen Häuschens sitzen oder er bekam mit, wie er die Pflanzen im Garten am Hang zur Straße betrachtete, allein, mit Lotte oder mit dem Gärtner. Manchmal stieg Zweig, zusammen mit seinem Hund, die steile, mit einem Geländer versehene und von üppigem Grün umwachsene Treppe zum Gartentor hinunter oder er kehrte von seinem Spaziergang wieder zurück und stieg durch das Tor wieder die Treppe hinauf. Er wirkte hier oben und in der etwas ländlicheren Gegend mit den grasenden Eseln und den auf der Straße spielenden Kindern etwas entspannter und glücklicher, falls dies nicht

nur der Ausdruck einer Fassade war, die er gewöhnlich aufgesetzt hielt. Wenn Jonathan sich bei seinen kurzen Begegnungen bei Zweig nach dessen Befinden erkundigte, bekam er fast immer dieselbe unverbindliche, freundlich positive Antwort. Nur einmal, als Zweig so schlecht und unglücklich aussah, dass es niemandem verborgen bleiben konnte, antwortete dieser, unbeirrbar lächelnd: »Danke der Nachfrage. Man lebt eben so dahin.«

Jonathan war stolz auf Stefan Zweigs allgemeine Beliebtheit bei den Menschen seiner Umgegend.

»Ja, ja, er ist ein feiner Kerl, dieser Schriftsteller«, meinte Lourenço, der Wirt der Bodega, mit dem Jonathan gelegentlich sprach. »Jeden Morgen dreht er seine Runde mit seinem Hund. Mit den Leuten plaudert er nur selten, sagt: ›Guten Tag‹ und geht dann weiter, meistens diese Straße hinunter zum Frisör, wo er sich seinen Schnurrbart stutzen lässt oder zur Apotheke oder in die Stadt. Er ist zu allen immer freundlich, zu den Armen genau so wie zu uns. Antônio, der Gärtner, und seine Frau Dulce, die Hausmeisterin bei ihm, reden immer ganz begeistert über ihn, über seine Freundlichkeit und Güte. Und ...«

Lourenço unterbrach kurz, lächelte und fixierte von der Theke aus durch das Fenster das Haus des Schriftstellers etwas länger, als glaubte er, diesen dort plötzlich doch selbst zu entdecken, ließ dann jedoch wieder ab, weil Zweig anscheinend nicht da war.

»Und einmal im Monat, das weiß ich von Graciliano, dem Frisör, wenn Zahltag ist, dann fährt er extra nach Rio, um dort der Hausbesitzerin, einer Engländerin oder Amerikanerin, persönlich die Miete zu überbringen, zusammen mit einer Schachtel Pralinen ... Die soll immerhin zwanzig Contos

monatlich von ihm verlangen, sagt Graciliano, und der Mietvertrag scheint erst einmal bis April zu gehen ...«
Auf dem Nachhauseweg die Straße hinunter zum Stadtzentrum suchte Jonathan die Apotheke auf, die sich etwas unterhalb des Frisörladens befand und in der er für Doktor Ulisses einige Anaesthetika besorgen wollte. Der Rollladen unter dem großen, weißen Schild mit der roten Aufschrift *Farmácia* war schon halb heruntergelassen, ein Zeichen für die Kunden, sich zu beeilen. Er mochte sehr die Atmosphäre dieser Apotheke: die große Vitrine mit Gläsern und Ampullen und auf dem Regal die vielen Steinguttöpfe, in denen der Apotheker Ribeiro mittels eines Stössels Heilkräuter und ätherische Öle in Heilsalben zu verwandeln pflegte. Gleichzeitig wusste er von Doktor Ulisses, der mit dem Apotheker befreundet war, dass Stefan Zweig hier all seine Medikamente kaufte. Mindestens einmal wöchentlich pflegte dieser sich mit allerlei Säften, Sirups und Pülverchen gegen Husten, Grippe und Kopfschmerzen einzudecken. Und Ulisses behauptete, irgendwoher auch zu wissen, dass der stets freundliche, aber wortkarge Kunde regelmäßig nach Aspirin fragte, was hier zu Lande eine Seltenheit war und entsprechend selten der Wunsch danach erfüllt werden konnte.
Jonathan und Rachel Herbst waren sich einig, dass Brasilien ein sehr schönes Land sei. Doch ein Exildasein ist immer traurig und schwer und manchmal auch gefährlich, weil die Traurigkeit der anderen Menschen, die dort unfreiwillig leben müssen, ansteckend wirkt.

Judith dachte gern an ihre frühe Kindheit in Californien zurück. Ihre erste Erinnerung, ein statisches, von allem anderen losgelöstes Bild, war der Balkon eines Holzhauses am Waldhang über einer Straße. Ein weiter Blick hinab über Baumwipfel und das Einatmen von Gerüchen, in denen sich Tannennadelduft, Moder und feuchtes Holz seltsam mischten. Es war nicht zu Hause, sondern irgendwo auf dem Weg von Mill Valley in die Stadt, noch vor der Golden Gate Brücke, bei befreundeten Emigranten, zu denen sie hingebracht worden war und von wo sie dann mit dem Auto abgeholt werden sollte. Den Zeitablauf um dieses Bild herum kannte Judith erst aus späteren Erklärungen ihrer Eltern, ahnte ihn jedoch schon damals. Denn mit dem Blick vom Balkon hinab auf die Straße verbunden war die Aussicht, bald mit dem Auto weiter nach San Francisco zu fahren, auf dessen Straßen an diesem Tag das Ende des langen und schrecklichen Krieges und der Sieg über die deutschen Aggressoren gefeiert wurde.

Das nächste, ebenfalls statische und scharf eingegrenzte Bild war der unten auf der Straße anhaltende, noch aus den Dreißigerjahren stammende, grüne Plymouth mit den kleinen Fenstern und dem matten, abblätternden Farblack. Er gehörte nicht ihren Eltern, sondern denen ihres besten, etwa gleichaltrigen Freundes Lionel Frank an der Lovell Avenue, in ihrer unmittelbaren Nachbarschaft und etwas oberhalb des Ortskerns von Mill Valley. Die Franks waren holländische Emigranten, auch Juden, die sehr häufig Mrs Franks sehr reiche Eltern in Sacramento besuchten. Mr Frank spielte als Geiger in der San Francisco Symphony, unter dem damaligen Chefdirigenten Pierre Monteux, nach dem, wegen seiner eindrucksvollen, schwarzen Locken, die Franks ihren Pudel Pierre nannten. Zur Aufbesserung seines Gehalts gab Mr Frank Geigenstunden. Da Judiths Eltern kein Auto besaßen, nahmen die Franks manchmal Judith nach San Francisco mit, wo sie Marzipan für sie kauften oder mit ihr und Lionel ein Fotostudio besuchten, in dem die beiden Kinder geknipst wurden, und einmal nahm sie Mr Frank auch in ein Kinderkonzert der San Francisco Symphony mit, wo sie von ihren Plätzen aus zusehen konnten, wie er spielte. Gelegentlich fuhr die Familie mit Judith auch zu einem Bade-Picknick an den Stinson Beach oder auf den Gipfel des Mount Tamalpais oder Mr Frank ging mit ihnen etwas tiefer im Wald am Bach Krebse fangen, die er dann abends gerne zu Hause in kochendem Wasser zuzubereiten pflegte. Der grüne Plymouth fuhr immer sehr laut, kreischte beim Schalten und hustete vor Altersschwäche. Und da dieses Vorkriegsmodell noch keine Blinkeranlage hatte, verständigte sich Mrs Frank, die meistens chauffierte, mit den anderen Verkehrsteilnehmern mittels besonderer Armzeichen, für die sie immer das Fenster öffnen musste, was in dem warmen und trockenen californischen Klima meistens auch problemlos möglich war. Vor dem Abbiegen nach links pflegte sie den Arm waagrecht zum Fenster hinauszustrecken, der nach oben abgewinkelte Arm bedeutete ein bevorstehendes Abbiegen nach rechts und mit dem Zeigen nach unten bekundete sie die Absicht, zu verlangsamen oder ganz anzuhalten.

Das nächste und letzte Bild an diesem Tag war der Blick vom Rücksitz des Autos durch die Fensterscheibe auf das entfesselte Treiben in den Straßen der nächtlichen Innenstadt von San Francisco. Das Auto stand still. Umso bewegter waren die Vorgänge um das Auto, wie eine Brandung um eine kleine Insel. Es war ein unglaubliches Menschengewühl im Schein der Straßenlaternen und der Lichter in den Wolkenkratzerfenstern, dazu Geschrei, Pfiffe, Gesang, Autohupen und Geknalle, das aus Feuerwerkskörpern oder von Gewehrsalven in die Luft herrührte. Durch die Helligkeit, den Lärm und die Schüsse schien sich die Schwärze des Nachthimmels ins Rötliche zu lichten, wie ein Nachschimmern der siegreich erstickten Kriegsflammen im entfernten europäischen Inferno oder wie ein Feuerzeichen für das Ende des grausigen Fanals und dessen baldige Sühne. Unter dem Himmel war alles weiß durchsetzt. Es war eine Flut von Zeitungspapier, welches wie Schaum die Straßen bedeckte, wie Gischtfetzen durch die Luft wirbelte oder aus vorbeifahrenden Autos geworfen wurde. Judith verstand später, dass dies ein traditioneller Ausdruck besonderen Jubels in den Vereinigten Staaten war. Zwischendurch drohte die Brandung die Autoinsel zu überfluten. Khakibraune Uniformen wälzten sich an der Fensterscheibe vorbei. In den schwarzroten Himmel gerichtete Gewehrläufe blitzten auf und gaben Schüsse frei. Obwohl die kleine Autoinsel gelegentlich in der Brandung erzitterte, schienen Lionel und der Pudel Pierre, die neben Judith auf dem Polster saßen, die Vorgänge ohne Angst und mit derselben staunenden Sprachlosigkeit zu verfolgen wie sie selbst.
Erst aus späteren Erzählungen ihrer Mutter erfuhr Judith, in welche Gefahr damals die Eltern ihres Freundes Lionel sie gebracht hatten. Mr und Mrs Frank hatten an jenem Abend ihr

Fahrzeug irgendwo in der Market Street im Stadtzentrum abgestellt und waren dann ausgestiegen, um zu Fuß im Freudentaumel unterzutauchen. Die Kinder wurden zurückgelassen, mitsamt dem Hund zu deren angeblichen Schutz, die vier Autotüren abgeriegelt und die Fenster hermetisch geschlossen. Es soll in diesem entfesselten Reigen zu schlimmen, gewalttätigen Exzessen seitens der verwilderten und alkoholisierten Frontheimkehrer gekommen sein, vielfach auf offener Straße.
»Eigentlich hätten wir dich nie mehr mit denen mitfahren lassen dürfen«, sagte Judiths Mutter.
»Und warum durfte ich trotzdem?«
Judiths Mutter wusste keine Antwort darauf.
Zwei Jahre später wurde Judith eingeschult. Die Schule und deren großer, mit einem Drahtgitter umzäunter und mit Turngeräten versehener Hof war nur ein Häuserblock von Judiths Wohnstraße, der Olive Street, entfernt, welche eine kleine Seitenstraße zur Lovell Avenue der Franks war. Mit ihren Klassenkameraden pflegte Judith kaum Umgang während ihrer schulfreien Zeit, weil sie sich dann hauptsächlich mit ihren Freunden aus der Nachbarschaft traf. Die Erinnerung an diese Zeit war für Judith viel weniger statisch als an die Jahre zuvor, sie konnte sie wie lebendige, bewegte Bilder jederzeit abrufen. Zu diesen gehörte etwa das allmorgendliche, feierliche Absingen der Nationalhymne vor der vorn im Klassenzimmer aufgepflanzten amerikanischen Flagge, in stehender Haltung, die Jungen in Saluthaltung und die Mädchen mit der rechten Hand auf dem Herzen. Sehr viel seltener, jedoch umso eindrucksvoller waren die Feueralarmübungen. Sie begannen mit einer Versammlung der ganzen Schülerschaft im Hof, wo diese zuerst die Anweisungen des Principal, des Schulrektors, entgegenzunehmen hatte. Anschließend begab man sich in die

Klassenzimmer und wartete auf den schrillen Glockenton, der zum Gang über den vorgeschriebenen Fluchtweg in den Schulhof aufrief. Derselbe Schulhof war der tägliche, etwas anonymere Begegnungs- und Tummelplatz während der Pausen. Dort wurde man gelegentlich auch Zeuge aufregender Schülerraufereien.

Ein Bindeglied zwischen Schule und Zuhause war die Klassenlehrerin Mrs Robertson aus Canada. Sie war die Mutter von Harry und Paul, die im dichten und wegen der gigantisch hohen Bäume immer recht dunklen Wald in einem Holzhaus am Hang jenseits des Baches wohnten und beide eng mit Lionel und deshalb auch mit Judith befreundet waren. Judiths Freundschaften in Mill Valley waren hauptsächlich durch Lionel vorgegeben. Darum pflegte Judith in der Mehrzahl Umgang mit Jungen. Dies hatte zur Folge, dass Judith, begünstigt durch ihren schmalen, knabenhaften Wuchs, sich während dieser Jahre ein eher jungenhaftes Auftreten angewöhnte, mit Bubikopffrisur und strapazierfähiger Kleidung für die wilden Kriegs- und Indianerspiele im Wald. Dieser Wald war ein idealer Tummelplatz für die Kinder, dank seiner hügeligen Anlage um den Bach, seines weichen Bodens und der zahllosen Verstecke zwischen den Baumriesen und in den breiten, hohlen Strünken. Zu diesem Wald gehörte auch ein großer öffentlicher Spielplatz, an dessen Ende, über dem Bach und von besonders hohen Bäumen umgeben, das Ruinengebälk der ehemaligen Dorfmühle zu verwegenen Klettereien und zu Jagd- und Kriegsspielen lockte. Zu Judiths Gruppe gehörte auch Lionels Freund Peter, ein lang und schmal gewachsener Dunkelhaariger mit großen, ausdrucksvollen Augen, der in Gegenwart von Judiths oder Lionels Eltern vor Schüchternheit und Befangenheit immer nur flüsterte. Dort, wo Judiths Straße in die Lovell Avenue mündete, wohnte Bill, den man jedoch auf Anraten der Eltern eher meiden sollte. Er lebte allein mit seinem Vater, dem man mehrere Gefängnisaufenthalte nachsagte und den man nur selten auf der Veranda oder im versteckt abgelegenen Garten seines Häuschens griesgrämig und verschlafen und immer im Morgenrock herumstreichen sah. Manchmal hörte man nur dessen Stimme heiser und unwillig Bill von der Straße zu sich ins Haus rufen.

Zu den Gemeinsamkeiten der Kinder gehörten auch die Kinobesuche im Einkaufszentrum von Mill Valley, nicht weit von der ebenfalls von Baumriesen gesäumten Busstation an der breiten Ausfallstraße nach Sausalito und San Francisco. Besonders beliebt waren die »kiddys shows« an den Samstagnachmittagen, mit Zeichentrickfilmen, ausführlicher Nachkriegswochenschau und zwei Hauptfilmen, immer überaus spannende oder zu Tränen rührende Love oder Crime stories, zum Teil bereits in Farbe. Innen war der Filmpalast ein Spiegel- und Säulenlabyrinth, dessen Wände mit Postern bepflastert war. Ein besonderer Sport der Kleinsten bestand darin, nach dem Betreten des Raumes unbemerkt unter der Kinokasse hindurchzutauchen und das dadurch gesparte Eintrittsgeld in Popcorn und Eis umzusetzen, welches dann während der Vorstellung brüderlich untereinander aufgeteilt wurde.

Alle bösen Hollywood-Filmhelden, ob Gangster, Betrüger oder treulose, brutale Liebhaber, waren in Judiths damaliger Wahrnehmung immer »Deutsche« oder »die Deutschen«, und sie gab hinterher, zu Hause oder im Freundeskreis, deren Redeweisen regelmäßig mit verzerrter Miene, hochgeworfener Hitlerpose und grotesk deutschem Akzent wieder, mit demselben übrigens, mit dem sie täglich ihre eigene, in Berlin aufgewachsene Mutter, mehr noch als ihren Vater, Englisch sprechen hörte.

Fast im Kontrast zu Judiths Knabenhaftigkeit war ihr bester Freund Lionel, ungeachtet seiner Leidenschaft für Cowboy- und Indianerspiele im Wald, eine eher weiche, fast mädchenhafte Erscheinung. Beiden gemeinsam war nicht nur ihre jüdische Herkunft, sondern auch das, zumindest auf den ersten Blick, unjüdische Aussehen. Judith schlug ihrem Vater nach, dessen blonde Haare seit seiner Emigration aus Deutschland schon fast alle ausgefallen waren. Woher Lionel seine dichten, blonden Locken hatte, war in Anbetracht seiner beiden schwarzhaarigen Eltern nicht auszumachen. Und der Glanz seiner blonden Haare im Sonnenlicht verlieh seinen Augen den Anschein eines hellen Himmelblau, den diese gar nicht hatten; in Wirklichkeit waren sie genauso graugrün wie die Augen seiner Mutter, bei der dies jedoch, unter ihrem dunklen Haar, unverfälscht zum Ausdruck kam.

Judiths erste Begegnung mit Lionel lag offenbar weiter zurück als ihre ersten Erinnerungen. Wahrscheinlich war der große Spielplatz am Waldrand, zu dem viele Eltern ihre Kinder brachten, der erste Ort gewesen, an dem sie sich trafen: der Sandkasten mit seinen aus der Kinderperspektive dünenweiten Dimensionen, die turmhohe Schaukel mit zwei Sitzen, auf denen man in geschwisterlichem Nebeneinander um die Wette durch die Luft sauste und die Augen schloss, wenn die Angst zu groß wurde, und in der Nähe die Sitzbänke mit den aufpassenden Müttern oder Vätern. Die Treffen von Judith und Lionel wurden zur Gewohnheit, später ohne Eltern und schließlich beim einen oder anderen zu Hause. Dabei war Lionel, besonders an den regnerischen Wintertagen, viel häufiger im engen, dunklen und etwas muffigen Wohnzimmer von

Judiths Häuschen an der Olive Street anzutreffen als Judith im geräumigeren Mietshaus der Franks. Judith konnte sich nicht recht erklären, was sie, trotz der beglückenden Autofahrten mit den Franks, am häufigeren Besuch von deren Haus hinderte. Vielleicht war es derselbe Grund, der auch Lionel lieber ins Haus der Herbsts kommen ließ: Lionels Vater war und blieb, trotz seines bezwingenden Charmes und seines besonderen Bemühens gerade um Judith, ein etwas unheimlicher Geist. Er war unberechenbar, hochgradig nervös und empfindlich und mit einem Hang zu Jähzorn und Gewaltausbrüchen, nicht nur seiner Frau und seinem Sohn gegenüber, sondern, was fast noch schlimmer und befremdlicher war, auch sich selbst gegenüber. Zweimal wurde Judith Zeuge eines besonders schlimmen Wutanfalls von Mr Frank wegen irgendwelcher Lappalien, wo er vor Judiths Augen einmal mit verzerrtem Gesicht seinen kostbaren Geigenbogen über dem Knie zerbrach und das andere Mal unter Zischen und Fauchen mit seiner großen Taschenlampe mehrmals auf seinen eigenen Kopf eindrosch. Judith spürte auch, dass Mr Frank ihre Mutter nicht mochte, sich sogar ein bisschen vor ihr fürchtete, was wohl auf Gegenseitigkeit beruhte.

»Ich sage es ja immer, er ist ein Verrückter!«, bemerkte Mrs Herbst gelegentlich, was sich in Judith immer tiefer einprägte.

Lionels Zauber hingegen wurde Judith erst so richtig bewusst, als sich, etwa zur Zeit der Einschulung seine blonden Locken zu glätten und nachzudunkeln begannen und dadurch auch seine Augen nicht mehr so hell erschienen. Doch gerade Lionels Augen und sein besonderes Lächeln blieben für Judith das Wesentliche und Gültige an ihm. So war es für Judith wie eine wunderbare Bestätigung, wenn in den Jahren später bei starker und besonders bei niedriger Sonneneinstrahlung Lionels Augen den hellen und warmen Kinderglanz von einst zurückbekamen. Besonders diese Augenblicke, die sich häufiger ereigneten, lebten später in Judiths Erinnerung und in ihrer Vorstellungskraft die ganzen Jahrzehnte hindurch bis heute weiter. Manchmal war ihr, nachdem Lionel längst aus Mill Valley weggezogen war, so, als erblickte sie bei bestimmten Lichtverhältnissen in ihrem Kinderzimmer im Rot ihres Wandbehanghimmels etwas von der wohltuend zarten Wärme und Helligkeit seiner Augen.

Während der aufregenden Kampagne der amerikanischen Präsidentschaftswahlen im Herbst 1948 stritten Judith und Lionel gemeinsam für den auch von Lionels Eltern favorisierten Kandidaten: Henry Wallace, den früheren Vizepräsidenten Roosevelts. Wallace war als Vorsitzender einer dritten, unabhängigen Partei gegen die beiden anderen Kandidaten Truman und Dewey angetreten. Er galt von vornherein als der aussichtsloseste, doch in den Augen seiner Anhänger als der moralisch integerste aller drei Präsidentschaftskandidaten. Kurz nach dem Ende des Wahlkampfs und dem Sieg Trumans zog sich Lionel eine Brandverletzung an der Hand zu, die Judith, vielleicht etwas stärker, als dies der Realität entsprach, in den Zusammenhang mit den Aufregungen um den Wahlkampf stellte. Lionel hatte nach einem Stromausfall mit einer in seinem Zimmer angezündeten Kerze herumexperimentiert, nachdem er am selben Tag in der Schule gelernt hatte, dass man eine kleine Flamme mit einem darüber gestülpten Glas ersticken könne. Da er gerade kein Glas zur Hand gehabt hatte, hatte er ein Stück Papier ergriffen, es zu einem Hohlkörper geformt und über die Flamme gehalten und er hatte die sogleich hell auflodernde Papierfackel aus Angst vor einem

Zimmerbrand nicht fallen gelassen, sondern war mit ihr durchs Zimmer gerannt und hatte sich dadurch schwere Verbrennungen vor allem am Daumenballen zugezogen. Wochenlang, bis über Weihnachten hinaus, musste Lionel einen dicken Verband tragen, der täglich ausgewechselt und die Wunde dabei jedes Mal sehr schmerzhaft mit Jod und irgendwelchen Heilsalben behandelt werden musste. Wenn Judith dabei anwesend war, erschien es ihr, als empfände sie während ihrer Handreichungen diese Schmerzen selbst.
Nachdem gerade während dieser Wochen und Monate Judiths Gefühl einer langsam gewachsenen Bindung an Lionel sich noch weiter vertieft hatte, eröffnete ihr dieser eines Tages: »Im April fahren wir wieder nach Holland.«
»Nach Holland? Und wie lange diesmal?«, wollte Judith sofort wissen.
»Für zwei Jahre.«
»Zwei Jahre? Das ist sehr lange«, entgegnete sie erschrocken.
Die Franks waren kurz nach Judiths Einschulung das erste Mal mit einem der ersten Dampfer nach der Räumung der Kriegsminen aus dem Atlantik in ihre europäische Heimat gefahren, nur für einen Sommer. Sie hatten dort ihre überlebenden Verwandten aufgesucht und eine erste Konzerttournee für Mr Frank und seine holländische Klavierbegleiterin organisiert. Nach Lionels Rückkehr nach Californien hatte sich Judith mit Gänsehaut Lionels Schilderungen von den schrecklichen Zerstörungen Rotterdams angehört, von der Hungersnot in dem ausgeplünderten Land und von den Gräueln, die die Deutschen verübt hatten, und auch welches Glück sie, die Franks, gehabt hatten, dass sie auf dem Bauernhof eines Vetters unweit der Stadt hatten wohnen können, auf dem es immerhin etwas zu essen gab.

»Und was macht ihr so lange dort?«, fragte Judith argwöhnisch.
»Mein Vater hat Verträge mit einigen Konzertagenturen in Europa abgeschlossen. Nicht nur in Holland, auch in anderen Ländern. Mein Vater hat gesagt, die Menschen dort seien auch seelisch ausgebombt und hungrig nach Musik und Kunst.«
»Und was für Länder sind das?«
»Ach, ich weiß es nicht. Ich glaube Belgien, Frankreich und die Schweiz. Europa ist schön. Warum fahrt ihr nicht auch einmal dorthin?«
»Wir? Wohin denn?«
»Kommt nach Holland. Mit Holland geht es ganz langsam wieder bergauf.«
»Nach Holland? Meine Eltern kommen nicht aus Holland. Und dahin, woher sie kommen, werden sie ganz bestimmt nicht zurückkehren.«
»Nach Deutschland? Ja, das kann ich verstehen«, pflichtete Lionel Judith mit ernstem Gesicht bei. »Mein Vater wird auch nicht in Deutschland spielen, hat er gesagt.«
»Vielleicht wandern wir ja eines Tages alle in den neuen Staat Israel aus«, meinte Judith nach einer Weile.
»Oh. Das würde ich auch gerne tun.«
»Vielleicht gehen wir einmal zusammen dorthin, du und ich«, bemerkte Judith versonnen.
Die letzten Monate vor der angekündigten Europareise stellte sich Judith allmählich auf ihre lange Trennung von Lionel ein. Kurz vor Ostern war es so weit. Der grüne Plymouth war schon lange gegen ein neueres Modell derselben Marke ausgetauscht worden, ein schwarz glänzender Gebrauchtwagen, mit dem die Reise der ganzen Familie mitsamt ihrem Hund quer durch den Kontinent gewagt werden konnte, bis nach New

York, wo man das Auto wieder verkaufen und sich dann nach Europa einschiffen wollte.
Die unvergessliche, überaus schmerzhafte Abschiedsszene lief in Judiths Erinnerung wie ein Film ab und dieser Film endete mit einem scheinbar statischen Bild. In Wirklichkeit handelte es sich bei diesen letzten Filmsekunden um eine dauernde Aufnahme eines unveränderten Zustandes.
Die dunkle Trauerlimousine stand voll bepackt vor dem Haus an der Lovell Avenue. Judith, Harry und Paul und einige andere standen schweigend auf dem Bürgersteig, um sich von Familie Frank, insbesondere Lionel, zu verabschieden. Lionels Eltern stiegen als Erste vorn in das Auto, dann Lionel und der Pudel auf die noch nicht von Gepäckstücken belegte Fläche des Rücksitzes.
Judith kam es so vor, als hätte Lionel eben das Schaffott bestiegen.
Als Nächstes kurbelte Lionel das Autofenster herunter.
»In zwei Jahren bin ich wieder hier«, rief er mit seinem sanften, manchmal etwas hilflos erscheinenden Lächeln, das Judith so sehr liebte.
Da geschah das Unfassliche. Harrys nachdenkliches, stets etwas schelmisch und hintergründig blickendes Gesicht verzog sich unter der roten Baseballmütze plötzlich zu einer Grimasse und einem frechen Grinsen. Dann begann Harry wie ein Derwisch auf dem Asphalt zu hüpfen.
»Großartig, dass du wegfährst«, feixte er. »Großartig, wunderbar, dass wir dich nicht mehr zu sehen und nichts mehr mit dir zu tun zu haben brauchen!«
Dazu zeigte er unverfroren mit ausgestrecktem Zeigefinger auf Lionel.
Judith benötigte Jahrzehnte, um zu begreifen, welche Ver-

zweiflung und welcher Trennungsschmerz den etwa achtjährigen Harry zu dieser Taktlosigkeit getrieben hatte.

Danach folgte das unvergessliche, scheinbar statische Bild: Lionels gefrorenes Lächeln.

Judith deutete es später als eine Weigerung, sich von seinem freundlichen Abschiedslächeln abbringen zu lassen, so als wüsste Lionel die Entgleisung seines Freundes einzuordnen und als ahnte auch er wie Judith den tieferen Grund dafür.

Judith musste kurz zur Seite blicken. Sie ertrug, Sekunden vor Lionels endgültigem Abgang, dieses Lächeln nicht mehr und starrte auf die gegenüberliegende Straßenseite.

Als der Motor aufheulte, richtete sie ihren Blick reflexhaft noch einmal auf Lionels Gesicht. Noch immer lag das gefrorene Lächeln auf Lionels Mund. Doch jetzt weinten die Augen darüber, die nur noch auf Judith gerichtet waren.

Die beiden waren sich während dieser starren und schrecklichen Sekunden ein letztes Mal einig, diesmal in der Gewissheit, dass sie einander nie mehr wieder sehen würden.

Judith blieb noch ganze acht Jahre in Mill Valley, bis zum Tod ihres Vaters. Sie wohnte auch noch dort, als sie schon längst von der Grundschule in ihrer Nachbarschaft in die viel weiter entfernte Tamalpais High School übergewechselt war. Lionel kam nie wieder zurück.

Titiba Indian, wie sie inzwischen im Gerichtsprotokoll genannt wurde, war wie ein Stück Vieh an eine Mauer festgekettet. Die Eisenringe um ihren Körper schnitten tief in ihr Fleisch und in ihre Seele. Außer einem fadendünnen Lichtstrahl aus einem Fensterspalt, in dem man den Totentanz der Staubteilchen verfolgen konnte, herrschte Finsternis im Raum. Feuchte und stickige Luft hing im Gemäuer des Verlieses. Die dort nistende Kälte drang wie spitze Steine in Titibas von Hunger und Erschöpfung ausgemergelten Körper. Einige Schritte weiter vorn war auch für das an die Dunkelheit gewöhnte Auge nur in Umrissen ein Gitter erkennbar. Dieses schien den Raum von einer anderen Zelle oder von einem Korridor zu trennen, der zu mehreren Absperrungen führte.
Titiba fühlte sich hier, zum ersten Mal seit Jahrzehnten, mit all ihren Sinnen zurückversetzt in den Schiffsbauch des Seglers von Kapitän Wroth, als sie noch als kleine Tetebe von Guyana nach Barbados verschleppt worden war. Nur dass sie damals ein unbestimmtes Ziel vor sich gehabt hatte und sich jetzt zeitlos und wie in einen toten Raum abgestellt vorkam. Die einzige Abwechslung bestand darin, dass zwischendurch immer dieselbe seelenlose Silhouette auftauchte und sich in ihrer Reichweite hastig bückte und dann wieder verschwand. In mechanischer Wiederholung stellte sie den Essnapf mit einem

widerlichen Gemüsebrei oder halb verfaulten Kartoffeln und etwas Wasser auf den Boden oder nahm das geleerte Geschirr wieder mit oder wechselte auch nur den Notdurfteimer aus, alles höchst unregelmäßig, um ihr damit möglichst wenig zeitliche Anhaltspunkte zu geben. Ein weiterer Unterschied zu ihrer Schiffsreise, wo sie ausreichend mit Zwieback und getrocknetem Fisch versorgt worden war, bestand darin, dass sie hier Hunger litt, beißenden, zermürbenden Hunger.

Als die erste überraschende Änderung eintrat, überschlug Titiba rückblickend die Zeit ihres Aufenthalts und kam zum Schluss, dass es wohl mehrere Wochen gewesen sein mussten. Eine jahreszeitliche Orientierung fehlte ihr völlig in dieser Gruft, die schlagartig den denkbar größten Kontrast hergestellt hatte zum beginnenden Frühling in der Natur draußen. Die Änderung bestand darin, dass sich plötzlich irgendwo in der Dunkelheit unsichtbar eine Eisentüre knarrend öffnete und sieben Gestalten von einem Bewacher, der eine Ölfunzel in der Hand hielt, in den Raum oder Korridor jenseits des Gitters geführt wurden. Im schwachen Lichtschein konnte Titiba vier Frauen und zwei Männer erkennen und zuletzt ein Kind in der Größe etwa eines Fünfjährigen. Als Nächstes konnte sie feststellen, dass alle Frauen viel besser gekleidet waren als ihre beiden Mitverurteilten Sarah Good und Sarah Osborne, die die letzten Menschen gewesen waren, die sie gesehen hatte. Und sie bewegten sich auch anders, in damenhaft aufrechter Haltung, mit kleinen, fast trippelnden Schritten. Titiba erschrak, als sie bei den Damen dieselbe Kleidung entdeckte, die sie Magistrat Hathorne gegenüber als die Kleidung der beiden Damen geschildert hatte, die zusammen mit der Good und der Osborne, dem schwarz gekleideten Herrn und den Tieren und Monstern angeblich die Kinder gequält und Titiba ge-

zwungen hatten, diese ebenfalls zu quälen, und dann auf Besenstielen davongeritten waren. Es war dieselbe kapuzenartige, schwarze Kopfbedeckung über einer weißen Haube mit Spitzen und Schleifen und eine der Frauen trug sogar genau den Mantel, den sie bei ihren Beschreibungen im Gemeindehaus der kleineren Frau zugedacht hatte. Beim Anblick dieser Übereinstimmung lebten in Titiba die ganzen furchtbaren Ereignisse, die in der Dunkelheit und Zeitlosigkeit des Gefängnisses versunken gewesen waren, blitzartig wieder auf, als wäre es gestern geschehen und als würde mit dem Auftauchen dieser sieben Leute dieses Geschehen seine Fortsetzung finden. Sie musste vor allem an den Schlusssatz von Reverend Hale bei der Urteilsverkündung denken: »Wir werden weitermachen.« Hatten die Behörden dies also inzwischen getan? Waren diese sieben Gestalten ein Ergebnis ihrer weiteren Recherchen? Doch was hatte das Kind damit zu tun? Es konnte doch unmöglich eine der Personen gewesen sein, die sich ins Teufelsbuch eingetragen hatten. Was war während ihrer Abwesenheit alles passiert?
Wenige Augenblicke später war die Personengruppe vorbeigezogen und hatte den Raum durch eine andere Türe wieder verlassen. Es dauerte jedoch nicht lange und eine Silhouette tauchte auf, eine andere, neue, nicht die sonstige seelenlose. Titiba konnte nicht erkennen, ob es eine der sieben Personen von vorhin war oder eine andere. Die Silhouette verschwand jedenfalls wieder und schien lange verschwunden zu sein, bis Titiba am plötzlichen Rasseln einer Kette bemerkte, dass sie doch schon länger in ihrer Nähe gewesen sein musste.
Es war für Titiba ein völlig neues Gefühl, sich nicht mehr allein zu wissen. Sie lernte, je länger, desto intensiver und beglückender, mit dieser unsichtbaren Person zu kommunizieren, ob-

gleich jedes Reden strikt untersagt war. Meistens, fast durchgehend, geschah dies lautlos. Nach der langen Zeit zermürbender Einsamkeit spürte Titiba deutlich die Gegenwart einer Frau und fühlte sich bald wie mit einem zweiten, ihr geschenkten Ich oder der anderen Hälfte eines Siamesischen Zwillings verwachsen und sie war überzeugt, dass sich dies für die andere Seite genauso darstellte. Als erstes, behelfsmäßiges Verständigungsmittel diente das beiderseitige Rasseln mit der Kette, mit der man gefesselt war, das Scharren auf dem Boden, ein Räuspern oder Husten oder sonstige Laute, aus denen sich die simpelsten Vorformen einer Sprache entwickelten. Mit deren Hilfe signalisierte man sich gegenseitig Zustände wie Hunger, Durst, Müdigkeit, Trauer, Wut, Hoffnung oder Wiederhörensfreude nach längerer Pause oder nach beendeter Nachtruhe. Damit ließ sich nicht nur die überdauernde innere Übereinstimmung mit der anderen bestätigen, sondern auch der augenblickliche Zustand leichter ertragen. Dies wiederum verleitete Titiba nach einer Weile zu einem ersten Versuch eines vorsichtigen, aber hinreichend artikulierten Hallo-Rufes, was sich jedoch rasch als jenseits der Grenzen des Zulässigen erwies. Denn kaum war dies geschehen, erschien prompt die altbekannte, feindselige Silhouette, die sonst nur das Essgeschirr und den Notdurfteimer auszuwechseln pflegte. Sie pflanzte sich mit bedrohlicher Breitbeinigkeit vor Titiba auf und verschwand erst wieder, als Titiba sie mit einer entsprechenden Geste der Unterwürfigkeit und der Angst von ihrer Bereitschaft überzeugen konnte, auf weitere Kontaktversuche zu verzichten.

Titiba und ihre Schwester, wie sie sie inzwischen innerlich nannte, praktizierten die eben noch geduldeten Vorformen ihrer Verständigung weiter, bis die nächste einschneidende Änderung in ihrem Gefängnisdasein eintrat.

Wieder tauchte zunächst vorn, jenseits des Gitters, eine Gruppe schwach angeleuchteter Gefangener auf, diesmal mehr als sieben, vielleicht zehn oder zwölf, und es wurden alle vorbeigeführt. Dann öffnete sich geräuschvoll das Eisengitter zu Titibas Zelle und eine Gestalt wurde so nah bei Titiba festgekettet, dass diese die andere zuerst unschwer als eine der vier fein gekleideten Frauen wieder erkennen konnte, die beim ersten Mal vor ihr vorbeigezogen waren. Gleichzeitig wurde ihr deutlich, dass diese Frau ihre Zellenschwester gewesen war, mit der sie so lange und so glücklich hatte kommunizieren können. Auch die andere schien dies zu merken. Kurz darauf entnahm Titiba Geräuschen und Schattenbewegungen, dass der bisherige Platz ihrer Zellenschwester inzwischen mit einer dritten, vielleicht auch einer vierten Person oder mehreren Personen belegt wurde. Es war eindeutig, dass eine immer größere Bewegung in das Gefängnis kam und dieses sich mit immer mehr Menschen füllte. Weil dadurch der ursprünglich reichlich vorhandene Raum immer knapper wurde, konnten die Bewacher auch ihr bisheriges Verbot einer Verständigung unter den Gefangenen nicht mehr aufrechterhalten und die strikte akustische Trennung zwischen diesen begann sich zu lockern.

Als Nächstes konnte Titiba das Gesicht ihrer zu Fleisch und Blut gewordenen Zellenschwester studieren, die nun nicht mehr ihre schwarze Kapuze trug, sondern nur noch die weiße Haube darunter, welche mit ihren zierlichen Spitzen und Schleifen ihren Kopf schmückte. Das Gesicht der Frau war welk, spitz und ängstlich verzerrt und aus ihm blickte, trotz der offensichtlichen Erleichterung über das unverhoffte Zusammentreffen mit Titiba, ein Paar schreckhaft aufgerissene, im Halbdunkel sehr hell wirkende Augen. Das Alter der Frau war schwer auszumachen. Sie hatte einerseits das alte, verbrauchte Gesicht einer etwa vierzigjährigen Frau und vielfachen Mutter. Andererseits war nicht erkennbar, was davon auch Spuren der Hölle waren, welche die Gefangene während der vorangegangenen Tage und Wochen durchgemacht hatte. Titiba konnte sich nicht erinnern, sie schon einmal gesehen zu haben, doch sie bemerkte, dass die andere sie zu kennen schien, und ihr kam auch vor, als mische sich in dem Augenblick, als sie Titiba wieder erkannte, in ihre Freude zugleich auch eine gewisse Angst.

»Ihr seid die Dienerin von Reverend Parris?«, durchbrach die Frau mit brüchiger Stimme die Stille.

»Ich habe Euch gesehen«, fuhr sie fort, »bei den öffentlichen Verhören damals in den ersten Märztagen, als ich noch nicht ahnen konnte, dass es auch mich treffen würde. Ich bin eine unbescholtene, gottesfürchtige Bürgerin von Salem Village, gläubiges Mitglied von Reverend Parris' Gemeinde ...«

Titiba sah sie fragend an. Sie überlegte, ob die andere ihr womöglich die Schuld am Unglück ihrer Gefangennahme gab und sich deshalb vor ihr fürchtete. Doch sie fühlte immer deutlicher, dass dies offenbar nicht der Fall und dass die andere viel zu sehr mit sich und ihrem eigenen Schicksal beschäftigt war, um Angst vor Titiba zu haben.

»Ich bin Rebecca Nurse«, sagte die andere, sichtlich bemüht um die Beibehaltung ihrer Würde.

»Ich weiß gar nicht, wie lange das alles her ist«, stammelte Titiba, erschrocken darüber, wie rasch sie in der Zeit ihres Alleinseins das Sprechen verlernt hatte.

»Das heutige Datum habe ich inzwischen auch verloren«, antwortete Rebecca, »so lange bin ich schon hier. Ich weiß nur, dass ich Mitte April hierhin nach Boston verlegt worden bin

mit Martha Corey, Sarah Cloyce, Elizabeth und John Proctor und der kleinen Dorothy ... Und das ist jetzt bestimmt wieder einige Wochen her. Wo die anderen sind, weiß ich nicht, vielleicht irgendwo da vorn ...«
Sie schüttelte ihre in der Dunkelheit leuchtende Haube und deutete nach vorn ins Nichts.
»Die kleine Dorothy?«
Der Schrecken erschwerte Titiba zusätzlich das Sprechen.
»Die kleine Dorothy, ja, Dorothy Good, Sarah Goods Töchterchen«, erwiderte Rebecca mit bedächtigem Nicken. »Auch sie haben sie der Hexerei beschuldigt. Ein unglaubliches Kesseltreiben ist im Gang und das ist erst der Anfang! Es werden immer mehr! Im Mai soll der neue Gouverneur aus England hier eintreffen und nach dem Rechten sehen. Vielleicht renkt sich dann ja alles wieder ein und die alte Ordnung kehrt zurück. So geht es jedenfalls nicht weiter. Jetzt regieren nur noch Willkür, Hysterie, Chaos und Hass.«
Rebecca vergrub ihr altes, fahles Gesicht in ihren Händen.
»Es ist unvorstellbar, was sie mit meiner Freundin Martha und mir angestellt haben«, murmelte sie zwischen ihre Finger. »Martha Corey, die rechtschaffene Frau des Landbesitzers Giles Corey, und ich, Rebecca Nurse, die Gattin des Maklers Francis Nurse, der nie einen Hehl daraus gemacht hat, was er von Samuel Parris hält und ihm immer in aller Öffentlichkeit seine Meinung gesagt hat und dazu steht, dass man die Menschen nach ihren Leistungen vergüten soll und nicht nach ihren Titeln und Ämtern. Und dafür müssen wir jetzt büßen!«
Titiba hörte sich dies mit Entsetzen an. Besonders musste sie an das kleine Mädchen denken, Dorothy Good, ein Kind, der Hexerei beschuldigt und ins Gefängnis geworfen, so als hätte

es der Teufel persönlich auf sie abgesehen. Dabei sprangen ihre Gedanken wie von selbst zur kleinen Betty.

»Wie geht es Betty?«, fragte sie, entgegen ihrer Absicht, sich als Erstes nach dem skandalösen Hergang um Dorothy zu erkundigen.

»Betty? Welche Betty?«

»Betty Parris.«

»Ach so. Das weiß ich nicht. Die hab ich seit den ersten Verhören mit Euch im Salemer Gemeindehaus nicht mehr gesehen. Bei den späteren Vernehmungen kamen als Ankläger immer mehr Mädchen und Frauen und auch Männer hinzu, die sich alle gegenseitig anstachelten. Die jüngste und schlimmste von ihnen war die elfjährige Abigail Williams. Aber die kleine Betty, wie alt war sie bloß? Neun ... oder? Also nicht, dass ich mich erinnere. Auch bei meinem eigenen Verhör habe ich sie nicht gesehen.«

Rebecca schien sich wieder ein wenig gefangen zu haben. Für Tituba selbst war es schlimm, weiter nicht zu wissen, wie es Betty ging. Dazu kam der Schrecken, den ihr die Nachricht von der zwischenzeitlichen Eskalation in Salem Village eingejagt hatte und die quälende Gewissheit, dass alles seinen Anfang bei ihr, Tituba, genommen hatte, mit jenem Hexenkuchen, den sie in Mrs Sibleys Auftrag zusammen mit Indian John für Betty gebacken hatte. Sie musste auch an die drei anderen Mädchen denken, Abigail Williams, Ann Putnam und Elizabeth Hubbard, die mit ihren fürchterlichen Anfällen und ihren bösen Anklagen gegen sie, Sarah Good und Sarah Osborne den infernalischen Reigen in Gang gesetzt hatten. Sie sah diese in Ungeheuer verwandelten Menschenkinder wieder leibhaftig vor sich. Dann stellte sie sich voller Sehnsucht vor, wie es bloß gewesen wäre, wenn das alles nicht passiert und

Salem Village das friedliche, verschlafene Nest geblieben wäre und sie, Titiba, bei ihrer lieben, kleinen Betty hätte bleiben dürfen.

Sie konnte allerdings nicht lange diesen Gedanken nachgehen, da Rebecca das Bedürfnis hatte, sich ihren Schmerz von der Seele zu reden. Sie holte weit aus und setzte genau dort an, wo für Titiba der Faden gerissen war, als sie, mit ihren beiden Mitgefangenen Sarah Good und Sarah Osborne zusammengekettet, in einem Zweispanner von Salem Village nach Boston in dieses Gefängnis gebracht worden war.

Nur wenige Tage nach dem Abtransport hatte schon der nächste Funke gezündet. Die etwa dreißigjährige Mutter von Ann Putnam, ebenfalls mit Namen Ann und seelisch schon lange schwer angeschlagen, geriet plötzlich in denselben Extremzustand wie ihre Tochter Wochen zuvor. Sie beschuldigte die Gutsbesitzersfrau Martha Corey, ihr als Geist erschienen zu sein, sie bestialisch gequält und mit dem Tode bedroht zu haben. Die zuständigen Behörden von Salem Village reagierten etwas skeptisch angesichts des untadeligen Lebenswandels der Beklagten und wollten von Mrs Putnam wissen, welche Kleidung die Dame denn bei ihren unliebsamen Besuchen getragen habe, bekamen jedoch keine befriedigende Antwort. Als daraufhin Martha Corey persönlich bei ihrer Anklägerin zu Hause vorsprach, um sie wegen dieses Unsinns zur Rede zu stellen, gerieten die Tochter Ann und die junge Haushälterin der Putnams, Mercy Lewis, in dieselben bizarren und lautstarken Zustände wie Ann Putnam senior und wie die vier Mädchen bei den Verhören in den vergangenen Wochen. Jetzt glaubte man der Anklägerin. Die Beschuldigungen wurden nun auch von anderer Seite vorgetragen. Auch das wahnwitzige Benehmen der anderen Mädchen, vor allem Abigail Williams und Elizabeth Hubbard, flammte wieder auf und die Exzesse häuften sich. Wenige Tage später kam es zur Festnahme von Martha Corey und zu ihrer ersten Vernehmung.

»Zur selben Zeit fand sich in Salem Village der angesehene puritanische Geistliche Deodat Lawson ein, den man um Hilfe gerufen hatte. Lawson logierte in Ingersolls Taverne, wo er zuerst abstieg und sich dann zur ersten Beratung in das Haus seines Amtskollegen Samuel Parris begab.

›Sie verhöhnen auf ihren Besenritten die Taufe und das Abendmahl‹, zischte Samuel Parris, nachdem er seinen Gast ausführlich von den jüngsten Vorfällen im Haus der Putnams und von dem neuen, auf Martha Corey gefallenen Verdacht unterrichtet hatte. ›Diese Hexenweiber beschmutzen das Andenken unseres Herrn mit ihren B-Blutzeichen und sie... laben... den... Teufel... an ihren Z-Zitzen... und...‹«

Rebecca schien den vor Erregung über seine eigenen Worte stolpernden Samuel Parris nachzuahmen. Titiba fragte sich allerdings, woher Rebecca die Einzelheiten dieser Begegnung zwischen Parris und Lawson so genau kannte. Hatte man sie vorwarnen wollen? Salem Village war ein kleines, überaus durchlässiges Nest.

»›Sie schlachten kleine Kinder und schwangere Frauen‹, fuhr Parris in derselben Weise fort, ›und sie brüsten sich sogar mit ihren Verbrechen, wenn sie ihre Opfer heimsuchen und mit dem Tode bedrohen. Sie höhlen unser christliches Fundament aus, mit ihrem überallhin sickernden, ätzenden Gift...‹

›Wir müssen energisch durchgreifen‹, ereiferte sich Reverend Lawson und schlug mit seiner flachen Hand auf den Tisch, an dem die beiden in Parris' Küche einander gegenübersaßen.

Lawson war ein ähnlich unruhiger, nervöser Geist wie Parris. Er war hoch gewachsen und fahrig in seinen Bewegungen, doch seine Unruhe strahlte mehr Wärme und Freundlichkeit aus als die von Parris, fast etwas Gemütvolles, und seine Stimme klang rau, man hätte denken können, von verstärktem Tabakrauch oder Alkoholgenuss, wenn es sich nicht um einen puritanischen Geistlichen gehandelt hätte.

Als Lawson schließlich aufbrach und wieder in der Taverne anlangte, stellte sich ihm bereits an der Eingangstüre die halbwüchsige Mary Walcott, die Nichte von Mrs Sibley, in den Weg. Ihre Kleidung war in Unordnung und ihre weiße Haube saß schief auf dem Kopf. Mit grotesk verzerrtem Gesicht und unanständig herausgestreckter Zunge schrie sie ihm nur wirres Zeug entgegen. Dabei fuchtelte sie mit ihren Händen vor seiner Nase herum. Irgendwann begriff Lawson, dass Mary ihm ihre Handgelenke zeigen wollte. Nach einiger Zeit verstand er auch aus ihren Wortfetzen, dass sie soeben von einem Geist an beiden Handgelenken gebissen worden war. Und der Reverend sah wirklich Bissmale, zwei Reihen von Zahnabdrücken, vom Ober- und vom Unterkiefer. Als er sie fragte, wer sie denn gebissen habe, rannte die Walcott schreiend weg. Reverend Lawson, verängstigt und verunsichert, flüchtete daraufhin zurück in Samuel Parris' Haus. Dort jedoch erwartete ihn das nächste Spektakel.

Während Parris seinen verstörten Gast erneut in die Küche komplimentierte, kam plötzlich Parris' Nichte und Mitbewohnerin Abigail Williams aus dem Schlafzimmer gestürzt und rannte, wie von einer Tarantel gestochen, kreuz und quer durch den Flur. Wobei sie irgendwann ihre Arme seitlich hochriss und beim Laufen mit ihnen auf und ab wippte wie mit Flügeln und gleichzeitig in einem fort: ›Wish …, wish …, wish …‹, schrie.

›Abigail, was ist los?‹, rief Parris fassungslos.

›Sie versucht mich zu zwingen, mich ins Teufelsbuch einzutragen!‹ brüllte Abigail.
›Wer zwingt dich?‹ versuchte Parris ruhig zu bleiben.
›Ich will das Buch nicht haben, nein ... Ich will es nicht haben ...‹, schrie Abigail weiter.
›Wer ist es, Abigail? Wer versucht dich zu zwingen?‹
Aus Parris' Worten sprach nicht mehr die unverbrauchte, frische Wut wie in den Anfangstagen, sondern Ratlosigkeit und Resignation und vor allem Scham angesichts der Gegenwart des illustren Gastes.
›Ist es Goodwife Corey, die dich zwingen will?‹ fragte Parris.
›Nein‹, schrie Abigail und flüchtete durch die von ihr vorhin offen gelassene Türe zurück ins Schlafzimmer.
Zum Entsetzen der beiden Herren, die ihr sogleich dorthin folgten, kroch Abigail in den Kamin und versuchte in diesem verzweifelt, den Schornstein hochzuklettern.
Als sie mich drei Tage später festgenommen haben, haben sie behauptet, das Mädchen habe damals meinen Namen genannt«, erklärte Rebecca. »Das große, öffentliche Verhör von Martha im Gemeindehaus am Vormittag nach Lawsons Eintreffen habe ich, noch nichts ahnend, vom Publikum aus verfolgen können.«
Nach Rebeccas folgendem Bericht war die Zahl der Anklägerinnen in der ersten Bankreihe seit dem letzten Mal um das Dreifache auf über ein Dutzend angewachsen. Es waren nicht nur junge Mädchen, sondern auch gestandene Frauen verschiedenen Alters. Sie wirkten alle hochgradig gespannt und schienen sich nur unter größten Anstrengungen knapp im Zaum halten zu können. Von ihnen ging eine unheimliche, unerklärliche Kraft aus, etwas Erdbebenhaftes und Elementares, und sie sahen so aus, als leuchteten sie. Auch ihre Blicke

wirkten abgehoben verklärt und schienen durch jeden, den sie anschauten, hindurchzugehen.

Diesmal sprach Reverend Lawson das Einführungsgebet, las die Bibeltexte und stimmte die Psalmengesänge an, die dem Verhör seine geistliche Würde geben sollten. Doch kaum hatte er damit begonnen, legten die Mädchen und Frauen in der vordersten Bankreihe wie auf Kommando los. Reverend Lawson musste seine Gebete mehrfach unterbrechen, kürzte seine Predigt und seine Lesungen und Gesänge und übergab dann das Wort an die weltliche Gewalt in Gestalt ihres Vorsitzenden Hathorne.

Inzwischen war Martha Corey in den Raum geführt worden.

»Ach, ich will jetzt nicht alle Einzelheiten wieder geben«, klagte Rebecca. »Nur eines fällt mir noch ein, wenn ich an diese grauenvollen Szenen denke, die die da aufgeführt haben. Da wurde wieder von einem Tier gesprochen, von einem Vogel, über den ich schon einmal etwas gehört hatte, obwohl ich mich nicht mehr genau erinnere, was es war ...«

Rebecca spähte nach oben und tastete mit ihren Blicken die im schwachen Lichtschein nur erahnbare Zellendecke ab, als suche sie nach etwas Verlorenem.

»Eine von ihnen, ich weiß nicht mehr, wer es war, die behauptete jedenfalls, sie hätte die Martha Corey oben auf einem Balken sitzen gesehen und ein gelber Vogel hätte zwischen ihrem Zeige- und Mittelfinger gesaugt.«

Titiba hatte geahnt, dass Rebecca den gelben Vogel meinte, den sie selbst während ihres Verhörs aufgebracht und der sich offenbar inzwischen tief in den Köpfen der Anklägerinnen eingenistet hatte. Sie fühlte, wie die Hinterlassenschaft ihres eigenen Verhörs immer schwerer auf ihr lastete. Und es war für sie fast wie eine Strafe, dass Rebecca anschließend, wie unter einem Zwang und entgegen ihrer Ankündigung, mit ihrem Bericht aufzuhören, nun doch Satz für Satz das ganze Verhör von Martha Corey aufrollte. Irgendwann ging Rebeccas Erzählung unmerklich in diejenige ihrer eigenen Vernehmung über. Plötzlich sagte Rebecca nicht mehr »Martha«, sondern »ich«. Sonst blieb alles ganz ähnlich. Anders war nur, dass Titiba sich noch weniger Rebeccas Darstellungen entziehen konnte, weil jetzt das Opfer selbst anklagend vor ihr saß. Und je länger dies so war, desto tiefer setzte sich in Titiba die Gewissheit fest, dass sie, Titiba Indian, die Hauptverantwortliche war für die inzwischen in Gang gekommene Katastrophe, dass sie nicht mehr nur ein Opfer, sondern auch eine zu Recht angeklagte Hexe war, vom Teufel dazu ausersehen, die Geistlichkeit eines Dorfes und dessen ganze Einwohnerschaft in ihren verderblichen Bann zu ziehen. Und es gab noch etwas, was sie sich zwar nicht wirklich einzugestehen wagte, es trotz ihrer Zerknirschung und Verzweiflung jedoch deutlich spürte, nämlich dass, je schlimmer das alles wurde, sich in ihren Schmerz, ihr Mitgefühl und ihr schuldhaftes Bewusstsein, eine Hexe zu sein, wie hinter einer Maske versteckt, ein neu aufkeimendes Gefühl von Triumph und Rache mischte, auch, wenn sie noch nicht recht wusste, gegen wen sich dieses richtete.

Rebecca sah Titiba bedeutungsvoll an. Je länger und eindringlicher ihr Blick auf Titiba ruhte, desto mehr festigte sich in dieser die Ahnung, dass sie selbst jetzt doch endgültig mit ins Spiel kam.

Rebecca fuhr fort: »Als sich meine Anklägerinnen unter erneuten Hexenfolterungen aufbäumten und aufschrien, fragte mich der Magistrat, ob ich denn glaubte, dass diese Personen verhext seien. Ich habe nur kurz ›ja‹ gesagt. Und daraufhin meinte er, man habe, als der ganze Hexenspuk angefangen habe, Titiba Indian zuerst ja auch nicht verdächtigt, weil sie die kleine Betty Parris so sehr geliebt habe, aber dann hätte sie sich durch ihr Erscheinen als Geist doch schuldig gemacht. Und warum sollte dann ich, Rebecca Nurse, nicht auch schuldig sein, wenn man mir dasselbe nachwies?«

Rebecca hatte in dem Augenblick, da sie Titibas Namen genannt hatte, verlegen die Augen niedergeschlagen, sodass sie Titibas Erschrecken gar nicht wahrnahm und auch nicht ihren Schmerz.

»Aber das Tollste war, was die dann mit mir gemacht haben«, fuhr Rebecca fort. »Als ich nach der letzten Bemerkung des Magistraten wohl meinen Kopf demütig zur Seite neigte, fingen alle Anklägerinnen an laut zu wehklagen, wieder als Beweis für ihre Verhexung. Eine von ihnen, Elizabeth Hubbard, neigte dabei ihren Kopf genauso seitlich wie ich und daraufhin schrie Abigail Williams aus Leibeskräften, man möge meinen Kopf unverzüglich wieder gerade stellen, da sich sonst die arme Elizabeth ihren Hals bräche. Und tatsächlich sprang dann einer der Magistraten von seinem Stuhl hoch, auf mich zu, packte mit beiden Händen meinen Kopf und riss ihn aus seiner Neigung wieder hoch. Und natürlich kam auch Elizabeth Hubbards Kopf wieder gerade. Damit schien meine Schuld besiegelt.«

Nachdem Rebecca eine Weile vor sich hin gebrütet hatte, wurden die beiden plötzlich auf ein Scharren und ein Klirren von Ketten im dunklen Hintergrund aufmerksam. Titiba wurde wieder schlagartig bewusst, dass sie nicht allein in diesem Gefängnis saßen. Allein waren sie wahrscheinlich nur in dieser einen feuchten, kalten und muffigen Zelle. Rings um diese herum war inzwischen alles mit anderen Gefangenen belegt.

Titiba kam wieder die kleine Dorothy Good in den Sinn. Sie wagte es jetzt jedoch nicht, Rebecca nach ihr zu fragen, weil diese völlig erschöpft auf dem Steinboden kauerte und ihr geschwächter, magerer Körper sich nur hin und wieder gegen die Umklammerung durch ihre allzu eng anliegende Eisenkette aufzubäumen suchte.
»Nur zehn Tage nach mir haben sie auch meine Schwester Sarah, Sarah Cloyce, geholt. Sie ist jetzt auch hier irgendwo. Mir hat das eine der Wärterinnen zugeflüstert, als man mich in diese Zelle brachte«, stieß Rebecca, mit ihrem staubigen Ärmel ihre verweinten Augen trocknend, mit letzter Anstrengung hervor. »Die reinste Sippenhaftung ist das. Mein Mann Francis ist ein Feind von Samuel Parris und wir Frauen müssen dafür bezahlen. Sarah hat man vorgeworfen, sie hätte bei der Lesung von Johannes 6, Vers 70 durch Samuel Parris – ›Habe ich nicht euch zwölf erwählt? Und einer von euch ist der Teufel‹ – sich plötzlich von ihrem Platz erhoben und hätte mit lautem Türenschlagen den Gemeindesaal verlassen ...«
»Und Dorothy Good?«, fragte Titiba endlich nach.
»Die hatten sie schon mit mir geholt ... Auch wegen Verhexung und Nötigung anderer, sich in das Teufelsbuch einzutragen.«
»Die Kleine ins Teufelsbuch eintragen? Wie alt ist sie denn?«
»Noch keine fünf Jahre.«
»Und hantiert mit Teufelsbüchern?«
»Die Anklägerinnen haben Bissmale durch kleine und perlenscharfe Kinderzähne an ihren Armen gezeigt und sie bekamen Anfälle, sobald Dorothys Blicke den ihrigen begegneten. Und als die Kleine, schon über drei Wochen ohne ihre eingesperrte Mutter, festgenommen wurde, fantasierte sie, sie besitze eine kleine Schlange, die sie manchmal in die Spitze ihres Zeigefin-

gers beiße, und dann zeigte sie wirklich ein kleines, tiefes Loch an dieser Stelle. Und auf die Frage, woher sie denn diese Schlange habe, ob denn vom Schwarzen Mann, da antwortete sie nur mit großen, schuldbewussten Augen: ›Nein, von meiner Mutter!‹«

»Ich bin Elizabeth Proctor«, rief plötzlich eine monotone Stimme aus dem Hintergrund, aus dem Titiba und Rebecca vorhin das Scharren und Klirren der Eisenketten vernommen hatten.

»Als Frau des angesehenen Landwirts und Tavernenbesitzers John Proctor bin ich Anfang April der Hexerei beschuldigt worden«, fuhr die Stimme in gleichmäßigem, gequältem Ton fort. »Einer meiner Ankläger war John Indian im Haushalt von Samuel Parris. Als Beweis dienten diesem, neben besonders schrecklichen Anfällen in meiner Gegenwart, Narben an seinem Körper, die ich ihm zugefügt haben soll, obwohl sie in Wirklichkeit von seinem eigenen Herrn stammen dürften. John Indian hat auch Sarah Cloyce mit auf dem Gewissen, die er beschuldigt hat, ihn während eines Gottesdienstes im Gemeindehaus gebissen zu haben. Bei allen anderen öffentlichen Verhören ist er stets dabei gewesen. Mein armer Mann ist eine Woche nach mir verhaftet worden. Seine verzweifelten Versuche, unsere Magd Mary Warren aus ihren fanatischen Verstrickungen in die Hexenjagd zu befreien, haben dazu geführt, dass Mary ihn anzeigte. Wieder einige Tage später sind ihm Giles Corey gefolgt, der Mann von Martha Corey, dann mehrere andere aus Salem Village und drei Tage später wurden William und Deliverence Hobbs und deren Tochter Abigail und zwei weitere Frauen und ein Mann aus Topsfield angeklagt und verhört.«

Mit der Tonlosigkeit der Stimme einher ging, dass die Berichterstattung sich jetzt auch inhaltlich in immer sachlicheren Aufzählungen verlor.

»Dasselbe gilt für Mary Easty, die Schwester von Rebecca Nurse«, fuhr die Stimme fort. »Immer mehr Unbeteiligte werden erfasst. Der Kreis der Angeklagten hat schon längst die Grenze von Salem Village überschritten und weitet sich ständig aus. Salem Town, Topsfield, Wells, Reading, Beverly, Amesbury, Chelmsford, Woburn, Lynn. Bis Ende April sind dreißig Personen inhaftiert worden, jetzt sitzen schon fünfzig Unschuldige in verschiedenen Gefängnissen. Man hört, in Salem Village habe der eben aus England eingetroffene neue Gouverneur von Massachusetts, Sir William Phips, eine Kommission einberufen, die ein Sondergericht einsetzen soll. Und es mehren sich die Gerüchte, dass die Verurteilten mit dem Tode bestraft werden sollen ...«

Die Stimme legte eine kurze Pause ein.

»Die Ereignisse haben bereits ihre ersten Opfer gefordert«, fuhr die Stimme kaum mehr hörbar fort. »Vor wenigen Tagen ist in diesem Verlies unsere Mitgefangene Sarah Osborne gestorben. Und die kleine Dorothy Good, Tochter von Goodwife Sarah Good, hat den Verstand verloren.«

Ein langes eisiges Schweigen folgte.

Rebecca hielt ihr Gesicht in ihren Händen vergraben. Titiba starrte in die Dunkelheit vor ihr.

Wut und Trotz mischten sich bei ihr mit dem Gefühl völliger Lähmung und Ohnmacht. Und sie war sehr traurig, dass ihr bis vor kurzem engster, langjähriger Gefährte und Freund, ihr eigener Stammesgenosse Indian John Verrat begangen hatte, dass ihn die Todesangst in der apokalyptischen Bedrohung um ihn herum auf die Seite der Täter getrieben und ihn zum Mörder gemacht hatte, um nicht selbst gemordet zu werden.

Für Triumph- und Rachegelüste, wie sie vorhin einmal kurz in Titiba aufgekeimt waren, war im Augenblick kein Platz vorhanden.

Auch ohne die Maßlosigkeit des Triumphes wusste Titiba, dass sie ohne einen eisernen Willen und ohne eine rigorose Aufbietung ihrer allerletzten Kraftreserven nicht werde überleben können. Sie hatte mithilfe dämonischer Eingebungen und dämonischer Kräfte den Kampf mit ihren Verfolgern und Peinigern aufgenommen und hatte ein Feuer entfacht, dessen Flammen jetzt vehement auf sie zurückschlugen, gleichsam als Tribut dafür, dass, wie sie es inzwischen klar erkannte, der Teufel sie zu seinem Werkzeug gemacht hatte. Deshalb war der Kampf auf Leben und Tod, den Titiba Indian jetzt bis zum Ende führen musste, zugleich auch ein Kampf mit dem Dämon, der bereits jetzt seinen Lohn zu fordern schien.

Bald merkte Judith, dass sie langsam endgültig auf die Hilfe ihrer Begleiterin verzichten konnte. Sie fühlte sich von einer Kraft und einem kämpferischen Willen durchdrungen wie vielleicht schon seit Jahren nicht mehr. Der Schleier der lähmenden Unsicherheit, des Zögerns und Zagens schien wie weggehoben. Ein neuer Elan beflügelte sie und öffnete ihr den Blick in eine hoffnungsvolle Zukunft. Ihre Schmerzen waren weitgehend abgeflaut. Judith wusste natürlich nicht, wieweit der Körper den Geist oder der Geist den Körper beschwichtigt hatte. Es war im Grunde auch belanglos. Das Wichtigste war die überraschende Wende, der optimistisch stimmende Aufschwung, woher auch immer er kam.

Als Flora am Ende einer der ärztlichen Visiten wie immer als Letzte das Zimmer verließ, blieb sie kurz stehen und setzte ihr hintergründiges Lächeln auf, das sie immer zeigte, wenn sie etwas Bedeutungsvolles zu sagen oder anzukündigen hatte.

»Ich weiß schon«, sagte sie nur. Daraufhin verließ sie mit dem üblichen Schlurfen ihrer Pelzschuhe auf dem Boden das Krankenzimmer.

Wenig später begab Judith sich ins Schwesternzimmer, um sich dort für einen Spaziergang im Klinikpark abzumelden. Sie hatte während der vergangenen Tage vom Flurfenster aus, gegenüber von Floras Sprechzimmer, schon einige Male

sehnsüchtig in die von Herbstnebeln überzogene Grünanlage geblickt, auf die schnurgerade aufgereihten, vom Nieselregen tropfenden Zierbäume mit den Gehwegen und Sitzbänken davor und den abgezirkelten Rasenflächen und Beeten mit welkenden Blumen. Heute hingegen schien die Sonne und tauchte die Natur ringsherum in ein goldenes Licht, und auf den Bänken draußen genossen Menschen die wahrscheinlich letzten schönen und warmen Tage des Jahres. Judith drängte es mit Macht ins Freie und sie wollte auch ihre Kleine mitnehmen. Dafür musste sie einen Kinderwagen mit aufklappbarem Schutzdach organisieren. Dies war allerdings nicht leicht in dieser Klinikabteilung, die die Mütter kurz nach der Entbindung nach Hause zu entlassen pflegte. Sue half ihr dabei und begleitete sie, den Kinderwagen über die Stufen hebend, ein Stück weit in den Park.
Endlich allein mit dem Kind, suchte Judith nach einer freien Parkbank. Die Bänke waren fast alle von älteren, gebrechlich wirkenden Patienten besetzt, die ihre blassen Gesichter und ihre teilweise entblößten Glieder der Sonne entgegenstreckten.
Die Bank, die Judith schließlich ergatterte, war angenehmerweise nur von schweigenden oder kaum sprechenden Besuchern umgeben. Sie stellte den Kinderwagen neben der Bank ab und ließ sich nieder. Die Sitzfläche war bequem breit. Es erschien ihr wie ein unverdientes Wunder, sich so frei zu fühlen und die warme Sonne im Gesicht zu spüren. Die Schrecken der vergangenen Tage schienen weit weg.
Judith genoss hier draußen die helle, warme und wohltuende Freiheit und fühlte sich lebendig wie schon lange nicht mehr.
Nachdem sie eine Zeit lang mit halb geschlossenen Augen auf

ihre Hände geblickt hatte, glitt ihr Blick seitwärts auf das Gesicht ihres Kindes im Halbschatten im Wagen neben sich. Obwohl das Kind schlief, hatte Judith plötzlich den Eindruck, dass es Verbindung mit ihr suchte, nachdem es sich bisher immer nur abgewandt und jeden mütterlichen Kontaktversuch heftig abgewehrt hatte. Je intensiver Judith ihr Kind betrachtete, desto eindeutiger und eindringlicher signalisierte es ihr einen Wunsch nach Kontakt, so stark, dass es immer weniger eine Rolle spielte, ob die Augen des Kindes geöffnet waren oder nicht.

Judith sank in ein immer intensiveres Glück und eine Freude über das unverhoffte Geschenk ihres eigenen, verloren geglaubten Kindes. Für sie sprach daraus mehr als nur ein neues Interesse, als persönliche Aufmerksamkeit und wohlwollende Zuwendung. Sie erblickte darin vielmehr ein besonderes Signal, das sie als Aufruf deutete, sich miteinander gegen einen gemeinsamen Widersacher zu verbünden und gegen diesen zu ziehen, mit dem Pech und Schwefel und der Lava, welche in Judiths Körper glühte.

Da nach rabbinischer Tradition die Zugehörigkeit zum Judentum allein durch die Mutter bestimmt wird, gehörten Judith und ihr Kind demselben, jahrtausendealten Volk an, welches von allen anderen Völkern seit jeher als Bedrohung empfunden und dessen Auserwählungsbewusstsein immer wieder zu einer Art Teufelsbund uminterpretiert und mit entsprechenden blutigen Sanktionen belegt worden war. Diese Erkenntnis lebte nicht nur in der Tiefe von Judiths schwer und warm gewordenem Körper erneut auf. Es war besonders die ihr unverhofft geschenkte, neue persönliche Verbindung mit ihrer Tochter, die sie doppelt dazu anspornte, sich gemeinsam mit dieser dem besagten Schicksal ihres Volkes entgegenzustellen.

Es war wie eine heilige Pflicht, an die sie sich gebunden, ja gefesselt fühlte. Es war Judith, als befände sie sich mit ihrer Tochter in einem verschlossenen Gefäß, das ihr den Zustand glücklicher Geborgenheit und das Gefühl eines gemeinsamen Sinns vermittelte. Je tiefer und intensiver sie mit allen Fasern ihres Körpers in dieser Welt versank, desto weniger gab es für sie ein Entrinnen daraus.

Jetzt sah sie sich aus dem Park, in dem sie saß, ausbrechen. Sie trug ein rubinrotes, langes Seidenkleid mit Schleppe, vergoldete Sandalen, eine Perlenkette und silberne Armreife und ein aus mehreren Edelsteinen bestehendes Diadem im kunstvoll geflochtenen Haar und von ihr gingen betörende Düfte aus, die von köstlichen Salben und Essenzen herrührten, mit denen sie sich eingerieben hatte. Sie hatte ihrer mittlerweile halbwüchsigen, ebenfalls bildschönen und dunkelhäutigen Tochter einen großen Krug mit Wein und einen Korb mit Brot und Feigenkuchen gegeben für ihre gemeinsame Reise in das Reich des Todes.

Nach einiger Zeit gelangten beide an einen breiten Weg, der sie in ein Tal hinabführte. Am Fuß des Berges stellte sich ihnen plötzlich ein Trupp braun uniformierter Wachsoldaten entgegen. Auf ihre Frage, woher sie kämen, antwortete Judith, sie seien von ihrem Volk geflüchtet, weil dieses sich schwer versündigt habe und daher seinem unausweichlichen Untergang entgegengehe, und sie wollte dem Großen General des Todes ihr Wissen über dieses Volk preisgeben, auf dass jener es mit noch leichterer Hand besiege. Während sie dies sagte, merkte sie, wie die Soldaten sie, von ihrer Schönheit geblendet, anstarrten, immer freundlicher wurden und ihnen schließlich persönliches Geleit in das Zelt des Großen Generals anboten.

Sie begaben sich unter sengender Sonne und auf steinigen, ausgetrockneten Wegen dorthin und wurden gleich vom General persönlich empfangen.

Der Herrscher saß unter einem großen, bunten Bild, auf dem eine idyllische Landschaft unter einem feuerroten Himmel abgebildet war. Schon beim Betreten des Zelts spürte Judith, dass ihr vor allem aus dem flammenden Rot des Himmels auf dem Bild ungeheure Energien zuflossen, die sie in der Ausführung ihres Vorhabens bestärkten. Sie wurde von dem Anblick so sehr abgelenkt, dass ihr nicht viel Zeit blieb, das Gesicht des Herrschers zu betrachten. Und als sie es tat, wurde sie ohnehin kaum klug daraus. Das Gesicht zeigte einerseits ihr unangenehm bekannte Züge. Dann schillerte jedoch auch etwas anderes hindurch. Neben der offensichtlichen Bauernschläue des aus dem niedrigsten Kleinbürgertum hoch gestiegenen Potentaten kam jetzt auch etwas ausgesprochen Biedermännisches zum Vorschein, dümmlich und flach und mit dem Schuss Treuherzigkeit und falschem Charme, der die wahren Absichten des Tribunen kaschieren sollte. Judith erinnerte sich, dieses Nachfolgergesicht schon einmal gesehen zu haben, auf demselben Heldenplatz in Wien, auf dem fünfzig Jahre zuvor der Mob ihrem heimkehrenden Idol zugegrölt hatte. Das Ungeheuer vor ihr hatte also mehrere Gesichter aus derselben Wurzel, ähnlich wie die vielköpfige Riesenschlange aus der griechischen Sage. Umso abstoßender und zugleich viel versprechender war es, dass der General sie noch faszinierter anstarrte als die Wachsoldaten an der Grenze zu seinem Reich. Er schien für Augenblicke wie gelähmt von ihrem gezielt versprühten Liebreiz. Während er sie nicht mehr aus den Augen ließ, hörte sie die Wachsoldaten um sie herum sich gegenseitig irgendwelche Zoten zuraunen, wobei einer mit dreckigem

Lachen meinte, dass das jüdische Volk angesichts so schöner Frauen eigentlich gar nicht zu verachten sei und ein Kampf gegen jenes sich deshalb erst recht lohnte.
Dies war wohl der günstigste Augenblick, sich vor dem Großen General niederzuwerfen.
Prompt forderte dieser sie mit einer Handbewegung auf, sich zu erheben.
»Wer sich mir bedingungslos unterwirft, braucht keine Angst zu haben«, begann der Große General mit einer unangenehm holpernden Sprechweise. »Und ohne Kriegserklärung seitens eures Volkes hätte ich auch nie zurückgeschossen«, fuhr er fort, um dann, seine trüben, stechenden Augen plötzlich misstrauisch zusammenkneifend, zu fragen: »Und warum habt ihr denn eurem Volk den Rücken gekehrt und seid zu mir gekommen?«
»Sieg und Heil dem Großen General des Todes in seinem Kampf gegen die Andersartigen«, antwortete sie kühn. »Nur, weil mein Volk weiß, dass es seinen Gott erzürnt hat, fürchtet es euch. Es weiß auch, dass es umkommen muss. Und dies ist meine Botschaft an euch.«
Der General hatte seine Hände vor seine Koppel am Bauch gelegt, so als befänden sie sich dort in größter Sicherheit. Dann blickte er über den Kopf seines Gegenübers hinweg in die Ferne, dass der scharfe und elegante Schnitt seiner mit Orden, Epauletten und Aufschlägen überfrachteten Uniform, die schwarzen Lackstiefel und die steife Affenmütze etwas grotesk Operettenhaftes bekamen. Dabei schlug das dumpf Tölpelhafte seines Ausdrucks jählings in ein gefährliches, joviales Grinsen um.
»Was für eine Vorsehung, dass Ihr Euch zu mir gerettet habt, bevor ich Euer Volk in den für es vorgesehenen Straflagern

ausrotte«, bekundete der General mit schwindender Selbstbeherrschung in fast singendem Ton. »Ihr sollt ein eigenes Zelt bekommen und immer von meinem Tisch essen, von allen Herrlichkeiten, so viel ihr nur wollt...«
Judith genoss einerseits die Macht über den Jämmerling vor ihr. Gleichzeitig empfand sie es als Beleidigung, sich als Preis dafür dessen Gewinsel anhören zu müssen.
»Und wer ist diese da?«, fragte der General plötzlich, wieder die Augen argwöhnisch zusammenkneifend.
»Es ist meine Magd aus der Karibik«, antwortete Judith geistesgegenwärtig, da der Instinkt ihr gebot, den Fragenden irrezuführen. Der General verzog keinerlei Miene. Er vereinbarte mit seinen beiden Gästen eine Uhrzeit für das Abendessen und ließ sie in ein besonders luxuriös eingerichtetes Zelt führen.
Dort wusch sich Judith erneut und rieb sich mit einer öligen und noch betörender riechenden Flüssigkeit ein. Auch ergänzte sie ihren Schmuck mit einer zweiten, noch gewaltigeren Perlenkette und mit blitzenden Ringen an mehreren Fingern.
Als sich Herrin und »Magd« pünktlich zum Speiseraum begaben, warf Erstere einen flüchtigen Blick in den Wandspiegel am Eingang. Sie freute sich und staunte über das umwerfende Bild, das sie abgab. Als sie im Raum den General erblickte, wusste sie, dass sie das Spiel gewonnen hatte. Sie fühlte die harten Muskeln und die lustvoll prickelnde Feuchtigkeit einer Amazone kurz vor dem Angriff und ihr Herz pochte wild und entschlossen.
Der Große General war nervös und schien dies verbergen zu wollen, wodurch er noch hilfloser wirkte. Er glotzte Judith unsicher an. Dann stürzte er sich auf die inzwischen aufge-

tragenen Speisen: eine schier endlose Komposition von Salaten, Gemüseplatten und aus Vogel- und Fischeiern zubereiteten Speisen. Der General des Todes schien Vegetarier zu sein. Auf einem nebenstehenden Tisch warteten Unmengen von Süß- und Sahnespeisen, darunter Erdbeertörtchen, die ebenfalls zu den Schleckereien des Massenmörders zu gehören schienen.

Zwischen fast jedem Bissen fingerte der General hastig an den verschiedenen vor ihm aufgebauten Kristallgläsern herum.

»Ich trinke sonst nur Milch«, holperte er monologisch vor sich hin. »Heute, zur Feier Eurer Gegenwart, lasse ich es mir hoch gehen«, fuhr er grinsend fort, mit einem Blick, der Judith sämtliche Kleider vom Leib zu sengen schien. Sie hatte richtig gehört. Hoch gehen, hatte er gesagt. Trotzdem war sie erleichtert. Denn sie hatte niemals mit einem Milch trinkenden General des Todes gerechnet.

Schon eilten zwei livrierte Diener herbei und schenkten dem Ungeheuer Wein ein. Der General trank und trank. Er trank sich offenbar Mut an. Judith hatte vom ersten Augenblick an den Eindruck gehabt, dass der General des Todes zum weiblichen Geschlecht ein ähnliches Verhältnis hatte wie zu den Fleischspeisen, die er mied, dass er dies jedoch selbst als Makel, als einen wunden Punkt in seinem Leben empfand. Möglicherweise sehnte er sich nach den Frauen, denen er sich versagte, und vielleicht hatte gerade Judith diese unerfüllte Sehnsucht in ihm so heftig entzündet, dass er als Ausweg nur noch die Betäubung durch den Alkohol sah.

Tatsächlich wuchs die Menge der Karaffen mit Rotwein, Rosé und die Flaschen Champagner desto maßloser und ungezügelter an, je bezauberndere und feurigere Blicke die Amazone dem Großen General zuwarf. Zusätzlich erleichternd war, dass alle den Großen General umgebenden Vasallen wie nach einem stillen Befehl des Generals ebenfalls um die Wette becherten und schwelgten. Die beiden Frauen waren die Einzigen im Raum, die nur so taten, als tränken sie.

»Ihr seid meine Vorsehung«, lallte der General des Todes mit schief hängender Serviette und streckte seine zu kurz geratenen Arme vom Tischende gegenüber verzweifelt nach seiner Angebeteten aus. Dabei schimmerte aus seinem Antlitz, während Sekundenbruchteilen, auch das zweite, glattere und flachere Gesicht mit seinem Ausdruck dümmlich-verschlagener Treuherzigkeit hervor. Der erneute Beweis für die Mehrköpfigkeit der Hydra. Nur wenige Augenblicke später knallte der ganze Kopf auf die Tischplatte und die Generalsmütze flog auf den Boden.

Zwei der Adjutanten eilten herbei und hoben, obwohl sie sich selbst kaum auf den Beinen halten konnten, ihren Führer mit letzter Kraft vom Stuhl hoch. Sie stützten ihn bis zu einer Liege an der Wand, auf die sie ihn betteten. Dabei mussten sie ständig aufpassen, nicht selbst zu stürzen. Dann lösten sie das Feldmesser vom Waffenrock des Großen Generals und ließen es auf den Boden gleiten. Schließlich torkelten sie aus dem Raum.

Judith bat ihre Tochter, draußen auf sie zu warten. Als sie allein war, stellte sie sich dicht vor die Liege, auf der der Große General unflätig laut schnarchte. Sie war ruhig und gefasst. Der Sturm widersprüchlicher Gefühle, der noch bei Tisch in ihrer Brust getobt hatte, war abgeebbt und hatte einem Gefühl ernster Verantwortung Platz gemacht, verbunden mit der Angst, ganz auf sich allein gestellt, vor Gott nicht bestehen zu können. Mit zusammengebissenen Zähnen betete sie zum Himmel, er möge ihr die Kraft geben, das Werk zu vollbringen. Dann betete sie abermals. Und ganz wie von selbst vollzog sich das Weitere, das Übrige, das Eigentliche, weswegen sie gekommen war. Dann verschwamm alles wie im Nebel, ja, es war plötzlich unsicher, ob sich überhaupt etwas zugetragen hatte. Andererseits spürte Judith genau, dass inzwischen etwas Bestimmtes unwiederbringlich fehlte, irgendein Fremdkörper, ein störender Stein, und dass sie sich dementsprechend um eine schwere Last erleichtert fühlte. Irgendwann kam ihr in den Sinn, dass ihre Tochter beim Verlassen des Generalszelts einen Sack mit einem schweren, runden Inhalt getragen hatte, der den Sack von innen langsam blutrot einfärbte.

Da wurde ihr deutlich, dass die Entfernung jenes Fremdkörpers ihre eigene Tat gewesen war und dass es sich bei dem Fremdkörper um den Kopf einer Bestie ähnlich der Schlange aus den Sümpfen von Lerna gehandelt hatte. Auch hier stand zu befürchten, dass aus dem Stumpf eines jeden abgeschlagenen Kopfes der Bestie zwei neue nachwachsen würden. Damit hatte Judith, wie sie sich schmerzlich eingestehen musste, mit ihrer biblischen Heldentat in Wirklichkeit den Keim für eine weitere Doppelung der zerstörerischen Kraft des Ungeheuers gelegt. Und diese würde, entgegen der beschönigenden Darstellung in der alttestamentlichen Apokryphe, erst dann endgültig gebannt sein, wenn es ihr oder jemand anderem aus ihrem Volk gelänge, wie Iolaos und Herakles in der griechischen Sage, den Halsstumpf mit einem Holzscheit auszubrennen und die Kriegspfeile mit der Galle des Schlangentorsos zu bestreichen, um damit dem Feind unheilbare Wunden zu schlagen.

»Mrs Herbst! Mrs Herbst!«, rief eine Stimme, als Judith, trotz der Erleichterung von der Last des schweren Steines, immer noch tief und fest in den Verstrickungen fest hing, aus denen sie sich nur langsam löste.

Allmählich erkannte sie die Stimme und dies half ihr, sich, wenngleich sehr langsam, auch optisch in ihre Umgebung zurückzufinden. Sie erblickte zuerst ein freundliches Gesicht mit einer weißen, gestärkten Haube darüber, dann den vertrauten hellblauen Krankenhauskittel. Die sich nur langsam abkühlenden Stricke um sie herum lösten sich und die Bilder von der erfolgreichen Reise in das Zelt des Großen Generals verflogen. Alles andere ordnete sich zurück in einen festen Raum und die Zeit ebnete sich wieder zu einem gewohnten Kontinuum.

»Mrs Herbst, wachen Sie auf! Ich bin's, Sue.«

Als Judith sich mit geöffneten Augen auf ihrer Parkbank wiederfand und sich noch etwas benommen umsah, erblickte sie auf der einen Seite neben sich das dunkelblaue, mit einem Schutzdach versehene Wägelchen mit dem schlafenden Kind und auf der anderen Sue, deren Hand sanft auf Judiths Schulter ruhte.

»Telefon, Mrs Herbst, Telefon für Sie …«

»Telefon? Wer?«, fragte Judith mit einer Stimme, die ihr selbst noch ein wenig fremd vorkam.

»Ein Mr Major, Willy Major aus Vancouver.«

»Was? Willy? Woher weiß der, dass ich hier bin? Hat man ihn inzwischen erreicht?«

Judith war, als hätte die Wirklichkeit ihre Träume und Visionen von vorhin endgültig durchkreuzt und die letzten Reste weggeblasen. Sie war hellwach. Ihr war, als wäre alles um sie herum plötzlich in ein glanzvolles Licht getaucht. Willy, dachte sie nur. Endlich ist er da.

»Er ruft in zehn Minuten wieder an, hat er gesagt, weil ich Sie erst suchen musste.«

Sie erhob sich rasch und packte den Griff des Kinderwagens. Sue half ihr, das Gefährt mit dem schlafenden Kind zum hinteren Klinikeingang zu schieben. Judith war ungeheuer aufgeregt und glücklich.

Schon als sie aus dem Fahrstuhl in den Flur der Station traten, schrillte durch die offene Türe des Stationszimmers das Telefon. Sue rannte dorthin und nahm ab. Dann reichte sie Judith, die inzwischen ebenfalls herbeigeeilt war, den Hörer.

»Willy ...«

Ihr Herz pochte wild.

»Ich hatte bei Javier in Barcelona angerufen, als ich nach Hause kam und du immer noch nicht da warst«, hörte sie ihn sagen. »Und da erklärte er mir, er hätte auch schon versucht, mich zu erreichen, weil eine Hebamme aus eurer Klinik bei ihm angerufen und ihm mitgeteilt habe, dass du dort seist ... mit dem Baby ... und dass es euch dort gut gehe, nach all den Aufregungen ... Er wusste nur das Wichtigste. Mein Gott, Judith, das ist ja alles völlig verrückt. Wie geht es dir und der Kleinen?«

Judith musste ihre Tränen zurückhalten. Seine vertraute Stimme ergriff sie heftig.

»Mir geht es gut, jetzt, da ich dich höre«, stieß sie hervor, bemüht, möglichst stark zu erscheinen. »Wann kommst du?«

»Erst übermorgen. Aber dann bin ich bei euch ... Fühlst du dich noch ein bisschen schwach?«

»Nein. Warum?«

»Du klingst etwas matt. Du musst mir dann alles genau erzählen«, hörte sie ihn sagen. Auch seine Stimme klang etwas weiter entfernt als am Anfang.

»Ich bin ja hier von allem abgeschnitten gewesen«, sagte sie. »Wir haben täglich versucht, meine Mutter zu erreichen, doch sie hat sich nie gemeldet.«

»Ich hatte nur die Haushälterin am Apparat und die sagte mir, dass deine Mutter und Mickey am Wochenende aus den USA zurückkämen.«

»Das haben wir uns hier auch so gedacht«, meinte Judith mit vorwurfsvollem Unterton.

»Gib unserer Kleinen ein Kuss von mir«, rief Willy durch den Hörer.

Judith war froh, dass er sich nicht nach dem Namen des Kindes erkundigte.

»Übermorgen ... übermorgen«, hörte sie nur noch.

Sie war immer noch überglücklich, fühlte sich jedoch auf einmal ungeheuer müde. Erst nachdem das Gespräch zu Ende war, dachte sie voller Gewissensbisse daran, dass sie es unterlassen hatte, sich nach seinem Wohlergehen und insbesondere nach der Zeit bei seinem Vater zu erkundigen.

»Das ist doch wunderbar, Mrs Herbst, dass Ihr Mann übermorgen kommt«, meinte Sue. »Der wird sich freuen, Sie beide hier so wohlbehalten anzutreffen. Und dann wird er Sie sicher bald nach Hause mitnehmen können, Mrs Herbst.«

Judith merkte, dass sie sich an diesen für sie neuen Gedanken erst langsam gewöhnen musste. Die Freiheit. Das neue Leben mit ihrem Kind. Es war ein weiterer, großer Einschnitt und die Ungewissheit, wie ihr Leben dort weitergehen werde, wie eng mit Willy zusammen, erfüllte sie doch mit etwas gemischten Gefühlen.

»Das Baby muss dringend gewickelt werden«, meinte Sue, die inzwischen die Kleine aus dem Wagen hochgehoben hatte und sie in ihren Armen hielt. »Und wenn Ihr Mann kommt, wäre es bestimmt nicht schlecht, wenn Sie sich vorher schon ein bisschen an das Leben draußen gewöhnen würden, mit einem ersten kleinen Stadtausgang ... zum Üben!«

Judith schaute Sue erwartungsvoll an.

»Wie wäre es, wenn Sie in der Stadt für die Kleine ein wenig Babywäsche kaufen? Die Sachen, die wir ihr hier in der Klinik geben mussten, sind doch wirklich keine Pracht. Das wäre doch auch eine wundervolle Überraschung für Ihren Mann.«

Am folgenden frühen Nachmittag stieg Judith die ihr bereits bekannte Treppe hinunter ins Erdgeschoss, diesmal jedoch nicht zum Hinterausgang in den Klinikpark, sondern nach vorn zur großen Glastüre, auf die sie bisher wie auf etwas unerreichbar Fremdes geblickt hatte. Sie war stolz und zugleich neugierig auf das Ergebnis ihres ersten Ausgangs in die Freiheit und freute sich richtig darauf. In ihrer Handtasche hatte sie einen Zettel mit, auf dem ihr Sue die Adresse und den Lageplan von einem Kindermodengeschäft mit Babyabteilung aufgezeichnet hatte.

Auf dem letzten Treppenabsatz durchfuhr sie plötzlich ein stechender Schmerz im Unterleib, so heftig wie schon seit Tagen nicht mehr. Sie stutzte. Da kam ihr der gestrige Traum im Park wieder in den Sinn. Sie empfand eine richtige Wut auf den Bösewicht, den Großen General, und auf ihren Schmerz und diese Wut gab ihr die Kraft, erst recht ihre Schritte fortzusetzen. Als sie ins Freie trat, atmete sie erleichtert auf, weil der Schmerz nachgelassen hatte. Sie ließ sich von den Strahlen der über dem blauen Himmel lachenden Herbstsonne angenehm durchrieseln.

Judith war verwundert darüber, wie leicht sie sich jetzt vorwärts bewegte, mit ihrer Handtasche und dem ungewohnt schweren Mantel um ihre Schultern. Sie genoss ihren Gang durch die schnurgerade, unbekannte Straße vor ihr, obwohl sie nicht genau wusste, ob die Richtung stimmte. Sie ging noch eine Zeit lang die Straße weiter, zwischen dem rötlich grauen Einerlei der sie säumenden, groben Backsteinhäuser. Es waren überwiegend kleine Geschäfte mit über dem Eingang hängenden Metallschildern, die im Wind schaukelten oder mit Glöckchen, die beim Öffnen der Türe heiser schepperten. Irgendwann tauchte vor ihren Augen der steinerne neugotische Torbogen auf, den Sue ihr geschildert hatte. Sie blieb stehen und kramte in ihrer Handtasche, bis sie den Zettel darin fand. Vom Torbogen zweigte man nach links in eine kopfsteinbepflasterte Seitenstraße ab.

Es war eine ziemlich enge und abgeschieden wirkende Straße mit etwas andersartigen Häusern. Bald kam sie an einem fensterlosen Nachtklub vorbei, vor dessen Eingang ein leicht bekleidetes, für ihr jugendliches Alter ziemlich welk aussehendes Mädchen mit ihren spitzen Absätzen Hundekot aus den Ritzen zwischen Pflastersteinen kratzte. Im nächsten Gebäude lag ein Haushalts- und Elektrowarengeschäft, dessen originelle Schaufensterdekoration ihre Blicke anzog. Hinter der Scheibe führte das Rohr eines schnittigen und chromglänzenden Staubsaugers mithilfe einer versteckten Mechanik kreisende Bewegungen auf dem Boden aus, während ein Spruchband an der Wand mit Goethes Zauberlehrlingsvers: »In die Ecke Besen, Besen, seid's gewesen ...« auf spinnwebenbedeckte, ausgefranste Strohbesen auf der Seite wies.

Als sie weiterging, verengte sich die Straße, sodass die bisher freundlich wärmende Sonne immer mehr von der hohen Häuserfront abgeschirmt wurde. Judith passierte ein Bestattungsunternehmen, in dessen Schaufenster dunkle Metallurnen standen, mit aufgemalten Flammenmustern und zum Gebet gefalteten Händen. Dazwischen lag ein mit einem Totenlied und Fürbitten für die Toten aufgeschlagenes Gesangbuch, umrahmt von versilberten Rosen, und im Hintergrund

war die Aufschrift zu lesen: »Dem Leben einen würdigen Abschluss geben.«
Zwei, drei Häuser weiter stand sie plötzlich vor dem Kindermodengeschäft. Sie betrat es und stieg durch ein dunkles und enges Treppenhaus hoch in die zweite Etage zur Baby-Abteilung. Diese bestand aus zwei angrenzenden, kleinen, neonbeleuchteten Räumen mit einer offenbar eingezogenen Decke und knarrendem Fußboden, und an den Wänden standen regalartig aufgebaute Holzstellagen mit Babykleidung in diversen Größen, Frottierware, Plüschtieren und bunten Decken. Es schien jedoch keinerlei Bedienung da zu sein. Während sie wartete, erblickte Judith auf einer der Stellagen nahe am Fenster mehrere aufrecht sitzende, fleischfarbene Babypuppen mit leuchtenden Knopfaugen. Außer einer waren alle Puppen bekleidet mit weißen, rosa oder hellblauen␣Wolljäckchen mit Schleifen und Strampelhöschen und mit altmodischen, auf ihrem Plastikschädel aufsitzenden Häubchen. Je länger Judith so wartete und unverwandt auf die einzige unbekleidete Puppe starrte, desto mehr glaubte sie selbst zu frieren und unter der Nacktheit des armen, wehrlosen Wesens zu leiden, so als wäre sie schuld an dessen Schicksal.
Als sie sich wieder zum Gehen anschickte, weil niemand kam, erblickte Judith in einer etwas entfernteren Ecke eine heruntergehungerte, überaus unreif wirkende, junge Verkäuferin, die vor einem Spiegel ihren Teint kontrollierte, die Rockfalten glatt strich und auf ihren Stöckelschuhen die ihr ideal erscheinende Gangart probte. Als sie Judith erblickte, schien sie von der Anwesenheit der potenziellen Kundin nicht sonderlich erbaut zu sein. Judith sah genau, wie sie Anstalten unternahm, unerkannt zu verschwinden, sich jedoch widerwillig eines anderen besann. Wie zur Strafe blieb sie in fast

unüberbrückbarer Entfernung stehen und gab mit einem möglichst knapp gehaltenen Kopfnicken und einer süffisanten Miene zu verstehen, dass sie mit dem Anliegen der unverhofften Besucherin an sich nichts zu tun haben wolle, sich jedoch, wenn es unbedingt sein müsse, dazu herablassen würde, sich so kurz und so wenig aufwendig wie möglich für sie zu verwenden.

Nachdem es Judith schließlich doch irgendwie fertig gebracht hatte, die unbedarfte Verkäufern dazu zu bewegen, ihr eine Auswahl von Babywäsche in der gewünschten Größe zu bringen, verzog jene sich mit einer Eile, aus der sich ein erneutes unzumutbar langes Fortbleiben fast zwangsläufig schließen ließ. Tatsächlich schien sie nie wieder zu kommen. Judith musste wieder voller Mitleid auf die eine bedürftige, unbekleidete Puppe auf der Stellage blicken, die sie vor Kälte, Einsamkeit und Hunger zugrunde gehen sah. Und je länger und unerträglicher sich das Warten wieder hinauszog, desto stärker steigerte Judith sich in die Vorstellung, der Puppe die an sich ihrer eigenen Tochter zugedachte Kleidung zu schenken, um so endlich das arme Kind aus dem Gefängnis ihrer unverdienten Not und ihrer willkürlichen Ausgrenzung zu befreien.

So als hätte die unwillige Verkäuferin Judiths schwachen und verzweifelten Ruf nach dem Geschäftsführer gehört, tauchten plötzlich wieder ihre Steckenbeine auf, deren Schritte vom Klappern der spitzen Absätze auf dem Holzboden hallten. Aber im selben Augenblick fast verschwand die ungeduldig Erwartete wieder, diesmal mit einem respektlosen Grinsen.

»Dorothy, Dorothy Good«, dachte Judith nur noch. »Sie erfriert, wenn ich ihr nicht bald etwas zum Anziehen bringe.«

Wieder huschte die Verkäuferin vorbei, natürlich ohne die gewünschte Wäsche.

Judith wurde plötzlich von Panik ergriffen. Sie rannte aus der Abteilung, dann die enge, dunkle Treppe hinunter und schließlich hinaus auf die Straße, auf der sie, wie blind, wieder zum Torbogen zurücklief.

Babysachen kaufen ... für mein armes Kleines, dachte sie nur noch.

Sue hatte ihr gesagt, das Kindergeschäft in der Nähe des Torbogens wäre das Einzige in Gander. Was sollte sie tun? Sie merkte, dass es sie mit aller Macht aus diesem Ort wegtrieb. Die nächste größere Stadt war St. John's, das hatte Flora ihr einmal beiläufig erzählt. Dort gab es sicher das, was sie suchte. Alles, nur weg von hier, möglichst weit weg!, dachte sie.

Judith eilte die Straße entlang, bis diese in einen großen Platz mündete. Dort erblickte sie plötzlich mehrere beschilderte Omnibushaltestellen. An einigen von ihnen standen Fahrzeuge von altmodisch steifer Bauart, die mit der fröhlich bunten Bemalung der Karosserie seltsam kontrastierte, und die überdimensionalen Reifen der Busse deuteten auf weite Strecken und schlechtes Wetter hin. Judith begab sich zu einem der beiden Kioske auf dem Platz.

»Fährt von hier ein Bus nach St. John's?«, erkundigte sie sich.

Die grell geschminkte Verkäuferin mit zottigen, dunklen Haaren streckte ihren bloßen, dicken Arm entschieden in die Richtung eines der stationierten Busse.

Da Judith befürchtete, das Fahrzeug könne vielleicht ausgerechnet jetzt starten, eilte sie dorthin.

»In fünf Minuten, Ma'am«, beschied ein mit einer schwarzen Lederjacke und einer Mütze bekleideter Mann, den Judith für den Fahrer hielt.

Judith löste einen Fahrschein. Sie bestieg das große, schwerfällige Gefährt. Der Bus war fast leer und setzte sich bald in Bewegung.

Judith lehnte sich zurück. Sie fühlte wieder Schmerzen, doch erschienen sie erträglich und sie konnte jetzt auch etwas länger ruhig sitzen und entspannte sich allmählich. Ihr kam in den Sinn, dass sie vorhin eigentlich nach der Fahrtzeit hätte fragen sollen. Doch die Hauptsache war, dass der Bus jetzt fuhr. Er durchquerte angenehm rasch das Städtchen. Sie passierten mehrere Kasernen und einen großen Militärflugzeugpark. Judith fiel wieder ein, dass ihr Flora ganz am Anfang erklärt hatte, warum Zivilflugzeuge heute nicht mehr auf dem alten Flugplatz von Gander landeten. Gander war inzwischen eine Garnisonsstadt.

Judith war froh, bald auf dem offenen Land zu sein. Es war ähnlich dünn besiedelt wie ihr Zuhause an der Pazifikküste. Als sie ans Meer gelangten, tat sich auf der einen Seite eine wild zerklüftete Küstenlandschaft auf, mit Fjorden, Buchten und Stränden, wenigen Fischerbooten und vereinzelten grellbunt bemalten Holzhäusern, die nur vom Meer aus zugänglich zu sein schienen. Doch auch auf der Landseite gegenüber fuhren sie, am Fuß riesiger, schneebedeckter Berge und immenser Waldflächen, an mehreren glänzenden Seen und Flüssen vorbei. Von Farnen umwachsene Bäche sprudelten und rauschende Wasserfälle versorgten die gelegentlich auftauchenden Sägereien, neben denen manchmal auch eine Papierfabrik stand. In der Abenddämmerung unter dem weiten Himmel glitzerte alles in einem unwirklich klaren und farbenreichen Licht, welches die Reinheit der Luft draußen nur erahnen ließ, bis etwas später vom Meer gigantische Nebelfelder über die Felsen in das Landesinnere zogen und dort die Natur einhüll-

ten. Bald wurde es dunkel. Wegen der nur spärlichen Lichter herrschte draußen schließlich fast schwarze Nacht. Dadurch kam das Licht, das im Inneren des Busses vorn beim Ausstieg bisher unbemerkt gebrannt hatte, richtig zur Geltung. Jetzt wurde Judith mit einer gewissen Beklemmung klar, dass sie sich mit dieser Busfahrt auf ein unabsehbares Abenteuer eingelassen hatte. Wie lange wohl die Fahrt dauern würde und wie in aller Welt sollte sie rechtzeitig wieder in die Klinik zurückkommen zu ihrem Kind, das gestillt werden musste? Es war höchste Zeit, jemanden zu fragen.
In der Sitzreihe gegenüber entdeckte Judith jetzt am Fenster zum ersten Mal den Mann mit der schwarzen Lederjacke und einer schief sitzenden Mütze, den sie irrtümlich für den Fahrer gehalten hatte. Sie überlegte kurz, ob sie ihn wohl stören konnte, erhob sich dann von ihrem Platz und rutschte vorsichtig auf die Gegenseite neben den Mann, der sie wieder genau so freundlich anlächelte wie bei der ersten Begegnung vor dem Bus.
»Wie lange dauert es noch bis St. John's?«, fragte sie.
Der Mann schaute auf die Uhr.
»Anderthalb Stunden sind es sicher noch.«
»Anderthalb Stunden?«, fragte Judith erschrocken.
Der Mann schaute zuerst etwas verwundert auf, schwenkte dann jedoch um zu einem Ausdruck mitfühlenden Interesses, obwohl Judith in seinem Gesicht auch eine Spur Misstrauen zu lesen glaubte.
»Die Hauptstadt liegt zweihundert Meilen von Gander entfernt, an der Südspitze der Insel«, meinte er, immer noch etwas verwundert den Kopf schüttelnd. Dann schob er seine Mütze so weit nach hinten, dass seine volle Glatze zum Vorschein kam, die seine untere Gesichtshälfte noch unrasierter

erscheinen ließ. Er sprach einen Dialekt, dem Judith nur mit Mühe folgen konnte und der sie ein bisschen an das klassische Shakespeare-Englisch erinnerte. Der Mann wirkte alterslos. Trotzdem schätzte sie ihn ein paar Jahre älter als sie, allerhöchstens fünfzig. Aus seinen sich wieder freundlich aufhellenden Zügen las sie eine vorsichtige Annäherung und eine Hilfsbereitschaft, die sie als aufrichtig empfand und die ihr Vertrauen einflößte. Der Mann schien zu überlegen, wie er die Unterhaltung mit der seltsamen Frau neben ihm weiterführen könnte. Judith wartete geduldig ab.

»Sie sind nicht von hier?«, erkundigte er sich nach einer Weile behutsam.

»Nein, ich bin auf Besuch«, log sie, darauf bedacht, ihrem Sitznachbarn ihre panikartige Flucht zu verschweigen, um ihn nicht völlig zu verwirren. »Ich lebe in Vancouver, seit über zehn Jahren ... allein mit meinen Söhnen«, erklärte sie, die Dinge möglichst vereinfachend.

»Vancouver? Oh, das ist weit ... eine große und schöne Stadt.« Er musterte seine neue Sitznachbarin scheu und bewunderungsvoll, fast wie ein Wesen von einem fremden Stern.

»Ach übrigens, ich heiße Jerome und ich lebe hier«, sagte er plötzlich mit einer stolzen Betonung auf dem »ich«. »Meine Großeltern sind aus Schottland eingewandert.«

Judith stellte sich ebenfalls vor.

»Auch eingewandert?«, wollte er wissen.

»Ja, meine Eltern.«

Je deutlicher Judith fühlte, dass sie diesem Mann vertrauen konnte, desto mehr gestand sie sich ein, dass sie sich in einer prekären Situation befand und dringend Hilfe brauchte. Sie wusste nur noch nicht, wie sie dies anbringen sollte.

Plötzlich drückte ein sehr starker Windstoß für Sekunden so

heftig gegen den Omnibus, dass Judith ein gehöriger Schrecken durch die Glieder fuhr.
»Machen Sie sich nichts daraus, das ist hier so«, bemerkte Jerome gleichmütig. »Bei unseren rauen Klimaverhältnissen springt auch schon mal ein Eisenbahnwagon aus den Schienen.«
»Gibt es eigentlich keinen Zwischenhalt?«, fragte sie jetzt vorsichtig.
»Nein, das ist ein Schnellbus, direkt nach St. John's«, erklärte Jerome trocken. »Aber darf ich vielleicht fragen, was Sie nach St. John's führt?«, fuhr er fort.
Judith schaute ihm zum ersten Mal direkt in die Augen zwischen seinem breiten, unrasierten Kinn und der keck schief sitzenden Mütze und sie war von der Klarheit und Unberührtheit ihres Blaus so überrascht, dass sie keinen Grund mehr sah, ihm eine Erklärung des ganzen Hergangs und den Grund für ihre Busfahrt vorzuenthalten. Sie teilte ihm sogar auch mit, dass der Vater ihres Neugeborenen morgen zum ersten Mal zu ihr in die Klinik käme.
»Oh, die werden jetzt sicher Kopf stehen, wenn Sie nicht zurückkommen heute Abend ... Und das Kind ... Ich denke, wir sollten von St. John's aus gleich anrufen und das alles erklären und dann müssen wir etwas für Sie zum Übernachten finden. Ich weiß schon, wo ... Babywäsche bekommen Sie bestimmt auch in St. John's. Und dann bringe ich Sie morgen zurück ... Ich muss sowieso auch wieder nach Gander.«
Judith konnte Jeromes Hilfsbereitschaft und Großzügigkeit kaum fassen. Sie glaubte sich deswegen einen Rest von Vorsicht ihm gegenüber bewahren zu müssen.
»Und warum fahren Sie nach St. John's?«, führte sie jetzt behutsam an.

»Ich muss dort morgen früh eine Motorschraube für mein Boot abholen, auf die ich schon lange warte und die extra in Quebec bestellt werden musste«, antwortete Jerome mit einer überzeugenden Frische und Natürlichkeit.
»Aha ... Sie leben hier an der Küste?«
»Ja, ich bin Fischer und wohne in einer Hütte in der Nähe der Notre Dame Bay. Und nebenbei unterhalte ich einen Münzwaschsalon in Gander.«
»Und deshalb müssen Sie morgen wieder nach Gander zurück?«, fragte Judith mit einer gewissen Helligkeit in ihrer Stimme, so als fühlte sie sich von Jeromes erfrischender Natürlichkeit angesteckt.
»Nein, ich muss meine Motorschraube rasch nach Hause bringen. Ich freue mich, sie endlich an mein Boot montieren zu können.«
»Ich muss Ihnen ehrlich sagen, dass ich Sie irgendwo beneide«, sagte sie. »Sie sind ein Mann mit festem Boden unter den Füßen ...«
»Mit festem Boden? Nein, den haben wir Fischer nicht. Unser Beruf ist es, diesen Boden zu verlassen, ins bewegte, unsichere und manchmal sehr ungebärdige, nasse Element. Und die Bretter, die uns davon trennen, sind verdammt dünn. Aber wir wissen trotzdem, was wir tun und was wir erreichen. Und nach jedem überstandenen Abenteuer sind wir die glücklichsten Menschen.«
Jerome unterhielt Judith eine ganze Weile mit seinen diversen Abenteuern mit den grauschwarzen Riesenwalen und den gefährlichen Winterstürmen an der klippenreichen Küste seiner Heimatbucht. Judith fühlte sich mehr und mehr von einer lähmenden Müdigkeit übermannt und ließ sich vom Gleichklang von Jeromes rauer, aber angenehmer Stimme tragen und sie sah in

ihrer Vorstellung seine neufundländischen Wale zwischen den haushohen Wellen in seiner Fischerbucht auftauchen und sie hörte den Motorenlärm seines Boots, bis ihr plötzlich ein starker Ruck anzeigte, dass der Omnibus zum Stehen gekommen war.

Judith war sogleich hellwach. Sie war froh und verwirrt, voller Hoffnung und Mutlosigkeit zugleich, und sie ließ sich führen von ihrem Begleiter. Sie zogen beide scheinbar ziellos durch den nahe gelegenen Hafen von St. John's, welcher der Stadt zwischen der Conception Bay und steilen Berghängen ihr Gesicht gab. Es war windig und kalt, Möwen kreischten und selbst durch den nächtlichen Nebel drang die kraftvolle und fröhliche Buntheit der Häuser, der Schiffe, ja, der Kleidung der Menschen hindurch. Ein Gefühl von Sehnsucht und Zärtlichkeit ergriff Besitz von Judiths gehetzter Seele, als sie den Blick in die Unendlichkeit des Meeres schweifen ließ und den Fischkuttern nachschaute, die zu ihren fernen Fanggründen ausliefen.

Bald bogen sie ab und gelangten in eine breite, parallel zu den Anlegern verlaufende Hauptstraße. Dort wimmelte es von vornehmen Restaurants, Bars und Souvenirläden mit Modellschiffen, gestrickten Handschuhen und Rumflaschen in der Form von Leuchttürmen oder nackten Frauenkörpern in den Schaufenstern. In der Altstadt etwas oberhalb des Hafens führte Jerome Judith in ein kleines Restaurant, über dessen Eingang die mannshohe Attrappe eines Fisches mit einer Kochmütze auf dem Kopf lockte. Als sie die Gaststube betraten, schlug ihnen eine heiße und süßliche, von Meeresfrüchten und Rum gesättigte Luft entgegen. In der knappen Beleuchtung des Raumes unter den rauchgeschwärzten Deckenbalken waren Gesichter erkennbar, aus denen dieselbe Mischung aus Verschlossenheit und Herzlichkeit sprach, die Judith inzwischen auch bei Jerome vertraut geworden war.

»Ich geh zuerst telefonieren«, sagte er. »Das Krankenhaus in Gander, die Geburtsabteilung. Und wie heißt Ihr Töchterchen?«

»Das spielt keine Rolle«, entgegnete sie erschrocken. »Sagen Sie Mrs Herbst ... Mrs Judith Herbst ... Das genügt.«

Jerome platzierte Judith an einen freien Tisch nahe bei der Eingangstüre. Dann begab er sich zur Theke, wo er mit dem Wirt, einem Koloss mit gezwirbeltem, blondem Schnurrbart und erbsengrüner Schürze, einige Worte wechselte und dabei zwischendurch zum Tisch zeigte, an dem Judith saß. Dann verschwanden die beiden hinter einem Vorhang.

Judith war völlig erschöpft. Sie bemerkte ein leichtes Zittern an ihrem Körper und suchte nach etwas, woran sie sich festhalten konnte. Sie bettete den Kopf auf ihre Arme, die sie auf den Tisch auflegte. Doch bald erschien der Wirt. Er roch scharf nach Knoblauch. Er brachte Bier und in Papierservietten eingewickeltes Besteck. Als schließlich auch Jerome zurückkehrte, stellte er zwei mit Fisch, Mayonnaise und Chips randvoll gefüllte Teller auf den Tisch.

Judith schaute Jerome fragend und bittend an, als er sich ihr gegenüber setzte.

»Ist alles in Ordnung«, beschwichtigte er sie. »Ich habe gesagt, dass ich Sie morgen zurückbringe und Sie hier sicher untergebracht sind.«

»Und die Kleine?«, fragte sie bekümmert.

»Wird ebenfalls bestens versorgt. So und jetzt wird erst mal ordentlich gegessen«, brummte Jerome gutmütig und hob sein Bierglas. »Und einen kräftigen Schluck dazu! Sie sind ja völlig fertig.«

Judith hatte kaum mehr die Kraft, ihren Humpen am Henkel hochzuheben. Sie zwang sich zu einigen wenigen Schlucken.

Aus dem Gericht, welches Jerome über ihren Kopf hinweg bestellt hatte, piekte sie mit der Gabelspitze ein paar Bissen heraus, die zu ihrer Überraschung angenehm schmeckten und ihr ausgesprochen gut taten. Jerome aß derweil mit gesundem Appetit seinen Teller leer und trank geräuschvoll sein Bier aus. Dann sah er eine Weile Judith teilnahmsvoll von der Seite an.
»Ich glaube, wir gehen jetzt«, meinte er schließlich mit einem fürsorglichen, fast zärtlichen Ton in seiner Stimme und berührte mit seiner großen Hand ihre Schulter. Dann verlangte er die Rechnung und sie brachen auf.
Judith fühlte sich von Jerome wie davongetragen durch die dunklen und kalten Straßen und steilen Gassen der Stadt. Der Eingang des Hauses, an dem sie Halt machten, war unverschlossen und der Flur ließ sich nur mittels eines Druckknopfs neben der Türe für eine Viertelminute und unter lautem Ticken beleuchten. Jerome blieb kurz horchend an einer der vielen Türen stehen und bedeutete Judith, kurz zu warten. Dann klopfte er an, öffnete und verschwand hinter der Türe. Jetzt, da er fort war, wurde Judith bewusst, wie anlehnungsbedürftig sie war. Sie sehnte sich nach Willy und sie empfand plötzlich eine maßlose Wut auf sich selbst wegen ihres kopflosen Verhaltens. Wie konnte sie sich nur so idiotisch benommen haben? Bald hörte sie durch die Türe Jeromes Stimme, dann die Stimmen anderer. Nach einiger Zeit kehrte Jerome mit einem Schlüssel zurück, mit dem er eine andere Türe aufsperrte. Sie betraten einen schlecht gelüfteten und ungeheizten Raum. Von der Decke baumelte eine nackte Glühbirne und leuchtete, nachdem Jerome den Schalter betätigt hatte, grell auf das ungemütliche Durcheinander darunter: eine zerschlissene Matratze, umstellt von einer bunten Reihe unter-

schiedlich großer Gummistiefel, ein an der Wand abgestelltes, schwarzes und gelb gestreiftes Mountainbike, Hundeleinen und eisenbeschlagene Gehstöcke und ein Wirrwarr von Wäsche und Kleidungsstücken auf einem Armsessel. Ein Bügelbrett mit einem Eisen daneben diente als Ablage für einen Berg alter Zeitungen und Zeitschriften. In der Ecke stand eine weihwasserbeckengroße weiße Schüssel mit Wasser.

Jerome räumte in dem Zimmer hastig ein bisschen um, um Platz zu schaffen. Dann bezog er die Matratze mit einem kariert gemusterten Laken aus dem Wäschestapel und legte Kopfkissen und Decke darauf. Judith stand wartend daneben und beobachtete jeden Handgriff ihres Begleiters, die charakteristischen, etwas tapsigen Bewegungen seiner Arme, die sie bei ihm schon länger beobachtet hatte und die sie irgendwie rührten. Sie betrachtete seine behaarten, schwieligen Hände, die so zart sein konnten im Umgang mit der Bettwäsche.

»So, dann wünsche ich eine gute Nacht«, sagte Jerome, als er mit seinen Verrichtungen fertig und das Lager für Judith bereit war. »Ich schlafe hier im selben Haus und morgen früh hole ich Sie ab und dann gehen wir frühstücken.«

»Um wie viel Uhr?«

»Wenn's hell wird.«

Nachdem Jerome sich verabschiedet und das Zimmer verlassen hatte, ließ sich Judith vor Erschöpfung in voller Kleidung auf ihr Bett fallen. Da die nackte Glühlampe an der Decke sie blendete, raffte sie sich nochmals auf und knipste das Licht am Schalter neben der Türe aus. Dann legte sie sich wieder hin und schlief sofort ein.

Judith wurde von der morgendlichen Helligkeit wach, die durch die Ritzen der Fensterläden drang. Sie hatte tief geschlafen und fühlte sich angenehm ausgeruht. Nur ihre Brust schmerzte und machte ihr deutlich, dass sie bald zu ihrem Kind zurückkehren und es stillen musste. Sie erhob sich, knipste das Licht an und wusch sich Gesicht und Hände. Bald klopfte Jerome. Er führte sie zu einem Frühstückscafé auf der gegenüberliegenden Straßenseite, wo es reichlich heißen Kaffee und riesige Muffins gab. Judith stürzte sich mit einem Bärenhunger auf den ihr gebrachten Teller und verschlang hintereinander fast drei ganze Muffins. Danach lehnte sie sich zufrieden zurück. Jerome schaute sie etwas belustigt an und blickte dann besorgt auf die Uhr. Er hatte schon heute früh, bevor er Judith zum Frühstück abgeholt hatte, ein Babykleidungsgeschäft in der Nähe ausfindig gemacht. Er bot an, Judith dorthinzubringen und sie dann nach dem Einkauf seiner Schiffsschraube unten am Hafen wieder abzuholen und mit dem nächsten Bus zusammen mit ihr nach Gander zurückzufahren, um sie dort in die Klinik zu bringen.

Als sie endlich im Überlandbus saßen und losfuhren, jeder mit seinem Einkaufspaket in der Hand, war Judith überaus froh und erleichtert, auch deshalb, weil sie in dem Kinderbekleidungsgeschäft das für sie Ideale gefunden hatte: lauter wollweiche und locker gestrickte Teile, für den nahenden Winter und für die Rückreise durch Canada besonders geeignet und hübsch. Auf dem weißen Jäckchen über dem langärmeligen Body und dem Strampelhöschen waren bunte Engelchen aufgestickt. Judiths Freude darüber hatte allerdings nicht sehr lange vorgehalten. Schon bald schlug ihre Stimmung jäh um. Sie versank in einen Wust gegensätzlicher Gefühle: Angst, Schuldgefühle und Hoffnung, Niedergeschlagenheit und wieder Wut auf sich selbst. Nur diese Wut konnte sie davor bewahren, der Verzweiflung anheim zu fallen, und umgekehrt war es ihre Traurigkeit und Resignation, die ihr zwischenzeitliche Beruhigung verschaffte. Dazu kam, dass ihre Brust so schmerzte, dass sie dies nur mit Mühe vor Jerome verbergen konnte. Sie saß die ganze Busreise über halb abgewandt von ihm da, immer auch in der Angst, ihn damit zu kränken. Immer wieder dachte sie mit Schuldgefühlen daran, dass sie all das, was dieser gute, einfache Mensch für sie getan hatte, niemals würde aufwiegen können. Sie flüchtete sich in einen Dämmerschlaf, aus dem sie erst kurz vor der Ankunft in Gander ziemlich elend und gerädert und mit fast unerträglichen Schmerzen erwachte.

Als das schlösschenartige, von Efeu schon halb zugewachsene Klinikgebäude aus rotem Backstein und mit den schmalen, runden Türmchen auf dem Dach vor ihren Augen auftauchte, überkam sie erneute Angst, wobei sie die Vermutung, Flora enttäuscht zu haben, am meisten beunruhigte.

Als Judith im Flur ihrer Station anlangte, entdeckte sie vor dem Schwesternzimmer plötzlich Willy mit ihrem Kind in einem Arm. Er trug einen neuen, überweiten Kaschmirmantel.

»Willy«, rief sie erleichtert und stürzte auf ihn zu.

Der große, dicke, starke Willy streckte Judith, so als hätte er sie im selben Augenblick erwartet, seinen freien Arm entgegen und zog sie wie ein zweites Kind an sich. Sie blickte in seine guten, leicht hervortretenden Augen, bevor sie sich zu einem Kuss zu ihm hochreckte. Er sah übernächtigt und etwas aufgedunsen aus.

Judith rief Jerome, der mit seinem riesigen Schiffsschraubenpaket wie abgestellt im Hintergrund stand, zu sich her und beeilte sich, ihn Willy vorzustellen, der ihn mit einem kräftigen Handschlag begrüßte.

»Sie also sind der rettende Engel. Man hat mir schon von

Ihrem gestrigen Anruf berichtet«, sprach er Jerome an, während er dessen Hand in der seinigen festhielt, obwohl diese viel kleiner war als Jeromes große Hand.

Die beiden Männer wechselten noch einige Worte, die Judith nicht mehr genau mitbekam, vor lauter Erschöpfung und Erleichterung. Schließlich trat Jerome sichtlich ergriffen auf Judith zu, drückte ihr, etwas Unverständliches murmelnd, die Hand und verließ rasch die Station.

Judith spürte, wie Willy sie, während Jerome davonging, zärtlich und eindringlich anschaute. Sein Lächeln drückte die ihr so sehr vertraute Kraft und Überlegenheit aus, die Judith immer viel Sicherheit gab, manchmal jedoch auch etwas Erdrückendes an sich haben konnte.

Als Jerome außer Sichtweite war, brach Judith in Tränen aus.

Inzwischen kam Flora in ihrem üblichen Aufzug den Flur entlanggeschlurft. Willy nickte ihr lächelnd zu, hatte also inzwischen auch sie schon kennen gelernt. Flora steuerte geradewegs auf Judith zu und legte ihr tröstend den Arm um die Schultern.

»Ist schon gut«, sagte sie nur, mit einem listigen Blinzeln in ihrem runzeligen Gesicht. »Morgen reden wir in Ruhe über alles.«

Sie blieb stehen, bis Judith sich einigermaßen beruhigt hatte. Dann schlurfte sie wieder weiter.

Willy führte Judith, während er ihr gemeinsames Töchterchen immer noch im anderen Arm fest hielt, durch eine Glastüre in den angrenzenden Flur und von dort direkt in Judiths Zimmer, das blitzblank aufgeräumt war, das Bett schneeweiß und frisch bezogen, und in einer Vase auf dem Tisch stand ein riesiger Strauß duftender und langstieliger Rosen. Judith legte das Babywäschepaket und ihre Handtasche auf das Fußende ihres Bettes, trat mit ausgestreckten Armen auf Willy zu und umarmte ihn lang und fest, mitsamt dem Kind in seinen Armen. Nachdem sie sich die Schuhe ausgezogen hatte, setzte sich Judith auf das Bett und legte sich dann der Länge nach so hin, dass sie sich einigermaßen bequem an das Kopfende anlehnen konnte. Dann streckte sie ihre Arme nach dem Kind aus, welches Willy ihr sofort überreichte. Sie knöpfte ihren Mantel nur über der Brust auf, so wie auch die Bluse darunter und stillte endlich ihr Kind. Willy setzte sich derweil auf den Stuhl neben dem Bett.

»Ein netter Mensch, der dich gebracht hat«, durchbrach Willy die Stille. »Als ich ihn sah, war ich sofort beruhigt. Und mit dem Arzt habe ich auch gesprochen … Der hat gesagt, dass wir mit deiner Entlassung noch zwei, drei Tage warten sollten, bis alles wieder völlig in Ordnung ist.«

»Drei Tage?«, stieß Judith entsetzt hervor. »Ich bin doch wieder gesund, muss nur ausschlafen. Ja, ich weiß, das war ein Blödsinn, bin halt ausgerastet, aber jetzt ist alles wieder gut. Ich wollte dich halt auch mit schöner Babykleidung überraschen, wollte es ihr anziehen, bevor du kommst …«

Sie brach erneut in Tränen aus.

»Wäsche?«, fragte er sanft. Judith nickte. Willy öffnete behutsam das Paket zu Judiths Füßen.

»Oh … Bist du unter die Frommen gegangen?«, fragte er, belustigt auf die Engelchen auf der Strickjacke zeigend.

»Im Gegenteil …«

Willy schaute sie fragend an.

Judith überlegte, ob sie es sagen sollte.

»Das ist, um den Teufel abzuwehren … und die Hexenmilch …«

Willy runzelte verständnislos die Stirn und schüttelte den Kopf.

»Hast du noch nichts an ihr bemerkt?«, fuhr sie fort mit einem kurzen scheuen Blick zu ihrem Kind, als Willy nicht antwortete. »Die ungleichen Bewegungen links und rechts und dieser seltsame Blick?«
Willy blickte Judith verwundert an.
»Davon habe ich nichts bemerkt«, bekundete er entschieden. »Ich habe sie mir genau angesehen und mich natürlich auch bei den Ärzten ausführlich erkundigt... Sie haben sie gestern nochmals gründlich untersucht. Die Atmung ist tadellos, die Leberwerte sind praktisch normal... Man sieht's auch an der Gesichtsfarbe. Sie braucht halt noch viel Wärme und Pflege, das ist alles.«
Judith schaute Willy erschrocken an. Sie wagte nicht mehr, ihm jetzt auch noch ihre Hauptsorge mit dem Kind mitzuteilen.
»Du hast ihr aber wirklich einen etwas seltsamen Namen gegeben, das muss ich schon sagen.«
»Einen Namen?«, fragte sie erstaunt. »Was für einen Namen? Sie hat bisher doch gar keinen.«
Willy lächelte und schüttelte erneut den Kopf.
»Lach nicht so arrogant«, zischte sie.
»Judith, jetzt ist's aber genug. Ich geh jetzt und schau später wieder rein.«
Er erhob sich ziemlich abrupt.
»Wohnst du in einem Hotel?«, fragte Judith mit etwas schlechtem Gewissen.
»Ja, nur zwei Häuser weiter... So... aber jetzt lege dich bitte richtig ins Bett. Hast ja immer noch deinen Mantel an.«
Judith schüttelte den Kopf.
»Was sagtest du mit dem Namen... mit dem Namen des Babys?«, fragte sie beunruhigt nach.

»Wir reden später über alles, wenn du ausgeschlafen hast...
Gibst du mir die Kleine, damit ich sie zurückbringen kann?«
»Das sind wirklich wunderschöne Rosen, die du mir gebracht hast«, sagte sie versonnen.
Er nahm ihr das Baby aus dem Arm.
»Ich möchte weg von hier«, wimmerte Judith plötzlich.
»Bald werden wir nach Vancouver fliegen«, versuchte er sie zu trösten.
»Fliegen?«, piepste sie, entsetzt von dieser Vorstellung.
»Wenn du nicht fliegen magst, dann reisen wir eben sonst irgendwie... jedenfalls nach Hause zu mir. Da pflege ich dich und sorge für unsere Kleine...«
Er trat zu ihr hin und streichelte ihr Gesicht. Seine Hände fühlten sich angenehm weich und kühl an. Sie zog sie an ihr Gesicht und brach endlich in ein enthemmtes Schluchzen aus. Er blieb eine Weile bei ihr und streichelte sie weiter. Irgendwann schlief sie ein.
Als sie die Augen aufschlug, erblickte sie Willy, nah über sie gebeugt. Er musste sie schon länger eindringlich und liebevoll betrachtet haben, als hätte er sie noch im Schlaf beschützen und ihr Kraft für ein gesundes Erwachen geben wollen.
»Hast du gut geschlafen?«, fragte er, nachdem er sich wieder auf denselben Stuhl neben dem Bett hingesetzt hatte.
Sie reckte und streckte ausgiebig ihre Glieder unter der Decke.
»Du hast seit gestern durchgeschlafen, Judith«, sagte er.
Judith ergriff Willys Hände, die, im Kontrast zu seinem fülligen Körper, sehr schmal und blass aussahen. Er selbst wirkte, wie sie jetzt erleichtert bemerkte, nicht mehr ganz so erschöpft und übernächtigt wie gestern. Die Ringe unter den Augen hatten sich in den Wochen, in denen sie sich nicht gesehen hatten, jedoch vertieft und selbst seine glatt gescheitelten,

graublonden Haare schienen in der kurzen Zeit noch dünner geworden zu sein. Obwohl er leidenschaftlich gern für andere kochte, hatte er in der Zeit, in der er seinen Vater gepflegt hatte, vermutlich auf seine eigene Gesundheit zu wenig geachtet. Sie musste sich in Zukunft unbedingt mehr um ihn kümmern.

»Wo ist eigentlich die Kleine?«, fragte Judith. »Ich muss ihr zu trinken geben ...«

»Die Kleine? Wen meinst du?«, fragte er belustigt zurück.

»Na ... unsere natürlich ...«

»Hat sie keinen Namen?«

»Du scheinst ihn besser zu kennen als ich.«

»Wie? Du weißt nicht, wie dein eigenes Kind heißt?«

Willy lachte. Judith schaute ihn mit großen Augen an.

»Du hast ihr doch diesen komischen Namen gegeben, den niemand so recht auszusprechen weiß.«

Sie wandte ihren Blick nicht von ihm ab.

»Ti-tu- ... Ti-tu-ba ...«

»Wie?«, fragte sie verwirrt.

Sie überlegte kurz, dachte zurück und konnte sich schwach entsinnen.

»Nennt sie meinetwegen Tituba oder Teufel«, habe ich damals geantwortet.

»Aha. Und da haben sie sich gegen den Teufel entschieden«, grinste Willy. »Und wie bist du ausgerechnet auf Tituba gekommen?«

»Ach. Das ist eine lange Geschichte ... Wo ist sie denn, unsere Kleine?«, erkundigte sich Judith ungeduldig.

»Wieder unsere Kleine«, lachte Willy. »Ja, ich bring sie dir gleich ... Und wenn du sie gestillt hast, dann werden wir beide allein in die Stadt gehen. Ich habe es mit der Station abgesprochen. Sie werden auf sie aufpassen. Wir gehen zuerst frühstücken und dann bummeln wir noch ein bisschen durch die Stadt... Wenn ich schon hier bin, will ich mir die Gegend auch ein wenig anschauen.«

Noch am Frühstückstisch im »Golden Inn«, nahe am Militärflugplatz der Stadt, nahmen sich Judith und Willy ausgiebig Zeit, sich auszusprechen. Nach einem langen Bericht von Judith über ihre Zeit in der Klinik fragte Willy: »Und woher kommt der Name Tituba?«

Judith erzählte ihm von dem heimatlosen Mädchen und umriss dessen von Sklaverei, Verfolgung und Einkerkerung bestimmtes Schicksal.

»Und was hat das mit unserem Kind zu tun?«

Judith stotterte: »Ja es ist doch... oder vielleicht auch nicht...?«

Sie spürte, dass sie selbst nicht mehr ganz sicher war. Aber sie war ungeheuer froh, dass Willy jetzt da war und ihr zuhörte, dass er Interesse und, was noch viel wichtiger war, Verständnis zeigte.

»Wir gehen jetzt«, bestimmte er, auf seine Armbanduhr und dann zum Fenster schauend, an dessen Scheibe außen der Regen geräuschvoll aufprallte und sich in kleinen Bächen den Weg hinab bahnte. Nachdem Willy die Rechnung bezahlt hatte, nahmen sie ihre Mäntel und Schirme vom Garderobenständer und bereiteten sich auf ihren Gang ins Freie vor.

Die frische und feuchtkalte Luft draußen tat Judith ausgesprochen gut, obwohl es ihr ziemlich viel Kraft kostete, ihren aufgespannten und vom Regen betrommelten Schirm dem Wind entgegenzustemmen. Da der Kampf gegen den Wind stark ihre Aufmerksamkeit beanspruchte und der Schirm ihre Sicht verdeckte, konnte sie kaum erkennen, wohin sie sich gerade bewegten. Sie sah Willys Füße neben sich, die die Richtung der beiden bestimmten.

Als der Wind gerade einmal ihren Schirm zur Seite blies, erblickte Judith vor sich plötzlich wieder das Haushalts- und Elektrowarengeschäft, dessen originelle Schaufensterdekoration vorgestern ihre Blicke angezogen hatte. Immer noch führte hinter der Fensterscheibe dasselbe Rohr des schnittigen und chromglänzenden Staubsaugers mithilfe einer versteckten Mechanik dieselben kreisenden Bewegungen auf dem Boden aus, und das Spruchband an der Wand mit Goethes Zauberlehrlingsvers: »In die Ecke Besen, Besen, seid's gewesen...« wies auf die spinnwebenbedeckten, ausgefransten Strohbesen auf der Seite.

»Hast du schon mal eine Hexe auf einem Staubsauger fliegen sehen?«, fragte sie Willy lachend.

»Was bleibt einer Hexe heute auch anderes übrig, als mit der Zeit mitzugehen und auf einen Staubsauger umzusteigen?«, konterte er.

»Fliegen wir weiter«, sagte sie lachend und hob ihren aufgespannten Regenschirm wieder in die Höhe, so als machte sie sich dafür bereit, mitsamt dem Schirm vom Wind davongetragen zu werden.

Obwohl sich Tituba keinen Millimeter über ihre Einkettung hinaus bewegen konnte, kannte sie inzwischen die räumlichen Verhältnisse ihres Verlieses. Vielleicht deshalb, weil die äußerste Türe immer häufiger kurz geöffnet wurde, wenn die nächsten Opfer der Hexenjagd hineingeführt wurden und der einfallende Lichtschimmer die Umrisse erhellte. Tituba konnte nicht nur die Größe ihrer Zelle und die Breite des Mittelgangs zwischen ihr und den gegenüberliegenden Zellen ermessen. Sie wusste auch Bescheid darüber, welche Räume wann und wo genau und mit wem belegt wurden, und sie kannte auch die Namen einzelner Gefangener und die näheren Umstände ihrer Verhaftung und Einkerkerung. Dadurch, dass immer mehr hinzuströmten, stieg der Geräuschpegel gleichmäßig an, sodass Tituba bald nur noch das verstehen konnte, was in ihrer unmittelbaren Umgebung gesprochen wurde.

Sozusagen den festen Kern um Tituba bildeten inzwischen drei Personen, die ziemlich nah bei Tituba festgekettet saßen: Rebecca Nurse, die Tituba am längsten kannte, dann die unter anderem von Indian John beschuldigte Elizabeth Proctor, die bis vor kurzem in knapper Hörweite von Tituba gesessen hatte, und schließlich Bridget Bishop, die von ihrem eigenen Mann, einem Salemer Sägereibesitzer, der Teufelsbündelei angeklagt und kürzlich aus dem Salemer Gefängnis hierhin verlegt worden war. Bridget war die jüngste unter den dreien, eine selbstbewusste und attraktive Frau mit scharfen Gesichtszügen und funkelnden Augen. Bei der Einweisung trug sie ein moosgrünes, etwas verschossenes Kleid.

Doch es war nicht nur die wachsende Anzahl der Menschen, in der Tituba langsam unterzugehen glaubte. Sie fühlte sich auch von den wenigen engeren Vertrauten um sie herum immer schmerzlicher ausgeschlossen. Bridget war neu hinzugekommen und auch Elizabeth Proctor saß noch nicht lange in ihrer Nähe. Doch Rebecca, Titubas einstige Zwillingsschwester, sprach seit der Anwesenheit der beiden anderen kaum mehr ein Wort mit ihr. Sie konzentrierte sich ganz auf Bridget und Elizabeth und zog auch deren Aufmerksamkeit so weit auf sich, dass auch diese beiden kaum einen Blick für Tituba übrig hatten. Tituba war verzweifelt und suchte vergeblich nach Gründen für diese Art der Ausgrenzung. Die Tatsache, dass sie die Hauptschuldige an der ganzen Hexenhysterie war, konnte nach der langen Zeit seit ihrer Verurteilung nicht mehr der alleinige Grund sein. Wahrscheinlich war sie im Gegenteil schon so weit in Vergessenheit geraten, dass niemand sie mehr beachtete. Immer wieder unternahm sie neue Vorstöße, sprach Rebecca wegen diesem oder jenem an, bekam jedoch nur knappe Antworten oder, in besonders gnädigen Augenblicken, ein zerstreutes und müdes Lächeln geschenkt. In die meist angeregten Gespräche der anderen drei über das zentrale Thema ihrer Gefangenschaft wagte sie sich ohnehin nicht mehr einzuschalten, weil sie sich eingestehen musste, dabei nicht mehr recht mitreden zu können. Sie spürte jedoch, dass sich auf die Ereignisse, in deren Mittelpunkt sie gestanden hatte, inzwischen dicker und schwerer Staub gelegt hatte und dass die von ihr in Gang gesetzte Lawine weiterrollte. Sie war im wahrsten Sinne des Wortes von allem abgeschnitten, auch von den Menschen hier, einschließlich der Bewacher, die sie ebenfalls immer weniger beachteten. Niemand, weder die Aufseher noch die Mitgefangenen, sprachen sie mehr mit einem Namen an, sodass sie, im Gegensatz zu früher, da sie wenigstens noch mit ständig wechselndem Namen angesprochen worden war, jetzt überhaupt keinen Namen mehr hatte und ihre Identität damit völlig ausgelöscht schien.

Dass sie fast auf den Tag genau drei Monate im Bostoner Gefängnis festsaß, hatte sie aus Worten in dem allgemeinen Aufruhr entnommen, der im Zellenkomplex entfacht worden war, als zwei Aufseher hereinkamen, Rebecca Nurse, Elizabeth Proctor und Bridget Bishop ihre Ketten abnahmen und ihnen befahlen mitzukommen. Nachdem die drei mit ihren Bewachern durch die Eisentüre hindurch verschwunden waren, schwollen die Stimmen dermaßen an, dass Tituba auch das eine oder andere des weiter weg Gesprochenen aufschnappte.

»Seht euch vor«, rief eine heisere Frauenstimme, die Tituba noch nie gehört hatte. »Heute tagt zum ersten Mal das offizielle Schwurgericht Oyer und Terminer, das der neue Gouverneur aus England, Sir William Phips, eingerichtet hat.«

»Hier in Boston?«, kreischte eine andere Stimme.

»Nein, in Salem. Ich weiß es. Ich bin gestern von dort hierher verlegt worden. Der Vorsitzende des Gerichts ist der Vizegouverneur Mr Stoughton, ein äußerst gefürchteter Mann, und auch die anderen sind nicht weniger scharfe Hunde: Mr Saltonstall, Major Richards, Major Gidney und Captain Sewall und andere. Jetzt wird hochoffiziell und gnadenlos abgeurteilt und gerichtet und man sagt, dass über alle, die nicht gestehen, Hexen zu sein, Höchststrafen verhängt werden.«

»Höchststrafen? Heißt das …?«, fragte die zweite Stimme.
»Und Rebecca und Elizabeth und Bridget werden jetzt nach Salem gebracht?«, eine dritte.
Die raue, bisher allwissende Stimme schwieg.
Ein allgemeines Klagen und Jammern setzte ein. Dazwischen hörte man das Murmeln von Gebeten. Aus einer anderen Richtung stach der Gestank von Exkrementen in die Nase. Tituba begann, ihre Einsamkeit richtiggehend körperlich zu empfinden. Ihr war, als würde sich jetzt auch ihre eigene materielle Existenz von ihrer Seele entfernen und diese nackt dem irdischen Dasein aussetzen. Nach einer Weile schwollen die jammernden und betenden Stimmen wieder ab und eine bleierne Decke der Angst, der Trostlosigkeit und Trauer legte sich wie ein Grabtuch über die Eingekerkerten.
Dem langsamen Verglimmen des vom oberen Schacht einfallenden Lichtfadens nach war es schon Abend, als sich die Eisentüre wieder öffnete und alle drei heute früh weggeführten Frauen wieder an ihren alten Platz in ihrer Zelle geführt und dort festgekettet wurden.
Man empfing sie mit ängstlichem Schweigen. Es knisterte vor Spannung. Man schien darauf zu warten, dass eine der drei Hereingeführten die furchtbare Stille durchbrechen würde. Doch sie blieben alle beharrlich stumm, wohl, weil es für die drei zu beschämend und zu schrecklich war, das Erlebte im Kreis der Anwesenden laut preiszugeben.
Irgendwann begannen sich Rebecca Nurse und Elizabeth Proctor zuerst flüsternd, dann mit einem langsam anschwellenden, beschwörenden Murmeln miteinander zu verständigen, was alles nur noch geheimnisvoller machte und die Spannung ins Unerträgliche steigerte. Alle anderen im Raum strengten sich offenbar an, so still zu bleiben, dass sich aus den

einzelnen Brocken des Geflüsterten oder Gemurmelten wenigstens etwas erraten ließ.

Tituba verstand bald, dass sich die drei Frauen, zusammen mit noch anderen, beispielsweise Sarah Good, heute zweimal durch Wundärzte einer äußerst peinlichen körperlichen Examinierung hatten unterziehen müssen und dass die Ärzte bei allen Untersuchten an derselben Stelle einen »widernatürlichen zitzenartigen Auswuchs« gefunden zu haben behaupteten.

»Ich wäre froh, mir wäre bloß dies widerfahren«, unterbrach plötzlich Bridget Bishop, die bisher geschwiegen hatte, mit schneidender Stimme das Gemurmel der beiden anderen.

Augenblicklich trat eine beklemmende Stille ein.

»Vor wenigen Stunden hat der Gerichtsvorsitzende Stoughton über mich das Todesurteil verhängt«, fuhr Bridget mit unveränderter Lautstärke fort. »Vollstreckt wird es in acht Tagen, am Freitag, den 10. Juni, zwischen acht und zwölf Uhr vormittags, am Galgen auf dem Hexenhügel im Westen von Salem Village.«

Es blieb weiterhin völlig still. Tituba hörte nur ihr eigenes Herz hämmern. Jeder Schlag war ein Schlag in ihr Gewissen. Vor wenigen Wochen war Sarah Osborne gestorben, die sie, Tituba, bei ihrem ersten Verhör in Salem der Hexerei beschuldigt hatte. Sarah war alt, gebrechlich und krank gewesen und hatte die Gefängnisstrapazen nicht überlebt. Jetzt allerdings sollte wegen ihr, Tituba, eine junge, gesunde und lebenslustige Frau zu Tode gebracht werden. Zur Last gelegt wurde ihr der Umgang mit dem Teufel, den nicht sie, sondern in Wirklichkeit Tituba gepflegt hatte, um mit ihren damaligen Anklägern fertig zu werden. Und jetzt stellten sich die grauenvollen Folgen dieser von Tituba eingegangenen Verbindung ein: der unschuldige Tod anderer Menschen, die von der inzwischen in Gang gekommenen Lawine mitgerissen worden waren. Bridget Bishop war erst der Anfang. Es war unabsehbar. Warum hatte man nicht sie als die Hauptschuldige aus der Zelle geholt, sie der entwürdigenden Leibesvisitation unterworfen und dann zum Tode verurteilt? Bei jedem neuen Opfer würde ihre Schuld immer größer und sie selbst zu einer passiv bleibenden Massentäterin werden. Jetzt begann ihr klar zu werden, dass ihre zunehmende Ausgrenzung und ihre Isolation und Vereinsamung ein Tribut an den Teufel war für seine ihr damals geleistete Hilfe und ihre daraus erwachsene schwere Schuld. Ob die Ignorierung durch ihre eigenen, einstigen Freundinnen, vor allem Rebecca Nurse, beabsichtigt war oder nicht, spielte eigentlich keine Rolle mehr. Es war ihre Strafe für das, was sie getan hatte, unabhängig davon, ob diejenigen, die diese vollzogen, deren bewusste und aktive Vollstrecker oder nur Werkzeuge waren.

Glühende Blicke irrten aus allen Richtungen durch die Nacht des Gefängnisses und suchten sich an das Gesicht der Todeskandidatin Bridget zu heften und aus den Lippenbewegungen die Worte zu erfassen, die sie jetzt nur noch vor sich hin flüsterte. Die markanten Züge der stolzen, jungen Frau wirkten stark angegriffen, blass und durchsichtig und ihre Stimme klang gebrochen.

»Man kann sich ja richtig was darauf einbilden, Zielscheibe des Hasses so vieler junger Männer zu sein«, hörte Tituba jetzt Bridget mit einem bitteren Lachen sagen. »Vor einigen Wochen waren es noch die geistesgestörten Mädchen gewesen und mein eigener eifersüchtiger Mann und der unbelehrbare Reverend Parris«, fuhr Bridget fort. »Doch heute ... da waren es gleich zehn neidische und gekränkte Mannsbilder und drei ihrer eifersüchtigen Frauen, die mit ihren Fingern auf mich gezeigt und die wüstesten Behauptungen zu Protokoll gegeben haben. Den einen soll ich nachts mit schwarzer Kapuze auf dem Kopf und mit rotem Mantel etwas Hartes in den Mund gesteckt haben, während sie schliefen, und auf andere habe ich mich gehockt, andere wieder gewürgt ... Alle nachts in ihren Betten ... Und Morde soll ich begangen haben! Das Genick gebrochen hat mir schließlich der alte Reverend Hale mit seinem Vorwurf, ich hätte vor sechs Jahren in meinem Haus zu ungeziemender Nachtzeit Fremde zu Trinkgelagen und Kartenspielen verführt und die Spielmarken des shuffleboard ins Feuer geworfen. Und während ich mir das alles anhören musste, zwang man mich, die ganze Zeit über mit ausgestreckten Armen zu stehen, und als ich sagte: ›Euer Ehren, ich kann nicht mehr, ich verliere das Bewusstsein‹, da sagte der Vorsitzende, mit seinem großen, speckglänzenden Gesicht und seinen eisgrauen Augen unter der silbernen Perücke nur: ›Wenn Ihr die Kraft gehabt habt, alle diese unschuldigen Menschen heimzusuchen, dann werdet Ihr auch die Kraft aufbringen, so zu stehen!‹ Und das alles nur, weil man die Blicke dieser begehrlichen Männer etwas stärker als andere Frauen anzieht. Dafür muss man mit seinem Leben bezahlen.«

»Uns wird es allen an den Kragen gegen«, jammerte Rebecca mit schreckgeweiteten Augen. »Morgen oder übermorgen vielleicht werden sie uns holen und uns nicht nur untersuchen, sondern gleich vor das neue Tribunal zerren ...«

»Sie haben gesagt, dass Oyer und Terminer erst wieder in ein paar Wochen tagt«, widersprach Bridget.

»Wann auch immer«, meinte Rebecca. »Wir sitzen alle auf der Wartebank im Vorzimmer des Todes. Ich frage mich nur, warum die damals ausgerechnet auf mich gekommen sind, auf mich unscheinbare Alte, die nicht mehr mit großen Reizen aufwarten kann.«

»Dafür seid Ihr eine Quäkerin«, warf Elizabeth Proctor dazwischen.

»Was heißt hier Quäkerin?«, protestierte die Angesprochene. »Dann ist es bei Euch der Makel, dass Ihr einen Tavernenbesitzer als Mann habt, mit einer besonderen Lizenz für Alkoholausschank... eine Gefahr für die öffentliche Moral oder ein Stachel für uneingestandenen Neid. Das dürfte genauso ausreichen...«

Als Elizabeth empört etwas dagegensetzen wollte, unterbrach Bridget sie.

»An Euch werden sie sich nicht heranwagen, Elizabeth. Ihr erwartet ein Kind. Vielleicht seid Ihr die Einzige von uns, die durchkommt. Das ungeborene Leben ist immer noch ein unantastbares Heiligtum, glaubt mir.«

Elizabeth schwieg betroffen wie alle anderen auch.

Je länger die drei Frauen so miteinander redeten, desto schlimmer litt Tituba. Sie zerrte an ihren Ketten und war verzweifelt, dass sie, die eigentliche Schuldige, nicht in der Lage war, einfach aufzustehen, nach Salem zu eilen und dort dem Gerichtsvorsitzenden Stoughton in sein großes, glattes Gesicht zu schreien, er möge das Todesurteil rückgängig machen und stattdessen sie, Tituba, an den Galgen liefern. Tituba bebte innerlich und hatte doch nicht die geringste Chance, die Dinge zurechtzurücken. Während sie in dieser Weise ohnmächtig ihren finsteren Gedanken nachhing, ertönte plötzlich von weitem der furchtbare Schrei eines Mannes.

Es wurde totenstill. Tituba bemerkte, wie Elizabeth Proctor zusammenzuckte.

»Das ist William«, rief sie laut. »Mein Sohn! Er muss hier irgendwo in der Nähe sein.«
Sie horchte eine Weile. Aus derselben Richtung drang jetzt ein anhaltendes Stöhnen.
»Ja, er ist es. Sie quälen ihn ... Wie furchtbar!«
»Haben sie ihn auch festgenommen?«, fragte die Frau mit der rauen Stimme etwas weiter im Hintergrund, die heute früh, als die drei Frauen abgeführt worden waren, vor dem neu eingesetzten Salemer Schwurgericht gewarnt hatte, seit der Rückkehr der Frauen jedoch die ganze Zeit geschwiegen hatte.
»Ja«, antwortete Elizabeth. »Unsere Nachbarin hat mir heute in Salem heimlich einen Zettel zugesteckt, auf dem sie mir mitteilte, dass sie nach der Verhaftung meines Mannes all unsere drei Kinder festgenommen haben. Zuerst Sarah, die jetzt in Salem einsitzt, und dann Benjamin und zuletzt William, die beide hier in Boston sind. Und auf dem Zettel stand, dass sie William so gequält haben, wie man das allgemein hört. Einige von denen, die nicht gestanden haben, haben sie vierundzwanzig Stunden lang so gefesselt gehalten, dass ihre Fersen den Nacken berührten und schließlich das Blut aus der Nase schoss ... So wie die Katholiken das machen ... Ich habe es nicht glauben wollen ...«
Elizabeth brach in ein verzweifeltes Schluchzen aus.
»Elizabeth, Elizabeth«, rief Tituba, »es ist alles so ... so ...«
Sie sprach den Satz nicht zu Ende, weil sie die Sinnlosigkeit ihrer Worte einsah und auch die anderen sie nur kurz und verständnislos anblickten. Man schien sich weiter auf die von außen hereindringenden, immer leiser werdenden Stöhnlaute zu konzentrieren.
»Wenn ich nur wüsste, wo Benjamin ist und was sie mit ihm anstellen und wie es Sarah im Salemer Gefängnis geht«, fuhr

Elizabeth fort, nachdem länger nichts mehr zu vernehmen gewesen war. »Nach der Verhaftung meines Mannes ist der Sheriff zu uns nach Hause gekommen und hat alle Sachen herausschaffen lassen. Er hat das Vieh abgeschlachtet oder weggeschleppt und billig verkauft und dann hat er alle unsere Bierfässer und die Fässer mit den Nahrungsmitteln geleert und auch die leeren Behälter mitgenommen. Die Kinder wären vor ihrer Verhaftung verhungert, wenn unsere Nachbarin nicht eingesprungen wäre. Die Menschen werden hier immer maßloser in ihrer Grausamkeit und Verblendung und immer zügelloser... Sarah Good hat mir heute in Salem gesagt, der Vorsitzende Stoughton habe auf Anweisung des Gouverneurs jetzt auch ihrer gefangen gehaltenen fünfjährigen Tochter Dorothy Ketten anlegen lassen, um die Menschen draußen vor ihren Hexenkräften zu schützen, wie der Gouverneur behauptet, obwohl die Kleine doch schon lange im Kerker den Verstand verloren hat. Und man hat ihrer Mutter Sarah auch schon angekündigt, dass man sie bald zum nächsten Gerichtstermin vorladen werde...«

Elizabeth Proctor horchte noch einmal erschreckt auf. Dann war allerdings nichts mehr zu vernehmen. Niemand sagte mehr ein Wort.

Tituba ertrug die Zuspitzung der Ereignisse immer weniger. Sie litt auch unter der bedrängenden Enge im verdreckten Verlies. Es herrschte zudem eine höllische Hitze, die sich im Verlauf der hochsommerlichen Wochen in der stehenden, feuchten Gefängnisluft immer mehr aufgestaut hatte – ein mörderischer Kontrast zur Eiseskälte im Gefängnis von Ipswich. Dazu nagte der Hunger wie eine Ratte in ihr. Während der vergangenen zwei Monate war die Zahl der Gefangenen in Boston und Salem und anderen umliegenden Orten auf über hundert, bald zweihundert angewachsen, wodurch auch die Essenszuteilung immer knapper wurde. Vier der Gefangenen, darunter ein Mann, waren schon früh unter den Haftbedingungen gestorben. Einige hatten fliehen können und wieder andere, wenige, wurden frühzeitig entlassen. Nach der Hinrichtung von Bridget Bishop in der ersten Junihälfte war in Tituba innerlich etwas gerissen. Sie glaubte seitdem, von der Last ihrer Schuld erdrückt zu werden, wobei sich diese Schuld, als die nächsten Hinrichtungswellen im Monatsabstand aufeinander folgten, immer mehr zu einer Schuld des Überlebens wandelte. So froh Tituba einerseits war, dass sie die unzumutbaren Bedingungen ihrer Einkerkerung ohne Krankheit überstand, so verfluchte sie manchmal auch diesen Zustand, betrachtete ihn als eine doppelte Strafe und wünschte sich den Tod herbei.

Bis zur nächsten Zusammenkunft des Schwurgerichts Oyer und Terminer blieben Rebecca Nurse und Elizabeth Proctor noch in der Zelle in der Nähe von Tituba, obwohl die beiden auch weiterhin kaum mit ihr sprachen. Dann wurde Rebecca zu ihrem Gerichtstermin abgeholt und dort zum Tode verurteilt. Vor ihrer Hinrichtung, zusammen mit vier anderen Frauen, hatte Rebecca Zeit, Elizabeth zu berichten, wie es ihr und vor allem der armen Sarah Good vor Gericht ergangen war. Tituba riegelte sich gegen die Schreckensmeldungen immer fester ab, um nicht vollends den Verstand zu verlieren. Doch einige der Details von Sarah Goods Verhör waren so schrecklich, dass sie sich ihnen nicht entziehen konnte.

Eine von Sarah Goods Anklägerinnen, die während des Verhörs als Beweis für ihre Verhexung durch sie in einen Zustand der Besessenheit geraten war, schrie, auf Sarah zeigend: »Sie hat ein Messer in meine Brust gerammt.«

Daraufhin zog sie als Beweisstück die abgebrochene Spitze eines Messers aus ihrem Dekolleté und streckte sie mit theatralischer Gebärde in die Höhe. Als sie sich, nach der Berührung mit der Angeklagten, wieder beruhigt hatte, trat ein junger Mann in den Zeugenstand und zeigte das Messer, dem die betreffende Spitze fehlte. Ein Vergleich bewies, dass beides zusammengehörte.

Auf Anfrage des Richters erklärte der Mann bereitwillig, ihm sei gestern dieses Messer zerbrochen und er habe die Spitze in Gegenwart der Anklägerin weggeworfen.

Die Anklägerin erhielt einen richterlichen Verweis, den sie jedoch als erneuten Beweis für ihre Verhexung durch Sarah Good mit einem noch massiveren Anfall quittierte. Daraufhin wurde Sarah Good zum Tode verurteilt.

Rebecca Nurse, die zusammen mit Sarah Good und drei anderen Frauen aus Amesbury, Ipswich und Topsfield gehenkt wurde, musste vorher ein ähnlich unwürdiges Verfahren durchstehen.

Tituba, jetzt nur noch mit der schwangeren Elizabeth Proctor in ihrer Nähe, hörte nicht mehr hin, wenn jemand von den neuesten Schrecknissen berichtete. Irgendwann bemerkte Tituba tief greifende Veränderungen an Elizabeth, die sich in häufigen Weinkrämpfen und der strikten Weigerung, etwas zu essen, äußerten. Bald bekam Tituba mit, dass Elizabeths Mann John Proctor gehenkt worden war und einen schweren, angstvollen Tod erlitten hatte und dass der Geistliche das gemeinsame Gebet mit Proctor verweigert hatte. Mehr war Tituba nicht mehr in der Lage aufzunehmen.

Ihre Situation änderte sich erst, als während der größten Welle der Verhaftungen und Hinrichtungen irgendwann im frühen Herbst die Gefängnisse so überfüllt wurden, dass es zu häufigen Verlegungen von Häftlingen kam. Tituba wurde in einen anderen, ihr bisher fremden Trakt verlegt, in eine Zelle mit Frauen, die nichts mit den Hexenprozessen zu tun hatten und deswegen auch teilweise nicht angekettet waren. Dafür empfand Tituba ihre neuen Zellengenossinnen als ausgesprochen unangenehm. Ihrem Aussehen, ihrem Benehmen und vor allem ihrem ordinären Gerede nach gehörten sie der Bostoner Bordell- und Hafenszene an und hatten sich, wie Tituba bald herausfand, vielfach schwerer Raub- oder auch Tötungsdelikte schuldig gemacht.

Es dauerte jedoch nicht lange und die Zelle wurde mit einer Reihe weiterer weiblicher Häftlinge belegt, die alle, wie Tituba, angekettet wurden, was darauf schließen ließ, dass es sich bei ihnen wieder um Hexenjagdopfer handelte. Tituba kannte keine Einzige von ihnen. Die am nächsten von ihr platzierte junge Frau war ihr auf Anhieb sehr sympathisch.

»Ich bin Mary Parker aus Andover«, tuschelte diese Tituba zu, nachdem beide einander eine Weile im Halbdunkel freundlich gemustert hatten.

Es war eine große, stattliche Frau mit vollem, dunkelblondem Haar, kräftigem Gesicht und guten, blauen Augen, dazu mit einer sanften und hellen Stimme. Ein lieber Mensch mit festen Prinzipien, geradeheraus und einfach, so urteilte Tituba nach längerem Hinsehen. Sie fühlte, dass ihr die Anwesenheit ihrer neuen Nachbarin ausgesprochen gut tat.

»Aus Andover? So weite Kreise zieht unsere Sache inzwischen?«, fragte Tituba.

»Ach, Ihr macht Euch keine Vorstellungen. Ihr gehört auch zu den Angeklagten? Seid Ihr schon länger hier?«

Die Frau zeigte beim Sprechen ein großes, kräftiges Gebiss, welches jedoch in Anbetracht ihrer guten, sanften Augen

für Tituba nichts Ängstigendes oder Bedrohliches an sich hatte.
Wie gut, dass sie mich nicht kennt, dachte Tituba. Wenn die wüsste, wer ich bin, würde sie sich augenblicklich von mir abwenden...
»Ja, ich bin schon ziemlich lange hier«, beantwortete Tituba Marys Frage kurz und bündig.
Sie war froh, dass Mary nicht weiter in sie drang, sondern gleich anfing, ihre eigene Geschichte zu erzählen. Dabei sprach sie so leise, dass die anderen kaum etwas mithören konnten.
»Ja, es hat Kreise gezogen. Es ist unglaublich. Und ich weiß genau, was alle diejenigen von uns erwartet, die sich, wie ich, geweigert haben zu gestehen«, so begann Mary. »Ich bin noch als freier Mensch, nichts ahnend, Zeuge der letzten Hinrichtungen im August in Salem gewesen. Ein reiner Zufall, dass ich gerade dort war. Ich wurde plötzlich vom Sog einer entfesselten Menschenmenge erfasst, die sich zum Hexenhügel vor Salem Village wälzte, um dem Schauspiel beizuwohnen. Ich war von dem Treiben dort so fasziniert, dass ich gar nicht anders konnte, als einfach mitzugehen, obwohl ich gleichzeitig schaurige Skrupel empfand. Die Menschen dort führten sich wie Betrunkene auf... genauso wie sie sich aufführen werden, wenn auch ich bald auf demselben Karren angekettet dorthingefahren werde... Sie werden genauso grinsen, glotzen und grölen... so als hätte jeder mindestens eine Flasche Schnaps getrunken... Das Blut der Opfer war der Schnaps... Ich war auch einer der Gaffer gewesen, als der Karren mit den fünf Todeskandidaten vorbeizog zum Steinhügel mit dem Hexengalgen.«
Dann zählte Mary die Namen der Hingerichteten auf, als

würde sie sie, in eine Gedenktafel gemeißelt und vergoldet, ablesen.

»John Proctor, George Burroughs, George Jacobs, John Willard, Martha Carrier.«

Tituba merkte mit Erschrecken, wie bereitwillig und fast emotionslos sie diesen Bericht aus Marys Mund entgegennahm, nachdem sie sich die Wochen zuvor bei allem, was um sie herum geäußert worden war, fast die Ohren zugehalten hatte. Sie fragte sich, ob in der Zwischenzeit vielleicht eine Art Hornhaut über ihre Seele gewachsen war.

Mary berichtete, dass praktisch alle fünf im August Gehenkten Opfer von Denunziation, Rache und Hysterie gewesen waren. George Jacobs war von seiner eigenen Enkelin angezeigt worden, womit diese sich selbst hatte retten können. Mit George Burroughs wiederum, einem ehemaligen, liberal gesinnten Pfarrer in Salem, hatte die inzwischen dort fest etablierte theokratische Fraktion der puritanischen Geistlichen eine alte Rechnung beglichen. Dabei hatten neben den theologischen auch persönliche Differenzen und Streitigkeiten um Geld eine Rolle gespielt. Burroughs war einer der ersten Verhafteten gewesen. Er schmachtete seit April im Gefängnis und war Anfang August vom Schwurgericht zum Tode verurteilt worden, nachdem die Horde der besessenen Mädchen ihn zum wiederholten Mal als einen ihrer Peiniger hingestellt hatte. Noch auf der Leiter zum Galgen beteuerte er seine Unschuld. Da man ihm als einem Geistlichen Rederecht gewährte, drehte er sich auf einer der Sprossen, die er gerade erklommen hatte, noch einmal um und hielt eine feierliche Ansprache an die Mitglieder seiner ehemaligen Gemeinde. Mit einfachen und innigen Worten, wie einst auf der Kanzel, rührte er die Anwesenden zu Tränen und betete am Schluss

fehlerfrei und ohne zu stocken das Vaterunser, was seitens der Menge als letzter Beweis dafür gewertet wurde, dass der Verurteilte nicht mit dem Teufel im Bund stand. Einige sprangen erbittert hoch und banden Burroughs los, gegen den Widerstand der fanatisierten und verunsicherten puritanischen Geistlichen, die behaupteten, der Schwarze Mann habe Burroughs die richtige Version des Vaterunsers eingeblasen, um die Menge zu täuschen. Doch im selben Augenblick schwang sich der extra zur Hinrichtung angereiste berühmte Wortführer der alten Puritanerkaste, Cotton Mather, auf sein Pferd und donnerte mit der Kraft seiner ganzen Autorität, mit eindrucksvoll im Wind flatternden Locken seiner Perücke und weißem Bäffchen auf der Brust, seine unangefochtenen Lehren in die Menge herab, um diese zu beruhigen und wieder zurechtzurücken. Er beteuerte, dass der Teufel manchmal auch als Engel des Lichts verkleidet auftrete und dann am gefährlichsten sei und dass genau dies jetzt im Fall von Burroughs geschehen wäre. Die Menge ließ sich umstimmen. Burroughs wurde zum zweiten Mal an den Galgen geschleppt und rasch gehenkt. Seine halb entkleidete Leiche wurde in eine in der Nähe neu ausgehobene, steinige Grube geworfen, in der schon John Willard und Martha Carrier lagen. Wegen der groben Beschaffenheit des Schotters, mit dem die Grube zugeschüttet wurde, blieb eine Hand und das Kinn von Burroughs, neben dem Fuß einer der beiden anderen Toten, für die Menge sichtbar.
Tituba nahm trotz der Schrecklichkeit dieses Berichts von Mary Parker diesen mit allen Details in sich auf, wenngleich weiterhin fast frei von Mitgefühl und ohne das Schuldbewusstsein, das sie bis noch vor kurzem so sehr belastet hatte. Je grauenvoller die in ihrer Vorstellung vorbeiziehenden Einzel-

heiten, desto unbeteiligter, fast stumpf, hörte sie sie an. Dies galt auch von einem besonders verabscheuungswürdigen Fall, den sie als Nächstes aus Mary Parkers Mund vernahm. Es war die bestialische Tötung des achtzigjährigen Giles Corey, des Mannes von Martha Corey, der, ebenfalls seit April im Gefängnis, bis zuletzt jede Aussage zu seiner Beschuldigung als Hexer verweigert hatte. Er wurde einem Zeugniszwangsverfahren unterworfen, welches das englische Recht nur äußerst selten bei Hochverratsprozessen anwandte. Auf dem freien Feld neben dem Gemeindehaus wurde er auf dem Boden angepflockt und sein Körper so lange mit Felsbrocken beschwert, bis er zu sprechen bereit war. Aber der willensstarke Alte blieb stumm, bis ihm die Gewichte auf dem Brustkorb die Zunge aus dem Mund pressten und der Sheriff sie mit dem Stock wieder hineinstieß. Nach zwei Tagen dieser Art von Behandlung starb Corey.

Während Mary Parker diese Schrecknisse wiedergab, wurde Tituba immer klarer, dass Mary mit all diesen Horrorgeschichten auch von sich und ihrem eigenen, nicht minder tragischen Schicksal hatte ablenken wollen. Denn wie beiläufig hatte sie erwähnt, dass sie selbst vor Gericht gestanden und dort ihr eigenes Todesurteil entgegengenommen habe. Dies lag erst drei Tage zurück und schon übermorgen sollte die Hinrichtung durch den Strang stattfinden, und zwar zusammen mit sieben anderen, darunter auch Martha Corey. Sie bewunderte Mary für ihre gefasste und ruhige Haltung, ja, ihre Heiterkeit, mit der sie weiter die nicht weniger schrecklichen Hintergründe ihrer eigenen Verurteilung ausbreitete.

Es war schon Wochen her, dass die Frau von Joseph Ballard im einige Meilen nördlich von Salem gelegenen Andover, woher Mary Parker kam, von einem seltsamen und unerfindlichen

Leiden befallen worden war. Ballard und einige seiner Nachbarn ließen über einen reitenden Boten zwei der bewährtesten halbwüchsigen Salemer Geisterseherinnen holen. Es waren Ann Putnam und Mary Walcott. Kaum betraten die beiden die Krankenstube, fielen sie in Krämpfe und sahen die Gespenster und Hexen, die die Patientin quälten, die sie jedoch nicht beim Namen nennen konnten, weil sie noch nie in Andover gewesen waren. Deshalb musste sich praktisch die ganze Dorfbewohnerschaft im Haus der Kranken einfinden und in einer langen Reihe an den beiden sich in ständigen Krämpfen windenden Mädchen vorbeiziehen und deren Hand berühren. Hörten bei der Berührung die Krämpfe auf, war die betreffende Person als Hexe überführt. Das Resultat war, dass Andover praktisch nur noch aus Hexen bestand. Auch Mary Parker war eine. Innerhalb weniger Tage wurden fünfzig Verdächtige, darunter mehrere Kinder, auf die Gefängnisse in der Umgebung verteilt, in denen noch Platz war. Immer neue Anklagen wurden erhoben, neue Verdächtigungen ausgestreut und immer neue Todesurteile ergingen durch das unbelehrbare Gericht Oyer und Terminer in Salem. Ehegatten sowie Eltern zeigten sich gegenseitig an und bezichtigten einander, auf Besen durch die Lüfte zu ihren Opfern zu reiten und sie zu quälen oder gar umzubringen. Als sogar der Friedensrichter Dudley Bradstreet, der die Massenverhaftungen in Andover angeordnet hatte, selbst verdächtigt wurde, zusammen mit seiner Frau neun Morde begangen zu haben, floh dieser aus dem Ort und hielt sich seither versteckt. Sein Bruder John hatte sich schon vorher in Sicherheit gebracht, nachdem man ihm vorgeworfen hatte, einen Hund behext zu haben – eine neue Variante in der nunmehr seit einem halben Jahr anhaltenden Hysterie. Auch in der Anklageschrift gegen Mary Parker war die angebliche Verhexung eines großen schwarzen Hundes vermerkt, den Mary auf einen unschuldigen Bürger gehetzt haben soll.

Eines nahm Tituba mit extrem gemischten Gefühlen auf: Es war Marys heldenhafter Mut, alle gegen sie gerichteten Anschuldigungen abzuwehren, im vollen Bewusstsein, dass diese Verweigerung den sicheren Tod bedeutete. Tituba bewunderte Mary für deren Standhaftigkeit, im Gegensatz zu ihr selbst, die gestanden hatte, eine Hexe zu sein. Mary war unschuldig und starb unschuldig. Tituba überlebte schuldig. Dies war für sie ein unerträglicher Gegensatz, der bewirkte, dass sie nicht aus Neid Mary, sondern sich selbst richtiggehend zu hassen begann. Zum ersten Mal übertrug sie den Hass aller anderen auf sich selbst und sie hasste sich mindestens so sehr, wie sie von den anderen gehasst zu werden glaubte. Und sie war Mary dankbar, dass diese sie wegen ihrer Andersartigkeit nicht ablehnte, verachtete und ausgrenzte. Dies war ein unschätzbarer Trost für Tituba. Es erleichterte ihr den bevorstehenden Abschied von Mary und verlieh ihr die notwendige Kraft, ihre verbleibende Leidenszeit in ihrer Zelle körperlich und seelisch zu überstehen.

Der Abschied von Flora war überaus herzlich gewesen. Judith hatte Flora voller Dankbarkeit bestätigt, welche Wunder diese mit ihren indianischen Heilmethoden bei ihr bewirkt hatte und es war gut so und es war jetzt Zeit, sich von ihr und ihrer kraftvollen Führung zu trennen und ihre neu gewachsenen Federn selbstständig für ihren weiteren Weg zu schärfen und in Schwingung zu versetzen.
Die neue, dreiköpfige Familie befand sich inzwischen auf ihrer großen Heimreise von der Atlantikküste nach Westen und überquerte gerade mit der Fähre die Meerenge zwischen Neufundland und Nova Scotia. Ihr gemietetes Wohnmobil stand sicher zwischen anderen geparkten Fahrzeugen auf dem Unterdeck und Judith und Willy hatten sich gerade vor dem starken Wind, zusammen mit ihrem Kinderwagen mit der fest schlafenden Kleinen darin, in das Bordrestaurant geflüchtet, wo sie, von den Schaukelbewegungen des Schiffs getragen, vor einer Kanne dampfenden Tees und einer flackernden Kerze saßen und durch die breite Glasscheibe auf das weißgrau aufgewühlte Meer blickten. Auf Deck wagten sich nur einige einsame Gestalten vorbei und kämpften, je nach Richtung nach vorn oder nach hinten gebeugt, gegen den scharfen Ostwind an. Ein blonder Hüne im Schottenrock und mit einem Dudelsack, dann hintereinander, aber offensichtlich zusammengehörend drei unterschiedlich alte Frauen, die schwere Woll-

decken und Knüpfteppiche auf ihren Schultern trugen. Bis zum Anlegehafen in North Sidney auf Cape Breton Island waren es noch mindestens zwei Stunden.

Neben dem Teegedeck auf dem Tisch lag Willys zerschlissener, grüner Texaco-Touring-Atlas noch aus den frühen Siebzigerjahren, den Judith aus Vancouver kannte und den Willy vorsorglich nach Gander mitgebracht hatte. Sie gingen noch einmal ihre Reiseroute durch. Von Cape Breton Island, Nova Scotia und New Brunswick wollten sie nach Quebec und Montreal fahren.

»Und nach Toronto auch«, bat Judith.

»Toronto? Das liegt ein bisschen zu südlich«, entgegnete Willy.

»Ja, aber es ist wichtig.«

»Warum?«

»Dort ist das Royal Ontario Museum mit der Abteilung Ethnologie, wo Floras Bruder Greg arbeitet und wo die indianischen Relikte ausgestellt sind, die Flora mir beschrieben hat. Sie hat mir die Adresse gegeben.«

»Aha, verstehe. Dann müssen wir eben einen kleinen Umweg machen und von dort aus die Großen Seen von Ontario angehen.«

»Ja. Und dann geht's weiter über Winnipeg, Saskatoon und Calgary«, setzte Judith die Route fort, indem sie mit dem Finger die aufgeschlagene Atlasseite entlangfuhr.

»Dann müssen wir uns umso mehr dranhalten. Sonst kommen wir nie nach Hause.«

»Ein paar Pausen sollten wir trotzdem einlegen, damit es nicht zu anstrengend wird«, meinte Judith, bei der Vorstellung einer Marathonfahrt quer durch den Kontinent ein wenig außer Atem geratend.

»Wolltest du noch woandershin?«
»Ja, Regina wäre mir auch sehr lieb«, erklärte Judith, auf die Stelle im Atlas zeigend. Dort dreht gerade ein Filmregisseur, den ich kenne, einen neuen Dokumentarfilm ... Und den würde ich gerne um Rat fragen für das, was ich vorhabe.«
Willy schaute Judith neugierig an.
»Du bist aber schnell. Kaum wieder auferstanden, verfolgst du schon wieder dein nächstes Projekt. Bist du denn sicher, dass dieser Filmmensch dort ist?«
»Ich weiß schon lange, dass er die zweite Oktoberhälfte in Regina dreht ... Ich fände es jedenfalls einen Versuch wert, dort nach ihm Ausschau zu halten ... So eine Filmequipe ist nicht zu übersehen ...«
»Wenn du meinst und wenn es ohnehin auf dem Weg liegt ...«
»Was sind das eigentlich für Frauen ... mit den Teppichen und Decken?«, fragte Judith, auf das Schiffsfenster deutend, vor dem erneut die drei Frauen mit den Wolldecken und Knüpfteppichen, sich diesmal in die Gegenrichtung gegen den Wind stemmend, vorbeizogen.
Willy hatte ihr und sich selbst eben die dritte Tasse Tee eingeschenkt und schaute ebenfalls zum Fenster hinaus.
»Das sind wahrscheinlich Fischerfrauen aus Cape Breton, die unverrichteter Dinge wieder nach Hause fahren. Diese Knüpfware verfertigen sie in den langen Wintermonaten und verkaufen sie dann den ganzen Sommer über als Souvenirs ... An der kargen und steinigen Nordküste von Cape Breton gibt es wunderschöne kleine Fischerdörfer, ganz und gar bretonisch wie in Frankreich: Petit Étang, Belle Côte, Cheticamp und so weiter ... Ein Ort schöner als der andere. Ich kenne sie alle. Vielleicht sollten wir einen ganz kurzen Abstecher an den

einen oder anderen Flecken machen, wenn wir in North Sidney angelegt haben.«
»Hat die Insel überwiegend französischen Charakter?«
»An der Küste schon. Aber im Hochland sind weite Teile noch ursprüngliches, echtes Schottland. Da wird noch keltisch oder gälisch gesprochen und gesungen, in schottischer Tracht, wie du da draußen gesehen hast. Ich habe auf Galiano einen Stammgast aus Orangedale, der jedes Jahr mit seinem Dudelsack kommt und damit die anderen Gäste verrückt macht. Gott sei Dank bleibt er immer nur eine Woche...
Jetzt öffnete sich die Türe hinter ihnen und die drei Frauen mit den Decken und Teppichen auf den Schultern betraten, zerzaust und mit geröteten Gesichtern, den geheizten Raum. Sie begaben sich, ähnlich wie gegen den Wind vorhin nur noch gegen die Schaukelbewegungen des Schiffs ansteuernd, an einen langen Tisch, auf dessen einer Hälfte sie bequem ihre Bündel ablegen konnten, um sich dann vor der frei gebliebenen Fläche niederzulassen.
Wieder auf dem Festland, genoss Judith die Wohnwagenfahrt durch die Traumlandschaft der Inselwelt von Südost-Canada zusammen mit Willy und ihrem Kind. Zwischendurch machten sie Rast, im einen oder anderen Fischerdorf an der Steilküste von Cape Breton oder in einer Inn am waldreichen Gebiet um den St. John River. Judith erlebte zum ersten Mal ein deutliches Gefühl von Sicherheit und Geborgenheit, das Willy ihr vermittelte. Vielleicht war es auch ihr ständig sich besserndes körperliches Befinden oder auch die sich zunehmend entspannende Beziehung zu ihrer kleinen Tituba, obwohl es hauptsächlich der Vater war, der sie immer noch pflegte und versorgte. Die Kleine stand nicht nur die Strapazen der Wohnmobilreise mit erstaunlicher Bravour und mit einer geradezu

ergreifenden Friedfertigkeit durch. Wie von Willy vorhergesagt, bemerkte Judith auch nichts mehr von den körperlichen Unstimmigkeiten, die ihr anfangs so große Sorgen bereitet hatten. Nur schlief sie immer noch sehr viel und zeigte beiden Eltern gegenüber wenig Interesse. Zu allen Verbesserungen hinzu kam die ausgesprochen beruhigende Wirkung des wunderschönen Panoramas der ostcanadischen Küstenlandschaft, der stillen Hochmoore und der Wildnis der weiten Wälder, die jetzt prachtvoll in allen Herbstfarben leuchteten. Obwohl sie mit der Zeit nicht zu großzügig umgehen wollten, entschieden sie sich wiederholt für den einen oder anderen Abstecher vom Trans-Canada-Highway auf einen der idyllischen, von Ahornriesen überdachten Picknickplätze und sie überquerten sicher ein halbes Dutzend Mal den trägen und stimmungsvollen St. John auf einer der kostenlosen kleinen Kabelfähren.

Als sie kurz nach der Stadt Edmunston im Norden von New Brunswick in die französischsprachige Provinz Quebec zum St.-Lorenz-Strom gelangten, waren Willy und Judith wie bezaubert von den Buchten, Sandstränden und Fjorden und vom romantischen Reiz der Dörfer und Städtchen am Ufer. Ungläubig verfolgten sie das wiederholte Auftauchen großer Wale aus den Fluten und freuten sich an der atemberaubenden Farbenvielfalt der zwischen herbstrotem Laub und immergrünen Nadelbäumen wechselnden Wälder.

Schließlich kamen sie in Quebec-City an, wo sie, vorbei an den Hochhäusern der Außenbezirke, an der imposanten Stadtmauer um den historischen Kern anlangten und dort ihr Wohnmobil abstellten. Willy nahm, ohne erst lang den Kinderwagen aufzubauen, die mit ihrem neuen Wolljäckchen samt Mütze bekleidete kleine Tituba hoch und packte sie in seine Arme. Sie traten durch das geöffnete, riesige Eichentor in die Altstadt, wo sie gleich auf eine äußerst romantische, kopfsteinbepflasterte Gasse stießen. Sie stiegen diese, vorbei an Straßenmusikern und einem Maler, der an einer Staffelei werkelte, hoch in Richtung von Place Royal und der Kirche Notre Dame des Victoires. Nach einem kleinen Rundgang gingen sie dieselbe Gasse wieder zurück zu ihrem Wohnmobil.

Am folgenden Mittag langten sie in Montreal an und fuhren zwischen dem Flusshafen und den verglasten Wolkenkratzern in die Innenstadt, die sie kurz besichtigten. Bald zweigten sie vom breiten St.-Lorenz-Strom ab in Richtung Ottawa. Da sie die Highway- und Großstadtatmosphäre satt hatten, flüchteten sie sich in verborgenere, liebliche Gegenden am Ottawa-River, wo Waldstriche und sanfte Hügellandschaft einander ablösten. Mitten in der Natur stießen sie auf einen imposanten, sternförmigen Holzbau, der trotz seiner ausgefallenen Anlage im rustikalen Stil gehalten war und sich bald als Luxushotel entpuppte, mit Golfplatz, Sauna und großem Jachthafen am Fluss. Für Judith und Willy war dies eine willkommene Abwechslung. Schon in der sich über zwei Etagen erstreckenden Eingangshalle erhob sich ein riesiger, sechseckiger Kamin, an dessen Seiten die Fahnen der sechs stärksten Industrienationen der Welt emporragten. Wie Tafelinschriften und Broschüren an der Rezeption zu entnehmen war, hatte in diesem Hotel Montebello vor etwa fünf Jahren ein Gipfeltreffen der hier ausgewiesenen Länder stattgefunden.

Sie verlängerten ihren Aufenthalt noch um ein paar Tage und Judith gelang es endlich, alles so weit von sich abzuschütteln und sich so sehr zu entspannen, dass sie sich zum ersten Mal seit der Geburt ihrer Tituba wieder praktisch gesund fühlte und Lust hatte, mit Willy zu schlafen, was die beiden ausgiebig und mit Hingabe taten. Sie genossen die exzellente Küche des Hauses, ließen sich massieren und maniküren und wanderten, trotz des schlechten Wetters, stundenlang, den Kinderwagen vor sich hin schiebend, den Fluss und die nahe gelegenen Seen entlang, bis sie sich wieder richtig darauf freuten, mit ihrem Wohnmobil die Heimreise nach Westen fortzusetzen.

Während ihrer Wanderungen durch die Landschaft redeten sie viel. Dabei war Judith bemüht, noch mehr als bisher auch auf Willys Probleme und Gedanken einzugehen. Und es tat ihr etwas weh, dass er sich diesen so verschloss und ihr nicht genügend Vertrauen entgegenbrachte. Sie litt unter dieser Einseitigkeit, die ihn so überlegen und unangreifbar erscheinen ließ. Und sie hoffte zugleich, dass sich dies ändern würde, wenn sie sich noch weiter gefangen und ihr Zustand sich gefestigt haben würde. Jedenfalls freute sich Judith über Willys gebessertes Aussehen, über seine geglätteten, gestrafften Züge und seine jungenhaft fröhliche und unbeschwerte Laune und Gelassenheit allem gegenüber. Judith führte diesen erfreulichen Umstand in erster Linie darauf zurück, dass er sich von ihr wenigstens als Mann wieder vollständig angenommen fühlte.

Vom Ottawa-River machten sie, wie Judith es gewünscht hatte, einen kleinen Bogen südwärts nach Toronto zu dem von Flora empfohlenen Indianermuseum. Das meiste, was sie dort antrafen, entsprach in etwa Floras Ankündigungen: die fast Raum füllende, aus einer künstlichen Versenkung ragende Rundhütte, wie sie zur Zeit der indianischen Ureinwohner in Wirklichkeit halb unter der Erde gestanden hatte, mit einem Dach aus ungesägten Baumstämmen, dann die Vitrinen mit den ausgestellten Relikten aus dem Alltag: Geräte zur Nahrungszubereitung und zur Anfertigung von Körben und Kleidung aus Zweigen, Büffelleder und Baumrinde, Kriegswaffen, Kanus, Medizingeräte, Werkzeuge, Masken und indianische Malereien von Kriegsszenen, religiösen Zeremonien, Spielen und Festen. Aber die Art der Präsentation der vielfach nur nachgebildeten Dinge empfand Judith als enttäuschend blass und künstlich im Vergleich zu Floras lebendigen Schilderungen.

»Das ist in Museen immer so ... wie in unseren Souvenirläden auf Galiano oder bei Touristenführungen«, erwiderte Willy, als Judith dies beklagte. »Die Menschen kommen oft von weither, um etwas Sensationelles zu sehen, und sie bringen anstelle von Wissen eine Menge Fantasie mit, die ihnen unsere Touristenbranche gern belässt, ja, sie mit entsprechender Aufmachung sogar belebt und verstärkt. Die Menschen scheuen vielfach die wahre Realität.«

»Floras Bruder Greg gehört aber nicht zur Touristenbranche«, widersprach Judith etwas indigniert.

»Wahrscheinlich hat er, wie wir alle, Kompromisse schließen müssen ...«, antwortete Willy lakonisch.

Im letzten Ausstellungstrakt entdeckten sie etwas, wovon Flora nie gesprochen hatte und das Judith so erschütterte, dass sie verstand, warum Flora es ihr vorenthalten hatte. Es waren Foto- und Filmdokumente über die Nachfahren der indianischen Ureinwohner. Da die ältesten Aufnahmen etwa bis zur Mitte des neunzehnten Jahrhunderts zurückreichten, stammten sie also alle aus der Zeit des letzten Niedergangs der Indianer. Der noch in der Vitrine künstlich zur Schau gestellte furchtlose und wilde Blick der Attrappe eines Huronen in der farbigen Tracht verflachte hier vollends zur Legende. Die Ge-

sichter der in diesem Ausstellungstrakt schwarzweiß Abgelichteten waren alle gezeichnet von den vielfach erlittenen seelischen Verletzungen und Demütigungen dieser Menschen und vor allem ihre aus verschiedenen Kulturen und Epochen zusammengewürfelte Kleidung und Haartracht verriet den totalen Verlust ihrer einstigen Identität. Dem Betrachter begegnete ein skurriles Sammelsurium aus klassischen Überhängen und europäisch-amerikanischen Knöpfjacken und Hosen und Röcken bei Frauen, aus Mokassins, Wanderschuhen und Schaftstiefeln und auf dem Kopf wechselten sich Mützen, Federschmuck, Strohhüte und turmähnliche Zylinder über zusammengebundenem oder auch kurz geschnittenem Haar. Das eine Foto zeigte das traurig resignierte Gesicht eines gefangenen Kriegers, ein anderes ein verängstigt dreinblickendes, hochschwangeres Mädchen zwischen den Tipis eines Flüchtlingslagers, wieder ein anderes den noch ungebrochen trotzigen Ausdruck eines Häuptlings mit geflochtenem Zopf, weißem Hemd und Paletot. Es waren ferner Kinder zu sehen, die mit unterschiedlichem Erfolg zu lächeln versuchten und schließlich ein Mann im Häuptlingsstaat, sitzend neben einem überdimensionalen Herz-Jesu-Bild.
Noch grotesker und trauriger waren die etwas jüngeren Filme mit Aufnahmen, die ein in der Ecke erhöht angebrachter Fernsehmonitor mit kreischendem und schepperndem Begleitton bot. Der erste Streifen war eine Aneinanderreihung von Fragmenten offenbar aus der frühesten Stummfilmzeit, mit heutigen Sprechkommentaren versehen und peinlich unpassender Musik untermalt. Am ausführlichsten wurde gezeigt, wie Angehörige eines Sioux-Stammes aus den USA zusammen mit denen eines anderen, mit ihnen tödlich verfeindeten Stammes in dasselbe Reservat zwangsumgesiedelt wurden und unter Bewa-

chung von Regierungssoldaten einen Bewässerungsgraben auszuheben hatten – eine der Maßnahmen der amerikanischen Regierung, die Indianer zu selbstversorgenden Farmern umzuerziehen. Dann sah man Sioux-Familien in ihrem Reservat in einer endlosen Warteschlange stehen für ihre magere Wochenration an Mehl und Fleisch. Wieder später waren es Frauen, die am Rationstag Brennmaterial aus Pappel- und Mesquiteholz sammelten. Zum Abschluss ließ man eine in Lumpen gehüllte Squaw das Flechten von Körben demonstrieren. Der zweite, bereits ein Tonfilm, bestand in der touristischen Demonstration indianischer Kriegstänze mit dem Originalton der begleitenden Gesänge und der Trommelschläge, die Judith ein wenig an die Anfangstakte des bei Staatsbegräbnissen gespielten Trauermarsches von Beethovens »Eroica« erinnerten. Vor allem, wenn sie sich klarmachte, dass die Kriegstänzer ihren Krieg gegen die Weißen endgültig verloren hatten, die dazugehörigen Tänze den Siegern nur zu deren Amusement vorführten und sie auch noch optisch aufzeichnen ließen mit den Mitteln der Technik, die stets Garant und Symbol gewesen war für die physische Überlegenheit der weißen Eindringlinge.

Sie hatten bereits eine ziemliche Strecke durch Ontario zurückgelegt, wieder nach Norden, durch eindrucksvolle, stille Landschaften und dann in einer zweitägigen, fast pausenlosen Fahrt bei der sie sich gegenseitig am Steuer ablösten, zum grandiosen Süßwassersee Lake Superior. Es war kalt, aber die Sonne war, wie zu einem letzten spätherbstlichen Gastspiel, durch die Regenwolken hindurchgebrochen und tauchte die tropfnasse und sich vorwinterlich abschließende Oktoberlandschaft und das absterbende Feuer des Herbstlaubs in ein unwirklich starkes und schönes Licht. Der See leuchtete in einem so tiefen, metallenen Blau, dass es dem Auge einen unmittelbareren Einblick in seine Abgründe zu gestatten schien als während der von flimmerndem Licht und Leben erfüllten Sommermonate. Judith und Willy hatten ihr Wohnmobil auf einem Sonnenplatz am Rand des Waldstücks abgestellt, wo noch ein anderes Wohnmobil stand. Es hatte breite und nach außen gewölbte Fenster nach der Art von Schiffsbullaugen, mit bunten, einladenden Vorhängen dahinter, und man konnte sich das blitzende Weiß des Fahrzeugs gut als eine Art Tarnfarbe vorstellen für das Gefährt inmitten einer tief verschneiten canadischen Winterlandschaft.

Während Willy und Judith sich auf einen Aufenthalt an diesem Plätzchen bis zum folgenden Morgen einrichteten und Willy Tituba in der allmählich wärmenden Mittagssonne wickelte, entdeckten die beiden neben dem Nachbarwohnmobil einen Tisch mit einem Schachbrett mit schlichten Holzfiguren darauf und zwei Stühlen an den Seiten. Ihr Blick wurde jedoch bald abgelenkt durch Tituba, die sehr ungehalten und laut war. Kaum glaubten ihre Eltern sie beruhigt zu haben, schrie sie wieder von neuem los. Beide nahmen sie abwechselnd in die Arme und gingen mit ihr, sie sanft wiegend, auf der sonnenbeschienenen Kiesfläche vor dem Wohnwagen auf und ab. Erst nachdem Judith sie gestillt hatte, schlief Tituba so fest ein, dass ihre Mutter sie in die Schlafkoje des Wohnmobils in ihr Bettchen legen konnte.

Mittlerweile hatten sie die Türe geschlossen, um sich in der Kochnische daneben einen Tee zu machen. Während Judith mit dem Wasserkessel hantierte, schaute Willy zum Fenster hinaus.

»Wir bekommen Gesellschaft«, rief er aufgeräumt. »Der Schachtisch unserer Nachbarn ist besetzt. Sie spielen ...«

Judith trat sofort ans Fenster und erblickte zwei Männer mittleren Alters einander am Tisch gegenüber sitzen, beide regungslos über das Schachbrett gebeugt und dessen Figuren fest im Visier. Es waren offenbar die Besitzer des anderen Wohnmobils. Sie saßen in dicke Mäntel gehüllt, so als richteten sie sich auf ein langes Turnier ein.

»Ich habe dir doch auf der Schiffsüberfahrt zur Cape Breton Island etwas von einem neuen Projekt gesagt ... weswegen ich in Regina diesen Regisseur treffen wollte«, sagte Judith, nachdem sie eine Weile versonnen den beiden Spielern zugeschaut hatte.

»Ja?«

Willy schaute aufmerksam auf.

»Es soll eine Art Verfilmung von Stefan Zweigs ›Schachnovelle‹ werden ... Und mir ist eben der Titel dafür eingefallen, ›Schachmatt‹.«

»Ach ...«

»Das Problem, das ich habe, ist nur, dass ich zu wenig Erfahrung in dem Bereich habe. Ich wollte eigentlich das Drehbuch zu einem Spielfilm verfassen, ich werde aber wohl nicht ganz darum herumkommen, auch ein paar dokumentarische Einschübe dazwischenzusetzen. Und dafür benötige ich ein wenig Hilfe von fachkundiger Seite ...«

»Von diesem Filmregisseur?«

»Ja.«

»Und was ist das für einer?«

»Peppino Frazzi, Doktor Peppino Frazzi, ein bekannter Dokumentarfilmer ... hat unlängst für einen Film über den Vietnamkrieg eine Auszeichnung bekommen ...«

Willy, der seine Blicke abwechselnd zwischen der Spielszene draußen und Judith hatte wandern lassen, schaute jetzt nur noch neugierig Judith an.

»Und diese Erzählung von Zweig ... um was geht es da?«
»Zweig hat die ›Schachnovelle‹ kurz vor seinem Selbstmord in Brasilien verfasst. Sie ist eine leidenschaftliche, bittere Selbstoffenbarung, das Letzte und das Beste von ihm und das Einzige, das er ganz in Brasilien geschrieben hat. Sie ist vermutlich erfunden, spiegelt aber seine innere und äußere Situation während seiner letzten Lebensmonate im Exil wider und man merkt auch, dass er selbst leidenschaftlicher Schachspieler war ... Doktor B., ein Rechtsanwalt und Verwalter der Güter der katholischen Kirche und der Kaiserlichen Familie Österreichs, wird nach dem Anschluss seines Landes an Nazideutschland 1938 von der Gestapo verhaftet und in Isolierhaft in ein Hotelzimmer eingesperrt, um so für die Weitergabe wichtiger Information gefügig gemacht zu werden. Als schließlich seine Widerstandskraft gebrochen scheint, entdeckt er beim Gang zum Verhör im Vorraum in der Manteltasche eines Offiziers ein Schachlehrbuch. Mit dessen Hilfe erlernt er auf seiner bunt karierten Bettdecke und mit heimlich aus Brot gekneteten Figuren das Schachspiel. Er spielt die einhundertfünfzig dort abgedruckten Partien der Schachmeister nach. Anfangs tut er dies zum Zeitvertreib und um seinen Verstand zu schärfen und die verlorene Widerstandskraft zu erhöhen. Doch das Vergnügen verkehrt sich immer mehr zur maßlosen Leidenschaft, zur Besessenheit, zu einem regelrechten Schachfieber, das ihn, im ständigen aggressiven Spiel gegen sich selbst, bald in den Wahnsinn treibt. Ein Arzt rettet ihn und nimmt ihm das Versprechen ab, nie mehr ein Schachbrett anzurühren. Als jedoch auf einer Schiffsreise zwischen Europa und Südamerika der Schachweltmeister Czentovic der Bitte eines anderen Passagiers nachkommt, gegen ihn zu spielen – und zwar gegen Bezahlung –, kann er nicht anders, als

sich in dieses Spiel einzumischen und schließlich selbst gegen Czentovic anzutreten. Dieser zeigt sich schon nach den ersten Zügen verblüfft vom überragenden Können seines Herausforderers, der ihn zunehmend verunsichert und das Spiel bald mit einem Remis zu Ende führt. In einem zweiten Spiel scheint Doktor B. wieder einem Sieg immer näher zu kommen, droht dabei aber in den Wahnsinn zurückzufallen, in den ihn die ›Schachvergiftung‹ in seiner Haftzeit getrieben hatte. Außer Kontrolle geraten, lässt er sich zu einem unbedachten Zug hinreißen, der ihn – rechtzeitig bevor er ganz den Verstand verliert – zur Aufgabe zwingt.«
»Und dein Drehbuch soll eine szenische Nachstellung dieser Erzählung werden?«
»Eine sehr freie Nachstellung. Dazu möchte ich gleichzeitig an den prägnantesten Stellen des Schachspiels Szenen aus Zweigs letzten Lebenswochen in Petrópolis und in Rio de Janeiro einblenden, um den indirekt autobiografischen Charakter der Erzählung deutlicher zu machen, die Zusammenhänge zwischen Kunst und Leben und Spiel und Realität. Das gilt dann besonders zugespitzt für das tragische Ende der Novelle – und des wirklichen Lebens!«
Judith horchte kurz auf, weil sie meinte, ihr Kind gehört zu haben. Aber es war still.
»Haben deine Eltern Stefan Zweig nicht gekannt?«
»Doch, ich weiß viel, vor allem über seine letzten Wochen und Monate in Petrópolis. Deshalb möchte ich in dem Film ja auch die dokumentarischen Einschübe bringen. Zwei von ihrem Spiel besessene Kontrahenten und dazwischen Szenen aus dem Leben, die auch Spiel sind, karnevalistisches Spiel, am Anfang, doch dann bricht auch dort bitterer Ernst in die Fröhlichkeit ein. Karnevalsdienstag in Rio, der Höhe- und End-

punkt der Feierlichkeiten, die gewaltigste Orgie von Klanggeräuschen, Farben und Gerüchen. Überall dasselbe Gewühl singender und tanzender Menschen, die in der Schwüle und im Taumel der künstlich aufgeheizten Feststimmung versinken. Im Stadtzentrum, dann am Hafen und in den Stadtteilen Glória und Flamengo. Überall dieselbe Woge aus Flittergold, vielfarbigen Federgebilden, Pappmaché und Seide, aus Schminke, Schweiß und Trommellärm und wild aufgerissenen Gesichtern. Dann wandert die Kamera in die etwas abgelegeneren Straßen von Catete und Laranjeiras, wo das Festtreiben dünner ist... An einem Kiosk an der Rua Paissandú, dort wo Zweigs Verleger Abrão Koogan wohnt, steht Stefan Zweig. Er hält mehrere Zeitungen in der Hand, in denen er mit zitternder Hand blättert. Sein Gesicht ist kreidebleich. Er starrt immer wieder verstört auf die Titelseite einer der Zeitungen und bleibt wie paralysiert stehen. Es folgt eine Großaufnahme der Titelseite. Dort steht etwas weiter unten in großen Lettern: ›Britische Flotte vor Singapur versenkt‹. An einer anderen Stelle auf derselben Seite wird ein gewaltsamer Vorstoß der Deutschen durch Libyen in Richtung Suezkanal bekannt gegeben und eine kleinere Notiz meldet neue finanzielle Verpflichtungen britischer Bürger im Ausland, wozu auch die Zweigs gehören. Dann, auf derselben Titelseite, einige Fotos von fröhlichen Karnevalsumzügen in der Stadt. Als Nächstes sieht man, wie Zweig alle Zeitungen zusammenfaltet und dann entschlossen über die Straße auf eine der Haustüren zustrebt und dort klingelt, bis sich die Türe öffnet und er schließlich im Inneren des Hauses verschwindet. Die Kamera kehrt wieder zur Busstation an der Praça den Mauá zurück. Von dort fährt ein Omnibus weg mit der Aufschrift ›Petrópolis‹.«

»Und in diesem Bus sitzt Zweig?«, versicherte sich Willy.
»Ja, praktisch seine letzte Reise nach Petrópolis. Er wird drei Tage später nochmals kurz nach Rio zu seinem Verleger fahren, um diesem mehrere Briefumschläge zur Aufbewahrung in einem Safe zu übergeben. Danach wechselt wieder alles zum Schachspiel...«
»Das hört sich ja wirklich spannend an«, sagte Willy dazwischen, der Judith die ganze Zeit voller Bewunderung angestarrt hatte.
»Ja, ich will immer wieder Dokumentarisches einblenden, beispielsweise auch Zweigs Beerdigung... Und wenn dann, wieder im Spielfilm, der Zahnarzt Monteiro, den mein Vater auch gut kannte, sich im Sterbezimmer von Stefan und Lotte Zweig daran macht, dem Schriftsteller die Totenmaske abzunehmen, wird die Kamera rasch in das angrenzende Arbeitszimmer des Schriftstellers schwenken, wo sich gerade zwei Beamte an den Papieren auf den verschiedenen Tischen zu schaffen machen... vor allem an Briefen, die in großer Zahl dort liegen... Es sind offenbar Abschiedsbriefe, unter anderem an den Bürgermeister und an den Stadtbibliothekar von Petrópolis gerichtet, an Zweigs brasilianischen Verleger und Freund Abrão Koogan und an seinen engen Freund Claudio Souza aus der brasilianischen Literaturakademie und schließlich an seine erste, geschiedene, in New York lebende Frau Friderike... Überall im Raum stehen Bücher, in einem kleinen Regal, auf Stühlen und auf dem Schreibtisch, einige in weißes Papier gewickelt, auf der in Zweigs Handschrift steht: ›Entliehene Bücher, an ihre Besitzer zurückgeben‹. Auf dem Schreibtisch ragen gespitzte Bleistifte und eine Feder. Daneben sieht man ein Tintenfass, unbeschriftete Papierblöcke und wieder Bücher, besonders viele von Balzac... Auf einem zweiten, kleineren Tisch liegt

ein Block voller Stenogrammnotizen, wahrscheinlich noch von seiner Frau Lotte stammend. In der dunkelsten Ecke des Zimmers befinden sich Stöße von Manuskripten mit der großen Aufschrift ›Pas toucher‹ und darunter die Anweisung, dass sie an den Verleger Koogan zu gehen hätten... Als Nächstes ein Blick in die Ecke der vorgelagerten, schmalen Terrasse, wo jetzt alle diejenigen versammelt sind, die nach dem allmählichen Weggang der untersuchenden Behörden übrig blieben. Dazu gehören die chilenische Schriftstellerin und Konsulin Gabriela Mistral und einige Herren von der Literaturakademie und dem PEN-Klub und ein hoch gewachsener, bärtiger junger Mann mit scharfen Gesichtszügen, Hakennase und Adamsapfel...«
»Auch alles Leute, die dein Vater gekannt hat?«
»Mein Vater war zusammen mit Dr. Ulisses bei dieser Versammlung am Rand mit dabei... Und gerade mit diesem unsympathischen jungen Mann, der die Zweigs ebenfalls gekannt zu haben scheint, ist er etwas näher in Berührung gekommen, schon im Totenzimmer, wo der sich merkwürdig benahm... und dann erst recht in der Gesellschaft auf der Terrasse... Dort jedenfalls redet dieser junge Mann fast bedrängend auf die anderen ein und möchte zeigen, dass er über den Verstorbenen und über jeden und alles genau Bescheid weiß. Er redet wie ein Wasserfall, mit näselnder Stimme und starkem deutschen Akzent, ist also auch ein Emigrant. Irgendwann, endlich, setzt die scharfe Stimme des jungen Alleswissers aus, weil Zweigs Freund Claudio Souza mit zitternder Stimme den Versammelten die Abschiedserklärung vorliest, die Zweig am Tag zuvor, mit allen anderen Abschiedsbriefen, vielleicht als Allerletzte, verfertigt und an Souza persönlich adressiert hatte. Das Schriftstück war in Form eines der Briefe

abgefasst, die vorher auf dem Schreibtisch gezeigt wurden. Es ist eine an Brasilien gerichtete Liebeserklärung, in der der Schriftsteller sich für seine Aufnahme in dieses wunderbare Land bedankt und für die Gelegenheit, dort nochmals neu anfangen zu können, wozu er jedoch, wie er schreibt, in seinem Alter nicht mehr die Kraft aufgebracht und es daher für besser gehalten habe, ›in aufrechter Haltung‹ sein Leben zu beschließen.«

Inzwischen war es völlig dunkel geworden, sodass Judith und Willy durch das Fenster weder das Nachbarwohnmobil noch den heute Nachmittag davor aufgebauten Schachtisch erkennen konnten, der jetzt vermutlich ohnehin nicht mehr dastand. Judith betätigte den Lichtschalter neben der Türe und zog die Vorhänge zu.

»Und wo ist Zweig begraben worden?«, wollte Willy wissen, nachdem er eine Weile schweigend und von Judiths Darstellung offenbar sehr beeindruckt, dagesessen hatte.

»Als sich der Vorsitzende der jüdischen Gemeinde in Rio, Nussbaum, bei Staatspräsident Vargas für Zweigs Beerdigung in Rio aussprach, soll Vargas geantwortet haben: ›Petrópolis will ihn haben.‹ Die brasilianische Regierung hat ihm dort ein Staatsbegräbnis bereitet. Das Problem war nur, dass es in Petrópolis keinen jüdischen Friedhof gab. Ein Rabbiner soll allerdings gesagt haben, wenn Zweig auf dem katholischen Friedhof von Petrópolis an einer separaten Stelle beerdigt würde, würde sich diese in heilige jüdische Erde verwandeln. Die Trauerfeier auf dem Friedhof folgte ganz unserem hebräischen Ritual ...«

Willy und Judith schwiegen. Man hörte in der Dunkelheit nur den Wind in den Wipfeln rauschen und zwischendurch das Schlagen der Wellen vom nahe gelegenen See. Doch plötzlich wurde diese Stille unterbrochen durch das Schreien der kleinen Tituba. Judith begab sich rasch zu ihr hin und holte sie aus ihrem Bettchen. Sie schien jedoch diesmal durch nichts zu beruhigen zu sein, schrie in einem fort weiter und auch ihr Gesichtchen drückte panikartige Angst aus. Judith nahm die Kleine in die Arme und trug sie zu ihrem Platz bei der Kochnische, setzte sich mit ihr hin und wiegte sie und redete ihr gut zu. Es dauerte recht lange, bis das verschreckte kleine Wesen wieder zu sich selbst fand und ruhiger wurde. Zeitweise ging das Geschrei in ein leises, gequältes Wimmern über, schwoll dann wieder an und ebbte ab. Die ruhigeren Augenblicke nutzte Judith dazu, ihre eigenen, unruhig in ihr kreisenden Gedanken zu ordnen, in denen ihr eben dargelegtes Filmprojekt, die Erzählungen ihrer Eltern über Zweigs Tod in Petrópolis und plötzlich sogar wieder die Schrecknisse der Salemer Hexenprozesse durcheinander gingen, über die sie auf der Fahrt ausgiebig mit Willy gesprochen hatte. Irgendwann klappten die Augen der Kleinen in ihrem Arm zu und diese schlief wieder ein. Judith wagte es allerdings nicht, sie in ihr Bettchen zu tragen. Sie übergab sie Willy, weil sie fand, dass sie in seinen Armen sicherer aufgehoben wäre und eine tiefere und nachhaltigere Ruhe fände als in den ihrigen und dass auch sie selbst freier wäre, ihren Gedanken nachzugehen. Das Schreien ihrer Tochter hatte allem einen neuen logischen Zusammenhang gegeben.

Jeder Kampf mit dem Dämon setzt eine mit ihm eingegangene Beziehung oder Verbindung voraus, so sagte sich Judith als Erstes. Das Indianermädchen Tituba hatte den Pakt mit dem Teufel, dessen man sie bezichtigte, in gewisser Weise tatsächlich vollzogen. Mit ihrem fantasievollen Rückgriff auf Bilder, Mythen und Symbole ihres Volkes während ihres folgenreichen Hexengeständnisses hatte sie Zauberkräfte bewiesen, die vor allem diejenigen, die davon berührt wurden, auf einen bereits seit Jahrtausenden bestehenden Pakt von Titubas ganzem außergewöhnlichen Volk mit dem Teufel zurückzuführen pflegten.

Die Parallelen drängten sich ihr auf, ohne dass sich Judith dagegen hätte wehren können. Für Judith war Zweigs Schicksal jetzt fast ein noch stärkeres Indiz für ihre neu gewonnenen Einsichten als das Leben des Indianermädchens Tituba. Denn Zweigs Schicksal, seine Chancenlosigkeit unter den ungleichen und unfairen Kampfbedingungen war, so dachte sie, sicherlich auch, wie bei Tituba, eine Folge seiner Zugehörigkeit zu einer von der Allgemeinheit ausgegrenzten und bekämpften ethnischen Minderheit gewesen, welcher ein kollektiver Pakt mit dem Teufel nachgesagt wurde. Wobei Zweig sich ja sehr viel früher als ihre, Judiths, allzu naiven und selbstbewussten Eltern freiwillig zum Exodus in die Fremde entschieden hatte. Er war bereits 1934 aus Österreich nach England emigriert, als Folge von persönlichen Schikanen, die er im Zusammenhang mit einem im selben Jahr niedergeschlagenen Aufstand gegen den österreichischen Kanzler Dollfuß zu erdulden gehabt hatte. Von England begann er als britischer Staatsbürger ebenfalls lange vor einer drohenden deutschen Invasion, den amerikanischen Kontinent zu erkunden und kehrte 1940 Europa endgültig den Rücken. Judith hatte immer, wie ihr Vater, die geistige Unabhängigkeit und Freiheit bewundert, mit der Zweig bis zum Schluss sein und zugleich auch ihr Volk repräsentiert und seine Solidarität mit diesem gezeigt hatte. Unter den weggeworfenen Manuskriptseiten im Papierkorb am Fuß seines Sterbebettes waren etliche, auf denen er sich über das erbärmliche Leben der Juden in Deutschland ausließ, über ihre Versklavung, die Folterungen und die anderen entwürdigenden Maßnahmen gegen sie. Aber bei Zweig kam zu seinem gleichsam ererbten Außenseiterdasein als Jude noch die frei gewählte Zugehörigkeit zu einer anderen Minderheitengruppe hinzu: seine Existenz als Intellektueller und Künstler, mit der er sich seinen Gegnern und Verfolgern gegenüber, seinen Goliaths, doppelt exponierte. Er war kritischer Intellektueller und Jude zugleich und dies beides zusammen ergab die bei seinen faschistischen Verfolgern besonders verhasste Mischung des entarteten Künstlers. Zweigs Leben war somit eine Gratwanderung zwischen zwei Abgründen. Es war ein doppelter Kampf mit dem Dämon, dessen Schuldner er geworden war für den Erhalt von gleich zwei provozierenden Auszeichnungen …

»In der Faustsage holt doch der Teufel die Seele seines Schuldners«, unterbrach Willy überraschend Judiths Gedanken, so als hätte er diese im Stillen mitverfolgt. »Dabei erhält der Teufel, wenn ich das richtig verstanden habe, die Seele seines Vertragspartners erst dann, wenn dessen Wirken beendet ist, oder nicht?«

Judith nickte, neugierig auf das, was aus dieser einleitenden Prämisse folgen sollte.

»Nach dem, was du mir gesagt hast über Zweigs Leben und Sterben und über das traurige Schicksal der als Hexe angeklagten Indianerin«, fuhr Willy fort, »frage ich mich, ob der Teufel die besagte Seele nicht schon während ihres irdischen Daseins, also noch in Verbindung mit dem später absterbenden Leib, teilweise in Besitz nimmt, das heißt, ob er seinen Lohn nicht schon unmittelbar nach Abschluss des Paktes ratenweise einzutreiben beginnt, wie einen Tribut, ja, eine Strafe für den noch lebenden Menschen für den mit ihm geschlossenen Bund …«

»Und worin soll diese Ratenzahlung bestehen?«, fragte Judith zunehmend erstaunt.
»Ich gehe davon aus, dass die mit besonderen Kräften und Gaben ausgestatteten Menschen alles andere als glücklich sind damit. Sie leiden wahrscheinlich darunter. Und sie leiden alle auch unter ihren Mitmenschen, die in ihnen etwas Fremdes, Unheimliches und Bedrohliches sehen und sie deswegen schnell zum Sündenbock stempeln und zur Zielscheibe von Neid, Hass und Verhöhnung und letztlich von physischer Vernichtung. Ganz gleich, ob es sich um Künstler handelt, um Schamanen und Medizinmänner oder um Frauen mit angeblichen Hexenkräften, Menschen weißer oder dunkler Hautfarbe, Juden, Indianer oder sonst was... Täter und Opfer auf Leben und Tod... Immer wieder... Über Jahrtausende hinweg...«
»Du willst damit sagen, dass das im Leben Erlittene bereits ein erster Teillohn des Teufels ist, ein Vorschuss auf den Tod?«
»So habe ich das nicht formuliert. Aber es wäre zu überlegen...«
»Wenn das so wäre, dann bliebe für mich immer noch die Frage, worin eigentlich die aktive Rolle der besagten Opfer, all jener angeblichen Teufelsbündler, besteht, ihr Anteil daran, dass immer ausgerechnet sie zur Zielscheibe gemacht werden«, erwiderte Judith mit einer gewissen inneren Erregung.
»Ja... und vor allem wie groß das Leiden sein muss, dass sie selbst ihr Leben beenden... War der Tod Zweigs nicht ein großer Schock für deine Eltern?«
»Es war für meinen Vater unerträglich, dass ein Mitemigrant von diesem Format, an dem er schon immer und im gemeinsamen Exil erst recht einen geistigen Halt gesucht hatte, einfach so von Bord gesprungen war... Meinem Vater wurde die Isolation und die Einsamkeit bewusst, der die deutschen Emi-

granten in Brasilien ausgesetzt waren. Brasilien stand mit Deutschland offiziell im Krieg, auch wenn es sich, als einziges Land Südamerikas, militärisch erst zwei Jahre später in sehr bescheidenem Umfang beteiligte. Es war aber schon Anfang der Vierzigerjahre in Brasilien offiziell verboten, Deutsch zu sprechen. Das muss man sich mal klarmachen...«
Willy nickte. Judith war froh, dass er nicht dazwischenfragte, sondern sie zu Ende erzählen ließ.
»Zweig hatte wenigstens einen kleinen Kreis deutscher Mitemigranten um sich und sogar einige angesehene brasilianische Freunde – meine Eltern nicht«, fuhr sie fort. »Doktor Ulisses war ein überaus hilfsbereiter und kooperativer Kollege, immer korrekt und großzügig bei den Honorarabrechnungen mit meinem Vater, aber ohne besonderes Interesse an privaten Kontakten. In Rio gab es zwar noch diesen mit Onkel Isaak befreundeten Verleger, den Besitzer der Fazenda ›Prosperidade‹ in Portobelo, und den Vorsitzenden der jüdischen Gemeinde, doch selbst Onkel Isaak wohnte sehr weit weg in São Paulo... Das war alles...«
Judith fühlte einen so Anteil nehmenden Blick von Willy auf sich ruhen, dass sie an ihm vorbei sehen musste.
»Nach dem gewaltvollen Einbruch von Zweigs Tod kam meinen Eltern ihre Situation voll ins Bewusstsein«, fuhr sie immer rascher fort. Mein Vater wurde richtig von Panik ergriffen. Sie lösten ihren Haushalt in Petrópolis auf, packten ihr Bündel und reisten ab, ohne sich wirklich von Onkel Isaak verabschieden zu können... Mein Vater wollte nicht noch einmal denselben Fehler begehen wie in Berlin, wo sie erst im letzten Moment, eigentlich zu spät, flüchteten und dies mit einem schwierigen und risikoreichen Ortswechsel bezahlten. Californien als nächstes Ziel war noch nicht in Sicht... Sie zogen ein-

fach los, gelangten auf abenteuerlichem Weg über Kolumbien und Mittelamerika nach Mexico ... Ich glaube, die sich mehr oder weniger zufällig ergebende Einreise nach Californien verlief nicht ganz legal und unter etwas mysteriösen Umständen. Mein Vater hat darüber nie gesprochen, meine Mutter bisher auch nicht. Im Mai oder Juni 1942 kamen sie in San Francisco an und wieder war es die jüdische Gemeinde, die ihnen half, die notwendigen Papiere beschaffte und das Mietshäuschen an der Olive Street in Mill Valley – und schließlich sogar eine Lizenz für meinen Vater, als Zahnarzt zu arbeiten in einer kleinen Gemeinschaftspraxis in San Rafael, zusammen mit einem anderen jüdischen Emigranten. Es war das reinste Wunder ... Meine Eltern merkten bald, dass in den USA die Gesetze, zumindest ihre Handhabung, das politische Klima und die dortigen Behörden um einiges liberaler und angenehmer waren als in Brasilien, jedenfalls an der californischen Westküste. Wären sie offiziell über New York eingewandert, wäre alles wahrscheinlich schwieriger verlaufen; doch so konnte mein Vater zum ersten Mal richtig aufatmen. Er wurde nach einigen Jahren amerikanischer Staatsbürger, obwohl er sich eigentlich nie als solcher gefühlt hat. Es war eine glückliche Zeit für meine Eltern, vor allem, als wir mit meiner Geburt eine richtige kleine Familie wurden. Obwohl meine Eltern den Verlust ihrer deutschen Heimat, wie sie sie immer nannten, im Grunde nie verschmerzten ... auch nach dem Krieg oder da erst recht nicht, weil sie jederzeit wieder dorthin hätten zurückkehren können, es jedoch innerlich nicht fertig brachten. Sie fühlten sich immer als Deutsche ... Das war ein bleibender Streitpunkt zwischen uns.«

Willy, dessen haftender Blick Judith zuletzt etwas irritiert hatte, ergriff jetzt mit einer wohltuend unsentimentalen, nüchternen Geste Judiths Hand. Sie wagte es, ihn wieder direkt anzusehen. Sein in den letzten Tagen geglättetes, starkes Gesicht drückte für sie wieder einmal jene Verlässlichkeit aus, die ihr von Anfang an so viel Halt gegeben hatte.

Am nächsten Morgen fuhren sie, zwar etwas müde, aber mit der Gewissheit eines tiefen Einverständnisses weiter. Sie hatten sich schon vor einigen Tagen darauf geeinigt, einen kleinen Abstecher in die Vereinigten Staaten zu machen, um noch länger in den Indianergebieten bleiben zu können. Die von Judith so sehr ersehnte Sonne ließ sich zwar nicht blicken. Umso mehr wussten beide die entschieden freundlicheren Temperaturen zu schätzen, die sich auf der Strecke zum Südwestzipfel des Lake Superior zunehmend durchsetzten. Auch die auffallend gepflegte und stärker durchstrukturierte Landschaft, die kurvenreichere Straßenführung zwischen kleineren Privatterritorien, die vielen Zierrasen und künstlich angelegten Weiher und die schmucken Häuschen auch außerhalb größerer Siedlungen boten nach den vorangegangenen tagelangen Fahrten durch die weite und menschenleere canadische Wildnis eine attraktive Abwechslung. Als sie nach der Umgehung der Industrie- und Wolkenkratzerkomplexe von Duluth über die großen Viadukte nach Westen abbogen, gelangten sie bald in das Sumpfland und an die Schilfseen der nördlichen Region von Minnesota. Der Beginn der im Atlas eingezeichneten »Greater Leech Lake Indian Reservation« war in der Realität nicht recht festzumachen. Es gab weder Schilder noch sonstige Hinweise und die Gegend erschien menschenleer. Unweit eines Sees beschlossen Judith und Willy, Rast zu machen. Sie stellten ihr Wohnmobil irgendwo am Straßenrand ab und liefen, Tituba abwechselnd tragend, zwischen knorrigen, verkrüppelten Bäumen und Buschwerk zum Seeufer. Nahe beim Wasser erblickten sie eine fünfköpfige Gruppe von Jungen, die um die Wette auf dem höchsten Baum, der dort stand, umherkletterten und offenbar Fangen spielten.

Schon aus der Ferne fiel Judith die wildkatzenartige Behändigkeit und Gelenkigkeit auf, mit der sich die Kinder zwischen den Ästen wanden und vom einen zum nächsten übersetzten, an ihnen entlanghangelten oder, den Stamm mit den Beinen umschlingend, bis zum nächsthöheren Ast emporklommen, um dort nach einem Bein oder Arm eines der anderen Mitspieler zu haschen. Allein schon die Akrobatik der Jungen zu beobachten war ein reines Vergnügen. Am beeindruckendsten jedoch war die Leichtigkeit und Fröhlichkeit ihres Zusammenspiels. Die Wasseroberfläche des Sees reflektierte stark das helle Gelächter, das Geschrei und die anfeuernden Zurufe der Kinder. Da diese, alle zwischen vielleicht acht und elf Jahren alt, unauffällig mit Jeans und Windjacke bekleidet waren, konnten Judith und Willy erst in unmittelbarer Nähe an der dunkleren Gesichts- und Augenfarbe und am Gesichtsschnitt erkennen, was sie gleich zu Beginn geahnt hatten: nämlich, dass es Indianerkinder waren, auch wenn diese Englisch miteinander sprachen.

Judith und Willy blieben stehen und verfolgten fasziniert das Treiben der kleinen Athleten, die sowohl den Baum hinauf und hinunter als auch horizontal die Äste entlang einander jagten und zwischendurch, nach einem elastischen Sprung auf die Erde, ihre Kletterei von neuem begannen. Judith konnte sich an diesem Reigen unbefangener Fröhlichkeit und Kraft kaum satt sehen. Ihre Blicke wurden erst abgelenkt, als plötzlich hinten auf dem Weg, auf dem sie alle drei kürzlich gekommen waren, noch jemand auftauchte.

Es war ebenfalls ein Junge, etwa im selben Alter. Dass er kein Indianer war, zeigte sich nicht erst in der Farbe und im Schnitt seines Gesichts, sondern schon von weitem in der Art, wie er sich bewegte und seinen Körper steuerte. Er wirkte vergleichsweise plump und kraftlos. Die Gesichtszüge waren schlaff und ohne Ausdruck, mit einem Anflug von Überdruss und Langeweile.

Der Junge näherte sich dem Baum und blieb, aufmerksam das Treiben seiner Altersgenossen verfolgend, unter dem Baum stehen. Die anderen nahmen keinerlei Notiz von ihm. Sie lärmten und tobten fröhlich weiter, wohingegen der Neuankömmling zunehmende Aufmerksamkeit und Interesse am Spiel seiner Altersgenossen zeigte, ja, sogar einen ausgesprochenen Wunsch, irgendwie aktiv mitzuhalten. Auf seinem Gesicht wechselten sich Bewunderung, Neid und Traurigkeit ab, ohne dass er sich auch nur einen Zoll von der Stelle bewegte. Er unternahm weder Anstalten, den Baum zu besteigen, noch, sich zurückzuziehen und das Spielgelände zu verlassen. Judith wusste nicht, ob sie Mitleid mit dem Jungen haben oder sich über dessen mangelnde Initiative ärgern oder amüsieren sollte. Irgendwann fing der Junge an, sich in die Kletterjagd der anderen mit lautstarken Bemerkungen einzumischen, die er mit energischen Gesten unterstrich, was nichts daran änderte, dass keiner der anwesenden Kinder den Jungen auch nur im Geringsten beachtete.

»Kannst du denn auch klettern«, hörte Judith irgendwann Willy den Jungen fragen.

»Natürlich kann ich das«, antwortete dieser fast ungehalten über eine solche Frage.

»Und magst du nicht auch auf den Baum da?«

»Ich ... auf den Baum?«, fragte der Junge zurück, plötzlich

verunsichert und hilflos. »Nein. Das darf ich nicht, das hat mir meine Mutter verboten. Zu Hause darf ich nur am Klettergerüst im Garten turnen …«
»Aha, aber möchtest du denn gern auf diesen Baum klettern und mit den anderen mitmachen?«
»Klar möchte ich das, aber ich darf nicht.«
»Und wie wäre es, wenn du jetzt nach Hause gehst und deine Mutter fragst, ob du es vielleicht doch darfst?«
»Wirklich?«, fragte der Junge ungläubig, fast verwirrt von dieser neuen Perspektive. »Meinen Sie, ich soll das tun?«
»Aber natürlich, geh deine Mutter fragen, und wenn sie es dir erlaubt, dann kommst du wieder …«
»Oja, das mache ich«, rief der Junge voller Begeisterung.
Im selben Augenblick drehte er sich um, schoss wie eine Rakete davon und rannte mit einem Elan, der ihm während seiner Ankunft vorhin bei weitem nicht anzumerken gewesen war, den ganzen Weg wieder zurück.
Judith, Willy und Tituba hielten sich noch eine Weile in der Nähe der spielenden Jungen auf. Deren weißhäutiger Altersgenosse kehrte nicht wieder zurück.

Schon bald nach der Hinrichtung von Mary Parker spürte Tituba immer deutlicher, dass sich die Lage im Gefängnis entspannte. Sie hörte draußen in den Gängen immer seltener die klirrenden Ketten eines neu eingelieferten und in eine Zelle geführten Opfers des Salemer Schwurgerichts. Daraus schloss sie, dass der Zustrom an Gefangenen deutlich abebbte. Und auch wenn das Wachpersonal in Titubas Zelle kam, um das Essen zu bringen und den Fäkalieneimer zu leeren, war sein Verhalten deutlich lässiger, fast gleichgültig. Das Auffallendste war jedoch, dass es nach den langen Monaten äußerst karger und fast ungenießbarer Kost endlich wieder ordentlich zu essen gab. Manchmal ließen die Wachmänner sogar den Suppenbottich, aus dem sie, zuerst noch draußen im Gang, dann bald innerhalb der Zelle, in die einzelnen Näpfe austeilten, achtlos in der Zelle stehen, wenn sie fortgingen, was ebenfalls auf eine schwindende Gesamtzahl der zu versorgenden Häftlinge hindeutete. In einem solchen Glücksfall bedienten sich Tituba und ihre Zellengenossinnen, soweit ihre Einkettung dies zuließ, selbst ein zweites oder gar drittes Mal und schlangen dann so viel von dem Essen in sich hinein, dass es ihnen, nach der langen vorangegangenen Entwöhnung dabei manchmal richtig übel wurde.

Nach einer Zeit ziemlicher Langeweile und Eintönigkeit immer mit denselben Zellengenossinnen, die sich untereinander kaum etwas zu sagen hatten, wurden plötzlich, als nächste entscheidende Lockerungsmaßnahme, gemeinsame Spaziergänge im Gefängnishof angeordnet. Zugleich wurde angekündigt, dass diese Spaziergänge in einem zeitlichen Abstand von zwei bis drei Tagen regelmäßig stattfinden würden. Den Gefangenen wurden die Ketten abgenommen und dann wurden sie in den großen und von hohen Mauern umgebenen, steinigen Hof geführt. Dort trafen sie mit anderen Gefangenen, ausnahmslos Frauen, zusammen und durften sich, in freier Formation und nur aus der Ferne bewacht, eine knappe halbe Stunde im Kreis bewegen.

Tituba konnte auch diese Neuerung anfangs kaum fassen. Sie gewöhnte sich nur schwer an die betäubende Grelle des Tageslichts, die frische Luft, die in ihre schon halb verfaulten Lungen wie Messer stach, und die plötzlich ungehinderte Bewegung ihrer Glieder, die von den Ketten völlig zerschunden waren und sich wie abgestorben anfühlten. Nur langsam lernte sie, die Helligkeit und das leichte Atmen zu genießen. Es war ziemlich kalt, ähnlich wie im Gefängnis von Ipswich im vergangenen März. Dadurch wurde Tituba erst richtig bewusst, dass bereits ein ganzer Sommer an ihr vorbeigegangen war, währenddem sie wie unter der Erde dahinvegetiert und geschmachtet hatte.

Schon als sie zum ersten Mal ins Freie getreten war, war sie vor Glück in Tränen ausgebrochen. Ahnungsweise ging ihr der denkbar scharfe Kontrast auf zwischen ihrer gegenwärtigen Einsargung und der unermesslichen Freiheit ihrer Kindheit, bevor sie als Siebenjährige gefangen genommen und in ihr lebenslanges Sklavendasein verschleppt worden war. Sie ließ diese Erinnerung vorsichtig wie durch einen schmalen Spalt in ihr Bewusstsein sickern, weil ihr die ungeheuerliche Möglich-

keit, nach diesen so langen und bitteren Entbehrungen wieder an der Freiheit zu nippen, wie ein erster, hoffnungsvoller Vorbote erschien für eine Rückkehr ins Leben.
Beim ersten Gang durch den Hof hielt Tituba Ausschau nach ihr bekannten Gesichtern. Kurz vor der Rückführung in ihr Verlies entdeckte sie von weitem eine Frau, deren Züge ihr vertraut vorkamen und die auch ihre Blicke zu erwidern schien. Obwohl sie während der ganzen folgenden Zeit in der Stille und Finsternis ihrer Zelle grübelte, wer die Frau gewesen sein könnte, kam sie zu keinem Ergebnis und blickte daher umso gespannter dem nächsten Besuch im Gefängnishof entgegen.
Als sie diesen erneut betrat, tauchte die Betreffende sogleich fast bedrängend neben ihr auf, so als hätte auch sie dieser Wiederbegegnung erwartungsvoll entgegengeblickt. Die Frau drückte Tituba verstohlen die Hand und brachte sich, ihren Namen flüsternd, in Erinnerung.
Es war Elizabeth Proctor.
Elizabeth, die früher genauso wenig Interesse an Tituba gezeigt hatte wie alle anderen Zellengenossinnen, erschien jetzt wie umgewandelt. Obwohl sie nur ihren eigenen Namen geflüstert und Tituba nicht namentlich angesprochen hatte, wahrscheinlich, weil sie noch nie gewusst hatte, wie die andere überhaupt hieß, tat sie jetzt so, als wäre sie und die Sklavin Tituba seit jeher ein Herz und eine Seele gewesen. Hatte Tituba vielleicht nach dieser langen Zeit ihre Schuld so weit abgebüßt, dass sich die Menschen ihr wieder zuwenden konnten? Nach den Wochen und Monaten der zermürbenden Isolierung, vor allem seit dem Tod von Mary Parker, war Tituba besonders dankbar für jede Art von Ansprache. Darüber hinaus war Elisabeth inzwischen hochschwanger und Tituba erinnerte sich gern daran, wie ausgeglichen, in sich ruhend und mit ihrer Umwelt in völ-

liger Harmonie Mrs Parris kurz vor der Geburt der kleinen Betty gewesen war. Allein das machte Elizabeth liebenswert für Tituba und flößte ihr Vertrauen ein.

»Es dauert nicht mehr lange und wir alle werden frei sein«, raunte Elizabeth Tituba mit einer gegenüber früher ebenfalls veränderten, viel weicher klingenden Stimme zu, während sie Tituba eindringlich anblickte.

»Frei?«, fragte Tituba zurück mit einer Betonung, die ausdrücken sollte, dass sie inzwischen selbst keine ausreichende Vorstellung mehr von der Bedeutung des Wortes »frei« hatte.

»Ja, frei ...«, frohlockte Elizabeth, sich an ihren Bauch fassend. »Bisher hat mich mein Kind gerettet, und wenn es da ist, werden sie mir so wenig tun wie allen anderen«, fuhr sie fort. »Das Blatt hat sich gewendet.«

Tituba stutzte. Dass sich etwas verändert hatte, wusste sie, aber noch fehlte ihr jede Ahnung, wie einschneidend dies war und wodurch es zustande gekommen war.

Tituba und Elizabeth gingen möglichst unauffällig nebeneinander her und vermieden es, stehen zu bleiben, was verboten war. Solange man sich nur bewegte, schien hier eine gewisse diskrete Unterhaltung unter den Gefangenen erlaubt zu sein, wie sich Tituba zu ihrer Genugtuung immer eindeutiger überzeugen konnte.

»Ich bin so glücklich, dass ich inzwischen mit Sarah Verbindung habe aufnehmen können«, erklärte Elizabeth.

Da die beiden gerade in die Nähe einer der beiden Bewacher des Rundgangs gerieten, senkte Elizabeth dezent ihren Kopf und setzte eine gekonnte Unschuldsmiene auf, die sie aufbehielt, bis die beiden Bewacher wieder einigermaßen außer Sicht waren.

»Sarah?«, fragte Tituba. »Was für eine Sarah?«

Es hatte bei der Hexenjagd viele Sarahs gegeben: abgesehen von Sarah Good und Sarah Osborne, die beide tot waren, auch Sarah Cloyce und zuletzt Sarah Wardwell und Sarah Wilson aus Andover.

»Meine Tochter in Salem Village … im dortigen Gefängnis …«, erklärte Elizabeth mit glücklichem Gesicht, aber verhaltener Stimme und möglichst geringen Mundbewegungen.

Jetzt erinnerte sich Tituba, dass Elizabeth seinerzeit von ihrer Sarah gesprochen hatte, als sie alle in der Zelle die Schreie von Elizabeths Sohn William aus einem benachbarten Gefängnistrakt gehört hatten.

»Und wie habt Ihr Verbindung mit ihr bekommen?«, fragte Tituba neugierig, wobei ihr auch wieder der schreckliche Tod von John Proctor bewusst wurde, den sie offenbar erfolgreich aus ihrer Erinnerung verdrängt hatte. Doch auch Elizabeth war von ihrer kürzlichen Witwenschaft deutlich weniger anzumerken als von ihrem bevorstehenden neuen Mutterglück.

»Margaret Post, eine Schwägerin der inhaftierten Hanna Post, hat mich gestern besucht und mir Nachrichten von Sarah überbracht, die sie im Salemer Gefängnis ebenfalls besucht hatte.«

»Und das durfte die?«

»Das geht jetzt, da alles in der Auflösung begriffen ist, viel leichter. Margaret hat beim Gouverneur eine Petition für die Freilassung ihrer Schwägerin eingereicht und ein eingeschränktes Besuchsrecht erworben, das sie jetzt reichlich nutzt, um der aufgebrachten Bürgerschaft von den Zuständen in den Gefängnissen zu berichten. Und sie hat mir gesagt, dass gerade die Verhältnisse im Gefängnis in Salem Village besonders schrecklich sind«, berichtete Elizabeth in klagendem Ton.

»Ich war zuerst in Ipswich und das war sicher nicht besser«, wandte Tituba ein. »Ein schauerliches Loch! Ich war wenigstens allein dort. Windig und kalt war's. Das wird's jetzt auch wieder sein, nehme ich an ...«

»Sie haben Sarah wegen der Überfüllung des dortigen Gefängnisses in einen winzigen, schmutzigen und stickigen Schacht im Keller des Gemeindehauses von Salem Village gesteckt, zu vier anderen Frauen dazu, seit Ende Mai sind sie alle dort ... Aber Margaret hat gesagt, dass sie jetzt nicht mehr so sehr darunter leidet, seitdem sie weiß, dass alles nur noch eine Frage der Zeit ist und inzwischen auch die Bewachung so lasch geworden ist, dass man von Besuchern leicht Nachrichten empfangen oder ihnen mitgeben und auch sonst das eine oder andere hinein- und hinausschmuggeln kann ... Nur einen Gefängnishof haben sie noch nicht, müssen ständig zusammengepfercht kauern und hinter dem Schacht beginnt die große Freiheit ...«

Tituba war immer neugieriger darauf, von den umwälzenden und hoffnungsvollen Veränderungen zu erfahren.

»In Salem, Andover und Boston und sonst vielen Orten scheint alles völlig durcheinander geraten zu sein«, wusste Elizabeth weiter zu berichten.

Wie sie von Margaret erfahren hatte und worüber sich inzwischen alle Welt die Münder zerriss, war der Gouverneur nach seiner Rückkehr von der Indianerjagd in Canada ziemlich in Bedrängnis geraten. Von überallher wurden von bedrohten Bürgern schriftliche Klagen bei ihm eingereicht und es mehrten sich die Hilferufe von Angehörigen der massenweise Verhafteten. Kürzlich hatten gleich vierundzwanzig Leute zusammen aus Andover eine solche Petition unterschrieben, in der sie sich empört gegen Kinder und andere verwahrten, die unter teuflischem Einfluss Unschuldige der Hexerei bezichtigten. Auch das Salemer Gericht stand unter schwerem Beschuss. Namhafte Theologen begannen sich davon zu distanzieren. Ein Textilkaufmann aus Boston verfasste einen Aufsehen erregenden offenen Brief, in dem er die angeblich hellsehenden Mädchen als Lügnerinnen und Lästermäuler bezeichnete. Einer der Richter trat zurück, weil er die Verantwortung für die vielen ungerechten Hinrichtungen nicht mehr mittragen wollte. Daraufhin beschuldigten ihn die entfesselten Mädchen der Hexerei, worüber die anderen Richter allerdings hinweghörten. Die Menschen waren alle in Aufruhr und so verwirrt und verängstigt, dass sie an nichts mehr anderes dachten und vieles liegen ließen. Die Ernte fiel praktisch aus, weil im Frühling und Sommer die Felder nicht ordentlich bestellt worden waren. Es herrschte Mangel und der Winter stand vor der Tür. Das Geschäftsleben stockte und die Leute zahlten ihre Steuern nicht mehr ein.

Obwohl Tituba fast der Atem stockte bei dem, was Elizabeth ihr berichtete, bemerkte sie, dass sie inzwischen eine ganze Runde gedreht hatten und kurz davor standen, denselben Bewacher von vorhin zu passieren. Sie stieß Elizabeth diskret in die Seite. Doch diese redete unbeirrt weiter, weil der Bewacher, wie auch Tituba feststellte, völlig gleichgültig oder vielleicht auch absichtlich zur anderen Seite schaute.

Der für den Gouverneur ausschlaggebende Anlass einzuschreiten war gewesen, dass die tollen Mädchen so weit gegangen waren, Lady Phips, die Frau des Gouverneurs, als Hexe anzuschwärzen, nur weil die Lady in Abwesenheit ihres Mannes die Entlassung eines ihr persönlich bekannten Gefangenen angeordnet hatte. Nachdem die Richter daraufhin vergeblich versucht hatten, den Fall zu vertuschen, musste der Gouverneur handeln. Er verbot jegliche weitere Verhaftungen, ordnete die Freilassung aller Kinder an und verhalf einer großen Zahl von Gefangenen zur nächtlichen Flucht.

»Aus Andover, Ipswich, Reading und Topsfield hört man, werden immer mehr Gefangene freigelassen«, schloss Elizabeth ihren Bericht. »Das muss auch bald nach Salem und hierher übergreifen. Es kann nicht mehr lange dauern ...«

Elizabeth Proctor ließ sich als Nächstes mit vor Erregung zitternder Stimme über Sarahs Sehnsucht nach Hause aus, aber auch über deren Ängste und Sorgen, insbesondere was ihre beiden so grausam gefangen gehaltenen Brüder betraf. Sarah fürchtete sich, wie sie Margaret gesagt hatte, trotz aller Vorfreude auf die wohl baldige Entlassung, davor, in das verwaiste und vor ihrer Verhaftung vom Salemer Sheriff ausgeplünderte Haus der Proctors zurückzukehren, weil dieses wieder von Grund neu aufgebaut werden musste von der Mutter und ihren drei Kindern.

»Margaret hat sich genau an Sarahs Wortlaut erinnert«, bekannte Elizabeth, ihre Tränen niederkämpfend. »Sarah wusste, dass sie bald ein Geschwisterchen bekommt. Und sie soll gesagt haben: Es wird für alle Menschen und Engel unvergesslich, wenn unser Lord in seiner grenzenlosen Gnade uns demütigen Menschen das Kind schenkt, das meine Mutter zur Welt bringen wird, auch ein unschuldiges Kind, unschuldig wie meine Mutter und wie wir alle vor dem Allmächtigen ...«

Tituba brach es fast das Herz, als sie dies hörte, weil diese Aussage, anders und schmerzlicher als erhofft, ihre Gedanken auf Betty Parris brachte. Sie freute sich zwar mit Elizabeth und Sarah über deren glückliche Zukunft, beneidete sie jedoch auch zugleich darum. Dabei ging es ihr nicht nur um das Geschenk, ein Kind großzuziehen, so wie sie Betty großgezogen

hatte. Sie dachte auch voller Trauer daran, kein eigenes Kind zu haben und wahrscheinlich nie mehr eines zu bekommen.
Tituba hörte im Folgenden nicht mehr genau Elizabeths weiteren Erklärungen und Berichten über ihre Tochter zu, weil sie zu sehr verstrickt war in ihre eigenen dunklen und sehnsüchtigen Gedanken, die um ihr einsames und nutzloses Dasein kreisten. Wobei das, was Elizabeth als Nächstes wiedergab, sie ohnehin weniger interessierte, im Gegenteil eher abstieß. Es waren für sie unverständliche und aus der Luft gegriffene Loblieder auf den Gouverneur Phips, den sie und Sarah und Margaret Post als noblen Herrn bezeichneten, dessen Menschenfreundlichkeit, Verlässlichkeit und Güte ein Garant dafür seien, dass er als Landesvater bald einen endgültigen Schlussstrich unter das böse und unwürdige Treiben in seinem Herrschaftsbereich setzte und sie und alle ihre drei Kinder freikämen.
»Mag sein, dass euch allen das bald gelingt…«, unterbrach Tituba Elizabeths Ausführungen, nachdem sie bemerkt hatte, dass die Bewacher im Gefängnishof dabei waren, den Rundgang der Häftlinge zu beenden und sie zu ihrer Rückkehr in ihre Zellen anzuhalten. »Mich haben sie als Erste eingesperrt und ich werde die Letzte sein, die sie freilassen«, beeilte sich Tituba, ungeachtet der in der Nähe stehenden Bewacher, Elizabeth hinterherzurufen, obwohl diese bereits mit abgewandtem Gesicht dem dunklen Eingang zu den Zellentrakten zustrebte.
»Wer erst die als Hexen Verurteilten so unbarmherzig behandelt und dann noch auf Indianerjagd geht, begnadigt keine Indianerinnen«, murmelte sie nur noch vor sich hin, während auch sie in den allgemeinen Sog der den Hof verlassenden Gefangenen geriet und sich bereit machte, in ihre Zelle geführt zu werden.

»Die wirklichen Hexen bleiben ihr Leben lang bestraft mit Ohnmacht, Einsamkeit und Kinderlosigkeit, auf dass sie möglichst rasch aussterben«, setzte Tituba ihr Gespräch allein in den vier Wänden ihrer Gefängniszelle still fort. Sie sah mit einer überdeutlichen Klarheit, dass sie eine Ausgestoßene blieb, deren Schuld nie getilgt werden konnte, wohingegen die anderen, deren Herz so rein und so weiß war wie deren Haut, die anständigen und unbescholtenen Proctors, nach einer ausreichend langen Zeit christlicher Bußfertigkeit von ihrem Landesvater begnadigt und in die Gemeinschaft der Gläubigen wieder heimgeholt wurden. Elizabeths überraschende und unerklärliche Zuwendung im Gefängnishof erschien Tituba wie eine kurzlebige Illusion. Tituba gehörte nun einmal ganz und gar auf die Seite der verdammungswürdigen Menschen.

Am Morgen nach einer kurzen, aber ruhigen und erholsamen Nacht setzten Judith, Willy und Tituba ihre Reise fort. Nachdem sie beim Frühstück nochmals ihren Zeitplan durchgegangen waren und die entsprechenden Seiten ihres immer weiter auseinander fallenden Touring Atlas konsultiert hatten, beschlossen sie, doch noch eine gewisse Strecke in den USA zurückzulegen und erst von North Dakota aus über die canadische Grenze nach Regina zu fahren. Dort oder spätestens in Saskatoon wollten sie den Nachhauseflug antreten, für den Judith sich nun auch wieder bereit fühlte. Ausschlaggebend für einen erneuten Abstecher war das viel versprechend sonnige Wetter etwas weiter südlich, das sie auskosten wollten, und das Gefühl, gut in der Zeit zu sein.

Nicht nur Judith und Willy schienen ausgesprochen guter Dinge, als sie mit ihrem Wohnmobil auf Grand Forks, die erste größere Stadt in North Dakota, zusteuerten. Auch die kleine Tituba gluckste, in ihrem Körbchen in eine Wolldecke gewickelt, vergnügt vor sich hin. Judith drehte sich immer wieder zu ihr um. Das erste Mal konnte sie Tituba als ihr wirklich gesundes Kind wahrnehmen. Die Parallelisierungen zwischen der karibischen Sklavin und ihrer Tochter erschienen ihr auf einmal als vollkommen abwegig, sodass sie selbst über ihre anfängliche Wahrnehmung erstaunt war.

Nachdem sie eine Strecke zwischen den sonnenbeschienenen stoppeligen Herbstfeldern zurückgelegt hatten, fragte Willy: »Wie ist eigentlich die ganze Hexengeschichte ausgegangen?«

»Die rettende Figur war der Gouverneur Phips«, antwortete Judith, darauf bedacht, sich auf die positiven Aspekte, die Auflösung des Dramas, zu konzentrieren.

»Gouverneur William Phips stammte aus ganz einfachen Verhältnissen«, erklärte Judith. »Als Sohn eines aus Bristol eingewanderten Gewehrschlossers und in der Armut einer kinderreichen Familie aufgewachsen, hatte er sich zuerst als Hirtenjunge und dann als Schiffszimmermann sein Brot verdient. Mit einundzwanzig hat er sich selbst das Lesen beigebracht und dann das Herz einer gebildeten und feinen Dame erobert, eben derer, deren Beschuldigung als Hexe durch die geisteskranken Mädchen in Salem ihn zuletzt veranlasst hat, ein erstes einschneidendes Machtwort zu sprechen... Von König Jakob II. bekam er den Adelstitel verliehen, nachdem er mit einem selbst gebauten Schiff zu einer der karibischen Bahiainseln gesegelt war, dort aus einem gesunkenen Wrack einen riesigen Gold- und Silberschatz hob und diesen dann getreu seinem König ablieferte. Das hat ihm wohl die Sympathie vieler seiner Landeskinder eingebracht. Aber gerade seine Geradlinigkeit und Aufrichtigkeit ist Phips offenbar auch zum Stolperstein geworden. Er hat blind den Theologen vertraut, die ihn in der Hexenangelegenheit beraten haben, von der er nichts verstand, und er hat ihnen freie Hand gelassen, als er nach Canada ging, um dort auf Befehl seines Königs gegen die mit den Franzosen verbündeten Indianer zu kämpfen. Damit wird verständlich, dass dieser Gouverneur zwar bei Menschen wie Tituba keinen Stein im Brett hatte,

dass jedoch selbst schwer getroffene Leute wie die Proctors ihm immer noch Vertrauen entgegenbrachten.«
»Und was hat diesen Gouverneur schließlich zur Generalamnestie bewogen?«
»John Dudley, der Bruder des aus Andover geflüchteten Friedensrichters Dudley, selbst auch ein Emigrant aus Massachusetts«, so berichtete Judith weiter, »hatte in New York bei den dortigen niederländischen Geistlichen ein Gutachten zur Hexenfrage angefordert, nachdem er von anderen Flüchtlingen über die immer noch schwankende Haltung des Gouverneurs unterrichtet worden war. In diesem Gutachten beschieden die angefragten Geistlichen, dass es zwar Hexen gebe, aber dass man diese bei Hexenprozessen wegen der vom Teufel eingegebenen Tücken nie finden, sondern nur unschuldige Menschen ums Leben bringen würde. Auf die konkrete Frage, ob man der Geisterseherei der besessenen Mädchen von Salem Glauben schenken dürfe, antworteten die Gutachter glatt mit ›Nein‹ und begründeten dies damit, dass diese Mädchen selbst vom Teufel besessen und verblendet und daher nicht vertrauenswürdig seien. Dudley sandte eine Abschrift des lateinisch verfassten Gutachtens an den Gouverneur, der dieses sofort ins Englische übersetzen ließ. Als er die Schrift gelesen hatte, waren seine letzten Zweifel ausgeräumt. In der nächsten Gerichtssitzung kurz nach Neujahr wurden auf sein Betreiben alle etwa noch fünfzig schwebenden Verfahren eingestellt und die Angeklagten freigesprochen. Als der Gerichtsvorsitzende Stoughton daraufhin unverzüglich die Hinrichtung der bereits im September zum Tode verurteilten fünf Hexen anordnete, darunter Elizabeth Proctor, die inzwischen im Gefängnis ihr Kind zur Welt gebracht hatte, begnadigte der Gouverneur über Stoughtons Kopf hinweg auch diese Frauen.«

»Da kann man Elizabeth Proctor nur wünschen, dass der richterliche Vollstreckungsbefehl erst gar nicht bis zu ihr vordrang«, meinte Willy trocken.

Judith wusste es nicht, ebenso wenig, ob Tituba je davon erfuhr, falls sie Elizabeth überhaupt noch einmal gesehen und gesprochen hatte.

»Für viele hat sich der endgültige Abschluss ihres Gerichtsverfahrens und ihre Befreiung noch Monate hingeschleppt«, erklärte Judith.

»Und Tituba?«, fragte Willy.

Judith ertappte sich dabei, für Sekundenbruchteile unsicher gewesen zu sein, welche Tituba Willy meinte.

»Tituba widerrief erstaunlicherweise ihr bereits ein Jahr zurückliegendes Geständnis. Aber das beschleunigte keineswegs ihre Entlassung. Denn ein Grund für die allgemeine Verzögerung war auch, dass die angeklagten Hexen nach ihrer Begnadigung ihre Gerichts- und Gefängniskosten bezahlen mussten, bevor sie freikamen«, erläuterte Judith. »Es war, wie die Dokumente heute zeigen, über jede einzelne Ausgabe auf Pfund, Shilling und Penny genau Buch geführt worden, über die Gebühren für die Verhöre und sämtliche Spesen, beispielsweise auch für die Verpflegung der Bewacher, ja, für Futter und Tränke von deren Pferde. Die Gesamtkosten für Tituba beliefen sich auf rund sieben Pfund. Aber Tituba konnte diese, wie auch die anderen inhaftierten Sklaven, nicht bezahlen. Da jedoch Gouverneur Phips im Mai 1693 die Entlassung aller Gefangenen angeordnet und einen Gnadenerlass für alle Flüchtlinge verkündet hatte, musste das Geld irgendwie aufgetrieben und jemand gefunden werden, der für die Kosten aufkam.«

Willy schüttelte fassungslos den Kopf.

»In dem Fall kann ich mir denken, wer als Erster herangezogen wurde«, meinte er lachend.
»Und der wäre?«
»Samuel Parris. Tituba war doch immer noch seine Sklavin, sein Besitz. Er hatte sie in den Kerker gebracht mit seinen schändlichen Anklagen, und daher war er auch verantwortlich für ihre Entlassung, der Herr Pfarrer ...«
»Richtig gedacht, aber falsch getippt«, meinte Judith.
»Aha ... und warum?«
»Parris weigerte sich zu zahlen ...«
Willy nickte bedächtig und starrte durch die Windschutzscheibe auf den Bandwurm der Autostraße vor ihnen, der sich am Horizont langsam zu einem Punkt zusammenzog.
»Das ist unglaublich schäbig, aber irgendwie auch verständlich ...«, räsonnierte Willy leise vor sich hin. »Parris wollte wahrscheinlich mit dem ganzen Terror, den er mit seiner eigenen Sklavin angerichtet hatte, nichts mehr zu tun haben. Er wollte durch nichts mehr ... und schon gar nicht durch sie daran erinnert werden. Tituba war sein brennendes Gewissen, vor dem er davonlief. Er musste, um seine Schuld zu ertragen, diese ganz auf sie abwälzen, und wollte sie daher auch nicht mehr wieder sehen. Möglicherweise fühlte er sich gedemütigt, dass diese minderwertige Rothaut ihn dazu gebracht hatte, einen so riesigen, nicht wieder gutzumachenden Fehler zu begehen und sich an so vielen Menschen zu versündigen. Und ich könnte mir denken, dass es auch Tituba eher recht war, dass sie mit ihrem Herrn nichts mehr zu tun hatte ...«
Judith stutzte über diesen Scharfsinn und blickte Willy fragend von der Seite an.
Plötzlich hörten sie einen jubelnden Aufschrei hinter sich, so wie sie ihn von ihrer kleinen Tochter bisher noch nie gehört

hatten. Judith drehte sich überrascht um und bemerkte, wie Tituba ihr mit ihren großen, glänzenden Kastanienaugen direkt ins Gesicht schaute und sie breit anstrahlte. Sie lächelte zum ersten Mal in ihrem Leben ihre Mutter an. Es war das erste Lächeln, mit dem Tituba sich zu Judith bekannte, sie sozusagen als ihre Mutter anerkannte. Judith war fassungslos vor Staunen und Glück.

»Willy, bitte halte an«, rief sie ihm zu, ohne ihren Blick von der strahlenden kleinen Tituba abzuwenden, um nicht eine kostbare Sekunde dieses Geschehens zu versäumen. »Willy, halt an und sieh dir das an ... bitte schnell!«

Willy fuhr an den Straßenrand, drehte sich sogleich um und nahm das, was sich Judith als Wunder darbot, ebenfalls begeistert und glücklich auf.

Judith holte Tituba nach vorn und nahm sie, sich gleichzeitig an Willy anschmiegend, in ihre Arme.

»Und wie ist Tituba freigekommen?«, fragte Willy erst Stunden später wieder nach, als sie vor der Zollschranke an der canadischen Grenze standen und dort noch länger, als sie gerechnet hatten, warten mussten.

Judith zuckte zusammen. Es dauerte diesmal noch länger, bis sie sich sicher war, welche Tituba Willy gemeint hatte, vor allem im Zusammenhang mit dem Stichwort »frei« bzw. »freikommen«, welches für Judith jetzt, nach den beglückenden Veränderungen mit ihrer Tochter, inzwischen auf beide Titubas zutraf, wenngleich in unterschiedlicher Weise.

»Sie ist schließlich von einem Unbekannten freigekauft worden«, antwortete Judith knapp, um dann rasch zu ergänzen: »Seitdem hat sich ihre Spur für immer verloren.«

Es war nicht, dass nur sie es nicht wusste oder nicht mehr wissen wollte oder es vergessen hatte, sondern es war in der Geschichtsschreibung, die Judith bei der Erforschung dieses Falles ausgiebig zu Rate gezogen hatte, allgemein nicht bekannt.

»Und die Folgen?«

Darauf wusste Judith nun wieder Bescheid.

»Ich glaube, ein Überfall von Indianern auf Salem Village hätte weniger tief greifende Verwüstungen angerichtet als die Hexenprozesse«, sagte sie. »Nicht nur die Äcker in der Region blieben fast hundert Jahre lang brach, weil sie niemand von denen übernehmen wollte, denen sie entweder weggenommen worden waren oder die sie auf ihrer Flucht verlassen hatten. Auch die ganze Dorfgemeinschaft blieb zerspalten in Gruppen tödlich verfeindeter Nachbarn. Samuel Parris wurde wenige Jahre später aus seinem Amt und dann aus Salem verjagt. Einige der verantwortlichen Richter zeigten Reue, andere nicht. Der Vizegouverneur und Gerichtsvorsitzende William Stoughton soll gesagt haben: ›Wir waren auf dem Weg, das Land von den Hexen zu säubern. Ich weiß nicht, wodurch der Lauf der Gerechtigkeit aufgehalten wird. Der Herr sei diesem Land gnädig!‹ Stoughton wurde glücklicherweise nicht Nachfolger von Gouverneur Phips. Die Regierung in London ernannte Joseph Dudley zum königlichen Gouverneur der Kolonie, den Mann, der seinerzeit mit seiner Anforderung des Gutachtens bei den niederländischen Geistlichen die Wende herbeigeführt hatte.«

»Und die besessenen Mädchen?«

»Ja, die Mädchen ... Ann Putnam war die Einzige, die öffentlich Abbitte geleistet hat. Die meisten anderen haben den Rückweg ins normale Leben nicht mehr gefunden. Nur zwei sollen geheiratet haben. Der Rest scheint auf die schiefe Bahn geraten oder ganz untergegangen zu sein. Ihre Namen wurden nie wieder genannt.«

Nach der langen Wartezeit an der Grenze zurück nach Canada waren sie rasch vorangekommen und bereits am frühen Mittag in Saskatchewans Hauptstadt Regina eingetroffen. Sie hatten schon auf dem Weg dorthin endgültig beschlossen, in dem von Regina nicht mehr weit entfernten Saskatoon ihre Autoreise zu beenden und dort ins Flugzeug umzusteigen, sodass sie sich in Regina mindestens einen Tag Ruhe gönnen konnten. Regina war ein reizvolles Städtchen, mit gepflegten Parks und hohen Bäumen, einem Fluss und einem kleinen See, was, nach den endlosen abgeernteten Weizenfeldern auf der Fahrtstrecke hierhin, eine ausgesprochene Wohltat war.

Nach einem kurzen Lunch im Stadtzentrum quartierten sie sich im Coachman Inn ein, einem einfachen Hotel im rustikalen Stil. Von dort aus begaben sie sich zu dritt auf einen ausgiebigen Spaziergang in den Wascana Centre Park. Es war nieselig grau und kalt, aber die Luft war frisch und klar. Die majestätischen Bäume vermittelten ein Gefühl von Schutz und Geborgenheit, obwohl sie nach ihrer Entlaubung ziemlich viel Licht auf die Gehwege und den moos- und grasbewachsenen Boden ließen. Aus Freude an der Schönheit der Baumriesen begaben sich Judith und Willy mit ihrem Kinderwagen tief in den Park hinein.

Bald stellten sie zu ihrer Verwunderung fest, dass sich in der Parkmitte immer mehr Menschen anzusammeln schienen und dass auch vom Parkrand aus alle in dieselbe Richtung strebten. Drinnen wuchs die Menge langsam zu einer ganzen Menschentraube an, die sich immer schwerfälliger vorwärts bewegte und schließlich zum Stillstand kam. Während Judith und Willy sich mit dem Wägelchen einen Weg bahnten, vernahmen sie verdächtige und unheilvolle Geräusche, dumpfe

Schläge, Tritte und menschliche Schreie wie in höchster Not. Endlich konnten sie erkennen, dass auf dem freien Platz vor dem Halbkreis der gaffenden Menge fünf junge, seltsam aufgemachte und von irgendwelchen verborgenen Lampen angestrahlte Kerle auf einen etwas älteren Mann einschlugen, ihn hin und her stießen und zerrten und zu Boden warfen und ihm dann bunte, blitzende Steine entrissen, die er in seiner Hand festgehalten hatte und die wie Juwelen aussahen. Als das Opfer sich wieder zu erheben und das Entwendete zurückzuholen versuchte, droschen sie umso brutaler auf es ein und einer der Angreifer zückte ein riesiges Fleischermesser und stach damit so lange und so heftig auf den Wehrlosen ein, bis dieser röchelnd zu Boden sank. Dann ließen sie alle von ihm ab und machten sich mit ihrer Beute davon.

Judith und Willy blickten erschrocken auf das makabre Geschehen, dann auf die neugierig, ja belustigt gaffende Menge. Sie waren sich im ersten Augenblick nicht ganz sicher, was das hier zu bedeuten hatte, doch sehr schnell wussten sie die starke Schminke auf den angeleuchteten Gesichtern sowie die ausgesprochen unmodische Kleidung und Frisur der Akteure richtig zu deuten. Die letzte Klarheit erbrachte die ebenfalls bald zum Vorschein kommende Stativ-Lampe, eine Filmkamera sowie ein ganzes Arsenal von Mikrofonen, Kabelrollen und sonstigen filmtechnischen Gerätschaften.

»Das habt ihr prima gemacht«, erschallte es plötzlich aus dem Halbdunkel zwischen den etwas weiter entfernt stehenden Bäumen.

Judith spähte in die Richtung, aus der die knarrige und tiefe Stimme gekommen war. Als sie die Silhouette eines kleinen, gedrungenen Mannes erblickte, der, bald gefolgt von einem Tross von Begleitern, langsam vollständig in Erscheinung trat,

erkannte sie ihn sofort, besonders an seiner charakteristischen karierten, gefütterten Jacke.
»Hab ich's mir doch gedacht«, rief Judith, zu Willy gewandt. »Es ist Peppino ... Peppino Frazzi ...«
Judith trat sogleich auf ihren Bekannten zu und rief ihn laut mit seinem Namen an. Der andere reagierte sofort.
»Judith«, rief er, ihr mit einem breiten Lachen seine kurzen Arme entgegenstreckend.
Er hatte immer noch sein unverkennbares Hamstergesicht mit den flinken und wachsamen Augen und der etwas zu kurzen Oberlippe, die beim Sprechen seine überdimensionalen Schneidezähne entblößte, was jetzt noch stärker der Fall war seit dem Fehlen des Schnurrbarts, den er bei der letzten Begegnung vor anderthalb Jahren in Hollywood noch gehabt hatte. Auch seine damals noch langen Haare waren jetzt wie abrasiert kurz und brachten einige graue Stellen mehr zum Vorschein. Ansonsten war Peppino Frazzi ganz der Alte geblieben, dasselbe agile und akkurate Männlein wie damals.
»Mein Gott, was machst du hier oben?«, fragte Peppino, außer sich vor Überraschung und Begeisterung oder vielleicht auch vor Belustigung.
Nachdem Judith Peppino und Willy miteinander bekannt gemacht hatte, erklärte sie mit wenigen Sätzen den Grund ihres Hierseins und deutete auch die außergewöhnlichen Umstände der kürzlichen Geburt ihres Kindes an. Peppino quittierte dies mit überschwänglichen Glückwünschen und einem flüchtigen, entzückten Blick in den Kinderwagen, in dem die Kleine, in Decken gewickelt, unschuldig schlief. Dass Judith nur wegen ihm überhaupt in dieses Städtchen gekommen war, verschwieg sie.
»Ich habe mir ein Riesenprojekt an Land gezogen«, erklärte

Peppino Frazzi stolz. »Die Sunset-Productions in Hollywood haben mich beauftragt ... einen Dreiteiler ... für zwanzig amerikanische Fernsehstationen ... alle schon unter Vertrag ... und mit BBC London wird derzeit verhandelt ... und die Deutschen haben auch schon ihre Fühler ausgestreckt ... ›Der Tod im Nordmeer. Die Geschichte der Forscher- und Entdeckerfamilie Leew‹.«

»Leew?«, fragte Judith mit gespielter Überraschung. »Der Polarforscher und sein Sohn, der Kulturpapst in Los Angeles?«

»Nicht nur die beiden, die ganze kunterbunte Mischpoke«, sagte Frazzi. »Leider gibt es nur noch ganz wenige lebende Zeugen. Deswegen müssen wir uns beeilen. Man hätte das Projekt viel früher angehen sollen. Jetzt ist es fast zu spät.«

»Und wieso kommt es erst jetzt zustande?«, wollte Judith wissen.

»Ins Rollen gebracht hat das Ganze erst vor zwei, drei Jahren die Wiederauflage des autobiografischen Berichts, den Konstantin Leew 1910, zwei Jahre nach seiner ersten Nordmeerexpedition, verfasst hat«, erklärte Frazzi. »Nachdem das Buch, so wie auch Leews Entdeckerleistung, totgeschwiegen wurde, weil er Jude war, ist die Bedeutung dieses großen Geologen und Forschers voll erkannt und gewürdigt worden. Harper in New York macht inzwischen ein Riesengeschäft mit dem Buch und der Polartourismus hat einen ungeahnten Aufschwung erhalten. Da hilft man selbst gerne noch ein bisschen nach ...«

Frazzis Nagetieraugen glänzten.

Wer kannte inzwischen nicht die tragische Familie Leew? Nur, dass Frazzi ausgerechnet im Park dieses westcanadischen Städtchens filmte und warum ausgerechnet diese Szene, verstand Judith nicht recht.

»Wusstet ihr das nicht, dass Arnold Leew zeitweise hier oben lebt?«, erklärte Peppino auf Judiths Frage, jetzt etwas hastig und mit gehetzten Seitenblicken zu seinen Mitarbeitern, da es ihn, nach dieser kurzen Pause, offenbar zur Fortsetzung seiner Dreharbeiten drängte.
»Arnold Leew? Der gefürchtete Theater- und Musikkritiker der Los Angeles Times lebt hier oben?«
»Das erzähl' ich euch alles, wenn ich fertig bin. Wie lange seid ihr noch hier? Könnte man sich nicht später, vielleicht heute Abend irgendwann in Ruhe treffen?«, meinte Peppino.
»Und wann? Wir bleiben auf jeden Fall heute ...«
»Spätestens in zwei Stunden schicke ich die Jungs nach Hause, die holen sich sonst den Tod hier in der Nässe und Kälte. Für morgen früh um neun bin ich mit Professor Leew verabredet ... Sonst bin ich frei! Wie wäre es um neunzehn Uhr mit herzhafter canadischer Küche im Harvest Eating House? Dort gibt es besonders saftige Steaks, das Lokal liegt an der Albert Street. Jeder hier kennt es, ich lad' euch ein.«
Judith freute sich, doch dann fiel ihr Tituba ein.
»Die Kleine?«, meinte Frazzi. »Das kann meine Assistentin besorgen. Sie könnte in eurem Hotel auf sie aufpassen. Sie ist eine richtige Kindernärrin. Damit wäre allen geholfen. Ich erledige das schon, wenn ihr einverstanden seid.«
In beiderseitiger freudiger Erwartung verabschiedeten sie sich und Frazzi wandte sich wieder seinen Dreharbeiten zu.
Inzwischen hatten sich in dem Waldflecken noch mehr Menschen angesammelt, die die Raubmordszene unter Lampen und vor laufender Kamera verfolgen wollten. Judith und Willy begaben sich mit der kleinen Tituba wieder hinaus aus dem Park.
»Willy, ich finde das umwerfend«, rief Judith voller Begeiste-

rung und ergriff seinen Arm. »Bei mir festigt sich immer mehr die Überzeugung, dass ich über die ›Schachnovelle‹ vielleicht überhaupt einen reinen Dokumentarfilm vorbereiten sollte.«
»Wirst du Frazzi von deinem Projekt erzählen?«
»Vielleicht besser nicht, weil er sonst womöglich nichts von dem preisgibt, was ich ihm nachmachen könnte…«
»Wieso? Du schreibst doch nur ein Drehbuch…«
»Aber eins für einen zumindest streckenweisen Dokumentarfilm… dazu noch über ein jüdisches Schicksal…«
»Vor einem Anfänger wird der sich doch nicht fürchten…«
»So, so… Ich werd' mal sehen, wie ich's einfädle…«
Judith hatte Peppino Frazzi letztes Mal bei einer Gala-Premiere in Hollywood gesehen, bei der Verfilmung eines von Judith ins Englische übersetzten spanischen Bestsellers. Frazzi war nur als Gast dort gewesen. Judith und Frazzi kannten sich schon länger. Nachdem Frazzi sich schon früher mit Fernsehdokumentationen über das Leben von Marylin Monroe und das des Kennedy-Mörders Lee Oswald einen Namen gemacht hatte, hatte er vor ungefähr zehn Jahren einen Preis bekommen für einen Dokumentarfilm über den Fall My Lai, den amerikanischen Strafprozess von 1971 gegen die für das betreffende Massaker in Vietnam verantwortlichen US-Offiziere. Judith wusste von verschiedenen Kollegen, dass Frazzi hinter seiner Fassade von Weltgewandtheit und Charme ein sehr schwieriger Verhandlungspartner sein konnte, der im Konfliktfall seine Rivalen gnadenlos auszustechen wusste. Frazzi, ein Sohn italienischer Klerikalfaschisten unter Mussolini, hatte sich, nach der Priesterweihe und Promotion an der jesuitischen Gregoriana in Rom, unerwartet früh wieder laiisieren lassen und war dann irgendwann in

den Sechzigerjahren nach Amerika ausgewandert, wo er im Filmbusiness rasch Fuß gefasst hatte. Von seiner Arbeitsweise als Dokumentarist beim Aufspüren seiner Zeugen und von seinen Befragungsmethoden wusste Judith zwar nichts Genaues. Aber sie war, besonders bei seiner Darstellung der My-Lai-Affäre, beeindruckt und verblüfft gewesen von der emotionsgeladenen Atmosphäre seiner Dokumentarfilme und sie hatte sich darüber gewundert, mit welch schutzloser Offenheit sich die – immer von Frazzi persönlich – interviewten Menschen vor seiner Kamera präsentierten, meist in Großaufnahme, sodass die feinste Gemütsregung, jede Gesichtsmuskelveränderung, jeder Schweißtropfen auf der Stirn und jede Rötung der Augen zur Geltung kam. Frazzis besondere Stärke hatte Judith seit jeher im wirkungsvollen, scharfen Zusammenschnitt von Zeitzeugenaussagen, szenischem Nachspiel und Archivaufnahmen gesehen, eine Verbindung, mit der sie inzwischen auch für ihr eigenes neues Projekt liebäugelte. Und jetzt war also der populäre Clan der Leews dem Dokumentaristen ins Visier geraten. Mit Arnold Leew, dem einzigen noch lebenden Sohn des berühmten Forschers, hatte Judith zwar gewiss kein Mitleid, weil ihr dieser arrogante und rücksichtslose Kulturpotentat immer zuwider gewesen war. Doch die Leews waren eben auch Juden wie sie. Was Frazzi wohl mit ihnen vorhatte?
Frazzi, immer noch in derselben gefütterten, karierten Jacke wie heute Nachmittag, hatte einen Tisch reserviert, der sich wegen seiner ungünstig langen Form bedauerlicherweise als wenig kommunikativ erwies. Der Gastgeber schien darüber irritiert und verärgert und ein wirkliches Gespräch kam erst zustande, als Frazzi sich nach dem Verzehr seiner Lammkoteletts zufrieden mit der Serviette die Lippen abgewischt und

mit einem kräftigen, geräuschvollen Schluck sein Weinglas geleert hatte.
»Die Überfallszene im Wald? Das war die Ermordung von Arnolds älterem Bruder, dem Juwelier Oswald Leew, im Pariser Bois de Boulogne im Oktober 1939, erklärte Frazzi. Genau dieselbe Jahreszeit wie jetzt...«
»Raubmord?«, fragte Judith.
»Das ist bisher noch ungeklärt, vielleicht waren es auch politische Motive seitens antisemitischer Fanatiker oder am Ende eine Tat, geplant von jemandem aus dem Homosexuellenmilieu. Ich werde es noch herausfinden«, meinte Frazzi mit leuchtenden Augen.
»Die Schauspieler kamen mir recht jung vor«, bemerkte Judith.
»Das ist, weil die Zeitzeugen, die ich vor der Kamera befrage, alle sehr alt sind und die Schauspieler, die das nachstellen, was die Zeitzeugen vor fünfzig Jahren erlebt haben, ihrer äußeren Erscheinung nach einen Ausgleich darstellen sollten«, erklärte Frazzi, nachdem er eben beim Garçon Apfeltorte mit Vanilleeis nur für sich allein bestellt hatte, weil Judith und Willy keinen Nachtisch mehr wollten.
»Und wie verlässlich sind ihre Angaben?«, fragte Judith.
»Das ist ein großes Problem. Ich sagte schon, dass wir mit dem Projekt sehr spät dran sind«, erklärte Frazzi. »Deswegen müssen wir uns mit den noch lebenden Zeitzeugen beeilen und ganz systematisch vorgehen... Wir haben extra eine Liste zusammengestellt, die Ältesten zuoberst und dann der Reihe nach weiter, und diese Liste arbeiten wir uns sozusagen hinunter«, gestand Frazzi mit verblüffender Offenheit und ohne die Miene zu verziehen.
Willy warf Judith verstohlen einen schockierten Blick zu.

»Das heißt, dass deine erste Frage an die Zeitzeugen immer die nach ihrem Alter und ihrem Gesundheitszustand ist?«, fragte Judith frech.

Frazzi grinste wie ein ertappter Lausbub.

»Und Sie drehen hier in Canada, weil die Beförderung einer ganzen Schauspielertruppe über den Ozean an den Originalschauplatz doch etwas aufwendig wäre?«, fragte Willy rasch dazwischen, weil er offenbar vom peinlichen Thema ablenken wollte.

»Das ist nicht der einzige Grund«, entgegnete Frazzi, seine Hamsterbacken zu einem etwas zweideutigen Lächeln verziehend. »Ob Canada oder Paris, macht kostenmäßig nicht mehr viel aus, wenn man von Los Angeles anreisen muss... abgesehen davon, dass wir heute riesiges Glück hatten mit dem Wetter, genau so oktoberlich nieselig wie damals im Bois de Boulogne. Nein, ich bin hauptsächlich hier, um ein Gespräch mit dem jüngeren Bruder Arnold zu führen, der sich während der Mordtat an Oswald Leew ebenfalls in Paris aufgehalten hat...«

»Ach, ist der denn schon so alt?«, fragte Judith. »Ich meine, dass er so weit oben auf eurer Liste steht?«

»Also, zu den Ältesten gehört er noch nicht«, meinte Frazzi etwas verlegen und offensichtlich froh, dass jetzt seine Apfeltorte kam. »Ich wollte das Drama von 1939 hier szenisch nachstellen lassen, weil Arnold Leew hier lebt und ich ihn gleichzeitig interviewen kann. Mit den Dreharbeiten hoffte ich ihn ein wenig von seiner eigenen derzeitigen Bedrängnis abzulenken, über die ich mit ihm sprechen muss. Ich gewinne Zeit und die Chance, dass sich sein Vertrauen erhöht, damit er gesprächsbereiter wird für *sein* heikles Thema, denn der Arme hat's ja nicht leicht mit den Anfeindungen gegen ihn, ob sie berechtigt sind oder nicht. Jeder, der sich einem öffentlichen Medium ausliefert, ist schutzbedürftig, und als Interviewer bin ich dafür verantwortlich, ihm den Schutz und die Sicherheit zu gewähren, die er braucht. Das letzte Mal, als ich ihn aufsuchte, lag er sturzbesoffen auf dem Sofa, solche Angst hatte er vor mir. Deswegen habe ich ihm jetzt ein paar Tage Zeit gegeben und das Gespräch auf morgen Vormittag vertagt.«

Judith war merkwürdig berührt von der Widersprüchlichkeit dieser Ausführungen. Was waren die wirklichen Motive dieses ehemaligen Jesuitenzöglings? Judith wusste andeutungsweise aus der Presse von unschönen Vorwürfen zu Arnold Leews politischem Vorleben, die Frazzi im Folgenden nun präzisierte.

»Leew war ein knappes Jahr nach der Ermordung seines Bruders aus dem inzwischen von den Deutschen besetzten Frankreich per Schiff nach Amerika geflüchtet und hatte sich dort, zuerst als Zeitungsreporter, dann als Theater- und Musikkritiker bei verschiedenen Zeitungen emporgearbeitet, bis er zu seiner heutigen Machtposition im Kulturteil der ›Los Angeles Times‹ avancierte. Vierzig Jahre später kamen die Nachkommen einer Gruppe von den Nazis ermordeter französischer Widerstandskämpfer jedoch dahinter, dass sich Arnold Leew im Herbst 1940 seine Ausreisepapiere mit einem Verrat der betreffenden Widerstandsgruppe dadurch erkauft hatte, dass er sie in eine Falle der Gestapo gelockt und so alle ihre Mitglieder in den Tod gebracht hatte. Die heute lebenden Angehörigen machten den Fall international publik und sorgten für einen handfesten Skandal, der dem Ruf des Beschuldigten schwer schadete. Er zog sich daraufhin ein Stück weit aus dem öffentlichem Leben zurück und suchte sich als Zweitwohnsitz

das von Los Angeles ausreichend entfernte canadische Städtchen Regina aus. Natürlich musste ich versuchen, der Wahrheit auf den Grund zu gehen«, sagte Frazzi. »Und deswegen habe ich auch Leews Anwalt in Los Angeles aufgesucht, um alles aus ihm herauszubekommen, was nicht seiner Schweigepflicht unterlag. Aber meine Erfolge waren leider nur sehr mittelmäßig. Der Polarforscher Konstantin Leew ist und bleibt für mich natürlich die wichtigste Figur und der eigentliche Grund für meinen Film.«
»Und wie kommt ihr an Informationen über den heran?«, fragte Judith. »Gibt es noch lebende Zeitzeugen?«
»Direkt keine, aber Nachkommen seiner Mitarbeiter. Sonst sind wir vor allem angewiesen auf Archivfilme, szenische Nachstellungen und das Zeigen gegenständlicher Relikte. Es gibt beispielsweise zwei Filmfragmente aus dem Ende des vergangenen Jahrhunderts. Das eine zeigt den Geologen bei der Entnahme von Gesteinsproben auf Spitzbergen, im anderen ist er beim Überqueren der zugefrorenen Barentsee auf Skiern zu sehen, denselben, die heute noch in einem der beiden Museen in Murmansk zu besichtigen sind, zusammen mit dem Schlitten, mit dem Leew schließlich fast bis zum Nordpol vorgedrungen war. Von dem Schiff, mit dem Leew Jahre später nochmals aufbrach und damit nie mehr zurückkehrte, existiert leider nichts mehr, da es von den Eismassen zerdrückt wurde...«
Frazzi redete inzwischen wie ein Wasserfall und mit seiner Reibeisenstimme so laut, dass es Judith in den Ohren zu schmerzen begann. Ihr kam es vor, als würde dieser Mensch nicht nur deshalb unentwegt reden, weil er eine Plattform von Zuhörern suchte, sondern als wollte er vielleicht auch sich selbst mit Geschichten und Anekdötchen unterhalten und als

hetzte er deshalb auch, für die Zuhörer ziemlich anstrengend, von einem Thema zum nächsten.
Trotz allem drängte es Judith, Frazzi gegenüber bald ihr Filmprojekt anzuführen. Sie war sich lange nicht sicher gewesen, ob sie dies sollte. Aber so sehr sie die Skrupellosigkeit dieses aufdringlichen Talents abstieß, war sie auch fasziniert von seiner Geschicklichkeit und seinem Einfallsreichtum, sodass sie doch beschloss, sich ihm anzuvertrauen.
Irgendwann gelang es ihr, durch Frazzis Redefluss hindurchzubrechen und ihn schließlich sogar dazu zu bewegen, sich ihre Darlegungen ihres Projekts bis zum Ende anzuhören.
»Aha. Und du möchtest wissen, wen man heute noch zu Stefan Zweig befragen könnte?«, resümierte er zutreffend.
»Ja.«
Judith schaute Frazzi fragend an.
»Aber natürlich! Ich habe... wann war es?... ich glaube zu seinem vierzigsten Todestag, mal eine Radiosendung über ihn gehört, sehr interessant und wirklich gut gemacht. Sie fing damit an, dass man auf dem Friedhofsweg von Petrópolis die Steine unter den Schuhen des Friedhofsgärtners knirschen hörte, während der den Radioreporter zu Zweigs Grab führte und ihm kurz den Hergang von Zweigs Selbstmord erzählte. Dann folgte eine Reihe aufschlussreicher Interviews mit der heutigen Bewohnerin von Zweigs Miethaus, die den Reporter ins Sterbezimmer begleitete, und dann mit einigen Zeitzeugen, dem pensionierten Leiter der Stadtbibliothek, dem Wirt der Bodega, in der die Zweigs einkehrten, dem Frisör und dem Apotheker... Vor allem an den Apotheker erinnere ich mich, weil der sich nach all den Jahrzehnten immer noch gegen den Vorwurf verteidigen musste, Zweig das Todesgift verkauft zu haben...«

»Was... Die Leute gibt es noch alle?«, fragte Judith ganz aufgeregt.
»Es gab sie jedenfalls noch vor gut drei Jahren...«
Judith konnte es kaum glauben. Der Apotheker, den ihre beiden Eltern nach dem Krieg in Mill Valley des Öfteren dunkel und geheimnisvoll erwähnt hatten, lebte womöglich heute noch.
»Ach, dann muss ich bald wieder dorthin...«
»Du kennst Petrópolis?«
»Ich war dort vor über zehn Jahren mit meiner Mutter, die im brasilianischen Exil Zweigs Tod von weitem mit erlebt hat...«
»Ach so... na, dann bist du für ein solches Filmprojekt richtig prädestiniert...«
Judith fühlte plötzlich, dass sie Frazzi genug von ihren Absichten verraten hatte. Sie wunderte sich, dass sie nicht selbst auf das Naheliegendste gekommen war und war froh und dankbar für Frazzis Anregungen. Das bleibende Misstrauen ihm gegenüber drängte sie jedoch gleichzeitig auch, für heute das Gespräch zu beenden.
Während Frazzi die Rechnung bezahlte, blickte Judith kurz durch das Fenster auf den von den Straßenlaternen beleuchteten Platz hinaus. Sie sah drei Männer vorbeiziehen, deren Gesichter ihr bekannt vorkamen. Aufgrund der verfremdenden Straßenkleidung und der Tatsache, dass sie ungeschminkt waren und müde aussahen, ging ihr erst nach einer Weile auf, dass es die Schauspieler waren, die heute im Park den Überfall auf Oswald Leew im Pariser Bois de Boulogne im Herbst 1939 nachgestellt hatten.
Als Peppino Frazzi, Judith und Willy die Tafel aufhoben, vereinbarten sie ein letztes Treffen im Anschluss an das morgige Interview mit Professor Arnold Leew.

Der Gastgeber des Abends war allerbester Laune, als sie zu dritt das Restaurant verließen.

»Du musst mir morgen noch ein bisschen mehr Persönliches von dir erzählen«, bat Frazzi Judith aufgeräumt und von einem Fuß auf den anderen tretend, während sie unter der Straßenlaterne standen. »Ich meine ... die Geschichte mit deinem Kind, die Geburt im Flugzeug ... Muss ja ein tolles Drama gewesen sein ...«

»Zum Verfilmen«, lachte Judith.

Frazzi lachte so beherzt mit, dass seine Schneidezähne wieder übergroß zum Vorschein kamen.

Als sie sich trennten, waren Judith und Willy froh, jetzt ein bisschen Ruhe zu haben, und sie blickten gerne dem morgigen Vormittag noch in Regina entgegen, wieder zusammen mit ihrer kleinen Tochter. Es war für sie auch eine durchaus angenehme Perspektive, den Schlusspunkt ihres hiesigen Aufenthalts mit diesem zwar anstrengenden und etwas schillernden, aber intelligenten und überaus anregenden Bekannten von Judith zu setzen.

Sie hatten noch im Coachman Inn zu Mittag gegessen und nach der Begleichung ihrer Hotelrechnung ihr Gepäck bei der Rezeption deponiert. Sie wollten dieses nach ihrer Rückkehr vom Treffen mit Peppino Frazzi wieder abholen und dann mit ihrem Wohnmobil aufbrechen.

Nach den trüben letzten Reisetagen war strahlendes Wetter, das in Anbetracht des wolkenlosen Himmels an Klarheit und Farbenpracht selbst die traumhaft schönen Lichtverhältnisse auf dem Campingplatz vor wenigen Tagen am Lake Superior übertraf.

Auf dem Weg ins Sheraton Centre stießen sie auf eine kleine, umzäunte Kirche mit einer Steintreppe davor. Sie stiegen die

Treppe hoch zum Eingang. Dort konnten sie durch die halb offene Türe eine Ansammlung von Menschen erkennen, darunter ein junges Brautpaar, das etwas abseits saß. Der Pfarrer hielt sich irgendwo seitlich vom Altar auf. Alles lauschte still und hingebungsvoll einem Violinsolo, das unsichtbar von der Empore herunterdrang. Es war die Chaconne von Bach, deren sehr strenge und nüchterne Wiedergabe wie ein dünner, unzerreißbarer Faden den Raum durchzog und eine Atmosphäre meditativer Versenkung erzeugte, die verstärkt wurde durch das bläulich durch das Kirchenfenster gefilterte Licht. Judith und Willy, der während des ganzen Weges die schlafende kleine Tituba in seinen Armen gehalten hatte, ließen sich augenblicklich von der Musik und der Stimmung verzaubern und blieben dicht vor dem Spalt der Eingangstüre stehen, um wenigstens einen Teil des Vorspiels mitzubekommen, wobei sich immer erkennbarer das baldige Ende des großen Solo ankündigte. Judith kamen die Schallplattenabende mit ihrem Vater in Mill Valley mit derselben Chaconne in Erinnerung. Sie musste an Papas Liebe zu Bach, zur deutschen Musik und Kultur überhaupt denken. Judith hatte diese Liebe immer nachvollziehen können, solange diese Liebe von dem anderen Deutschland, vor allem von dem dieses Jahrhunderts, getrennt blieb. Judith versuchte, nicht länger an diesen lebenslangen schmerzlichen Streitpunkt mit ihrem Vater zu denken. Sie genoss die überragende Größe der bachschen Musik, mit der die danach etwa zweihundert Jahre währende kulturelle Blütezeit der Heimat des deutschen Meisters mit eingeleitet worden war. Sie wollte sich, unter bewusster Ausblendung der dunklen Geschichtsepochen vor und nach jener Blütezeit sowie der zunehmenden Verfinsterungen danach, an der Kraft dieses Lichts erfreuen, welches der Welt geschenkt worden war. Sie wollte nur zuhören und die Unvergänglichkeit dieser Musik in sich aufnehmen.

Nachdem der letzte, besonders lang gezogene Ton unter der Schlussfermate verklungen war, stiegen Judith und Willy rasch wieder die steinernen Stufen hinunter, um von den Hochzeitsgästen möglichst unbemerkt zu bleiben. Schweigend gingen sie weiter und strebten ihrem mit Peppino Frazzi vereinbarten Treffpunkt zu. Judith genoss die ungewöhnlich starke Sonne.

Als sie die Hotelhalle betraten, kam ihnen sogleich Peppino Frazzi entgegen. Er trug heute eine weniger auffällige braune Jacke. Gegenüber gestern wirkte er ernst und verhalten, so wie ihn Judith eigentlich noch nie erlebt hatte. Sein Blick erschien getrübt und es kam Judith fast so vor, als wären seine Hamsterbacken etwas schlaffer und eingefallener, weil die darin zu hortende Ausbeute der Befragung von heute Vormittag vermutlich weniger ergiebig ausgefallen war als erhofft.

Frazzi führte seine Gäste zuerst durch die Eingangshalle, vorbei an einem großen, beleuchteten Aquarium, in dem Goldfische zwischen Wasserpflanzen nach Nahrung und Luftblasen schnappten, die aus einer Röhre auf dem Aquariumboden aufstiegen. Dann gelangten sie in einen abgeschiedenen Hinterraum, in dem kleine Tische mit breiten schwarzen Lederfauteuils darum herum standen. Frazzi bat sie an einen dieser Tische und bestellte Kaffee.

»Ich bin ziemlich erledigt«, bekannte Frazzi, nachdem er sich so schwer auf sein Fauteuil fallen ließ, dass man die Luft unter dem Lederbezug geräuschvoll entweichen hörte. Als der Kaffee eintraf, griff er hastig und mit etwas zittrigen Fingern nach seiner Tasse, rührte mit dem Löffel darin und trank.

»Es war ein ziemliches Katz- und Mausspiel zwischen uns«,

fuhr er fort. »Mein Gesprächspartner flüchtete vor mir, wo er konnte, um dann, hinterrücks, wieder offensiv zu werden, wobei ich nicht wusste, ob dies eine bewusste Strategie war oder echte Verwirrtheit. Arnold Leew sprach, was ich ihn auch fragte, nur sehr allgemein von den Dingen und kam immer wieder auf die Geschichte zurück, wie er nach Paris kam, zusammen mit seinem Bruder, aus seiner galizischen Heimatstadt über Litauen, in der Zeit der Massendeportation der Juden und der Liquidierung der litauischen Intelligenz und der Armeespitze durch die Sowjets, bevor dann die deutschen Besatzer dieses Werk fortsetzten. Doch weiter kam ich bei ihm nicht«, klagte Frazzi. »Die Ereignisse im besetzten Paris ein Jahr nach der Ermordung seines Bruders und wie er zu seinen Ausreisepapieren kam... das hat er tunlichst ausgegrenzt... ja... geschickt davon abgelenkt... Nach und nach habe ich dieses Spiel zu durchschauen gelernt. Denn aus allem, was er mir aus seiner früheren Zeit bis zum Exil erzählte, hörte ich immer wieder Angst und Selbsthass und Schuld heraus, Schuld oder Mitschuld am Tod seiner in Litauen gebliebenen Mutter oder die Schuld, überlebt zu haben, ohne zuzugeben, dass dies höchstwahrscheinlich auf Kosten Dritter geschah. Mir kam es manchmal so vor, als fühlte er sich schon allein wegen seiner Zugehörigkeit zum Judentum schuldig... so, als wäre es gerecht, bestraft zu werden, nur weil man unter dem Fluch steht, Jude zu sein... Er versuchte, mir dies auf meine Frage näher zu erklären. ›Mit unserem provozierenden Dünkel und unserem biblisch sanktionierten universalen Exklusivitätsanspruch‹, so sagte er, ›geraten wir Juden immer wieder in das Dilemma, uns durch unsere Erwählung so stark beglücken zu lassen, dass wir uns deswegen gleichzeitig auch wieder schuldig fühlen...‹ Ich weiß nicht, was Leew mir damit wirklich sagen wollte...«

Frazzi holte tief Luft und lehnte sich zurück.

»Ein Jude darf so etwas sagen«, erwiderte Judith, nicht ohne eine gewisse Genugtuung.

Frazzi blickte Judith erschrocken an.

»Soll das heißen, dass die Juden sagen, sie seien selbst schuld an ihrer Verfolgung oder gar Massenvernichtung?«

»Um Himmels willen nein! Über Menschen können nicht Menschen richten, sondern einzig Gott. Außerdem wollte ich damit nie sagen, dass wir Juden objektiv schuldig sind, und das meint sicher auch Leew nicht. Ich sage nur, dass einige vielleicht glauben, sie hätten Grund, sich schuldig zu *fühlen*.«

»Vielleicht habe ich auch Leew falsch verstanden oder er wollte mich provozieren oder hintergründiger argumentieren, als mir das in den Kopf geht«, entgegnete Frazzi. »Jedenfalls schwenkte er manchmal plötzlich ins Gegenteil um, indem er mich angriff und verdächtigte, meine Kameralinse wollte ihn ja nur überführen und öffentlich bloßstellen, wobei er, mit einem undurchdringlichen Gemisch aus Spaß und Ernst und in Anspielung auf meine italienische Herkunft, die sizilianische Mafia und den Papst als meine Auftraggeber bezeichnete.«

Während Peppino Frazzi redete, wurde Judith bewusst, wie sehr sie sich in den letzten Tagen aus ihren eigenen Verstrickungen befreit hatte, mit neuen Einsichten über sich und ihre Geschichte, die auch ein Teil der Geschichte ihres jüdischen Volkes war, und wie sie auch die Hexenerscheinungen während des Geburtsdramas immer besser begreifen gelernt hatte als eine Folge ihrer Auseinandersetzung mit der Tragödie der Salemer Hexenprozesse, mit all ihren bestechenden Parallelen zu ihrer eigenen Geschichte und der Geschichte des Judentums.

Als Judith in diesem Zusammenhang zum ersten Mal den

Namen der als Hexe angeklagten karibischen Sklavin nannte, wachte deren kleine Namensvetterin in Willys Armen auf und begann lauthals zu schreien.

»Sie hat Hunger«, rief Judith in beschwichtigendem Ton.

Sie erhob sich rasch, ging zu Willy und nahm ihm die Kleine ab. Dann begab sie sich wieder an ihren Platz und führte Tituba mit flinkem, geübtem Griff an ihre diskret frei gemachte Brust.

»Wie heißt die Kleine eigentlich?«, fragte Frazzi.

Erst jetzt wurde Judith klar, dass sie es bisher unterlassen hatte, Frazzi den Namen ihres Kindes zu verraten. Deshalb erzählte sie jetzt die abstruse Geschichte von Titubas Namensgebung in der Klinik, wieder parallel zur Geschichte der Namenlosigkeit und Identitätslosigkeit der des Teufelsbunds angeklagten historischen Namensvetterin ihrer Tochter. Und in Anbetracht der jetzt offen liegenden Gemeinsamkeiten zwischen ihrer Geschichte und der Problematik, die sich auch für Peppino Frazzi während dessen Befragung von Arnold Leew aufgetan hatte, stellte sie wieder die Frage, ob das Leiden dieser Menschen unter ihrer Andersartigkeit und ihrer Ausgrenzung nicht schon ein erster Tribut, eine erste Teilstrafe noch zu Lebzeiten sei für ihren angeblich oder in Einzelfällen vielleicht wirklich mit dem Teufel eingegangenen Bund, bevor der Teufel diese Menschen, im Sinne der Faustsage, ganz zu sich hole, gewissermaßen als Vorschuss auf die vom Teufel geforderte Seele.

Frazzi horchte an dieser Stelle jählings auf und blickte Judith und Willy verblüfft an.

»Kennt ihr eigentlich das Buch: ›Der Kampf mit dem Dämon‹?«

Judith nickte.

»Genau so findet sich dieser Gedanke zwar noch nicht in diesem Buch«, sagte Frazzi. »Aber es handelt in der Tat vom Höhenflug und vom Leiden des Künstlers über dem Abgrund der Hölle ... Es ist das Zeugnis eines Kampfes gegen die eigene, restlos fordernde, aufreibende und ausglühende Überexistenz als Inbegriff des Dämons, ein Kampf gegen die Schuld, die man bereits auf sich geladen hat durch das Sicheinlassen mit dem Teufel, aber auch gegen die fortdauernde Versuchung, sich noch tiefer in dessen Bann ziehen zu lassen ... Oder wie es Dostojewski, noch drastischer, ausgedrückt hat: Kunst ist Verbrechen ... Ein Geschehen jedenfalls, das bereits mitten im Leben stattfindet, und deshalb meine ich, dass dieses: ›Ich will mich *hier* zu deinem Dienst verbinden ... Wenn wir uns *drüben* wieder finden, so sollst du mir das Gleiche tun ...‹ des Mephistopheles bei Goethe nur eine Falle und eine verführerische Finte ist, mit der Mephistopheles seinem Paktgenossen den beglückenden Besitz von Wahrheit und Erkenntnis im Diesseits vorgaukelt, bevor er sich an dessen Lebensende seinen Lohn holt. Würde sich Mephistopheles nicht schon gleich ein erstes Stück davon sichern, wäre er nicht der Teufel ... Trotzdem würde ich diesen Lohn nicht nur auf der subjektiven Ebene des Leidens unter der Andersartigkeit und deren Folgen belassen, sondern weitergehen«, rief Frazzi jetzt so laut, dass Judith befürchtete, Tituba, die satt und zufrieden eingeschlafen war, könnte wieder aufwachen.

»Und zwar«, so fuhr er plötzlich leiser fort, nachdem er offenbar Judiths Unbehagen bemerkt hatte, »denke ich, dass der Lohn des Teufels zu Lebzeiten seines Schuldners auch objektiv in dessen sozialer Stigmatisierung und Ausgrenzung und allen ihren Folgen besteht. Das heißt, der Hass, der Neid und die

Angst der breiten Masse als Reaktion auf die Ausstattung eines Menschen mit besonderen Kräften und besonderer Erkenntnis durch den Teufel ist gewissermaßen in dieser Ausstattung vorprogrammiert. Es ist als erste Gegenleistung in der Vertragsunterzeichnung mit dem berüchtigten Tröpfchen Blut bereits mit enthalten. Der mit seinem Geist ›das Höchste und das Tiefste greift‹, muss von Anfang an wissen, was er sich damit eingehandelt hat ...«

»Auch für Tituba kann ich das voll bestätigen«, meinte Judith. »Sie hat ihre schmerzliche Ausgrenzung, ihre zeitweise Isolation durch ihre Mitgefangenen, als Strafe für ihren Bund mit dem Teufel, als Tribut an ihn für ihre Schuld, ihre Verdammung bereits zu Lebzeiten empfunden. Das habe ich mir schon vorher so gedacht.«

»Goethes Faust ist allerdings kein Beispiel für eine solche objektive Ausgrenzung«, wandte Willy ein. »Auch wenn diese Figur von Tragik und einem gewissen schwermütigen Leiden gekennzeichnet ist, so beschert der Teufelspakt ihr doch auch recht viel Freude und Lust und sogar das Gegenteil von Ausgrenzung, nämlich Geselligkeit, die der Magier außerhalb seiner Studierstube sucht und auch reichlich findet.«

»Ja, gut. Das hat Goethe aus dem historischen Faust des sechzehnten Jahrhunderts gemacht. Aber bei dem ist das sehr anders ... Johannes Faust war ein Arzt, ein Astrologe und Schwarzkünstler, der in den vielen Orten in Deutschland, in denen er gewirkt hat, meist nach nur kurzem Aufenthalt als Halbgelehrter, Abenteurer und Scharlatan verschrien und dann mit Schimpf und Schande ausgewiesen wurde.«

»Ich frage mich aber trotzdem, wie sich diese sozusagen vorprogrammierte Diskriminierung sonst, in den anderen Fällen, vollzieht«, wollte Judith wissen. »Veranlasst der Teufel bereits bei der Vertragsunterzeichnung die Mehrheit der Menschen, den Magier sozial zu isolieren, zu ducken und zu demütigen, ihm im wahrsten Sinn des Wortes die Hölle heiß zu machen?«

»So lässt sich das vielleicht vorstellen. Dadurch, dass die Masse zum Vollstrecker des teuflischen Willens wird, lädt sie Schuld auf sich, paktiert gleichsam selbst mit dem Teufel. Die Vollstrecker des teuflischen Willens werden damit zu Tätern, was ja gerade im Sinne des Teufels ist ... Wobei ich mir denken könnte, dass der Teufel für die Masse, den Mob, diese Tat damit verführerisch schmackhaft macht, dass er allen den von ihm verliehenen Kräften und Gaben auch Gift beimengt, welches den Bewunderns- und Beneidenswerten zugleich ungenießbar und abstoßend erscheinen lässt und die Täter zu ihren Übergriffen anstachelt.«

»Anstachelt, nicht legitimiert.«

»Natürlich nicht legitimiert. Der Teufel kann nichts legitimieren. Die Übergriffe, die Verfolgung und dann, als entsetzlichste Konsequenz, die Massenvernichtung bleiben höchste, untilgbare Schuld. Die angemessene Alternative ist, sich konstruktiv mit der Andersartigkeit des Mitmenschen auseinander zu setzen. Auch einen wirklichen Pakt mit dem Teufel können nicht Menschen bestrafen, sondern nur Gott.«

»Ja, und worin soll dieses Gift bestehen, das der Teufel den Gaben seines Schuldners beimengt, um ihn damit verhasst zu machen?«

»Es sind wahrscheinlich weniger objektive Merkmale auf Seiten des wirklichen oder angeblichen Schuldners als vielmehr negative Einflüsse auf die Wahrnehmung durch die Masse, durch deren verzerrte Brille beispielsweise die bronzene Tönung der Haut zur Farbe des Teufels und des Höllenfeuers und

die bisweilen auffällige Nase im Gesicht zur raubgierigen Rabennase umgedeutet werden, besondere Schöpferkräfte zu finsterer Magie, ironische Tiefgründigkeit zu Verschlagenheit und Zynismus und so weiter. Der Teufel hat es in der Hand.«
»Aber das, was Sie da anführen, sind zum Teil gar nicht individuelle Merkmale, sondern typische kollektive Kennzeichnungen«, unterbrach Willy erneut. »Wollen Sie damit sagen, dass der Teufel vor Urzeiten einen kollektiven Pakt beispielsweise mit dem Judentum als Ganzem geschlossen hat, für den jeder Einzelne aus diesem Volk automatisch mit haftet, ein kollektiver Fluch, aus dem es für den Einzelnen kein Entrinnen mehr gibt? Das klingt ja fast so, als wäre der Glaube eines Volkes an seine göttliche Auserwählung in Wirklichkeit ein Teufelspakt.«
»Nein, natürlich nicht«, erwiderte Frazzi energisch. »Was ich aufzählte, sind ja nicht objektive, sondern bestimmten Gruppierungen oder Völkern klischeehaft angedichtete Erkennungsmerkmale, das Ergebnis primitiver Verallgemeinerungen, auf die leichtgläubige und undifferenzierte Menschen hereinfallen und ihre brutalen Konsequenzen daraus ziehen. Aber das Schlimme ist, dass deren Opfer manchmal dazu neigen, diese Klischees, zur Genugtuung ihrer Täter, masochistisch sich selbst zu Eigen zu machen und, im Leiden unter ihrer Andersartigkeit, ihre soziale Ausgrenzung und Verfolgung als Folge des kollektiven, schuldhaften Paktes mit dem Teufel zu sehen, den ihre Verfolger ihnen andichten... so wie mir dies Leew heute andeutungsweise vorgeführt hat... Was ursprünglich selbstbewusst als göttliche Auserwählung empfunden wurde, wird in der Einbildung zu einem Teufelspakt verkehrt oder es wird, und das meinte ich, *individuell*, auch als Abwehrmaßnahme gegen die Widersacher, ein echter Pakt mit dem

Teufel geschlossen. Denn besonders der von Gott Erwählte gerät leicht in Versuchung, seine Gaben zu missbrauchen und sie mit einer Art Teufelspakt frevlerisch zu erweitern...«
»Und worin soll dieser Teufelspakt bestehen?«
»In der vermessenen Anwandlung, sich über alles andere zu erheben und auch dementsprechend, auf Kosten Dritter, zu handeln... vielleicht auch aus Angst, wie in einer Flucht nach vorn, um der Verfolgung zu entgehen, oder aus Opportunismus... und dabei auch noch blind zu werden für die Reaktion der anderen und es immer weiterzutreiben... Dadurch kann eine unheilvolle Dynamik in Gang kommen, ein richtiger Teufelskreis, der in zerstörerische Eskalation ausartet... Es hängt mit Bestimmtheit auch von dem mit besonderen geistigen oder musischen Gaben Ausgestatteten ab – und ich denke hierbei wieder besonders an Juden –, ob er sich selbst im Blick behält, das Maß nicht verliert und der Versuchung widersteht, seine Gaben, zum Vergnügen des Teufels, falsch einzusetzen. Was ist der Teufel schließlich anderes, als eine Erfindung Gottes, den Menschen zu versuchen?«
Judith nickte begeistert über diese Wendung.
»Das heißt, es ist gar nicht der Teufel allein. Gott läßt das Schreckliche zu, was uns allen widerfahren kann, der Mehrheit der Unschuldigen in seinem auserwählten Volk wie auch denen, die sich vielleicht schuldig gemacht haben. Denn gerade die Begnadetsten fallen der Versuchung eines neuen Sündenfalls besonders leicht anheim«, meinte sie.
»Ja..., aber selbst da bleiben Freiheit und Selbstverantwortung bestehen... Ein Pakt kann immer aufgekündigt werden... Die Auflagen können verschiedentlich wahrgenommen werden, der Auftrag verschiedentlich ausgeführt, je nach Entscheidung, Erfordernis und Umständen... Zum Beispiel die

mittelalterliche Hexen-, Ketzer- und Judenverfolgung und der Aberglaube wurden von den verschiedenen Ländern zu verschiedenen Zeiten sehr unterschiedlich gehandhabt. Deutschland hat sich besonders schrecklich hervorgetan... Spanien mit seiner Inquisition ebenfalls... Die neuenglischen Puritaner in Salem fingen bemerkenswert spät damit an, wobei ihre zwanzig Todesopfer wirklich nichts sind im Vergleich zu den Hunderttausenden von Opfern der mittelalterlichen Hexenverfolgung in Europa, wenn es nicht gar eine Million war, wie andere Quellen behaupten.«

»Aber nicht nur wird der Teufelspakt unterschiedlich gehandhabt oder auch wieder aufgekündigt, sondern oft, oder vielleicht sogar meistens, haben sich die, die schuldvoll die angeblichen Teufelsbündler verfolgen, früher einmal in der Rolle der Verfemten und Verfolgten befunden«, meinte Judith. »Die Hexenverfolger und die Judenschlächter des Mittelalters waren Nachfahren der einst verfolgten Urchristen. Den Bund mit dem Teufel, dessen man sie anklagte, haben spätere Generationen derselben Glaubensgemeinschaft tatsächlich vollzogen.«

»Ja, und so ging es in der Geschichte auch konsequent weiter. Die Hexenverfolgung wurde zwar später von der humanistischen Aufklärung abgelehnt. Aber die Konsequenz der Aufklärung war eine verhängnisvolle Gottesferne und eine rationalistische Hybris. Es war, als wären die Anhänger der Aufklärung, lange genug in der Defensive, schließlich auch, jedenfalls deren Kinder und Kindeskinder, der Versuchung erlegen, eine neue faustische Verbindung mit dem Teufel einzugehen. Spätestens der rauschhafte Höhenflug der Industrialisierung und der kapitalistischen Ausbeutung, der übersteigerte Wissenschafts- und Technikglaube, der Nationalismus und das militärische Expansionsstreben im späten neunzehnten

Jahrhundert bahnte den verheerenden Massenwahn in unserem Jahrhundert vor, wieder mit den vorsorglich dafür bereitgestellten Sündenböcken und Hexen für den Fall eines Scheiterns...«

»Wobei man wieder und wieder auf die Juden zurückgriff«, warf Judith bitter dazwischen.

»Schrecklicherweise ja. Die Revolution der einstigen Aufklärung und des Humanismus fraß ihre Kinder. Das Täter- und Opferverhältnis drehte sich wie ein ewiges Geschichtsrad. Die ehemaligen Sieger über den Aberglauben verfielen einem neuen. Die Verlierer des Ersten Weltkrieges in der untergegangenen deutschen Monarchie wähnten sich selbstmitleidig als Opfer einer Verschwörung, die ein angebliches internationales Judentum angezettelt haben sollte, und bald schlossen sie den schlimmsten Pakt mit dem Teufel, der in der Menschheitsgeschichte bisher geschlossen wurde, fast zeitgleich mit den unterdrückten Arbeitern und Bauern im zaristischen Russland, die sich ebenfalls in furchtbarer Weise mit dem Teufel zusammentaten.«

»Aber alle diese Teufelsbündnisse waren freiwillige Akte gewesen und alle Verbrechen im Namen beider Pakte geschahen in voller Selbstverantwortung«, erinnerte ihn Judith nochmals an das, was er vorher selbst gesagt hatte.

»Natürlich. Die Wahl hätte auch anders ausfallen können. Deutschland hätte mit seinem – selbstverschuldeten – Verliererschicksal im Ersten Weltkrieg auch anders umgehen können und die bolschewistischen Sieger über den Zarismus in Russland ebenfalls. Umgekehrt gab es auch auf der Täterseite Minderheiten, die bewußt und unter der Gefahr von Leib und Leben gegen den Strom schwammen und sich damit vom Teufel weg wieder Gott annäherten.«

Jetzt wurde es plötzlich im Raum so still, daß Judith nur den gleichmäßigen Atem des an ihrer Schulter schlafenden Kindes hörte. Sie war noch ganz bewegt von dem Gespräch und sie wunderte sich, zu welchen Gedanken ihr in der Tat interessanter und eloquenter Gesprächspartner sie angeregt hatte. Wer war bloß dieser Mann, den sie schon so lange kannte und anscheinend doch nicht kannte? Auf welcher der beiden von ihm so beredt geschilderten Seiten, der Täter- oder der Opferseite, stand er selbst? Oder stand er jenseits beider Seiten, mit seiner Fähigkeit, die Dinge bis auf den Grund zu durchschauen, auch als Rechtfertigung für seinen eigenen Hang zur Skrupellosigkeit? Handelte er grundsätzlich aus Solidarität mit denen, die einen Pakt mit dem Teufel geschlossen hatten oder denen man dies zumindest unterstellte, oder hatte er, der ehemalige Jesuit, selbst einen geschlossen?
Judith schaute etwas Hilfe suchend zu Willy. Als sie bemerkte, wie aufmerksam, ja, gebannt er ihre Hände betrachtete, wurde ihr erst bewusst, dass sie schon länger intensiv und zärtlich die kleine Tituba, die sie an sich gedrückt hielt, gestreichelt hatte.
»Merkwürdig«, sagte sie leise, »wie schwer es mir doch gefallen ist, unsere Kleine nach ihrer so schwierigen Ankunft akzeptieren zu lernen und sie wirklich lieb zu gewinnen und damit auch mich selbst besser anzunehmen. Anfangs hatte ich mir nur eingeredet, sie zu lieben, weil man sein Kind lieben muss, aber im Grund lehnte ich sie ab und fürchtete mich vor ihr. Das hat sich jetzt Gott sei Dank geändert. Hätte ich weiter in meiner Zerrissenheit verharrt und an dieser unseligen Teufelsinkarnations- und Seelenwanderungsidee festgehalten, mein Kind deshalb von mir gestoßen und verkümmern lassen, wäre dies in der Tat einer Art Teufelsbesessenheit gleichgekommen ...«

»Und wodurch bist du davon weggekommen?«, fragte Willy.
»Durch die Gespräche ... durch Gesundwerden ... durch deine Hilfe ... Ich weiß es nicht.«
»Ist nichts mehr davon übrig geblieben?«
»Ich würde sagen: Geblieben ist statt Seelenwanderung Seelenverwandtschaft.«
Auch Frazzi horchte kurz auf.
»Ich meine damit die Verbindung mit allen, mit denen ich gemeinsam fühlen kann und zu denen ich gehöre, abstammungsmäßig oder geistig«, so fuhr sie fort. »Es ist eine freie, geistige Verbindung ...«
»Ich glaube, wir müssen gehen«, sagte Judith dann, als sie nach einer kurzen Pause erschrocken auf ihre Uhr gesehen hatte.
Sie erhoben sich alle drei.
Als sie hinausgingen, Judith und Willy sich am Hoteleingang von Peppino Frazzi verabschiedeten und Judith sich bei ihm nochmals für seine große Hilfe für ihre weitere Arbeit bedankte, meinte dieser mit einem Lächeln, das Judith als aufrichtig wertete: »Du weißt, wo du mich finden kannst. Ich wünsche dir viel Glück und einen Schutzengel, der dir immer vorausfliegt und dir den richtigen Weg weist ...«
Bald befanden sie sich auf ihrer letzten Autostrecke nach Saskatoon.
Es war wieder dieselbe, von leicht hügeligen Erhebungen durchsetzte Prärienlandschaft wie auf dem Weg nach Regina, links und rechts die sich in der Unendlichkeit verlierenden, herbstbraunen Stoppel der abgeernteten Weizenfelder, über deren vorwinterliche Starre der Wind widerstandslos hinwegstrich. Das ungewöhnlich starke Sonnenlicht zauberte ein reizvoll schillerndes Mosaik zwischen Ocker, Kupfer und Rost-

braun auf die Flächen. Die hiesige Gegend schien noch einsamer und kahler zu sein, ganz ohne Gehöfte und in Talsenkungen versteckte Dörfer oder Seen. Ein gelegentliches Aufkreischen unsichtbarer Vögel durchriss die Stille und einmal drang aus der Ferne der anhaltende Pfiff einer Lokomotive der Canadian National Railway.

Vielleicht nach einer Stunde tauchte dicht neben der Straße eine Reihe leerer, verfallener Holzhäuser auf, mit schadhaften Giebeldächern und umwuchert von wilden Sträuchern, die in die offenen Eingänge und Fenster der Ruinen wuchsen. Es war die erste Geisterstadt aus der Goldgräberzeit, der Judith und Willy auf ihrer Reise durch Canada begegneten. Kaum eine halbe Meile weiter gelangten sie an eine kleine Häusergruppe, die offenbar teilweise bewohnt war. Das größte, fest verschlossene Gebäude schien einmal eine Kirche oder ein Gemeindehaus gewesen zu sein. Ein anderes Haus mit einer halb demontierten, bunten Glühlämpchenanlage über dem Eingang und mit Fenstern, die innen mit dickem, weinrotem Plüsch verhangen waren, trug die Spuren einer verwaisten Bar oder eines Bordells. Das letzte, etwas abseits stehende Haus, das intakteste und kleinste von allen, war auf der vorgelagerten und etwas erhöhten Veranda mit bunten Blumenkästen geschmückt. Als sie sich mit dem Auto dem Haus näherten, entdeckte Judith auf der Veranda, zu der eine kleine Holztreppe führte, ein breites Gestell, auf dem eine Reihe großer, bunter Tücher zum Verkauf aushing.

»Oh, ich glaube, da ist etwas für uns«, rief sie erfreut. »Diese schönen, großen Tücher, Willy, bitte halt an!«

Willy lenkte das Fahrzeug auf den Parkplatz vor dem Häuschen und brachte es zum Stehen.

Judith drehte sich zu Tituba um und stellte zu ihrer Beruhi-

gung fest, dass sie fest schlief. Dann stiegen sie aus und schritten zur Holztreppe, auf der sie zur Veranda hochstiegen. Das Anwesen entpuppte sich als Souvenir- und Trödlerladen, hinter dessen großem, blank geputztem Fenster ein Sammelsurium an Geschirr, Lampen und bunt lackierten Spieldosen stand. An der Eingangstüre baumelte an einer langen Schnur schief ein weißes Schild mit der Aufschrift »open«. Die auf der Veranda ausgestellten bunten Tücher auf dem Eisengestell waren so breit, dass sie sich mit seitlich ausgestreckten Armen knapp umspannen ließen. Es waren Stickereien mit darauf abgebildeten Häusern, Menschen, Tieren und Landschaften, schlichte, betont gegenständliche Darstellungen in starken Farben, die wie von indianischer Hand verfertigt aussahen.
»Sehen sie nicht ein bisschen so aus wie der Wandbehang in deinem Kinderzimmer, von dem du mir erzählt hast?«, meinte Willy.
»Genau deswegen wollte ich ja auch anhalten.«
Judith schaute sich die Sachen der Reihe nach durch.
»Magst du dir vielleicht das Ähnlichste aussuchen? Einen der Schutzengel, den Frazzi dir gewünscht hat... auch wenn es nicht ganz der Richtige ist...?«, fragte Willy.
Ihre Blicke wurden besonders von einigen Landschaftsabbildungen mit schmalen, stark gelben Streifen am Horizont angezogen. Die Abbildungen an sich erschienen ihr nicht so wichtig und letztlich doch nicht ähnlich mit ihrem früheren Wandbehang. Es waren nur diese kräftigen gelben Streifen, die sie in ihren Bann zogen. Sie schaute lange und genau hin und überlegte.
»Ach, weißt du was?«, rief sie plötzlich, wie elektrisiert, mit einem leisen Aufschrei.
»Der rote Himmel auf meinem Wandbehang... Mir ist eben

eingefallen, was in meiner Erinnerung daran gefehlt hat die ganzen Jahre, seitdem ich ihn nicht mehr habe«, stieß Judith mit vor Erregung zitternder Stimme hervor.
Willy blickte etwas beunruhigt zu Judith.
»Da war etwas, was ich wirklich vergessen habe... Da war in Wirklichkeit noch ein breiter gelber Streifen am Horizont genau so gelb wie hier, nur ganz am Rand allmählich ins Rot des Himmels übergehend.«
Sie fuhr mit dem Finger auf einem der Tücher den Streifen entlang, den sie meinte.
»Und durch dieses Gelb dazwischen hob sich der rote Himmel noch schärfer von der Erde ab. Wie konnte ich das nur vergessen, diesen gelben Streifen am Ende des Himmels? Dieses Gelb, der Schein der Sonne dicht hinter dem Horizont, sodass die Sonne noch ganz nah ist...«
»Der Schein der untergehenden Sonne, dicht hinter der Abendröte...«
»Warum untergehende Sonne und Abendröte? Warum nicht Morgenröte? Es könnte doch genauso gut auch der Himmel vor dem Sonnenaufgang gewesen sein, und die Sonne kündigte sich erst an...«
»Ach so! Daran habe ich noch gar nicht gedacht. Also nicht das Ende, sondern der Beginn eines Tages?«
»Es ist beides möglich, Ende und Anfang...«
Es war für Judith völlig unbeschreibbar, was an Gefühlen in ihrem Inneren tobte. Es war ein ganzes Universum von Glück und Schmerz und von tausend durcheinander wirbelnden Erinnerungen, guten wie bösen, schönen wie hässlichen, die in der Zeit ihres Lebens immer weiter zurückreichten. Von da gingen die Erinnerungen noch weiter zurück, in eine Urvergangenheit, so elementar und kraftvoll, dass Vergangenheit

und Zukunft miteinander zu verschmelzen schienen und dass die in das glückliche und schmerzliche Extrem drängenden Erinnerungen sich zugleich wie ein Strauß gewaltiger, aber vieldeutiger Prophezeiungen anfühlten. Diese wiesen immer weiter nach vorn zu Licht und Finsternis, Anfang und Ende, Leben und Tod. Dann dachte sie plötzlich wieder an die kleine Tituba draußen im Wagen, zu der sie jetzt unbedingt wieder zurückmusste.

Von den beiden Tüchern mit den am kräftigsten leuchtenden gelben Streifen suchte sie sich das aus, das sie am ehesten an ihren Wandbehang erinnerte, und sie entnahm es dem Gestell.

»Was dieses Tuch wohl kostet?«, hörte sie sich aufgeregt fragen.

Und dann, so abgehoben und so weit von sich entfernt, als sei es gar nicht mehr sie selbst, die sprach, lachend und spielerisch und doch ganz ernst: »Ich bezahle jeden Preis dafür ...«

# Frido Mann

## *Brasa*

### Das große Familienepos

*Frido Manns bilderreiche Hommage an das Land seiner Vorfahren. In einem spannungsreichen Geflecht historischer Ereignisse erzählt er die Geschichte der Familie de Melo über fünf Generationen in Brasilien und Europa. Menschen im Labyrinth Ihrer verlorenen Träume und Hoffnungen. Eine Geschichte über irdische, himmlische und gesitige Leidenschaften.*

**nymphenburger**